Mark Stein

PARADIES DER IRREN

Tropische Inselfantasien

Sei vielgestaltig wie das Weltall.
(Fernando Pessoa)

Wie mein Geist mäandert, so auch mein Stil.
(Michel de Montaigne)

Für R.

Mark Stein

PARADIES DER IRREN

Tropische Inselfantasien

Die Deutsche Nationalbibliothek verzeichnet diese Publikation
in der Deutschen Nationalbibliografie; detaillierte bibliografische
Daten sind im Internet über dnb.dnb.de abrufbar.

© 2017 Mark Stein
Illustration Cover und S. 255: Mark Stein
Lektorat / Layout: Enrico u. Thekla Luisoni, CH-Muttenz
Herstellung und Verlag: BoD – Books on Demand, D-Norderstedt
ISBN 978-3-7448-9712-9

Vor mir die Dunkelheit und das Meer mit seinem Geraune. Hinter mir Musik, Stimmen, Touristen, Lärm. In meinem Kopf ein Dschungel, dazwischen der Satz eines Freundes: «Mit leisen Grüssen auf dem merkwürdigen Weg ins Alter.»

Also, gleichsam dichterisch: Es wird Zeit, zu sammeln und zu sichten, um möglichst alle Illusionen zu vernichten.

Denn: Was soll das alles? Wir werden geboren, ohne gefragt zu werden; ausgeworfen und am Ende in der Erde versenkt oder verbrannt und vielleicht in alle Winde zerstreut. Dazwischen liegt das Leben. Für die einen ein Labyrinth, für andere ein Selbstbedienungsladen, Sinnsuche, Sucht, Krieg, grotesker Zufall, ein Tunnel, Traum oder «ein Törtchen mit Scheisse, das man langsam aufzuessen gezwungen ist», wie Tolstoi sagte; Zwischenstation zum Paradies, biologischer Unfall, philosophisches Rätsel, Abenteuer, Panoptikum, Gottesdienst – oh Gott, dabei ist das Leben doch erst einmal einfach das Leben, und das Leben hat immer recht, wie Vinicus de Moraes schon wusste: *A vida tem sempre razão.* Oder einfach so: Das Leben ist das Leben ist das Leben ...

«Wieso bist du hier?», fragte mich jemand. «Wieso nicht?», antwortete ich. Ich wollte nicht mein ganzes bisheriges Leben aufrollen. Von meinen hehren Lebenszielen erzählen, meinen Wünschen und Träumen. Ich will die Zusammenhänge des Lebens kennenlernen!, rief ich dir damals zu, als ich jung und überheblich war. Und jetzt sitze ich am Strand, und das Licht all dieser Lampen, Lämpchen und Spots verschluckt das Funkeln der Sterne.

Auch Inseln haben ein Eigenleben.

Eine Art Rast auf dem Lebensweg, ein kaleidoskopischer Blick. Beobachtungen, Monologe, Dialoge, Notizen aller Art, Tagebuch, Briefe. Eine Collage. Zettel-Schreiberei. *Tropische Inselfantasien.*

Manila

Ich trete nach etwa zwanzig Flugstunden aus dem eisschrankgekühlten Flughafen hinaus in die Brutofenhitze. Draussen wogende Wellen leuchtender Farben, Massen von Menschen hinter Absperrgittern warten mit neugierigen Blicken auf ihre Lieben. Eine betörende Fata Morgana! Breite Gesichter mit hohen Wangenknochen nebst schmalen, ausgemergelten, mit krausem Haar, geschwungenen und fleischigen Lippen, grossen Augen. Die Fahrt mit dem Bus in die Stadt. Manila. Meine Pension ist zwei Tage vor meiner Ankunft abgebrannt, also eine neue suchen. *Pension Metro*. Dämmrige enge Gänge, kümmerliches Neonlicht von der Decke, herumschleichende Gestalten, eine schlafende Filipina auf einem Plastikhocker, mein Zimmer von der Grösse eines Hühnerstalls mit blassblauen, abblätternden Wänden und einer Pritsche zum Schlafen; ein Althippie bietet mir einen Joint an.

Fahrt nach Santa Mesa im Jeepney. Thaft-Avenue, die wahnsinnigen Strassen, total verstopft den ganzen Tag. Pasig, über den Fluss, Quiapo, alles voller Menschen. Der Lärm, der unfassbare Lärm jeden Bruchteil einer Sekunde. Die Strassen wie Schluchten, vergast, Rennfahrer, Dreck.

So viele Huren und Puffs! Oft armselige, zu Stripteaseclubs umfunktionierte Hütten.

Die meisten Filipinos/as sind katholisch, etwa achtzig Prozent der Frauen machen oder haben schon mal «die Strasse gemacht». Was sagt der Papst dazu? Und die Frauen leben im Dreck, sind aber immer sauber. Heilige in ihrer Armut, strahlen Ruhe aus, sind feingliedrig wie Puppen mit Blicken voller Leben, sie gehen in die Kirche, beichten, und dann wieder ab auf die Strasse. Und wenn sie Geld riechen, werden sie manchmal zu Raubkatzen. Der Körper als Ware – dieses *andere* Bewusstsein für den eigenen Körper! Für sie Notlage, für gewisse Touristen ebenfalls.

Jederzeit könnte man ein Mädchen oder einen Jungen haben!

Der Kleine, der zu mir rennt, «hello» ruft, mich gleich fragt, ob ich mit ihm gehen will, er sei schon 11 Jahre alt, no problem, «ok?!». Ich schätze ihn auf höchstens acht. Als ich nichts von ihm wissen will, trottet er beleidigt davon, versucht es bei anderen Weissen, die das dann mögen.

Aus Mitleid vögeln? So weit kommt es noch, doch als clevere, sozialgefärbte Ausrede mag man das ja hinnehmen und sich seinen Rest dazu denken oder antrinken. Aus Mitleid, weil sie kein Geld für die Schule haben. Oder eine kranke Grossmutter, Mutter, Schwester, was immer. Die sich dauernd wiederholenden rührenden Geschichten, die sie einem auf der Strasse erzählen, mit wenig Fantasie. Hauptsache Geld gegen das Elend.

Zeitungslektüre in einer *Aircon-Bar:* Zehntausend russische Soldaten stehen nahe bei den iranischen Ölfeldern, in Brasilien sterben beim Karneval ein paar hundert Menschen, in Frankreich wird jemand von einem UFO entführt, in Sibirien ist 40 Grad unter Null, und irgendwo fiel Blutregen vom Himmel.

Busfahrt. Der mächtige Touristenbus braust durch die Landschaft, vorbei an Reisfeldern, durch lichte Wälder mit Bambushütten, kleine Kinder am Strassenrand, rast dahin, hupt, gebückte Gestalten im Sumpf setzen Reispflänzchen, eines nach dem andern, unter der brennenden Sonne, arbeiten für nichts, leben, machen Kinder – und mein Magen krampft sich zusammen ... nein! Ich will nicht in den Reisfeldern arbeiten! Und das im Bus, inmitten der saftig grünen Ebene. Die Angst, sich in jemand anderen zu verwandeln, auf Reisfeldern arbeiten zu müssen. Heimweh – nach wo?

«Melancholie ist zurückgeworfene Inbrunst.» Wer nur sagte das?

Boracay

Die Insel als eben entdecktes touristisches Neuland. Abendliche Feuer am Strand mit dem zusammengewischten Laub des Tages und alten Kokosnussschalen. Ein paar Touristen nehmen dazu frische Bambusrohre, das Resultat: Es knallt wie wild. Sie hocken im Kreis, reden über ihre Reisen, rauchen Joints und haben keine Ahnung vom Feuermachen.

Das nächtliche Konzert der Geckos, sie schreien «fuck you». Es fängt zweimal knarrend an, setzt sich lauter fort, diese Laute gleichen Rülpsern.

Spaziergang zum Friedhof, einsam am Hang gelegen, auf die andere Seite der Insel und auf die Hochebene. Frauen, Männer und Kinder graben nach Süsskartoffeln, Mais wächst kümmerlich, Wasserbüffel suhlen sich, Ziegen meckern, der Wind pfeift. Karges Leben.

«To the other side of the paradise» weist ein Schild den Weg. Das Paradies, das keine Sünde kennt. Die Frucht der Erkenntnis gibt's hier nicht. Ich liebe alles. Ich liebe jedes Geräusch, jede Welle, jeden Halm, die Farben, das unendliche Rot im Grün. Das kleine Mädchen mit Pagenschnitt und blauem Kleidchen und leuchtenden schwarzen Augen, eine kleine Fee, nicht von dieser Welt. Knaben wie Kobolde streifen durch die Palmenwälder, bewerfen sich am Meer mit Sand. Einer spielt auf der Veranda einer Hütte Gitarre, er legt seinen Kopf auf sie, hört sich in sie hinein und spielt, singt mit seiner hohen Knabenstimme, völlig versunken in die Musik. Daneben hocken Touristen und warten im Paradies gelangweilt aufs Essen. Die beiden Schweden (Lehrer und Ingenieur), eisern und vernünftig; zwei Schweizer, mürrisch und völlig in sich geschlossen; Alberto, der 60-jährige Frauenarzt aus Parma, der halbjährlich abwechselnd arbeitet und reist; Renate und Pia, die zwei schüchternen Bayerinnen; der dicke Österreicher mit der weinerlichen Stimme und mit Filipina-Freundin, der das Essen dauernd mit Zuhause vergleicht; die sportlich-muskulösen Kanadier, die endlos über ihre Reisen reden. Welten.

«Jesu = Logos» schrieb Egon Friedell in seiner *Kulturgeschichte*. Paradies trifft auf Ratio oder: vom allumfassenden Sinnenraum zur linearen Vernunft. Da ist auch das Berechnende nicht weit.

Nacht, Feuer am Strand, auch auf der grossen Nachbarinsel Panay. Mafiöse Filipinos schleichen herum, sehen sich vielleicht die Insel genauer an, um eines Tages mit einem Vertrag wiederzukommen, mit dem sie Land kaufen und später Hotelkästen an den Strand stellen. Schmierige Figuren, denen man besser aus dem Weg geht, genau wie auch besoffenen Polizisten.

Die wunderbaren mandarinengrossen Kokosbrötchen: weicher Teig, im Innern Kokospaste.

Spaziergang auf dem Weg nach Manoc-Manoc. Ein vielleicht zwei Meter breiter Mergelweg, bei Angol steigt er sanft an, ein paar Hütten links und rechts und viel Wald, Palmenwald. Blick in die Büsche und hohen Bäume. Farben und Melodien, eine Kuh muht, ein Hahn kräht, ein Kind weint, der Wind rauscht.

Abends wieder dem Strand entlang, die Löcher im Sand, sie werden gefüllt mit den zusammengewischten Zweigen und trockenen Blättern, bald steigt Rauch zum Abendhimmel. Später in der Nacht dann wieder die vielen Feuer am *White Beach* – paradiesische Romantik. Wir sitzen um ein Feuer, Tourismus global, vereint durch einen Joint mit starkem Gras aus den Bergen. Ich verstehe kein Wort mehr, höre nur noch die Wellen ihrer Sprachen, sie verlieren ihre Konturen, verfliessen, werden Klang. Ich schaue ins Feuer. Mein Bauch wird dick und dicker, schwillt an und scheint nächstens zu explodieren, aber nichts passiert – bis zu einem gigantischen Furz.

Zum Essen gab es im *Mila's Place* Erbsengemüse, Reis, Chicken, und zum Dessert Bananenherzen-Salat an Kokosmilch.

Essen unten in Angol, in einem der wenigen Restaurants für Touristen auf der Insel. Bei «Rodscher», wie man Roger, den Frankokanadier (oder was immer er ist) nennt. Ziegeneintopf. Adobo. Später sagt man mir, es sei Hund gewesen. Geschmeckt hat es.

Ein paar Kinder machen ihr eigenes Feuer, springen akrobatisch darüber. Ein Kleiner nimmt ein Bambusrohr, stopft in eines der Enden trockene Palmblätter, hält das Ganze ins Feuer und schon ist seine Fackel perfekt.

Am frühen Morgen bieten einem die Kinder jeweils *mushrooms(!)* an. Halluzinogene Pilze, die in kürzester Zeit auf den Kuhfladen wachsen. Wer mag, bringt sie dann in die Küche, wo sie einem damit anstandslos Omeletten zubereiten.

Landung mit einem Mini-Flugzeug auf der Graspiste von Caticlan. Mit einem Moto-Tricycle (ein dreirädriges Motorrad mit zwei Sitzplätzen im hinteren Teil) zur Bootsstation, mit einem Auslegerboot in zwanzig Minuten über den Kanal nach Boracay, an den *White Beach,* durchs milde Wasser waten und ab ins Resort eines Freundes, der hier seit ein paar Jahren mit seiner Frau lebt.

Buntes Gästegemisch in den Cottages: Schweizer, Filipinos und ein Deutscher namens Gene. Ein blonder Riese mit stahlblauen Augen, gerne zeigt er den Frauen seinen muskulösen Body. Er raucht und trinkt massiv. Angekommen ist er mit einem Verstärker und einer Gitarre, auf der er oft spielt, aber zum Glück ohne Verstärker, in etwa immer die gleichen fünf Griffe. In Jamaika managte er ein Hotel, in L.A. verliebte er sich in eine Brasilianerin, wegen der er nach Brasilien ging, er segelte um die Welt und machte so ziemlich alles – sagt er. Man sagt hier viel. Ein anderer Gast, ein Italo-Schönling mit Manila-Girl und Pekinesen-Hund, beklagt sich mal lautstark über ein Sandkorn in seinem Shake.

Die neue *Bazura-Disco* verdrängt Meeres- und Palmrauschen. Weihnachten unter Kokospalmen, mit vielen Knallfröschen, tutenden Kindern und viel Wärme.

Hinter der Küche weiden zwei Pferde. Die Köche lachen, wenn der Hengst mit aller Gewalt, ungestüm und unbeholfen, auf die Stute steigen will und seinen enormen Penis rumbaumeln lässt.

Lektüre in «Nachrichten aus dem Weltdorf» in Umberto Ecos Buch *Über Gott und die Welt*. Ein Weltdorf auch hier: Eine beeindruckende, vielfältige Palette von Menschen besuchen Boracay: verschiedene Rassen (oder muss man nun politisch korrekt Ethnien sagen?), Kulturen, Religionen, soziale Schichten. Zudem leben hier die Negritos, die Ureinwohner mit ihrer fast schwarzen Haut und den gekrausten Haaren, sowie alteingesessene Filipinos, Zugezogene aus Manila, Cebu, Iloilo und anderen Städten, Ausländer aus Europa und Amerika. Touristen dann, aus der Schweiz, Deutschland, Korea, Frankreich, Israel, den USA, Japan, Italien usw. Verschiedene Generationen trifft man, Säufer und Edelhippies, Abenteuertouristen und Pauschalreisende. Geisterglauben neben Jesus-Kult, traditionelle Handwerker und Discoleben, politische Ränkespiele, Grundstückspekulationen, Abfall- und Abwasserprobleme, Nationalismus und Rassismus, mafiaartige Intrigen unter Familienclans, Korruption, Machthunger, Inkompetenz, Parties und Fiestas usw., dazu Liebe, Heirat, Geburt und Tod. Oder so: Auf Boracay treffen sich informationssüchtige, erholungsbedürftige, neurotische und unerotische, gebildete und versoffene Weisse mit sinnlichen, «abergläubischen», tierhaften (ja!) Filipinos. Die Welt in einer Ecke geballt. Mikrokosmos.

Boracay – die Insel ist nur 13 Hektaren gross, ein Mückenschiss auf der Weltkarte, ein Taubendreck auch auf der philippinischen Landkarte, so klein und doch auch wieder gross. Zu entdecken gibt es sehr viel ...

Ein Knabe spaziert mit seinem Freund vorbei, hört ein weiches, rhythmisches Sambalied von der Bar her, wo ich sitze, die Sonne steht schon niedrig, goldenes Licht überflutet die Insel, und der Kleine beginnt im Tanzschritt zu gehen, im Takt der Musik tänzelt er vorbei, schaut zurück, strahlt, tänzelt weiter und ist plötzlich weg. – Frauen mit ihren geflochtenen Körben auf dem Kopf, Kleider darin, manchmal ein buntes Gemisch von Knallkörpern (vor Neujahr), Hamburgern, Shorts, Tiger Balm. – Mitvierziger, braungebrannt, mit Kettchen und Ringen, aalglatt frisiert. Sie haben den «Magischen» drauf, reden gescheit, doch es geht vor allem ums Sich-Präsentieren. Beruflich arrivierte Späthippies der Achtziger. – Werner präsentiert seine riesige deutsche Dogge. Er zeigt, wie der Hund dressiert ist, nämlich auf «Heil-Hitler», dabei kusche er.

Paradiesische Insel, wer sich die Touristen wegdenkt, deren Anzahl sich in den letzten acht Jahren sprunghaft erhöht hat. Mit dem seemuschelfarbenen Sand, dem kilometerlangen *White Beach,* dem sich ständig neu verfärbenden Meer, den wesenhaften Wolken, den Kokospalmenwäldern, krähenden Hähnen, den einfachen Bambushütten, zerklüfteten Korallenküsten auf der anderen Seite, Sumpflandschaften mit unheimlichen Fledermaushöhlen und dem *dead forest* mit den toten Mangrovenbäumen in einer dunklen Brühe, oder dem Dorfplatz von Yapak, wie auf einer fernen Insel, weit ab von jeder Zivilisation. Warum nur denke ich an Borowczyks Film *Goto, l'île d'amour?*

Ein grosse Auswahl an Discos, alle mit einer Tanzfläche unter freiem Himmel: *Bazura, Beachcomber, Sanctuary, Sandbar.* In der *Bazura* ist der Boden aus Sand. Die gedeckte Bar erinnert mit den riesigen vergammelten Ledersesseln an einen in die Jahre gekommenen englischen Pub in einem Schweizer Nobelort in den Bergen, Bildchen an den Wänden, Fotos von Stars, amerikanischen natürlich. Dunkle Holzgarnituren geben dem Ganzen einen seriösen Anstrich – versuchen es zumindest, im Dämmerlicht sieht man alles nicht so gut. Ein Puff. Zu den Toiletten nach hinten geht's über einen gartenähnlichen Hof, mattes Licht begleitet einen, uriniert wird allüberall, der Geruch ist entsprechend. Um die Bartheke breitet sich die *local scene* aus, die Besseren, die Söhne der Boracay-Eltern, die ihr Land verscherbelt haben, trinken Carlsberg, hochnäsig, in grell-bunten Hemden und modischen Shorts. Boyer etwa, der Sohn der *Sandbar*-Besitzer, ein grosser bildschöner Typ mit erstaunlich gerader Nase und langen Beinen. Er weiss, wie gut er aussieht.

Beachcomber dann, eine Openair-Disco am Strand. Halb sitzen, halb liegen wir in den Bambusstühlen, vor uns das Meer, dahinter eine Wolkenwand, gigantische Saurier kämpfen als Schattenbilder miteinander, zerfliessen und formieren sich neu zum Angriff, und der Mond wühlt sich durchs Getümmel, er will untergehen, knallrot und blutend vom Gezänke der Wolkenungeheuer verschwindet er. Gene braust mit seinem Motorrad knatternd den Strand entlang, nähert sich uns, der Friede ist vorbei. Er dreht eine Kurve, schmeisst das Motorrad in den Sand und stolziert an die Bar. Er weiss, dass man ihn beachtet.

Die *Sandbar* in der Krise. Drei Parteien haben Streit. Die erste besitzt das Land, die zweite das Restaurant, beide von hier. Die dritte besteht aus dem bayrischen Edelcoiffeur Hans, der das Geld gab und die an den Felsen gebaute Disco einrichtete. Jetzt wollen die Filipinos ihn rausschmeissen. Sie haben realisiert, dass man da Geld macht. Diskussionen vor dem WC über Gras, Haschisch, Shabu (eine hier verbreitete Speed-Variante), Drogen aller Art. Preis und Lieferung stimmen anscheinend nicht. Herumlungernde Typen, ein deutscher Narziss mit germanisch-perfektem nacktem Oberkörper tanzt wie eine Maschine zu Techno, ganz für sich, die Musik ist dumpf, schwarz, aggressiv, laut. Weg hier! Wetterleuchten auf dem Rückweg, ein Blitz-Theater seltener Güte!

Sanctuary ist ein Zwischending von amerikanischer Hamburger-Fritten-Bude und hinterwäldlerischer Openair-Disco. Hier verkehren vor allem die Angestellten, oft hübsche Burschen, etwa Jonathan, der am Strand gerne seine Schäferstündchen abhält und jetzt mit einem Weissen streichelnd an der Theke sitzt. Ein Neonschild hängt an der rückseitigen Holzwand und verkündet bleich die Preise von Coke und Hamburgern, erbärmlich zuckt das Licht, wenn der Generator kurz vor dem Absterben ist. Glanz und Elend einer Beleuchtungstafel auf Boracay. Die Filipinos, welche die Gegenwartsleere der Amerikaner kopieren.

«Der krampfhafte Wunsch nach dem Quasi-Echten entsteht immer nur als neurotische Reaktion auf Erinnerungsleere ...»
(Umberto Eco)

Schlechter Magen. Am Strand kotze ich mich aus, sehe mich kotzen, denke, wie gut das tut, und weine eine Kotzträne. Ich gehe ans Wasser, um mir das Gesicht zu waschen, da fällt mir mein Notizblock

15

aus der Hemdtasche und plumpst ins Wasser – na ja, nun denn. Zu Hause ist alles verschlossen, ich muss in der Hängematte auf der Veranda schlafen und bin dann am nächsten Morgen von Moskitos verstochen ...

Ich sitze in einem Gärtchen, trinke ein Bier und betrachte die Hütte, bei der sich jede Wand windschief in eine andere Richtung neigt, das Dach ist weg, das Überbleibsel der Türe offen, und in der Hütte steht für sich alleine eine nackte Toilettenschüssel. Ich sehe Blumen mit blutroten Muschelblüten und orangefarbenen Blättern wie feurige Schwerter, und ich höre eine grunzende Sau, bellende Hunde, lärmende Kinder, zwitschernde Vögel, ein brummendes Flugzeug weit oben und das Gerede der Bäume.

Ich trinke ein Bier im *8-Balls,* einer richtigen Knille. Zwischendurch gibt's da eine Messerstecherei, ein Bootsmann war letzthin das Opfer, heute scheint alles friedlich. Das «Gebäude» ist ein Dach, das auf zwölf starken Holzpfosten liegt. Davor ein ausgestopfter Riesenlizzard, auf Holzbänken sitzen ein paar alte Männer und schauen schweigend und gebannt den Jungs beim Spiel zu. Dumpfes Licht der Hongkong-Lampen mischt sich mit dem metallenen Schein der Neonröhren an der Decke, dem privaten Stromgenerator sei Dank. Ein Rindergehörn hängt an der Wand, daneben das Bild eines spanischen Stierkampfes, *Angie* von den Rolling Stones läuft und wirft mich fünfzehn Jahre zurück nach Brasilien, Rio, wo der Song gerade der grosse Hit und im Radio jeden Tag hundert Mal zu hören war. Brasilien! Ständig bewegtes, endlos fliessendes – goldene Farben des Mittelalters – verkauftes wildes Brasilien! Jemand klopft mir auf die Schultern: Hello. Jowel, betrunken, auf dem Heimweg.

«O-o» meint hier Ja. So einfach ist es manchmal. – Nachts oft das dumpfe «Bumm» einer herunterfallenden Kokosnuss. Tod durch Kokosnuss, welch eine Schlagzeile. – Ein Generator brummt unter einer Kokospalme lautstark in die Nacht. Nur wer es sich leisten kann, hat einen Generator, die anderen behelfen sich mit Petroleum- und Kerosinlampen. – Sie schleppen wieder Eisblöcke herbei. Sie bringen sie von Kalibo auf dem *main land,* etwa drei Stunden von hier entfernt. Man bewahrt sie auf in Styropor-Kisten, darin, um das

Eis herum Reisspelz: Die Hülsen der Reiskörner dienen als zweites Kühlhaltemittel. – Nachts die vielen Stände entlang dem Strandweg mit Fleischspiesschen. Auf geschältem Bananenstamm stecken die Spiesschen, der Rost besteht aus Drähten. – Zwei Männer sägen am Strand von Hand einen Kokospalmenstamm längs entzwei. Hin und her, schweigend zueinander gebeugt im Takt. Eine Palme weniger für ein neues Cottage. – *Bahala ka* – «It's up to you». Das sagen sie immer. Selber entscheiden, das können sie nicht. – Fast täglich kommen ein paar Männer mit furchigen Gesichtern direkt aus dem Busch, so machen sie den Eindruck. Beladen mit Bambuskäfigen stehen sie herum, warten, den Blick ins Nirgendwo, und wenn jemand einen ihrer Vögel kaufen will, erwachen sie abrupt und handeln. – Man lernt hier anders lachen: mit geöffnetem, entspanntem Mund. Wie die Filipinos. – Wird ein Haus gebaut, muss man ein schwarzes Schwein und ein weisses Huhn mit schwarzen Füssen opfern. Über Geister redet man nicht, aber fast alle glauben an ihre Macht. Ein anderes, verschlungenes dschungelhaftes Bewusstsein.

Ich treffe den Deutschen Werner und frage ihn, wie es ihm geht. Er: «Another shity day in the paradise.» Er klagt über seine Probleme. Er hatte Geld zur Seite gelegt, das er sich als Söldner im Busch verdient hatte. «Doch dann kam der Tag, an dem ich kein Grün mehr sehen konnte und am liebsten alle Palmen rot angestrichen hätte. Und dann begab ich mich aufs Glatteis.» Und jetzt hat er kein Geld mehr. Er sieht aus wie ein angeschossener Bär, seine Augen triefen, doch der Schalk ist ihm geblieben. Seine Probleme ersäuft er im Alkohol. Das Land für die Eisfabrik an der Mainroad (Hauptstrasse der Insel, aber in Wirklichkeit ein Mergelweg) hat er von Jackie gemietet, einem Franzosen, der schon seit der Entdeckung der Insel durch die Touristen 1979 hier lebt. Jackie wolle ihm dann immer wieder den Strom abstellen, einen Vertrag gab er ihm auch nicht, er bescheisst alle, so sagt nicht nur Werner. Jackies bildhübsche Frau hat ihn längst verlassen. Bekannt ist zudem, dass er seine Tochter schlägt, und er habe sie zur Strafe auch mal in einen Seesack gesteckt, den er an die Decke zog und sie so umgekehrt hängen liess. Besuch im *Bamboo-Resort*. Päuli sitzt wie immer auf einem erhöhten Hocker (Bar-Thron) hinter der Theke, die Stammgäste stammen wie er meist aus der Schweiz und diskutieren gerade über Bratwürste.

Man nörgelt auch gerne oder flucht über die dummen Filipinos. Der kleine Päuli erinnert mit seiner kantigen Brille, dem Wangenbart, den Maulwurfsaugen und dem spitzen Kinn an einen Giftzwerg aus einem geschniegelten Schweizer Vorgärtchen.

Fritz. Ein Schweizer wie im Buch der Clichés. Gestalt wie eine Vogelscheuche, 70. Er verdiente viel Geld mit einem Chemisch-Reinigungs-Unternehmen. Fritz ist hier erstmals auf Besuch und nörgelt dauernd, das Essen, die Leute, die Hitze, das Hotel, alles. Seine Frau nimmt's gelassen. Er hat eine Sonnenallergie und oft starke Kopfschmerzen, er bleibt meist zuhause, heute kommt er uns besuchen, freut sich das erstemal, setzt sich wie ein junger Pfadfinder fröhlich unter eine Palme, doch plötzlich springt er auf, schreit wie am Spiess und zeigt seinen Rücken, der voller roter Ameisen ist. Statt ins nahe Meer zu rennen, flüchtet er ins entfernte Hotel.

Walter. Ein weiterer Schweizer, Freund von Werner, der einige Jahre in Belgisch-Kongo beim Strassenbau tätig war und nun ständig den Job wechselt. Ein halbes Jahr verkaufte er teure Backofenanlagen, die er auch einrichtete. Er hat auch schon Polizeihunde gezüchtet und dressiert. Und wie er dies sagt, sieht man in ihm den typischen Polizisten: kalter Blick aus blauen Augen, die Lippen ein Strich, Schnauz, polternde, rechthaberische Stimme, die keinen Widerspruch duldet. Ein strammer Eidgenosse, der die Fremde sucht, aber nur, um sich bestätigen zu können, dass die Gelben und Braunen und Schwarzen nur Unterhunde und Taugenichtse sind. Abfall. Zwei Bier hat er getrunken, Werner offeriert ihm ein drittes. Er: «Ja, aber nicht bis zum bitteren Ende, hä!» Oft reise er ein halbes Jahr hier herum, aber, schreit er jetzt in einem plötzlichen Wutanfall, dies sei das letzte Mal gewesen, denn: «Die Fipsen sind alles falsche Hunde!!! Faul und falsch!» Man müsse ihnen den Tarif angeben, sie hart anpacken, immer dahinterstehen, bei «diesen gewitzten Affen». Sein Vater sagte ihm schon: «Hüte dich vor Spielern, Säufern und Einschmeichlern.» Walter, einer der vielen Weissen, die man trifft und dann am besten gleich wieder vergisst.

Ricardo. Ich treffe viele Leute, Weisse, die hier leben, Touristen, Einheimische, doch ein näherer Kontakt will sich kaum einstellen.

Entweder langweilen mich die banalen Plappereien oder ich kann das Kolonialistengeschwätz nicht ertragen oder ich kann mich nicht ausdrücken, da ich kaum *tagalog* spreche (*tagalog* ist eigentlich die Sprache der Tagalen, einer philippinischen Volksgruppe auf Luzon. Nur 18% der Bewohner der Philippinen sind Tagalen, *tagalog* ist aber längst offizielle Nationalsprache der Philippinen). Doch eines Abends begegne ich Ricardo, der vielleicht knapp zehn Jahre jünger ist als ich. Wir haben uns immer wieder mal kurz gesehen in irgendeiner Bar oder am Strand und mit Kopfnicken begrüsst. Heute ist alles anders. Wie ein Déja-vu, denke ich. Wir kommen am Strand ins Gespräch und verstehen uns auf Anhieb, erzählen einander. Seine Mutter ist Französin, sein Vater Spanier-Filipino, er spricht auch englisch, *tagalog* hat er fast vollständig verlernt, die Familie wohnte hier und dort, momentan lebt Ricardo in Manila und malt. Gerne kommt er zwischendurch hierher auf die Insel, um sich auszutoben. Gross, mit ungewöhnlich hellem Teint, schwarzen gelockten Haaren, einer spitzen Nase, oft ironischem Blick; einnehmend, keine Schönheit aber von einer umwerfenden Offenheit. Er hat ein erstaunliches Mitteilungsbedürfnis und erzählt freimütig aus seinem Leben, das mich an mein eigenes erinnert. Ich höre ihm gerne zu.

«Ich bin vielseitig ungebildet», schrieb Robert Musil. Genau!

Im Neonlicht spielen junge Filipinos Billard zu Songs von den Beatles, von Crosby, Stills, Nash & Young und von Pink Floyd. Sie trinken Bier, sind stolz, ungewöhnlich gross, sehnig und muskulös, mit pechschwarzem Haar und dunklem, festem, jugendlich stolzem Blick. Aber auch Zärtlichkeit schwingt da mit, das Aufkeimen von Hingabe und wilder ängstlicher Lust, die nach ein paar Bier nachts dann oft ausgelebt wird.

Zeitungs-News: In Pangasinan, einem Touristenort nördlich von Manila, haben sie einen Pädophilenring ausgehoben. Ältere Herren aus Australien, den USA und Europa hielten sich zu Hause eingeschlossen 8- bis 16-jährige Knaben für Lustspiele. Zu vermieten waren die Jungs auch. – Im «Star» ein Artikel über den Kampf gegen die Drogen. «Girlscouts say no to drugs». «I recognize that life and health are God's gift to me ... I pledge not taking drugs ... so help me

God.» Ein gutes Mittel, Gott bzw. der Kirche näherzukommen. Ein gutes Instrument, Jugendliche zu vereinen, zu instrumentalisieren, ihnen das Verantwortungsgefühl zu nehmen. Weitere Zeitungsnotiz: Alleine in Manila inhalieren schätzungsweise 20'000 Sieben- bis Siebzehnjährige Leim, meist von der Marke Rugby.

Hier gehen nur noch die Negritos, die Ureinwohner, barfuss. Und einige Althippies. 99 Prozent der Filipinos und Touristen tragen Flip-Flops (wir sagen hier Slippers). Schlapp-Schlapp-Schlapp, und den aufwirbelnden Sand hat man an den Waden und in den Kniekehlen, wenn man nicht weiss, wie damit richtig zu gehen ist.

«Eine Menschheit, die in Schuhen herumzulaufen gelernt hat, hat ihr Denken anders orientiert, als sie es getan hätte, wenn sie barfuss geblieben wäre.» (Umberto Eco in *Lendendenken*)

Die Hemden-, T-Shirt- und Hosenverkäufer kommen meist Mitte und Ende Monat, wenn die Angestellten ihren Lohn erhalten haben. – Typisch: Wenn Filipinos etwas nicht verstehen, öffnen sie den Mund, wie wenn sie gähnen müssten, eine Art Kieferstarre tritt ein und man weiss, dass sie nicht wissen, was man mit dem Gesagten meint. Das Mundaufsperren erinnert mich immer an Urmenschen: ein Urschock beim Anblick von etwas Schrecklichem, vielleicht von einem feuerspeienden Drachen, und dieser Schock hat sich über viele Generationen weitervererbt. – Wie die Jungen und Männer gerne Händchen haltend spazieren, wie Verliebte. Verspielte Tierchen. – Auf den Rücken mancher Babys die Stoffsäckchen mit Knoblauch, Ingwer und anderen Ingredienzen gegen böse Geister. – Kinder jonglieren gerne mit einem kleinen, fast rechteckigen, aus Palmblättern geflochtenen «Ball», dabei schwingen sie ein Bein seitwärts nach aussen, dass mir schon beim Anblick die Hüfte schmerzt. – Gewisse Filipinos kommen mir hier vor wie verstockte tropische Bauern, die das Geld der Weissen riechen. – Im *APA-Guide* steht treffend über Filipinos: «Er vereint in sich malayische Herzenswärme und Grosszügigkeit, lateinamerikanisches Temperament, Gemütsschwankungen ... Dreistigkeit und Anmut.» – T-Shirts in allen erdenklichen Design-Variationen, die aufzuzählen Seiten bräuchte. Mode? Wohl eher ein Lebensgefühl oder eine Gewohnheit, man trägt es einfach, von Geburt bis zum Tod, Mann und Frau, Städter und Junge vom Land. – *Dumont-Reiseführer:* Die Hälfte der Filipinos sind unter 15 Jahre alt; laut Statistik hat ein Filipino 300 Verwandte; *Carabao*s dürfen vom Gesetz her nicht geschlachtet werden. – Die Filipinos, so scheint es mir, können nie aus sich heraus, ausser im Zorn. Sie sind mit Scheu und Scham imprägniert. *Hiya* heisst das. Es ist schwer zu erfassen, und vielleicht kann man das als Europäer auch nicht. Wobei uns manchmal ein bisschen mehr Scheu nicht schaden würde. – Die Handwerker auf dem Bau *(carpenters)* essen bei ihrer *merienda* statt Reis und Fisch *pan de sal* (gesalzene Brötchen), dazu gibt es Kaffee. – Im Buch *Frauen auf den Philippinen* steht: «... Allerdings ist es auf den Philippinen schwerer, sein Leben selbst zu gestalten. Immer sollte eine ältere Person gefragt werden.» – Der Intellekt zumindest der ländlichen Filipinos beschränkt sich auf aneinandergereihtes Handeln. Koordination ist hier eine unbekannte Grösse. Wo kein Intellekt, ist auch kein Wille, frei nach Schopenhauer («... unserm Intellekt, diesem blossen Willenswerkzeug ...»). Dies ist eine Feststellung, nichts weiter, denn «an sich ist nichts gut oder böse, das Denken macht es erst dazu» (ich weiss nicht mehr, wer dies wieder gesagt hat). – Ein kleiner Junge sitzt im Schatten einer Palme am Strand. Vor ihm liegt ein schnitzförmiges Stück Kokosnussschale. Darauf befestigt stehen zwei fein geschnittene Bambusstäbchen, die durch ein Stück Palmblatt gestossen sind: die Segel des simplen Segelschiffchens, mit dem der Junge leidenschaftlich beschäftigt ist. – Die Jungen haben hier oft die dünnen, langen, geschmeidigen, starken Beine, Palmstämmen ähnlich.

Morgenspaziergang zum Friedhof am sanften Hang. Es herrscht absolute Ruhe, nur der Wind saust geräuschvoll durch Palmen und Gestrüpp und von weither krächzt ein Hahn. Todesruhe am nördlichen Rande des *White Beach,* unhörbare Seelengespräche. Schlangenförmige, von der Sonne verbogene Kerzen liegen herum. Verwitterte Grabsteine, die an Betonbunker erinnern, zerbrochene Bierflaschen, Menschenknochen, Schädel, Büchsen, Papierfetzen. Gestorben sind die meisten Menschen sehr früh. Ich sitze auf einem Grabstein im Schatten. Das Gedicht von Bertold Brecht fliegt mir durch den Sinn: «Als ihr Leib im Wasser verfaulet war / Geschah es, dass Gott sie allmählich vergass ...» Ein Hund schläft auf einem weissen, stolzen

Grab von Angeline L. Langton. *Born: July 14, 1944. Died: May 31, 1985. Age: 40 years old.* «Here sleeps a wonderful mother and wife, taken suddenly, loved by all», steht eingraviert. Blick nach Westen: die Unendlichkeit des Meeres.

Ein Bier im *Sanctuary*. Der Chef der Müllabfuhr sitzt auch an der Theke, winkt mir kurz und lässig mit seinem goldbereiften Arm zu. Ein schwammiger kleiner Schweizer kommt auf mich zu, er kennt mich anscheinend, ich ihn nicht. Ein Jüngling steht daneben. Der Schweizer fragt, ob das ein Junge oder Mädchen sei. Und fährt gleich weiter, mit Geifer um den Mund: «Ich fuhr mal auf eine Frau ab, und im Bett merkte ich, dass es ein Mann war.» Transvestiten hat es immer wieder, manchmal wimmelt es, nachts beim Strand kommen sie wie Gespenster aus den Büschen geschlichen. «Von jetzt an muss jede Frau, bevor ich sie nehme, einen Strip machen.» Seine Augen blicken dumpf und entsprechen so ganz dem Cliché von den Weissen, die wirklich nur auf die Philippinen (oder nach Thailand) fliegen, um zu vögeln, was das Zeug hält. «Und wehe, wenn sie unten was hat. Ich bring ihn gleich um, das mache ich mit der linken Hand, auch hier auf den Philippinen.» Dann geht er schwankend weg.

Sie haben wieder einmal die Abfallhalde neben der Mainroad angezündet, stinkende Rauchschwaden verpesten die Umgebung im Paradies. – Im «Manila Bulletin» sagte ein Minister, wenn weiterhin so abgeholzt wird, gibt es im Jahre 2020 auf den Philippinen keine Bäume mehr. Gilt auch für Boracay. Eine Palme kostet 50 Pesos, etwa acht Dollars. – Unser Resort-Nachbar hat einen Bambusgartenzaun um «sein» Land gebaut, gleich auch hinter der Küche, obwohl die Landvermesser errechnet hatten, dass das Land eben *nicht* ihm gehört. Nun geht die Sache vor Gericht, wie so oft. Also hat auch das Zeitalter der Gartenzäune und Mauern begonnen: einzäunen, einmauern lautet nun die Devise.

Ricardos Tropenträume. Den ersten Zwischenstopp, erzählt mir Ricardo lachend in der *Sunshine-Bar* am südlichen *White Beach*, machte er im *Sanctuary*. An der Bar sieht er ein Licht vom Strand her, Signale. Da sitzt einer, der auf das Boot seines Bosses aufpasst und nun etwas mit jemandem auf die Schnelle haben will. Nichts für mich, sagt Ricardo. Er spazierte, so erzählt er weiter, eine Viertel-stunde den Strand entlang zur *Sandbar* im Süden, wo ein Junge bei zwei geschminkten Schwuchteln sitzt und der einen das Kinn krault und wohl hofft, sich etwas Geld dazuzuverdienen. Später trifft er ihn auf dem Weg zurück. Der Junge sagt, dass er ihn doch kenne, und Ricardo ist perplex: «Ich realisierte wieder einmal, dass Gott *Boracay*aner ist und alles sieht: die hunderttausend Augen von Bora-cay, entsprechend schnell verbreiten sich Gerüchte. Ja, die Insel hat wirklich unendlich viele Augen, die dich dauernd beobachten, auch wenn du in Manila lebst. Eine Art lieber Gott, wie ich ihn aus meiner Kinderzeit her kenne, als es hiess, Gottes Aug' sei überall, allgegen-wärtig und er beobachte einen immer und bei jeder Handlung.» Ja, mir geht es genauso wie Ricardo. Und wie er mag auch ich lieber fröhliche Spielereien statt öden Sex gegen Bezahlung.

Wir fragen uns, wie lange die Sonne zum Untergehen braucht, vom Moment an, wo sie mit ihrem unteren Rund auf den Horizont auf-setzt bis zu ihrem totalen Verschwinden. Die Meinungen variieren zwischen einer und drei Minuten. Es dauert zweieinhalb.

Spaziergang nach Manok-Manok am Südende. Der Mainroad ent-lang, die die Insel von Süden nach Norden entzweischneidet, vorbei am Sumpfgelände mit den dürren Mangrovenstämmen und halbver-sunkenen Strünken. Gedankenblitze lösen sich in bunter Folge ab, nichts Spezielles, und als ich zum Himmel hinaufschaue, weil es eben etwas kühler geworden ist am frühen Morgen, sehe ich da eine riesige Wolke, die sich mit ihrem ganzen Gewicht auf die Sonne gesetzt hat, und die Wolke fragt mich: «Was willst du vom Leben?» Ich bin ver-wirrt, gehe weiter, und da biegt ein kraftstrotzender, atemberaubend schöner Jüngling wie aus dem Märchen auf seinem Fahrrad aus dem Grün in die Mainroad ein. Meine Beine werden weich wie Butter und ich denke scheinheilig an die Wolke, was ich denn eigentlich will vom Leben. Keine neue Frage, aber ich kann sie mit meinen zittrigen Knien nicht beantworten, und so sage ich zur Wolke: «Erfüllung!» So ein Quatsch, ich weiss es, und von oben donnert es auch gleich herunter: «Rede keinen Unsinn, du weisst, was du vor allem willst!» Der Jüngling ist weg. Durch die Hohle Gasse nach Angol gelange ich auf die Anhöhe, und danach geht's einen kleinen, gewundenen

Weg, der diesen Namen gerade noch verdient, an Buschwerk und einzelnen Palmen vorbei und an einer Hüttengruppe, ein unsichtbares Radio plärrt ins Grün. Etwas abseits vom Weg entdecke ich eine weitere Kirche, die *Treasure Island Foursquare Church*. Danach folgt die Elementary School, ruhig ist es da, die Kleinen haben nur Montag, Mittwoch und Freitag Schule. Einige Knirpse sind auf und unter einem Baum mit mächtigem Stamm dabei, die Früchte herunterzuholen und einzusammeln. Sie schenken mir kichernd eine grüne Frucht. Ich kenne sie nicht.

Werner kommt mit seinem Motorrad den Strandweg entlang gefahren. Er will ein Bier, wohl nicht das erste. Es schmeckt ihm nicht. «Du», sagt er, «zahle tu i das scho, aber trinke nit.» Es schmecke sauer, und ist es auch. Werner, der «schwangere Hüne», wie man ihn auf der Insel nennt, mit seinem enormen Bierbauch und den treuherzigen, gewitzten Augen, hat Durst. Und er will klagen, jammern. Das Eis seiner iceplant habe zu viel Chlor. Walter kommt dazu, er trinkt Tee und meint, der Werner solle halt mal weniger saufen, dann gehe das auch mit dem Eis richtig. Nach ein paar weiteren Bieren erzählt er von Chinesen, die bei ihm waren, an einem der nächsten Strände Richtung Norden. Vertreter, die ein 30-Millionen-Dollar-Projekt hätten. Bungalows, alle mit Aircon – «musst dir mal vorstellen, was die für einen gigantischen Generator brauchen» – das Ganze auf drei Hektaren. Nun brauchen sie sein Land, sagt Werner, der dort wohnt. «Wenn sie genug zahlen, können sie es haben, dann wäre ich endlich meine Geldprobleme los.» Ob dieses Projekt das Ende *Boracay*s bedeutet? Jedenfalls beginnt damit ein neuer Abschnitt auf der Paradies-Insel.

Otto hat Probleme, seit seine Frau sich mit einer anderen Filipina heftig stritt. Die habe dem Otto gesagt, er werde die Insel nicht lebend verlassen. Otto steht am Fenster von Werners Eisfabrik und zuckt mit den Schultern, Werner sei in Manila, er habe keinen Schlüssel für die Räume, den hätten ein paar Filipinos, und Eis gäbe es keines mehr für Weisse. «Die sollen jetzt selber schauen, wie sie weitermachen, ich verschwinde», klagt er. – Ein Israeli, der sich als Mexikaner ausgibt und täglich unzählige Tequilas trinkt, trägt jetzt einen Adler auf seinen Schultern. Er wohnt ganz im Süden bei den Felsen am Strand und flippt immer mehr aus. – Edouard vom Schweizer Konsulat in Manila sieht die Zukunft des Landes düster. «Bürgerkrieg!», raunt er. Die nationalistische Bewegung würde zunehmen, die Weissen hätten dann Probleme. Und in den Zeitungen liest man tatsächlich vermehrt von den gierigen sexhungrigen Weissen und den armen Opfern, den sündigen, aber armen Nutten.

Roger de Paris, der früher in Angol, im Süden der Insel, ein Restaurant betrieb, kommt auf ein Bier. Er ist mehr als angeheitert von seinen Pausen auf seinem Nord-Süd-Spaziergang (und umgekehrt). «Salut!!! Ja, ein Bier, pourquoi pas.» Mit seinen glänzenden Äuglein. Sein Englisch ist kaum mehr verständlich. Roger, ständig in schmutzigem Weiss, klein, gedrungen, behaart wie ein Gorilla, schlau wie ein Fuchs, Stirn und Nase bilden eine Gerade. Seine Augen erinnern an einen Pekinesen, sein Schnauz an einen Seelöwen. Ein wandelnder Zoo. Eine wundersame, weitgereiste Erscheinung. Ein Lebensdiplomat. «Ich war im Kongo, und eines Abends hielt der total besoffene Präsident eine Fernsehansprache und sagte: Schiesst auf alle Ausländer. Am andern Tag hat er, wieder nüchtern, widerrufen.»

«Hier ist's Spiel, / dort nur Ziel.» Der kleine Reim zeigt den Unterschied im erotisch-sexuellen zwischenmenschlichen Bereich zwischen den Philippinen und USA/Europa. In China kenne ich mich nicht aus.

Kleine Menschenstudie auf dem «Boulevard». So nenne ich den Strandweg entlang des *White Beach,* so eine Art Mini-Champs-Elisée von Boracay: die älteren Männer mit ganz kurzem oder bürstenartig geschnittenem Haar, den Burschen fällt das Haar in den oft langen Nacken, die Ohren bleiben frei, stirnseitig oft grosse Welle oder zurückgekämmt. Viele haben zu kurze Beine und lange Arme. Nebst dem muskulösen, im Alter (ab 25) vierschrötig wirkenden Mann auch die eher grossen, drahtig-muskulösen Typen mit malayischem Einschlag. Die Frauen häufig mit einer Frisur, die an altmodische Nachttischlampen erinnert: nach unten fächerartig in den Nacken gehend, offen, oft dann zu einem Rossschwanz gebunden. Sinnliche Lippen haben fast alle, die Frauen teils mit breiten Gesichtern, kurzem Kinn. Und allgemein: viele Stupsnasen. Gang: Kerzengerade, die

Jungs mit oft leicht nach aussen gedrehten Füssen. Wie vom Wind gebeugte Palmen schlurfen die Alten. Die älteren Frauen erinnern manchmal an Elefanten: hier komme *ich*, lächelnd, aber bestimmt, und vergessen tu ich nichts. Und dies mit ihrer ganzen Leibesfülle betonend. Die Mittelschicht oft schnell verfettend.

Alle wollen Kleingeld, eine Bank sucht man vergebens.

Ein grosser Typ mit Schmerbauch aus Romblon, bleich, mit schwammigem Gesicht und klugen, leicht verschlagenen Äuglein, die da listig hinter grossen Brillengläsern die Welt und Gesprächspartner beobachten. Aus seinem schwülstigen Mund vernimmt man Eigenartiges. Er sei Besitzer einer Marmorfabrik auf der Insel Romblon (die für ihren Marmor berühmt ist), er vertreibe aber auch Aids-Tabletten, ein deutsches Präparat, das seit 1983 existiere. Er vertrieb das bereits in Australien, nun auch auf den Philippinen. Das Mittel muss man vor dem Geschlechtsverkehr einnehmen, dann sei man sicher geschützt und könne kein Aids kriegen. Er habe Selbstversuche gemacht, alle Huren der berühmt-berüchtigten M.H.-del-Pilar-Strasse in Manila durchgebumst, und wir könnten ja sehen, dass er bei bester Gesundheit sei. – Am Strand steht ein blonder älterer Herr zwischen spielenden Kindern und umherstrolchenden Hunden und zeichnet mit seinen langen dürren Armen geheimnisvoll anmutende Kreise in die Luft, er meditiert vielleicht. – Max, der indische Jude mit Ziegenbärtchen, der aussieht wie ein Bettelmönch, kommt alle paar Tage vorbei, holt sich drei Flaschen des starken Red-Horse-Biers, bezahlt (Trinkgeld ist ihm fremd) und verschwindet grusslos wieder. – Auf dem Strandweg gehen zufällig zwei nebeneinander her, ein Weisser mit einer Hightech-Kamera in der linken Hand, auf gleicher Höhe ein junger Filipino mit einem grossen schillernden Fisch in der linken Hand. – In den mondlosen Nächten entsteht ein Dorf am Horizont, Licht an Licht leuchtet es aus dem fernen Dunkel: Fischerboote. – *Bazura*: Sie tanzen, die Weissen, Schönen, die Oben-ohne-Frauen und Tanga-Männer. Sie tanzen in der Art «Wir wollen hier nackt sein, also sind wir nackt, unsere Sitten sollen eure Sitten sein». – Grösster je erlebter Absturz. Ich tanzte und trank Rum-Coke in der *Bazura-Bar*. Am Morgen erwachte ich eingerollt auf einem kleinen runden Tisch, als die Angestellten mit ihren Palmwedelbesen

– «sch-sch-sch» – den Platz putzten. Jemand hatte mir wohl etwas in meinen Drink gemischt, mein Geld war weg und ich hatte einen dröhnenden Kopf.

Werner ist aus Manila zurück. «Strengstes Alkoholverbot vom Arzt», sagt er. Rauchen tut er weiter. Er muss wegen seinem Herz aufpassen, dazu ist er zuckerkrank. «Ich schwör dir, du, da rumpelt mein Magen schon nachts, ich kann nicht schlafen, möchte am liebsten zwei *Carabao*s verschlingen – und am Morgen stellen sie mir ein Spiegelei und Bananen hin.» Die Eisfabrik ist fertig und produziert Eis, manchmal. Der Geldgeber von Werners Eisfabrik heisst Erich und ist Schweizer. Er ist Alkoholiker, hat ein Nervenleiden, das ihn dauernd mit den Mundwinkeln zucken lässt, und er sieht aus wie eine dürre Stangenbohne. Den linken Arm trägt er zurzeit in Gips, weil er besoffen hinfiel. Seine philippinische Freundin sitzt neben ihm und lächelt. Sie lächelt meistens. Er blättert in seinen undurchsichtigen Buchhaltungsheften und murmelt vor sich hin. Er verspricht, dass es mit dem Eis nun funktioniere und man auf ihn zählen könne.

Der Wassermangel wird jetzt im trockenen April akuter. Immer wieder sieht man die einfachen Leute mit Kanistern bei den Restaurants Wasser holen. Sie haben aber selber auch Probleme. Der Grundwasserspiegel ist empfindlich gesunken. – Es wird gebaut wie wahnsinnig, gehämmert, gesägt, geklopft … Wenn das so weitergeht, wird die Insel in einigen Jahren total überbaut sein. Doch auf der anderen Inselseite bei Bulabog stehen verloren ein paar schiefe Bambushütten in den Büschen, der Rest ist Meer und Sand und angeschwemmter Dreck. Das wird sich bestimmt bald ändern. – Den Abfall holen sie mit einem türkisblau gestrichenen, von einem *Carabao* gezogenen Holzkarren. Negritos, passend zu ihrem sozialen Status, erledigen den dreckigen Job. – Die Abfalldeponie liegt gleich neben der Mainroad in einer Wiese, nahe beim Grundwasser. In der Halde schnüffeln Tag und Nacht Schweine in der Grösse von Nilpferden. Auch Negritos-Frauen und -Kinder fleddern in den Brettern, Büchsen, Glas- und Plastikbehältern nach Brauchbarem. – Der Insel-Arzt kommt jeweils am Montag, Mittwoch und Freitag hierher, aber auch dann muss man ihn suchen. – Statistik im Touristenbüro: 1980 lebten 3975 Menschen auf der Insel, heute seien es etwa 6000.

Ricardos Tropenträume

Er ist aufgewühlt, schwelgt: «Stundenlange Zärtlichkeiten im Dunkeln, erst schien der Vollmond durch die Bambusritzen, danach tropfte Regenwasser durchs Dach auf unsere erhitzten Körper.» Später: «Ein drahtiger Jüngling kommt im *Sanctuary* auf mich zu, hebt einen Sekundenbruchteil seine Augenbrauen, weist unmerklich Richtung Strand und ist verschwunden. Er wartet auf einem Baumstrunk am Meer, sitzt dort wie Buddha, vom Beinahe-Vollmond versilbert, und schenkt mir ein feines Filipino-Lächeln. Wir suchen uns ein dunkles Plätzchen in den Büschen am Strand. Diese Schönheit, die natürliche Veräusserung der Jünglinge – atemberaubend. Ich nehme sie in mir auf.»

Ich sitze am Strand, als ein Junge daherkommt. Er setzt sich gleich zu mir. Roland heisst er. Er ist mit einem Australier hier, der ihm den Flug bezahlt hat. Aber eigentlich will er gar nichts von ihm wissen. Er plant, nach Australien zurückzugehen und eine 68-jährige Frau zu heiraten, sagt er, als sei gar nichts anderes möglich. Ich staune immer wieder. Später spaziere ich nach Angol im Süden. In einer etwas schlampigen Bar sitzen zwei Franzosenpärchen und ein Jüngling wie aus dem Märchen, sein nackter Oberkörper gleicht einem jungen Gott. Er kommt zu mir, fragt, was ich trinken möchte. Wir kommen ins Gespräch, als würden wir uns schon lange kennen. Wie ich heisse? Er sitzt hinter einem *Rum sling,* vier Bier habe er bereits getrunken. Der Generator stinkt zuerst und gibt dann den Geist auf, Kerosinlampen sorgen für Ersatz. Er arbeitet seit einer Woche hier, räumt auf, bedient, Mädchen für alles, Hilfe für seine Kusine. Aus der Kleinstadt Kalibo auf der grossen Nachbarsinsel Panay kommt er wie so viele hier. Er sei 18 und habe in Kalibo einen Freund und der zahlt ihm 50 Pesos, «when he uses me». Plötzlich schlägt der Alkohol durch, er weint, sagt, er sei ein *pure boy,* er wolle zurück nach Kalibo. Er beruhigt sich wieder, kommt mit mir an den Strand, betont erneut, er sei ein pure boy, er mag nur Frauen, aber – im gleichen Satz – er möge es auch mit Männern gerne. Wie oft ich das schon gehört habe. Man macht alles in einem gewissen Alter plus Alkohol, so zwischen 17 und 20, danach kommt meist die eigene Familie schneller als wirklich gewünscht, Unfall. Wir plaudern ein bisschen, danach gehe ich nach Hause. – Ich treffe Jon, der mit seinem Schweizerfreund hier in den Ferien weilt. Jon sagt, dass er heute keinen Sex mit seinem Freund haben konnte, weil Karfreitag ist.

«Höchster Schmerz grenzt an Wollust und tiefste Perversion an die mystische Energie; äusserste Banalität gewährt einen Blick aufs Erhabene.» (Umberto Eco)

Markus-Tag. Markus, Schweizer, Bäcker, mit dem Gesicht eines Aasgeiers. Ich trete durch Hinterhof, Zwischenwände aus Sperrholz, Chaos und Dreck, gelange in die dunkle Backstube, wo der Gehilfe *Walmir* Törtchen aus dem Teig sticht. Markus ist nicht hier, *Walmir* will nach ihm schauen. Ich warte neben dem Ofen, ein Alter sitzt zittrig auf einem schiefen Holzbänkchen, Markus kommt. Hallo, Hände schütteln. Ich fühle mich wie ein Reporter, der ein exotisches Revier auskundschaftet. Man hatte mir gesagt, dass er Brot aus Maniokmehl macht, also frage ich ihn. «Ja nein!!!» ruft er aus. «Nur mit Weizenmehl. Das wird importiert aus Kanada, Australien und sogar aus Ostdeutschland.» Sein Ofen ist aus einem alten Blechtank gebaut, rundherum ein Freiraum, damit die heisse Luft zirkulieren kann. Darum herum dann Beton, der in vier Jahren rissig geworden ist. Geheizt wird mit Holz, aber auch mit den vielen Blechresten seiner Dosen. Die stampft er zusammen und schichtet sie unten rein. Sie zerfallen durch die Hitze zu Staub. Er fragt mich, ob ich Zeit auf ein Bier habe. Es ist zehn Uhr am Morgen. Doch warum auch nicht, ein Bier. Wir gehen durch den Hof zum anschliessenden Hang und klettern die Sandtreppe zum *Hump* hinauf, einem kleinen japanischen Restaurant. Schwitzend sitzen wir am Tisch und blicken aus den geöffneten Fenstern hinunter auf Palmen, Bambushütten, das schillernde fleckige Meer und die Postkarten-Segelboote. Jojo, der Kellner, kommt, ruft mir «hello KGB» zu, er ist für mich der CIA-Agent, unser Spielchen seit wir uns kennenlernten, vor ein paar Monaten, als er noch in der *Bazura* arbeitete. Seit sechs Jahren ist Markus hier. Alkoholiker, Asket, Eremit, Menschenverachter. Aber auch Herzensgüte strahlt aus seinen braunen Schlitzaugen, Schalk stiehlt sich hinter seinem schütteren Backenbart hervor. Er lebt mit seiner Frau *Lovel* und wie ein Filipino. Er reiste viel, zuerst Malaysia, zurück in die Schweiz, doch seine Stelle war weg, und so verreiste er eben wieder, und blieb in Boracay hängen. «Ich kam im Juli, im

November eröffnete ich die Bäckerei.» Er wurde im Clan aufgenommen, einige Verwandte arbeiten bei ihm. Wir sind bei Bier Nummer 4. Unter uns ertönt irgendwo lautes Discogehämmer. Wir plaudern weiter, die Post, wo ich eigentlich einen Brief aufgeben wollte, kann warten, meine Pläne haben sich geändert. Über Weltpolitik-Geschwafel landen wir bei der Natur: bei lästigen Ameisen, fliegenden Hunden, die am Aussterben seien, weil sie zu viele abschiessen (und essen), Schlangen, es gäbe auch Würgeschlangen. Das erste Paket Camel ist zu Ende geraucht, Bier Nummer 5. Eine Segelyacht hatte er, die grösste auf der Insel, doch eines Tages war sie weg. Nach Bier Nummer 6 gehen wir, schweben die Treppe hinunter. «Komm, ich will eine rauchen», meint er. Sein Zimmer: eine Bastmatte als Bett, Vorhang, Schweizer Bauernschrank (er komme von Selg), Kommode, Heftchen, Papierchen, Aschenbecher, Büchsen, alles durcheinander. Die Frau liegt dort, lächelt mir zu, sie stillt eben ihre Tochter. Wir gehen und essen in der Küche zwischen riesigen Pfannen, Steinhaufen, Büchsen und am Boden verstreuten Bierdeckeln in Essig eingelegte Sardinen und ein *Bürli* (Weissbrötchen). Der Boy holt Bier … Markus muss schnell weg mit seiner Frau, er drückt mir das Baby Caroline in die Arme, sagt ihr, ich sei der *Tito* (Onkel), und so sitze ich mit ihr auf der Holzbank hinter dem Haus, schaue in den Hof, zeige ihr die Hühner und die Sau, ich grunze, sie lacht, aber nicht lange, dann beginnt sie zu schreien und ich drücke sie einem Angestellten in die Arme. Später spazieren wir weiter, trinken im Plaza Café weitere Biere, ich kotze zwischendurch mal an eine Palme, niemand achtet sich darauf. Markus bekommt den hypnotischen Blick, auch er ist randvoll. Irgendwann verabschieden wir uns.

Warten. Um 14 Uhr müssen wir bereit sein für die Abreise mit dem Schiff, von Caticlan nach Puerto Princessa auf der Insel Palawan im Westen der Philippinen. Wir erfahren, dass das Schiff erst nachts ablegen werde. Ich bin bereits mit dem Bäcker-Markus bei einem Bier, draussen gleich neben der Strandpromenade sitzen wir auf Bambusstühlen und geniessen ein laues Lüftchen. Entspannen nach einer langen Nacht. Da sitzt ein Australier mit stahlblauen Augen im Restaurant, neben ihm ein junger hübscher Filipino. Wir blinzeln mit den Augenbrauen, minimale klare Gesten, und wir verabreden uns für später. Roland heisst er, wohnt in Manila, sieht aus wie

14, ist aber 20. Er sagt das mit seiner erstaunlich tiefen Stimme in perfektem Englisch. Sein Freund habe ihn reingelegt, jetzt wolle er Sex, aber er, Roland, sei nicht so. Es mag 15 Uhr sein, das Bier tut in der Hitze des Nachmittags seine Wirkung. Roger de Paris stösst zur Säufergruppe. Er hat schon einige intus. Und erzählt, wie er mal fürchterlich besoffen war und auf der Toilette einschlief. «Am anderen Morgen wollten die Frauen putzen, und da ich nicht abgeschlossen hatte und eingeschlafen war, erblickten sie da ihren Chef, vollgekotzt mit wirrem Haar und geschwollenen Augen.» Markus faselt wieder von seiner Hochzeitstorte. Er hat beschlossen, den Amerikanern Wasser, Mehl und Eier zu bringen. Roger de Paris bestellt eine Runde Bier, dazu Wienerli mit Brot. Markus hat eben einen Kaffee getrunken. Kaum stehen die Wienerli auf dem Tisch, als Markus zu husten beginnt, zu würgen, darauf verfärbt sich sein Gesicht in Richtung Aubergine – ich renne, um einen Plastikkübel zu holen. Während wir mit grossem Appetit die Wienerli verschlingen, kotzt Markus den Plastikkübel voll. Später am Nachmittag landen wir nach einigen weiteren Bieren bei den Wirbelstürmen. «Unda», 1984, sei der schlimmste Taifun gewesen. Markus: «Da stand ich an der Fensteröffnung und sah plötzlich meine zwei Ziegen vorbeifliegen. An einer Palme wurden sie zerschmettert aufgefunden.» Um acht Uhr abends weiterhin kein Schiff. Ich treffe zufällig wieder Roland. Er will verführt werden, so sagt er mir jetzt. Er braucht auch etwas Geld, um nach Manila zurückzufliegen. Er habe dort Termine. Ich gebe ihm etwas Geld, mir reicht sein Geschwafel. Er sei ein «welleducated boy», kein Junge aus dem Stricherviertel *Ermita* in Manila. Er will mir schreiben. Wirr, das alles. Das Schiff komme am anderen Morgen um acht Uhr, heisst es.

Paradies?

Am 27. März titelte *The Chronicle on Sunday:* «Brewing battle over Boracay». Anfangs haben dem Artikel zufolge nur Fischer auf der Insel gelebt. Roque Salazar, ein Alter von hier, sagte dann: Coprahändler seien die nächsten gewesen. Der Coprapreis fiel, die Touristen kamen gegen Ende der 70er-Jahre. Heute spielt er vor allem *Mahjong* (ein online-Puzzlespiel). Jens Peter sei der eigentliche Entdecker für die Touristen gewesen. Heute rivalisierende Business Associations: Local Government, DOT, Singaporean Corporation, UBIBA (United Boracay Island Business Assoc.) ... 32'000 Touristen kämen im Jahr ... ca. 150 business establishments. ... Fischpreise steigen wegen Restaurants ... immer mehr ältere Männer mit Ermita-Frauen (sprich Mädchen aus einem bekannten Huren-Viertel in Manila) ... 1987 wurde die BITZA gegründet, Boracay Island Tourist Zone Assoc. ... Problem: Boracay braucht Wasserreservoir, Abfalllösung etc. Geld gehe in Strassenbauten. Boracay ist seit 1978 Tourist Zone. DOT-Director of Tourism Standards Evelyn Pantig sagt, es sei schwierig, Balance zwischen Präservation und Entwicklung zu bewahren. Es müsse Masterplan geben. Die Singaporean Comp. hat 24-Mio-Pesos-Projekt, 3 Hektaren: 55 aircon cottages around swimming pool, Tenniscourt etc. Das ganze heisst *Panoly* und liegt neben Werners Haus. Pantig: «We always feel threatened by foreign investment. But local capital is so timid ...» ... Wash-out am Yapac Beach ist ein grosses Geschäft, Leute bis in hohe Stellen seien involviert: Man gräbt den weissen Korallensand weg, der Strand verschwindet. Polizeichef, der das 1984 stoppen wollte, wurde ermordet. Das Volumen des Yapak Beach war 1948 74'250 m^3, September 1987 noch 34'300 m^3. *(Quelle: Bureau of Mines and Geo-Sciences).*

News. Paradise Garden, ein überdrehtes, protziges Villen-Resort, das ein paar jungen, stinkreichen Deutschen gehört, hat rund um das riesige Grundstück eine zwei Meter hohe Betonmauer mit Glasscherben obendrauf gebaut. – In der *TNT-Bar* ist nun Visa willkommen. Der Einzug der Kreditkarte auf Boracay. – Genau neben Werners Haus am *Punta-Bunga-Beach* legen sie mit grossem Tam-tam den Grundstein für das Singaporean Project. Der Tourismus-Minister, der Bürgermeister und viele VIPs aus Manila und der näheren Provinz sind anwesend. *Panoli-Club* soll das neue Resort heissen, drei Millionen Dollar betragen die Kosten.

Er heisst *Nonok,* hat Wurzeln wie ein Darm und ist als Geisterbaum gefürchtet. Schon mehrere Schüler seien verrückt geworden, nur weil sie unter einem *Nonok* bei ihrem Schulhaus durchgegangen seien. – Kröten hopsen abends über den Sand, das Gras, die kleinen Wege. – Glühwürmchen durchfunkeln besonders im Januar die Dunkelheit; verhaltener Mondschein hinter kraushaarigen, durchsichtigen Wolken, Palmengruppen als schwarze Silhouetten wie Giraffenhälse am Horizont. – Das Morgenbad am menschenleeren Strand, alleine mit Sonne, Wind, Wasser und silbrigen Fischchen, die scharenweise jauchzend übers Wasser springen, immer und immer wieder, sie vollführen ein Morgenballett nur für mich! – Die Fliegen! Sie setzen sich träge auf deinen Arm, das Bein, wo immer, doch willst du sie zerklatschen, sind sie plötzlich sehr flink. Dank dem Wind hat es zurzeit kaum Fliegen. – «Herunterkrachende Kokosnüsse können einen Menschen mit der Wucht von rund 1000 Kilopond treffen.» – Ich lese in «Wo und wofür ich lebe». Da schreibt H.D. Thoreau: «Der Morgen bringt uns das heroische Zeitalter zurück. Ich wurde so gepackt von dem schwachen Summen einer Moskitofliege, die in der ersten Morgendämmerung ihren unsichtbaren und geheimnisvollen Umflug im Zimmer hielt, wenn ich bei offenen Fenstern und Türen da sass, wie von irgendwelchem ruhmkündenden Trompetengeschmetter ...». Und da landet ein winziger grün gepunkteter Käfer auf den Buchzeilen. Er ist ungewöhnlich langgezogen, hat vier Beinchen und das Eigentümliche an ihm ist, dass er sich seitwärts, fast diagonal bewegt. Es ist aus mit meiner Thoreau-Lektüre. – Die abendliche Theatervorführung: Wenn es dämmert, die Göttin der Melancholie für kurze Zeit Einzug hält und Wehmut über die Menschen streut und man im Strandgarten sitzt und aufs Meer hinausschaut, Wolkenbildern nachsinnend, träumend ... Dämmerung, Zeit auch für die Hühner, sich auf die Büsche und in die Bäume zu begeben, damit die grossen Echsen und sonstigen Viecher sie nicht fressen können. – Spatzen nehmen ein abendliches Bad im Sand. – 18. März. Grosser Tag für Meteorologen: In Mindanao ist totale Sonnenfinsternis.

April/Mai. Das Wetter spiele verrückt, sagt man auch hier. Vielleicht, rätselt man, sei die Sonnenfinsternis vom März schuld daran. Ich meine: Warum soll das Wetter nicht auch mal verrückt spielen, wenn schon die ganze Welt spinnt? Wie sagte doch Blaise Cendrars: «Unsere Welt ist bestenfalls ein Verdauungsprodukt vom Lieben

Gott.» – Vorbereitungen für die Regensaison überall: Dächer aus-bessern, Holzwände lackieren, Organisieren des Materials für die Windbreakers am Strand (wenn der *Habagat*-Wind von Westen her auf die Insel bläst und man sich schützen muss vor allzu viel Luft).

Träumereien wie Trümmer. Auf dem Meer bewegt sich ein roter Punkt. Was ist die Seele? Kümmert dies das kleine durchsichtige In-sekt auf der Glasplatte des Tischchens vor mir? Ist die Seele eine allmächtige Einheit, aufgeteilt in sieben Milliarden Menschen? Das momentane erhabene Gefühl unendlich weit reichender wirrer Ge-danken.

Ganz für mich.
Oh lass es sein. Unverbraucht.
Ungebildet. Gefangen.
Lachen, scherzen, an der Oberfläche treiben
wie ein Stück morsches Holz,
gestrandet am Ufer des White Beach, oder woanders.
Wir brauchen mehr Motorräder und Roboter.
Maschinen, eilt herbei, seht euch das neue Zeitalter an,
das auch unser Paradies erreicht hat!
Ach, und die Vögel wissen nicht, was sie tun.
Leben?

Wenn schon, dann dies: mein Erfahrungsgut weitergeben, in wel-cher Form auch immer. An junge Menschen, die noch keine Masken tragen.

Mücken sind lästig wie Fliegen. Doch endlich weiss ich, Graham Greene sei Dank, zu welchem Nutzen sie geschaffen wurden: «Man könnte die Mücke mit einer Geissel in der Hand Gottes vergleichen. Sie lehrt uns, aus Liebe zu ihm Schmerzen zu ertragen. Dieses quä-lende Surren in den Ohren – vielleicht ist es das Surren Gottes.»

Ich habe ein Gedächtnis wie ein Goldwäschersieb. (Um es für jene zu verdeutlichen, die nichts mit diesem Satz anfangen können: Das Gold bleibt im Sieb!) Ludwig Hohl: «*Die Werke? Sind Briefe an den Freund.*»

In der *Sandbar* herrscht dicke Luft. Stricher schleichen herum, professionell und habgierig mit entsprechend horrenden Forderungen, fast wie in Europa bekannt, brrrhh! Ich entdecke im Gewühl Eric, den bärtigen, massigen, oft massiv besoffenen Kunstmaler aus England, der in Italien lebt und mich an Leonardo da Vinci erinnert, und der das gleiche sucht wie ich: Jünglinge und das Unmögliche.

Jünglinge – elektrisierende Mischung aus obszön und jungfräulich, lasziv und rein, schlau und naiv, zärtlich und geil. Animalische Reinheit, gepaart mit menschlichem Überlebenswillen.

F., gerade 18 Jahre alt geworden, spitzbübischer Ausdruck, erinnert an einen Bergmenschen aus Nepal, Spuren von Tragik durchziehen sein Gesicht. Er sitzt immer etwas abseits von den anderen, beobachtet. Plötzlich nimmt er meine Hände und drückt sie gegen seinen Schwanz und schaut sich dabei verstohlen um.

In der *Bazura-Bar* sei ein Weisser nachts nach zu viel Alkohol von einem Filipino erstochen worden. Mehr erfährt man nicht. – Gerücht: Die Insel soll an drei Länder verkauft werden, die dann Exklusiv-Tourismus machen. Bei Gerüchten fliegt die Fantasie besonders hoch ... – Die wichtigsten Wörter auf den Philippinen: *mamaya* (später), *may be / seguro* (vielleicht), *wala* (es hat nicht), *o-o* (ja), *hinde* (nein), *salamat* (danke). – Der Quadratmeterpreis ist in den letzten paar Jahren von 60 Pesos auf über 300 Pesos gestiegen. – Im Resort Miramar haben sie eine moderne Funkstation eingerichtet – einziger Kontakt zur Aussenwelt.

Tirol. Der Tirol-Clan, eine alte, reiche Familie aus Iloilo im Süden von Panay, ist seit ewig auf Boracay aktiv. Sophia Tirol sei bereits 108-jährig. Sie splittete ihr Erbe, das einen 300-Hektaren-Besitz umfasste, in zehn Teile. Sie erzählte Freunden von Boracay: 1914 war die Insel noch leer. Damals habe es keine Palmen gegeben, nur Negritos, und die sollten dann nach dem Willen von Sophias Vater Palmen pflanzen.

Das *Panoli-Projekt* im Norden beim *Punta Bunga Beach* schreitet voran. In einen Hang gebettete Betonbungalows, im Zentrum darunter ein Tennisplatz, zum Strand hin das Verwaltungsgebäude. – Am Strand werden neue, niedrigere Palmen gepflanzt, als Ersatz für die stolzen hohen Bäume, die man alle radikal niedergemacht hat. – Es entstehen immer mehr Bambuszäune, welche die einzelnen Resorts voneinander abgrenzen.

Krieg an Silvester. Donnergrollen, Knallen, Blitze, Zischen, Schreie, schwarze Hände – der Strand um Mitternacht vollgepumpt mit Leuten, die ihre Knallkörper und Raketen loslassen, die Filipinos lieben den Lärm, laut muss es vor allem sein. Am Schluss die grosse Sauerei im Paradies, der Strand übersät mit Plastikbechern, Bierflaschen, Scherben, Raketenresten. Gäste im Restaurant: ein paar Deutsche, die dauernd reklamieren, sich fürstlich bedienen lassen, im ganzen Geknalle mit steinern-wichtigen Mienen über Astrologie reden. Behangen sind sie mit furchterregend scheusslichen Symbolen der esoterischen Art an Fingern, Armen, Hälsen, Beinen und Füssen. New-Age-Touristen, Dreiwochenurlauber.

«Niemand denkt klar, ganz gleich, wie er sich auch stellen mag. Denken ist eine schwindelerregende Angelegenheit. Es kommt dabei immer darauf an, von diesem vernebelten Schimmer jedesmal so viel zu erhaschen, wie man kann, und es dann, so gut man kann, zusammenzusetzen. ... Deshalb wohl klammern sich die Menschen so fest an ihre Ansichten; denn verglichen mit der wirren, zufälligen Art, wie sie zustande gekommen sind, erscheint auch die übergeschnappteste Meinung wunderbar, vernünftig und selbstverständlich.» (Dashiell Hammett in *Der Fluch des Hauses Dain*)

Ich brauchte zehn Jahre, bis ich es erfasste: Boracay ist eine tropische Irrenanstalt. Tropische Psycho-Wellness-Spa oder so. Man bekommt vom Arzt von irgendwo Ferien oder Ortsveränderung verschrieben zur geistigen/seelischen Erholung und Regenerierung. Wir kommen dann scheinbar als Touristen, Zugezogene oder Auswanderer hierher, doch im Grunde sind wir vor allem gestört. Das Paradies als tropische Inselanstalt für Gestörte aller Art: pathologischer Narzissmus, Exhibitionismus, Hypersexualität, Alkohol-, Drogen- oder Erlebnissucht, neurotische Tics, Burnout-Syndrom, krankhafte Komplexe, bipolare Störungen, Manien aller Art usw. In der Rolle des Irren kann ich hier alles tun, kann ich erbarmungslos über alles schreiben. Prima! Die Wassertherapie, das morgendliche Bad im Meer, habe ich hinter mir.

Ich habe den traditionellen Schreibplatz im Resort gewechselt, der nun auch mein neuer Wohnort ist: Cottage 5. Mit Blick hinter die Küche. Es folgen ein hoher Bambuszaun und Häuser der Nachbarn, also kein freies Land mehr, auch kein Durchgang mehr nach hinten, wo einst Wiesen mit weidenden *Carabao*s waren. Alles anders. Die Schreibmaschine bleibt die gleiche ... Dafür finden jetzt die Hahnenkämpfe gleich fünfzig Meter weiter hinten statt. Nachts bin ich manchmal mit dem *staff* zusammen, bei einem *tagai-tagai,* jenes 1:1-Rum-Coke-Gemisch, das schluckweise aus dem Glas getrunken die Runde macht. Ich werde initiiert. Das gehört zur Therapie. Ich lerne die Geheimnisse der philippinischen Mentalität *ein bisschen* kennen. Werde eingeweiht von den Angestellten. Nachts schwirren die Jungs in der Gegend herum, beobachten Touristen-Pärchen am Strand beim Bumsen, am anderen Tag sind wieder alle die netten, spielenden, arbeitenden Christen-Kinder.

Die Angestellten sind ein Sack voller Flöhe. Immer kichernd, «only joke», «no problem», auch wenn sie sich anschreien. Dieses Denken wird mir immer unbegreiflich bleiben. Dieses Kollektiv-Bewusstsein, vielleicht animalisch oder eher, wie ich mir das Altertum vorstelle. Verantwortungsbewusstsein kennen sie nicht in unserem Sinne und untereinander. Man ist dauernd zusammen, hat ja auch kaum eine andere Wahl, wächst zu zehnt in engen mit Matten belegten Bambusräumen auf, ist in einem besonderen Sinn Familie, die für einander sorgt, weil man gar keine andere Chance hat. Dann: Hier gibt es nur entweder oder, bei der Sexualität *bacla* und normal, *bacla:* die Schwuchtel. (Obwohl 90% der – oft auch verheirateten – Männer es auch untereinander treiben, zumindest wenn sie genug getrunken haben.) Insel der Gestörten in allen Varianten.

Natürlich spielt auch die Liebe eine Rolle. Eine grosse Rolle, wie du dir denken kannst. Die Liebe – oder jene Gefühlsregungen, die vom dumpfen Bumsen über alkoholgeprägtes Geilsein, oder jenes in die Magengegend sausende Gefühl beim kurzen Blick mit jemandem bis hin zum Hochgefühl des Verliebtseins reichen. Und verliebt bin ich, wie blöd. Seit Langem wieder einmal. Und gleichzeitig bin ich auch schon im Zweifel. Denn ich weiss ja um die Unmöglichkeit, wenn ich so eine Beziehung weiterdenke. Ein junger Eingeborener der Insel mit Spitzbubenaugen. Er geht gerne in die Disco und tanzt wie ein Brasilianer, beweglich, im richtigen Rhythmus, explodierend. Und wir spielen ein Versteckspiel. Verstecken spielen ist hier sehr wichtig, denn die hunderttausend Augen von Boracay sehen fast alles. Amour fou, passend zur Insel der Irren. Noch nie habe ich das erlebt. Und dann denke ich bereits an die Zukunft, an ein ideales Zusammensein, werde egoistisch, vergesse ihn.

Heute ist Chinese New Year, das Jahr des Pferdes ist angesagt, aber ich fühle mich eher wie ein Esel. Nach meiner Amour fou.

Wie sind wir Westler, Zivilisierten, doch so unverschämt ungeduldig. Alles muss immer gleich passieren. *Instant.* Keine Zeit, keine Opfer, nur der jämmerliche Versuch, dem Schatten der Angst auszuweichen.

Neues Zuhause. Ich wohne jetzt in einem Bambus-Cottage, etwa achtzig Meter vom Strand entfernt, beim alten Schweizer Bekannten Daniel. Auch er ist hier ziemlich neu, der Grund einmal mehr: Liebe, oder was man so dafür hält. Lumpie, sein kleiner brauner Hund, ist ein witziger Kerl und bereits mein Freund. Seine Spezialität: einem vor den Beinen herzugehen, sodass man ständig über ihn stolpert.

Die *Bazura* ist umgebaut worden. Ein schier unendlich dicker Ami-Tourist sitzt da, hello Joe. Er erinnert mich an die verfressene Fettsau in *The Meaning of Life,* der dann ja buchstäblich explodierte. Er sass da mit einer klapprigen Frau in knallrotem Kleid und mit drei Zähnen. Es war aber, wie das Buschtelefon meldete, keine Frau, sondern ein Mann. Und Joning, mit dem ich dort sass, konnte sich kaum satt sehen. Die *Bazura* nun mit betonierter Openair-Tanzfläche, mit TV und Riesenleinwand, fünf Billardtischen zur Toilette hin, neben den Bars Videoscreens, Aufpasser, damit die besoffenen Filipinos nicht allzu schnell ihr Messer zücken (das die meisten bei sich haben) oder mit dem Revolver rumballern (was auch manchmal vorkommt). Huren verbreiten sich, auch mehr Profistricher aus den grossen Städten sowie Es, Mann-Frauen in verschiedenen Variationen. Drei treffe ich zusammen. Zwei aus Iloilo, der dritte aus Manila, sie studieren. Sagen sie. Der eine ist noch ziemlich klar, der zweite recht angeschlagen, der dritte liegt bereits draussen im Sand.

Die Mainroad ist hier im Zentrum der Insel grösstenteils betoniert. Zur Freude der Mopedfahrer, die mit teuflischer Raserei die Kinder in Angst und Schrecken versetzen. Entlang der Mainroad setzen sie dicke Pfosten für die elektrischen Kabel, die sie nach und nach hochziehen. Das elektrische Zeitalter beginnt demnächst auch auf Boracay. – Am Strand vermieten sie neuerdings auch Liegestühle und Sonnenschirme.

Erich aus dem Luzernischen geht an mir vorbei. Vor vier Jahren kam er auf die Insel, investierte viel Geld in Werners Eisfabrik. Er wurde immer nervöser, hatte irritierende Zuckungen, und Päuli sagte, er habe eine Nervenkrankheit. Nun geht er der Mainroad entlang, ganz langsam an einem Stock wie ein neunzigjähriger Zittergreis, ein weisses Hündchen vor sich her, und er schaut mich an und durch mich hindurch und erkennt mich nicht, sein Gesicht das eines Toten, bleich wie ein Gespenst. Ein tragischer Fall der Irrenhaus-Insel.

Meine vergangene Amour fou sah ich, wie er Säcke schleppte für ein neues Resort aus Beton am *White Beach* – das Beton-Zeitalter beginnt.

Hochzeit von einem guten Freund aus alten Schweizer Tagen. Ich war der *best man*, also der Brautführer. Die Hochzeit ist eine barock anmutende Zeremonie, eine Art Volksfest mit unzähligen Verwandten, Kindern und Neugierigen und auch eine Show. Ich musste gewisse Handlungen zelebrieren, nichts Grosses, aber ich hatte ja keine Ahnung und musste also immer von der Brautführerin ein paar Meter neben mir durch Gesten geführt werden. Einmal war ich so in das vertieft, was der Pfarrer tat, dass ich total vergass, niederzuknien, und also als einziger zuvorderst in dieser schmucklosen Kirche mit den unverputzten Wänden in meiner Bank stand, bis mich ein Zischen in die Wirklichkeit zurückholte. Ich hatte nämlich beobachtet, wie der Pfarrer die Hostie brach und gleichzeitig verstohlen auf seine Armbanduhr schaute. Später erfuhr ich den Grund: Er hatte eine halbe Stunde später eine Gebetssitzung an einem anderen Ort mit einer der unzähligen Sekten. Der Pfarrer mit Mikrofon, im Hintergrund ein Orgelspieler mit Klängen, die auch zu einem Zirkus oder einem Totenzug gepasst hätten. Ein müdes, monotones Dahinklimpern, zwischendurch mit kurzem dramatischem Crescendo.

Ich bin eingeladen zur Geburtstagsparty von Jerry, einem Dorflehrer. Er kredenzt einen Hundebraten. – Es ist angenehm, den Boracay-Blick zu haben, jenen Blick, der in die Ferne schweift, und weiter, ins Nirgendwo. Einfach dahocken und staunen und *platsch*. Wie die Hiesigen. Oder zu fünfzehnt am Strand um einen acht Kilo schweren *Bantalaan*-Fisch stehen und einfach schauen, dastehen, ein wenig Geplapper. Und dann später entschliesst sich einer, den Fisch zu kaufen. – Divine sagt mir, man darf hier mittags keine Feuer anzünden, das locke nämlich die Geister an. Dazu: Teller nicht abräumen, bevor alle fertig gegessen haben. Der letzte räumt dann ab. Andernfalls ziehe das Schlechtes nach sich. – Ein Bowling Center hat eröffnet.

Schweizer Nachmittag. Gestern trank ich aus unerfindlichen Gründen mit Daniel zum späten Zmorge (Salami, Essiggurken, Brot usw.) ein Bier. Das war um zehn Uhr. Es folgten weitere. Dann, so zum Verdauen, tranken wir einen Pflümli (Schnaps). Danach tranken wir ein weiteres Bier, und einen weiteren kleinen Schluck Pflümli-Wasser. Darauf beschlossen wir, einen Schweizer Nachmittag zu machen, so als eine Art Nationaltherapie. Wir gingen zu Päuli ins *Bamboo* und tranken – genau – ein weiteres Bier. Dazu assen wir original Schweizer Rauchwurst. Päuli, der Fricktaler, rief wieder einmal aus, mit seiner krächzenden Stimme schnauzte er seine Angestellten an wie eh und je, und das Merkwürdige ist, dass er noch immer die gleiche Frau hat, das Mädchen für alles, die den Laden schmeisst. Die hält das irgendwie aus. Filipinos sind wie *Carabaos*: schier unendlich geduldig, doch wenn der Wasserbüffel mal ausrastet, dann ohjehh! Später kam der Eis-Werner mit seinem Steak-Gesicht, und Päuli, der Giftzwerg, musste gehen, weil er als Stiftungsrat der Montessori-Schule an der Eröffnung eben dieser Schule eine Ansprache halten musste. Werner, Daniel und ich spazierten danach am *White Beach* zum *Green Yard*, wo wir ebenfalls etwas assen und tranken. Der Schweizer Stef hatte auch wieder etwas zu meckern, er weiss nicht mehr, was er will. Er blickt einen mit seinen eisblauen Augen an, und er blickt gleichzeitig durch einen hindurch. Danach gingen wir zu H., klein, gedrungen, mit zwei Klappen, dahinter so etwas wie Augen. Dort assen wir Fleischkäse mit Brot und amerikanisch widerlichem Senf, und dazu tranken wir – genau. Es ging gegen Abend und Werner erzählte wieder seine Geschichten. Eis macht er längst nicht mehr, seinen ungeheuerlichen Riesenhund hat er allerdings noch, und der beisse manchmal einen anderen tot. Und der ehemalige Fremdenlegionär sagt dann auch, dass man dem Saddam im Irak endlich mal eine Atombombe auf seine Birne knallen sollte. Werner will jetzt den Fax auf Boracay einführen. Mit Daniel auf dem Heimweg. Plötzlich ging ein gewaltiger Regen los, wir standen unter, dicht gedrängt mit tausend Filipinos, was mich gar nicht störte, weil es da eine sehr angenehme Nachbarschaft gab ... Danach war die Sauftherapie beendet.

Sanctuary heisst jetzt zur Saison hin neu *Sharks*, das Schild assoziiert eine Geisterbahn. Auf dem Meer davor steht die *Floating Bar*, wunderbar! – Sie bauen den Flughafen in Caticlan um, was und wie genau, kann niemand sagen, auch nicht, wann er wieder betriebsbereit ist. – Seit Tagen schon von nah und fern der nervtötende Lärm von Motorsägen. Und das bedeutet, dass da dutzendweise Palmen abgeholzt werden. Billigholz. – Am *White Beach* stehen jetzt im Dezember immer noch die Windbreakers (Bambusstangen mit Palmblättern dazwischen), die den Monsun vom Westen etwas abhalten und die Pflanzen schützen, die sonst im Dauergebläse verbrennen würden. Erstaunlich, denn der Monsun hat längst die Richtung gewechselt und weht jetzt aus Richtung Nordosten als *amihan*-Wind.

Jünglinge – ach ja ..., sagt Ricardo. Helmar hat ihn beeindruckt, der ruhige, 23-jährige verschmitzte Kerl und hervorragende Arbeiter. Er legt Elektrokabel, verputzt Wände, stellt Möbel her – er kann alles. Zuhause auf dem Festland wartet seine geduldige Frau, auf dass er sich wieder einmal zeigte.

Joning, Angestellter im *MR*, der auf dem Hügel gleich gegenüber der Mainroad wohnt und sehr schnell auf mich reagiert hatte. Er gestand mir, dass er sich gerne bumsen liesse. 50 Pesos koste es bei den Angestellten, bei Touristen sei es mehr, wie viel, wollte er nicht sagen. – Mit *staff*-Leuten in der *Bazura*, Joning ist ebenfalls dabei. Plötzlich verschwindet er mit jemandem und kommt nach einer Viertelstunde zurück. Später frage ich ihn, ob er gebumst habe, und er sagt in verblüffender Offenheit einfach «ja». Träume, ach, nackte Schönheit ist schöner als nackte Wahrheit ...

Hiobsbotschaft bei meiner Ankunft im Paradies: Der Windsurfer R., 33 Jahre alt, seine Frau und ihre zwei Kinder verbrannten in ihrem Cottage. R. überlebte als Einziger. Er wurde sofort nach Kalibo (ca. 3 Std.) gebracht, von dort nach Manila ins beste Spital (ca. 5 Std.). Dort aber hatte man keine Zeit für ihn (!). Von Manila ging es nach Singapur. Aber jede Rettung kam zu spät, weil er etwa zu 80 Prozent verbrannt war, teilweise, so sein Bruder, bis auf die Knochen. Nächsten Sonntag ist Beerdigung. Das Cottage ist eine Ruine. *Sandcastle,* das direkt anschliessende Resort, brannte ebenfalls nieder. Zum Glück war der Besitzer jene Nacht in Manila und auch sonst hatte niemand dort geschlafen. Ruinen am *White Beach* wie nach dem Krieg. Wie der Brand ausgebrochen ist, weiss niemand genau, wahrscheinlich durch Petroleumpfunzeln, die umkippten, es heisst auch, R. sei besoffen gewesen.

Wiedersehen mit Eis-Werner. Die Eisfabrik gibt es nicht mehr. Er erzählt von Otto, der mal für ihn gearbeitet hat. Er sei verhaftet worden. Die Polizei hatte ihm eine Minderjährige untergejubelt, das gab den Anlass für eine Hausdurchsuchung, bei der man dutzendweise gefälschte Kreditkarten gefunden habe. – Ein Bursche Samstagnacht in der *Bazura,* zwischen 15 und 16, mit offenem Hemd, das seine Muskeln zeigt. Er gesellt sich zu mir. Als Ronald stellt er sich mir vor und kommt schnell zur Sache. 1000 Pesos will er, etwa das Sechsfache, was so üblich ist unter den Halbprofis. Wie immer, zu jung.

Eric, der Kunstfälscher, wie er mir unterdessen erzählt hat. Personifiziertes Mittelalter. Er wohnt in Italien und England, im Winter ein paar Monate hier, mit seinem Filipino-Freund, den er seit sechs Jahren hat und mit dem er auch nach Europa reist. – Roger de Paris schlendert immer noch strandauf- und strandabwärts, brummelt Sachen vor sich hin und hat ein Weihnachtsmenü für circa 30 Dollar, was für hier doch sehr teuer ist.

Ich lese Hansjörg Schneiders *Wüstenwind.* Notizen eines halben Jahres. Er spricht von Todeskulturen, die immer und zu jeder Zeit die am höchsten entwickelten Kulturen seien. In der Schweiz wird der Tod verdrängt. Hier nicht. Zwar gibt es keine Todeskultur, aber der Tod ist näher, und mit ihm auch die *assuams*, die Geister. Die lassen sich beschwören oder zumindest besänftigen, zum Beispiel indem man Salz streut und sein persönliches Gebet spricht. Mir gefällt dies besser als Bunkerfriedhöfe an den Stadträndern und fassungsloses Gebrabbel, wenn jemand stirbt, und die Geister, die nicht mehr existieren oder nur noch als krankes Phantom in den Köpfen der Irren-Normalen.

Die Exotik ist weg, Fremdes vertrauter, Boracay wird immer mehr zum Alltag. Wie anderswo, wo man lebt, nur mit anderer Umgebung. Und mit viel mehr Wärme und den vielen strahlenden Augen. Laser liegt mal wieder neben mir am Boden und schläft, lebt ein richtiges Hundeleben.

Ein ständiges Sterben und Gebären, so kommt es mir hier vor, dauernd ist alles im Fluss, kein statisches Museumsleben wie in der Schweiz. Nein, die Menschen sind nicht besser, es ist die dynamische, ungeschminkte Art und Weise, wie das Leben hier abläuft. Fatalismus?

Adventsonntag. Stromausfall, und so brummt der Generator fünf Meter von meiner Terrasse entfernt, zwar durch die Mauern des Generatorenhäuschens, aber immer noch laut an diesem windigen Sonntag, vierter Adventsonntag, keine Kerzen, höchstens manchmal ein Kracher, wie sie hier bis Neujahr gerne knallen lassen. Seit drei Tagen haben wir Windwetter mit heftigem Regen zwischendurch, der den zum Meer führenden Pfad überschwemmt. Die Kröten freut's, die sitzen dann breitbeinig im Weg, besonders nachts, und du musst im Zickzack-Schritt da durch. Ohne Licht ist das eher unangenehm, aber in der mondlosen Zeit habe ich immer die Taschenlampe dabei. Und dann lernte ich den Trick: Man muss mit den *Schläppli* (Flip-Flops) die Kröten seitwärts ins Gebüsch katapultieren.

Von meiner Veranda schaue ich in die Palmen, Mahagoni- und im Wind sich neigenden Eukalyptusbäume, am Gartenzaun ranken sich Passionsfruchtpflanzen. Manchmal kommt einer von *Daniels* Hunden zu mir spielen, oder jemand geht auf dem Pfad zum Meer hin an meinem Cottage vorbei. Da ist auch die kleine schwarze Sau zu erwähnen, die manchmal einen Grunzanfall hat. Eine Hühnermutter scharrt mit ihren Küken im Kies.

Ich sass heute Morgen auf dem Stuhl an meiner grossen Türe, die nur mit einem Flügel geöffnet war. Ich sass vielleicht ein Stunde dort. Ich schaute hinaus und machte nichts. Einfach schauen. Denken? Träumen? Nicht mal wirklich schauen. Manchmal gedankenverlorene Notizen. Einfach mit offenen Augen dasitzen und gar nichts tun. Die Bäume sind in Ekstase. Der Windsound. Und dann kamen Daniels Hunde. Suchten sich hier eine trockene Stelle. Schabu, der seinen Kopf zwischen meine Knie steckt, verängstigt noch immer, seit ihm jemand quer durch die Schnauze schoss; Laser, der weise, Shoppy, die schwarze, fette, liebe Hundekuh. Und zwischendurch auch Rambutan, der verwöhnte Tollpatsch. Im Nachbarsgarten die riesige Sau, die lustvoll im Wasser schnüffelt. Überall Pfützen, kleine Seen. Ein höchstens mittelschwerer Taifun. Und nun scheint er sich endlich zu beruhigen. Immerhin bläst der Wind seit vorletzter Nacht.

Ein verwirrtes Huhn will in meinem Bambus-Häuschen ein Ei legen und rennt laut gackernd in allen Zimmern herum, bis ich es endlich wieder nach draussen scheuchen kann.

«Feuer», schrie jemand, als wir gemütlich ein Bier an der Bar tranken. Es brennt bei *Dalisay,* meinte jemand. Wir rannten zum Strand und sahen den blutrot gefärbten Himmel hundert Meter weiter strandabwärts. Ein Koch, so hörten wir später, hatte unvorsichtig mit einer Gasflasche hantiert und die explodierte. Vier Cottages und ein Restaurant brannten nieder, sagt man. Der zweite grosse Brand innert drei Wochen.

Beim Pissen in der *Bazura* (hier wird nur gepisst, das passt zum Ort) kommt ein Filipino, stellt sich neben mich, pisst ebenfalls und schaut mir genau zu. «Big cock», sagt er bewundernd, dann ist er fertig und geht hinaus. Wie wenn er mir einfach nur guten Tag sagen wollte ...

Immer von Neuem faszinierend: der Mikrokosmos Boracay, die auf sieben mal zwei Kilometer geschrumpfte Welt. Da leben vor allem Filipinos, aber auch viele Schweizer, Deutsche, Franzosen, Japaner, Engländer, Italiener, Amerikaner, Australier, Koreaner usw. Da gibt's das Resort mit allem Luxus am Ende des *White Beach* (*Fridays*), aber auch noch Ureinwohner, die Negritos, die in einfachsten windschiefen Hütten leben, abseits auf der anderen Inselseite, mit primitivster Feuerkochstelle wie in der Steinzeit. Da gibt's ein Gym wie auch Hühner, die durch Bambuskneipen laufen, und nebst lokalem Obst kriegt man hier leider auch Drogen aller Art (vom Gras über Shabu bis Heroin), man findet Openair-Discos, ein Laser-Disc-Kino, aber auch einen ursprünglichen kleinen Markt mit vielen Fischen. In der prallen Sonne schmoren die glänzenden Touristenkörper, daneben hocken Filipinos im Schatten und träumen, warten auf irgendetwas oder auch nicht, aus den Bars dröhnt Musik aus wirklich aller Welt, doch die einheimischen Gitarristen mit ihren traurigen Liedern treten auch noch auf. Beim Sunset sieht man röchelnde Jogger, Tai-Chi-Gruppen, raufende Hunde und jauchzende Kinder nebeneinander. Und während die Weissen an der Bar ihre Margarita oder ihr

Rum-Coke schlürfen, trinken die Männer am Strand *tagai-tagai*, die Touristen suchen beim Drink die romantische Beleuchtung, die Filipinos trinken am liebsten unerkannt im Dunkeln.

Der Weg von meinem Cottage führt auf dem Lehmpfad kurz durch ein Palmwäldchen, dann auf einem kleinen Weg im Zickzackkurs durch Gebüsch und Schilfgras, vorbei an ein paar Hüttchen, dann biegt man in eine schmale, schattige, von halbhohen Palmen gesäumte Allee, die den Blick zum Meer freigibt. Zehn Meter vor dem Strand weist ein blaues Schild für Blinde aufs blaue Meer hin.

Ein Palast entsteht am Hügel gleich gegenüber Daniel. Ein Riesending mit Aussichtstürmchen, das Ferienhaus von «Tetchie», einer berühmten Schauspielerin mit einem italienischen Freund, der das bezahlen soll. – Das Spital zwischen Daniels Haus und der Mainroad ist im Rohbau, momentan passiert aber nichts mehr. – Gutes Holz koste, so sagt mir ein Deutscher, teilweise mehr als in Deutschland. Deshalb hat er das gesamte Holz für sein Haus aus Deutschland importiert. Absurd.

Noel wohnt jetzt seit zehn Tagen bei mir, aber es kommt mir vor, als kennen wir uns schon sehr lange. Wie alte Freunde. Mehr ist auch nicht. Ich freue mich an seinem Anblick, er ist gross, muskulös, mit einer unglaublichen Natürlichkeit. Manchmal koche ich, jetzt er, *squid adobo*. Er hilft mir beim Putzen, wäscht ab, macht dies und jenes. Wie bei einem alten Pärchen ... Am Montag muss er wieder zur Schule in Kalibo, die ich ihm bezahle. Er ist das älteste von vier Kindern, sie wohnen über Angol am Hügel im Gestrüpp, einfach, aber sauber und ruhig. Die Mutter ist resolut, der Vater liebenswürdig und lacht gerne.

Die Ohrenentzündung Nummer X habe ich mit Baktrin abgewürgt, der Rheumaanfall hat sich beruhigt, die Muskeln schmerzen vom gestrigen Tennis. Seelisch-geistig-sinnlich fühle ich mich ausserordentlich wohl.

Laser kommt mich immer öfter besuchen und wohnt jetzt meist bei mir auf der Veranda. Der braune Bastard braucht Streicheleinheiten, die ich ihm gerne gebe. – Wenn die Hähne mit ihrem Gekreische Strom erzeugen könnten, gäbe es hier nie mehr Stromprobleme. Sie krächzen fast durchgehend, 24 Stunden. – Ich schlafe im Durchschnitt momentan fünf bis sechs Stunden, trinke ordentlich (auch immer wieder *tagai-tagai*), aber ich fühle mich trotzdem blendend.

Elektrizität hat es zwar, aber oft auch *brown-outs,* stunden- bis tagelange Stromausfälle, also immer noch gut, einen Generator zu haben. Eine australische Firma will jetzt die Wasserversorgung regeln, mit welchen Hintergedanken, weiss niemand so genau. Neue Strassen werden gelegt, auf der hinteren Inselseite und nach Yapak im Norden. Grosse Strassen. Und den Grund kennt auch hier niemand so genau. Es sieht nach Giganten-Resorts aus. Betonhäuser werden immer beliebter, auch einige fast am Strand. Immer mehr Moto-Tricycles fahren herum, Lastwagen gibt's auch bereits, die Sand und Zement transportieren, ein weiss gestrichenes Moped auf drei Rädern dient als Polizeiauto, viele laute Motorradraser sind ebenfalls unterwegs auf der Mainroad (immerhin fahren endlich keine Motorräder mehr auf dem Strandweg entlang!). Das Strassennetz wächst, die wichtigsten Strassen sind zu neunzig Prozent betoniert. Die ersten Villen verkünden Reichtum. Die Highschool in Balabag wird erweitert durch einen einstöckigen Betonbau, der einer Kaserne gleicht. Immer mehr Massage-Frauen bevölkern den Strand und fragen einem tausend Mal, ob man denn nicht …

Ausflug auf dem Moped zum *Bukashell-Beach* in Yapak ganz im Norden. Wo sich vor ein paar Jahren ein kleiner Mergelweg durch die Landschaft schlängelte, haben sie eine Strasse gebaut, ungeteert noch, aber breit, vielleicht erwartet man hier die Ankunft eines UFO's. Riesige Bagger brummen herum, Lastwagen aus dem letzten Jahrhundert bringen Steine, Röhren liegen da, es passiert etwas. Aber was? In der Zeitung las man kürzlich, dass die Kanalisation und Wasserversorgung jetzt endlich kommen soll sowie Telefonie. *Milas Place,* wo ich 1980 gewohnt hatte, ist jetzt ein vornehmes Betongebäude und heisst *El Toro.* Die Veränderungen extrem, grotesk auch. Steinruinen von Häusern, die gebaut werden sollten, dann ging den Bauherren das Geld aus. Übrig bleibt Dreck, den niemand interessiert. Immer mehr Mopeds, sie dienen als Taxis.

Ricardos Tropenträume. Er muss wieder seine Erlebnisse loswerden, es ist rührend. «Ich könnte jede Nacht mit jemandem heimgehen, nicht mal zum Bumsen, aber um im zärtlichen, intensiven Spiel sich total zu erfreuen. Gestern etwa ging ich in die *Bazura*, da sah ich Roland mit seinem Klumpfuss. Ich sehe ihn immer wieder. Er hat das Strahlen eines Ausserirdischen oder Engels. Und einen Körper, der von Michelangelo modelliert sein könnte und den ich gerne einmal malen würde. Wir sprechen ab und zu ein paar Worte, mehr nicht. Bis gestern, da traf ich ihn in der *Bazura*. Er sah mich und kam zu mir, wollte es einfach wissen. Wir tanzten zusammen, mussten aufpassen, dass wir nicht mitten in den Menschen anfingen zu schmusen.» Ricardo geht es zwar auch um Sex, aber nicht um Stellungen, sondern um Zärtlichkeiten und fast kindliches Spiel. Ob er Walt Whitman kennt? Nein! Whitman, vor fast zweihundert Jahren geboren in den USA. Ich erzähle Ricardo von Whitmans Gedichten über die Magie der Sinnlichkeit, an die betörenden Blicke, in denen so viel Seele ist, an die lustvolle Betrachtung von straffen, nackten, muskulösen Körpern – Ja, und die Moral steht geschrieben ...

Aber der Ausdruck des Antlitzes spottet der Rechenschaft ... Er ist auch in seinen Gliedern und Gelenken, ist geheimnisvoll in den Gelenken seiner Hüften und Hände. Er ist in seinem Gang, der Haltung seines Halses, der Biegung seiner Lenden und Knie, Kleidung verbirgt ihn nicht ... Ihn vorbeigehen zu sehen, gibt so viel wie das beste Gedicht, vielleicht mehr ... Du verweilst, seinen Rücken zu sehen, seinen Nacken und seine Schultern ... (Walt Whitman)

B. erzählte von einem neuerlichen *hold-up*, dieses Mal im Resort *Lorenzo*. Es ist die Fortsetzung einer Serie von Überfällen, die im November begonnen hatte, immer nach demselben Muster: Da stürmen drei Männer, maskiert und mit Maschinengewehren, in ein Resort, halten die Leute in Schach und rauben sie total aus. Nach dem November-Überfall in Angol war es ruhig bis vor etwa zwei Wochen. Dann ging es nach demselben Muster weiter, zuerst in Dinivid, einer kleinen Bucht im Norden, danach in Manoc-Manoc auf der Südseite der Insel, an abgelegenen Orten. *Lorenzo* hingegen liegt fast am *White Beach* und ist umgeben von vielen weiteren Resorts und Restaurants. Ja, und nun fragt man sich natürlich, wer dahintersteckt, ob gar das Militär selbst, und wer als nächster dran ist. Trübe Aussichten.

Der Wind wurde in der Nacht heftiger, in Böen fegte er über die Insel, zerrte an den Palmblättern, und die wiederum kratzten am Nippa-Dach, ächzten und knirschten und lärmten unaufhörlich. Dazu stachen die ekelhaften Mosiktos erbarmungslos zu, bis ich endlich richtig aufwachte und mich mit Off, einem aggressiven Moskito-Mittel, einschmierte. Nach dieser Geisternacht war mein Kopf am Morgen ein windiges Nebelloch. Nach Kaffee und Zigarette wollte ich spazieren, ein bisschen klarer werden. Am leergefegten weiten Strand entlang ging ich, alles grau, kaum ein Mensch war unterwegs, alles schien sich verkrochen zu haben in den Bambushütten und Resorts. Ein paar Auslegerboote lagen in der sandigen Ebene zum Meer hin, die blau beschriftete *Sharks* etwa und das Delivery-Boot *Anabelle II*. Ich nahm den Weg weg vom Strand, nach Bulabog, auf die andere Seite der Insel, ein Dorf, ein Weiler eher mit ein paar Häuschen und Windsurfern. Vorbei ging ich an der grossen Wiese, auf der die neue Schule steht. Ich war müde, sauer auf die ganze Welt und alle und alles – bis ich zwei *Carabao*s am Wegrand sah, zwei Wasserbüffel, die da standen und kauten und mich mit ihren traurigen (?) und lieben Augen anschauten. Ich begrüsste sie herzlich wie alte Bekannte und war wieder guter Laune.

Egon Friedell lese ich wieder (1878–1938), *Aphorismen und Gedanken*. «Steuermann seines Narrenschiffes zu sein» heisst es da. Da habe ich manchmal Probleme, werde getrieben – im tropischen Strom der Leidenschaften. Ich bin mein eigener Irrenwärter. In *Steinbruch* schreibt er: «Es gibt nur eine einzige Art von Unmoralität und Hässlichkeit: etwas anderes sein zu wollen, als man ist.» Auf die Veräusserung der einfachen Menschen hier übertragen bedeutet das, dass man fast im Paradies lebt, denn die Selbstveräusserung ist oft so kindlich rein und natürlich!

«Nur in die Sehnsucht vermögen die Menschen ihre eigensten Gedanken, Kräfte und Möglichkeiten zu legen. Nur in ihren Wünschen und Hoffnungen sind sie originell, singulär und sich selbst.» (Egon Friedell)

In der Tauchschule *Victorys* hatte es gebrannt. Das Gerücht: Der total besoffene Victor, dem der Diving Shop gehört, sei bei brennender Kerze eingeschlafen.

Man ist weniger zimperlich hier. Das Militär knallt zwischendurch am frühen Morgen streunende Hunde ab (und wird sie wohl später essen), Schweine werden vor dem Haus geschlachtet, die beim Hahnenkampf getöteten Hähne werden gleich neben der Arena gerupft und sonst eben blutend unter dem Arm mit nach Hause genommen. Man sticht auch schneller zu im Rausch, dafür wird nicht gepöbelt, wie wir das kennen.

Najestet, eines der vielen *Sari-Sari*-Lädelchen, wo man alles Nötige für den Alltag kaufen kann, ist auch Treffpunkt von etwas zwielichtigen Ausländer-Stammgästen und Filipino-Burschen. Gerold, blond, gross, mit blassblauen Augen, die immer allwissend schauen. Er will mir junge Burschen anbieten, 15, 16 maximal. Ich bin nicht interessiert. Er habe schon alle auf der Insel gehabt, prahlt er. Er hilft der alten Frau im *Najestet* mit Geld aus, will sich so absichern. Ob das funktioniert? Sein Manila-Boy wirft mir Blicke zu, Gerold wird eifersüchtig und ist plötzlich auch nicht mehr so freundlich. – Ich treffe Allan. Er ist weiterhin arbeitslos, nachdem er in einem Resort rausgeworfen wurde. Ich habe den Verdacht, dass er Shabu nimmt, dieses Amphetamin, das dir das Gehirn wegbläst. Ja, sagt er traurig.

Das erste internationale Volleyball-Turnier ist zu Ende, Mannschaften aus Australien, Korea, Japan, Bahrein, Taiwan, Malaysia und von den Philippinen waren dabei. Der ganze Strand voller Boote, von allen Nachbarsinseln waren sie gekommen, ein Riesenbetrieb, die Glacé-Verkäufer klingelten einem die Ohren voll, eine Minitribüne krachte zusammen, zum Gaudi aller, ein Palmblatt fiel krachend zwischen eine Gruppe plappernder Weiber, auch hier Gekreische und Gelächter, eine zugereiste TV-Crew aus Australien wurde lahmgelegt, weil sie im *El Toro* gegessen und sich dabei den Scheisser geholt hatte ... auf dem Balkon sitzen einige vom Organisationskomitee, ein kräftiger Bursche an der Schreibmaschine, die linke Pranke auf den Tasten, die rechte lässt er sich maniküren ... viele wichtige Leute mit Sonnenbrillen und Jeansjäckchen (in der Hitze) und möglichst ein

Funkgerät in der Hand, die grosse Mode der VIPs (und jenen, die sich dafür halten). Was in Europa das Autotelefon, ist hier das Funkgerät, möglichst dauernd und überall wollen sie funken.

Schwarze Wellenwände auf purpurnem Teppich wogen heran, langsam und majestätisch. – Ich erlebe mein Leben nicht als Geschichte, sondern als Abfolge von Momenten, als Spots. Ich empfinde das Leben als eine Art Kaleidoskop. Das Flüchtige, Nebensächliche, Alltägliche taucht auf aus irgendwelchen inneren und äusseren Universen. Gerüche, Gesichter, Musik, ein Ton, ein Lied, Worte, Erlebnisse, ein Witz, Gelächter bis zum Bauchweh, eine Berührung, Träume, Vorfreude wie als Kind. Analysieren und deuten mögen andere, ich will nur erzählen, in die Runde werfen; Beobachtetes, Empfindungen, Gedanken oder, weniger hochgeschraubt: Ich will verdauen. Ich erzähle meine Gedanken Ricardo, der mich versteht, weil er in einem ähnlichen Universum lebt, wie es scheint. Nächstens verreist er wieder. Ich werde unsere Gespräche wie immer vermissen.

«Es gibt viel mehr Tote als Lebende. Die Lebenden sind eine Minderheit. Minderheiten müssen zusammenhalten, sonst gehen sie unter.» (Hansjörg Schneider, *Wüstenwind*)

Es ist eine Freude, Noel anzusehen, seine langen Beine, sein kräftiger Oberkörper, das Strahlen. Ich denke an die Sufis, vielleicht entwickle ich mich zu einem ... die kennen das Ritual, so erinnere ich mich aus einem Buch (von Idries Shah?), wie sich ältere Männer in einen Kreis setzen, und im Zentrum sitzt ein wunderschöner Knabe, und die Männer meditieren über dessen Schönheit.

Insel der Irren. Gratistherapie. Schön.

Der Wind hat bereits gewechselt, seit Tagen bläst er vom Meer: *habagat*, Südwestmonsun, normalerweise beginnt er ab Mitte/Ende Mai und dauert bis in den Oktober.

Ich sitze nachts um halb eins auf der Veranda. Endlich besucht mich Laser wieder einmal, nachdem er von jemandem eine auf die Nase bekommen hatte, danach war er voller Angst. Er wedelt, schaut mich treuherzig an und scheint mit mir Frieden zu schliessen, obwohl ja nicht ich ihn geschlagen hatte.

Letzthin hockte eine riesengrosse Kröte vor dem Eingang meines Hauses, und ich wagte nicht, sie wegzukicken. Eine Urgrossmutter-Kröte. Ich nahm einen Stein ...

Die Alpträume der Hunde
Das Gähnen der Sau
Der Stolz der Kröten –
Was sind dagegen die menschlichen Sorgen!

1994

Das Happy New Year ist glücklicherweise vorbei, denn die Knallerei der Filipinos ist schlicht fürchterlich und gefährlich. Der Inquirer im neuen Jahr:
«Guns, alcohol, fireworks leave 18 dead, 1300 hurt.»

Nächste Woche soll die Disco *Sharks* mit wieder einmal einem neuen Namen und grosser Party eröffnet werden. *Wacko Mako* heisst sie nun. Ob es ihnen gelingt, mehr Leute in ihre Disco zu locken, die aussieht wie eine Tankstelle in der Wüste von Nebraska, bezweifle ich.

Die Philippinen ... Zum chronischen Chaos inklusive Putschversuche kommt jedes Jahr noch eine extra Portion dazu, für die Menschen nichts können: Erdbeben, Vulkanausbruch, Wirbelstürme. Letztes Jahr waren es 32 Taifune, das macht in etwa, wenn man die taifunlosen Monate weglässt, jede Woche einen. Sie brachten über hundert Menschen den Tod und viel Sachschaden, das Transportsystem kam vollends durcheinander, darauf fand man zeitweise kein Gemüse mehr oder so teuer, dass es sich nur noch die Wohlhabenden leisten können. Ein Kilo Tomaten kostet zurzeit 60 Pesos, das sind rund 3.20 Franken.

Gestern rief Marianne aus der Schweiz an, doch ich verstand sie kaum. Es war, wie wenn sie hinter einem Wasserfall stehen würde und mir etwas erzählen wollte. Das Telefon ist noch nicht erstklassig, aber immerhin, eine neue Errungenschaft im Paradies. – Die alten Männer, die ich oft beim Strand gesehen habe. Einer links des Palmstammes, der andere gegenüber, und zusammen sägten sie so den Stamm längs, langsam zogen sie das lange Sägeblatt hin und her und hin und her. Doch wo sind sie geblieben? – Gestern morgen roch es in der Küche penetrant süsslich, bei genauem Hinsehen entdeckte ich im düsteren Dämmerlicht (Stromausfall, noch kein Generator) eine verweste Ratte, die ich dann mit Ekel draussen entsorgte. – Ich sitze oft wie ein Filipino: ein Bein angewinkelt, das andere auf dem Boden.

«Selbst ein kleines Augenzwinkern zuckt durch alle Ewigkeit», las ich letzthin irgendwo. Der Spruch (ich glaube von Wilhelm Busch) passt wunderbar hierher, und ich stellte mir vor, dass zumindest in der philippinischen Ewigkeit reger Verkehr herrscht. Gerade die vielen kleinen Gesten, die Körpersprache ohne Worte sind Balsam. Ein Augenzwinkern ist mehr als eine lange, pseudogescheite Diskussion. Nennen wir es die *Native*-Therapie.

Anfang Februar, ich laufe in der Weltgeschichte herum wie ein lebendiges, vollgeschneuztes Taschentuch, ich muss dauernd niesen, husten und spucken, die Filipinos könnten viel von mir lernen. Es ist auch das richtige Wetter: windig und regnerisch und kühl. Viele Filipinos haben wegen des starken kühlen Windes Magenschmerzen. Dann kam die Phase, in der ich dauernd furzte wie ein Elefant, wieso, weiss ich nicht. Dazu las ich *Die Geheimnisse des Jenseits* von Slawomir Mrozek, ein umwerfendes Buch voller schräger Abgründe, Alltagsbeobachtungen, die er ins Unermessliche steigert, absurd. Sein Tenor: Wir sind alle Verrückte.

«Früher trichterte man den Leuten ein: Zweimal zwei ist sechs. Es wäre zu hart, ihnen plötzlich die ganze Wahrheit zu sagen. Also heisst es jetzt: Zweimal zwei ist fünf.» (Slawomir Mrozek)

Aberglaube. (Oder, was wir im rationalen christlichen Westen oft darunter verstehen. Denn was ist Aberglaube anderes als einfach ein anderer Glaube, statt des Glaubens an Jesus und Co.) Letzthin kam ich spät nachts nach Hause, den Pfad entlang, der zum Bambusgartentor führt. Das muss man öffnen, indem man einen Haken aus einer Öse zieht, und dies mit fahlem Taschenlampenlicht in der mondlosen Dunkelheit. Plötzlich sehe ich einen grossen Schatten über meinem Kopf. Erschreckt trete ich zurück, schaue gebannt hinauf und sehe ein fettes Huhn auf dem Tor thronen. Das Huhn will nicht weg, aber ich will hinein. Und so greife ich dem Huhn quasi zwischen dem Arsch hindurch, um die Türe öffnen zu können, und mit meinem nächsten Schritt trete ich beinahe in eine riesige Kröte, die mich starr anglotzt. Zum Glück war es ein braunes Huhn, denn, so sagte mir Noel, ist das Huhn weiss, ist es meist eine Hexe, die sich verwandelt hat. Als Noel seine Zahnentzündung hatte, war er überzeugt, dafür den Grund zu kennen: An dem Ort, wo er den Abfall der Familie verbrannte, stand eine Hexe, die habe ihm die Entzündung eben angehext. Mani sei wieder aufgetaucht. Er musste sich laut Buschtelefon ein paar Tage verstecken, weil er etwas mit Rose gehabt habe. Rose ist bekannt für nette Abenteuer, ihr eifersüchtiger Freund kriegt dann jeweils Tobsuchtsanfälle. Mani ist vielleicht vierzig, Luzerner, gross und mit enormem Wampen, wirrem Haar und freundlich blickenden Augen. Er ist Mitbesitzer der *Sulu-Bar* in Angol, unten, wo alle deutschen und Schweizer Säufer vom Dienst hocken. Er ist der Obersäufer, der bereits mehrere Male im Spital lag, einmal hatte er einen epileptischen Anfall, einmal erblindete er plötzlich, und letzthin hatte er einen Magendurchbruch. Dann stoppte er mit Saufen – und begann von Neuem. Längst ist er wieder bei Rum-Coke angelangt.

Es ändert sich dauernd alles. Längst gibt es keine grosse Solidarität mehr zwischen den Resort-Besitzern, man besucht sich kaum mehr, jeder schaut für sich. Die Geldgier ist grösser geworden. Viele Neue sind gekommen, haben ein neues Geschäft angefangen, mysteriöse Typen zum Teil, zwei Bankräuber aus Schweden zum Beispiel, die Geld in die *Sharks-Disco* gepumpt hätten, so heisst es, jetzt aber gesucht werden und untergetaucht sind. Der Eis-Werner hat seine Eisfabrik aufgegeben und ist nach Deutschland zurückgekehrt. Dafür gibt's jetzt ein manchmal funktionierendes Telefon. – Die neue Mode: dutzendfach Restaurants mit Buffets direkt am Strandweg, wo der Sand dann in feinen Dosen auf die Fische gewirbelt wird. – Kreditkarten sind längst in, Fernseher auch, überall laufen sie. – Die Fischverkäufer machen noch immer ihre Touren, jeweils zu zweit, mit einer Bambusstange auf den Schultern, an der einer oder mehrere Plastikkessel mit den Fischen hängen. *Isda!*, rufen sie dann, *Fisch!* Und noch immer verkaufen die schlitzohrigen Knaben Vögel, die sie irgendwo auf der Insel gefangen haben. – Ein Quadratmeter Land zum *White Beach* hin kostet inzwischen je nach Lage zwischen 7000 und 15'000 Pesos (300 bis 700 Franken). Verzehnfachung innert ein paar Jahren.

Zu Noel habe ich Vertrauen, ich erlebte mit ihm zehn herrliche Tage. Das langsame Sichkennenlernen und Näherkommen. Eines Nachts sagte er: «Es liegt an Gott, dass ich keine Familie gründe, sondern mit dir zusammen sein werde.» Starke Sätze. Eine Glaubenssache, aber ich kann eben längst nicht alles glauben. Letzthin war ich bei Noels Familie eingeladen zu einer *native party.* Die Mutter kochte gebratenes *chicken* und *pancit,* dazu gab es viel Bier. Wir brachten kleine Brezel und Pizza, homemade. Anfangs war alles ein wenig steif, auch sprechen Noels Eltern kaum englisch. Ruffi, Alona und Antonio, seine Geschwister, waren so scheu, sie getrauten sich kaum, ebenfalls an unseren schrägen Tisch zu sitzen. Doch mit der Zeit und dem Bier lockerte sich alles, Freunde kamen, eine fette Frau mit einem T-Shirt, auf dem stand «I am not fat, it's only the T-Shirt I am wearing», ihr Mann mit einer Gitarre. Und er begann zu spielen, sang wunderbare melancholische Filipino-Lieder, und plötzlich hatten Noel und seine Grossmutter einen Lachanfall, und ich fürchtete schon, dass sie vor Lachen sterben würde. Sie sass auf dem Boden, neben ihr das Bierglas, und so lachte sie und lachte, die Tränen kullerten. Es waren auch viele Kinder in dem kleinen Raum des hölzernen Hauses, weit oben am Hügel über Angol, mit Blick über das Meer, in einer wieder völlig neuen Boracay-Welt. Noel, sein 16-jähriger Bruder Antonio und ich gingen später noch in die Disco, und ich redete lange mit Antonio, der jetzt ebenfalls (nach genug Bier) englisch konnte. Er ist auch ein lieber Kerl, doch Noel und die Eltern fürchten, er nehme Drogen, Shabu, weil er auch oft in den Discos rumhängt. Er versicherte mir, dass das nicht stimmt.

Gestern Nacht kam ich um etwa zwei Uhr nach Hause, und da waren alle Hunde von David bei mir auf der Terrasse vereinigt, die dauernd reklamierende Madame Shoppy und die zwei geilen Böcke Laser und Shabu. Beide wollten etwas von Shoppy. Und urplötzlich gingen alle aufeinander los, das Blut spritzte, ich verjagte sie, warf Steine hinterher, aber es nützte nichts, und so beschränkte ich mich darauf, das Blut auf dem Bambusboden wegzuwischen. Bald darauf kam Laser verängstigt und am ganzen Körper zitternd zurück, trippelte mit seinen zittrigen Beinen schnurstracks in mein Schlafzimmer, und ich hätte ihn gewaltsam rausschmeissen müssen, aber ich liess ihn unter meinem Bett schlafen. Er ist schliesslich mein bester Hundefreund.

Der tropische Zauber vergangener Jahre ist längst weg. Staunen kann ich weiterhin, mich wundern ebenfalls. Und vieles werde ich nie verstehen, nebst der Sprache. Die Mentalität eines Volkes, wenn es denn so etwas gibt. Romantik etwa, wie wir sie kennen, gibt es hier nicht. Es sind andere Denk- und Empfindungswelten, in der Theorie vielleicht ergründbar, in der Praxis jedoch nicht wirklich nachvollziehbar. Vieles kann ich weder rational noch emotional ergründen. Ich denke oft an die Erzählungen von Somerset Maugham, die in Südostasien spielen. Der Kultur-Clash. Welch eine unendlich anmutende Passivität und Gleichgültigkeit: eine Mischung aus Geisterglaube und Katholizismus. Über allen, meist böse eingestuften Geistern, thront zuoberst natürlich das Jesulein. Und wenn der Papst kommt, was bald der Fall sein wird, dann schliesst man in Manila die Schulen gleich für eine ganze Woche. Eine Art archaisch-binäres Denken herrscht hier. Eins nach dem anderen, ja nicht zwei Dinge zur gleichen Zeit. Ob hier auf dem Lande oder im Top-Hotel in der Stadt. Koordination ist ein Fremdwort. Und Boracay. Ja, hier leben wir auf dem Land, in das Heerscharen von Städtern und Ausländern eindringen. Welten stossen aufeinander. Doch der grosse Clash bleibt aus. Geld. Die Weissen und Chinesen/Koreaner wollen mehr verdienen, die Angestellten, die Filipinos, brauchen es dringend.

Das Buschtelefon funktioniert immer. Jetzt sogar besser als das normale, denn überall hängen Kabel im Geäst oder liegen am Boden. Nachwirkungen des letzten Sturms – Aufräumen dauert hier lange. Und das Buschtelefon kündet, wie oft als Gerücht, den nächsten Sturm an. Kein Gerücht ist allerdings, dass der 55-jährige Australier und Macho John hereingelegt worden ist von Mila, der herrschsüchtigen Dorfdame. Er baute das Resort *El Toro* auf, war aber anscheinend vertraglich nicht gut abgesichert. Als das Resort gut lief, nahm Mila das Steuer selbst in die Hand und warf John raus. Sie ist mit dem Bürgermeister verwandt und kann sich so etwas leisten. Doch John prozessierte und – gewann. Seither läuft er nur noch mit zwei Bodyguards auf der Insel herum und wird wohl bald verschwinden (müssen). Man redet den Clans nicht drein, oder man zahlt dafür. Das ist hier einfach so, wenn man als Ausländer ein Geschäft machen will. Immer schön zurückhaltend und ruhig sich verhalten, und mit Clans keinen Deal einfädeln!

Der deutsche Riese Georg will eine Sternwarte bauen. In einem Jahr soll sie fertig sein. Ideen hat er viele.

Der Schweizer Stef mit seinen seeblauen Augen, die ins Nirgendwo schauen, wird wahnsinnig. Zu viel Alkohol, Gras und Shabu. Alles zusammen, nächtelang. Dazu vögelt er kreuz und quer in der Gegend herum, wo er doch mit der Tochter eines ehemaligen Mayors (Bürgermeister) verwandt ist. Und er hat eine eigene Tochter. Und das in Boracay, in dörflicher Umgebung, auf der Insel mit den hunderttausend Augen.

Der 24-Stunden-Betrieb der Hähne, die einfach dauernd zu allem ihren Senf geben müssen, lautstark und durchdringend. Es gibt sehr viele Hähne auch auf Boracay. Sie werden sorgsam gepflegt und hochgezüchtet mit allerlei schrecklichen Aufputschmittelchen. Sie erhalten von ihren Züchtern mehr Aufmerksamkeit als deren Kinder. Beim letzten Derby vor Weihnachten konnte sich der Gewinner, der mit seinen drei Hähnen siegreich vom Platz ging, etwa neunzigtausend Pesos abholen, das sind etwa 5000 Schweizer Franken oder rund siebzig Monatslöhne eines Durchschnittarbeiters.

Stimmt es, dass Projekte für einen Golfplatz auf dem Hochplateau Richtung Norden bestehen? Gut möglich, denn die Ayala-Familie aus Manila (eine der reichsten Familien der Philippinen) kaufte dort viel Land.

Meine Sehnsucht nach der absoluten Liebe – und dann verbrennen. Und in einem Moment des grossen Zweifelns wieder dachte ich mir: Was gibt es denn Erstrebenswertes ausser der Liebe? Und: Wie das Leben meistern? Ich höre die Antwort: Es ist noch kein Meister vom Himmel gefallen. Ach, mein Lieber, nimm es gelassen oder: vergleiche! Astronomen und ihre Sehnsucht nach der Erklärung der Unendlichkeit des Universums, Künstler, Dichter und Musiker und ihr traumhaftes Ziel des unerreichbar Perfekten, Gläubige mit ihrem unerfüllbaren Wunsch nach der Vereinigung mit Gott usw.

Eric Hebborn, mein spezieller Freund auf der Insel, obwohl wir uns nicht sehr oft sehen. Der Engländer, der direkt aus dem Mittelalter auf die Insel geflogen ist, gross, breit, mächtig, mit rotem vollem Bart, geröteten Wangen und funkelnden Augen. Restaurator sei er, sagte er. Und manchmal habe er auch Bilder gemalt. Er soff wie ein Held, schlief manchmal betrunken unter den Palmen am Strand ein. Die letzten zwei Jahre vermisste ich ihn. Nun las ich in der *Neuen Zürcher Zeitung* einen Artikel, der den Titel trug: «Posthumes Geständnis eines britischen Meisterfälschers». Und das war Eric, der letzte Woche starb. Er hat zwei Filmern schon vor Jahren gestanden, dass er eine weltbekannte Leonardo-Da-Vinci-Zeichnung für die Londoner Nationalgalerie gefälscht habe. Ja, mein lieber Eric ist tot. Traurig. Er war ein *Mensch*. Kein Eric mehr auf Boracay! Wir hatten intensive Gespräche wirklich über Gott und die Welt, da war eine stille Verwandtschaft, der gleiche freundliche Wahn von uns beiden, ich einfach ohne seine Genialität. Natürlich hatten wir unsere Gemeinsamkeit auch in den Jünglingen gefunden, aber das war nur etwas.

Eine neue Disco ist eröffnet worden *(Music-Hall)* und bereits wieder geschlossen. Zu laut, die Anwohner protestierten mit Erfolg – ein kleines Wunder.

Einen eigenartigen Katzentraum hatte ich, mit *Busle,* meiner früheren Katze. Die zersetzte sich vor meinen Augen, war zuerst zweigeteilt, dann waren es immer mehr Teile, alles mit viel Blut und doch nicht grausig – eigenartig und sicher bedeutungsvoll, nur kenne ich die Bedeutung nicht und lasse es deshalb sein. Ich habe einen Abreisskalender, der Spruch des Tages, passend zum Leben hier: *«Die Sinne betrügen nicht. Nicht, weil sie immer richtig urteilen, sondern weil sie gar nicht urteilen; weshalb der Irrtum immer nur dem Verstand zur Last fällt.»* (Immanuel Kant)

Was gibt es heute zu vermerken? Dass ich vor dem Zubettgehen die Füsse wasche, weil ich in der Wohnung (wie hier überall üblich) barfuss gehe. Dass ich täglich die braunen und schwarzen «Bölleli» wegwische, vom Tisch, vom Boden, von der Kommode, von so ziemlich überall. Das gehört hier zum Alltagsputzleben in einem Holz- oder Bambushaus. Die braunen winzigen Kügelchen stammen von irgendwelchen Insekten, die es sich im Holz bequem machen, die schwarzen von Termiten, die sich im Nippa-Palmdach einnisten. Und die arbeiten dauernd. – Für einen Schweizer Franken erhält man 16.50 Pesos. Ein Paket Camel-Zigaretten kostet noch immer zwischen 14.50 und 17 Pesos, also kaum einen Schweizer Franken. Eine Flasche Rum (den sie hier oft brauchen für ihr Schaudergetränk mit Cola) in der 375-ml-Flasche 23 Pesos, also etwa CHF 1.20. – Auf der Mainroad rasen sie weiterhin durch die Nacht, vorbei auch am *Chicka Pizza*-Restaurant, das auf Wunsch Pizza, Fried Chicken, Seafood Basket bis hin zum Margarita-Drink liefert. – Geweckt wurde ich heute von meinem etwa 30 cm langen Tuko, der anscheinend hinter dem Bild oberhalb meines Bettes wohnt, er ist laut und hat die Wirkung eines knarrenden Naturweckers.

Unersättlich bin ich, was Sinnlichkeit angeht. Ich kann mich kaum sattsehen. Die dunklen neugierigen Blicke, der aufrechte, grazile

Gang, die märchenhaften, verspielten Kinder wie Feen und kleine Gnome.

Ricardo ist hier auf Inselbesuch. Wir gehen zusammen essen. Er ist ruhig heute. Was ist los, will ich wissen? Er druckst rum, will nichts sagen, also lasse ich ihn. Ein neuer Ricardo, ernst.

«Das Schönste, was es in der Welt gibt, ist ein leuchtendes Gesicht.»
(Albert Einstein)

Beim Spaziergang am weiten Strand dachte ich mir erneut, was denn dieser Unterschied ist: Wie Tiere kommen sie mir hier oft vor, animalisch, und das darf man heute kaum mehr sagen, obwohl es überhaupt nicht abwertend und sogar positiv gemeint ist. Denn: Tiere haben eine natürliche Veräusserung, einen sicheren Instinkt und sie reden keinen Blödsinn! Aber die Menschen hier sind auf eine schwer beschreibbare Art so weggetreten, ihr Bewusstsein so verschieden von unserem, jenem der hochzivilisierten, total individualisierten, orientierungslosen und allzu oft ins Neurotische abgleitenden Gesellschaft. Ich fühle mich hier im Altertum. Da wird sklavisch gearbeitet ohne Fragen, da wohnt man auf einem Haufen, arbeitet und säuft oder wäscht, frisst in sich rein. Aber gleichzeitig diese scheinbare Unbekümmertheit, das Lachen, so oft und voll – ich komme nicht über die Clichés hinaus, ich kann die Menschen nicht richtig fassen, und ich spreche jetzt von den Menschen, die Säcke schleppen, Dächer flicken, Gräben ausheben, den Garten wischen, Kleider waschen, servieren. Tag für Tag. Und am Sonntag in die Kirche. Der überzeugte Glaube an Jesus und die Geister helfen wohl dabei, den Alltag zu meistern. In Manila, in der Stadt, ändert sich das schnell. Bei der Mittelklasse und den Reichen, da verwischt der Unterschied. Hugo Loetscher, der grosse Reiser, schrieb einmal, dass es für ihn den grösseren Unterschied mache, von Zürich ins Berner Oberland zu fahren als von Zürich nach Hongkong.

Mani ist aus der Schweiz zurück. Er wird immer dünner seit seiner Bauchspeicheldrüsenoperation (wäre ein gutes Wort für das Henkerspiel). Und dann hat er im angetrunkenen Zustand noch einem ebenfalls angetrunkenen Filipino eine runtergehauen, worauf der ihm von hinten eine Bambuskeule in die Rippen donnerte. Jetzt hat Mani Rippenschmerzen und Angst, denn hier einem eine runterzuhauen, kommt fast einem Todesurteil gleich. Aber vielleicht stirbt der liebe Mani auch alleine. So wie er aussieht.

Der Golfplatz nimmt Formen an, ein gigantisches Dreissig-Millionen-Dollar-Projekt, Ameisenarbeiter auf der Anhöhe des hinteren nordöstlichen Inselteils.

Eine weitere Premiere: Zum ersten Mal schreibe ich Briefe auch von Boracay aus mit dem Computer. Meine gute alte Schreibmaschine wird nun vor sich hinrosten.

Mein Nachbar *Cheese* (richtiger Name: Jessie) ist ein geiler Bock, der mich immer anmachen will, sein Zwillingsbruder Smile (richtig: Ismael) wiederum hat Trinkprobleme, wird immer wieder wo rausgeworfen und ist jetzt arbeitslos, letzthin habe ich ihn von Weitem am Strand humpeln sehen, vielleicht hatte er eine Schlägerei, denn er wird aggressiv, wenn er betrunken ist. Ich allerdings kenne ihn als netten, aufmerksamen Jungen (20-jährig). Er zündet sich die Zigarette auf ganz besondere Art an: Zuerst hält er kurz seine Flamme an den Filter. «Warum?», fragte ich ihn. Weil man so die schädlichen Stoffe in der Zigarette hält, ist er überzeugt. Ja, Smile, er lacht seinem Nickname entsprechend viel, aber doch schon weniger. Schade. So oft brechen junge Burschen hier zusammen. Shabu.

Fliegen stören wieder. Eintagsfliegen sind wie manche Menschen, Marie von Ebner-Eschenbach drückte das so aus:
«Die Eintagsfliege, wie so manche Leute,
Vergönnt sich keine Freude an dem Heute.
Denn ruh- und rastlos muss sie immer sorgen
Die arme Eintagsfliege – für das Morgen.»

August-Wetter 1. Es ist Sonntagabend um halb acht. Es regnet weiterhin, Landregen. Am *White Beach* verwandelt er sich wegen des dauernden starken Windes in Sturmregen. Ich habe den halben Tag geschlafen und gelesen: Graham Greene, *A Burnt-Out Case.* Da sagt die Hauptfigur, ein Stararchitekt, der in die Einsamkeit flüchtet:

«Selbstverwirklichung ist hart und selbstsüchtig. Sie frisst alles auf, auch das Selbst. Am Ende stellen Sie fest, dass Sie kein Selbst mehr haben, das Sie verwirklichen können.» Das Buch passt prima zur Regenzeit, allerdings spielt es sich am Ende der Welt ab, auf einer Leprastation irgendwo im afrikanischen Kongo, wo die feuchte Hitze fast unerträglich sein muss.

Es geht bereits gegen den Mittag, ich spüre es an meinem Hunger. Ich werde mir wieder mal einen Toast in meinem kleinen Toaster-Ofen machen. Und danach wie gewohnt eine Siesta, und wie gewohnt wird der Zeitungsjunge Gerry mich mit seinem *«paper!!!»* aufwecken. Ein Tag vergeht schnell, manchmal denke ich am Abend, was ich eigentlich gemacht habe. Lesen, schreiben, plappern, auf dem Markt Tomaten, Avocados, Mangos, Zwiebeln, Zigaretten und Moskitomittel kaufen, spazieren, einen neuen Teig ausprobieren, schreiben – und bereits ist wieder Abend. Ich pendle weiterhin zwischen hier und der Schweiz, wo ich vorwiegend schreibend mein Geld verdiene. Dann wieder bin ich auf Boracay für etwa drei Monate. Und schreibe ebenfalls, Notizen, Briefe, Tagebuch.

Auf der Veranda sitzen und ausschweifen. Auch Shabu sitzt da. Er ist alt und sein Fell abgewetzt. Er kratzt sich dauernd. Wie die schwarze Shoppy, die einer schwarzen Blutwurst gleicht. Zusammen kratzen sie sich auch nachts. Und hämmern dabei mit den Füssen auf den Bambusboden. Dann wieder heulen sie wie Wölfe in die Nacht. Manchmal alle Hunde der Insel. Dann sei jemand gestorben, sagt man. Es tönt tatsächlich gespenstisch. Shoppy hat die Angewohnheit, auf meinem Tisch draussen zu schlafen. Wenn ich auf der Terrasse sitze, kommt manchmal auch Chica auf einen Sprung vorbei. Sie hat vor fünf Wochen neun Junge geworfen und braucht zwischendurch ein bisschen Ruhe. So kommt sie auch bei mir vorbei, will kurz gestreichelt werden und geht wieder. Sie hat die Farbe eines Rehs und Zitzen wie eine Kuh. Dann ist wieder Shabu an der Reihe, spitzt die Ohren und schaut mich an – ja wie? Unendlich traurig und lieb. Sein linkes Auge ist blutunterlaufen, er sieht darauf nicht mehr richtig. Die Polizei hat ihn mal angeschossen. Jetzt sind sie auch wieder auf Jagd und knallen jeden Hund am Strand kurzerhand ab, auch direkt neben den Touristen. Sie sind wahnsinnig hier ...

Besuch bei Lito, dem Chef von *Chica-Pizza*, einer Pizzeria mit Hauslieferdienst. Das Beizli liegt direkt an der Mainroad, die sie jetzt ebenfalls verbreitern, damit sie noch schneller rasen können. Wir reden über alles Mögliche, und immer wieder lässt er sich über die Korruption aus. Fasziniert schauen wir gleichzeitig auf den Boden, wo ein Käfer eben seinen Todeskampf zu Ende führt, verfolgt von einer Schar Ameisen. «Ich muss dir etwas zeigen!», sagt er, verschwindet die kleine Wendeltreppe hinauf in seine Wohnung und kehrt mit einer Kugelschreiberschachtel zurück. Darin liegen zwei braune, längliche Käfer mit einem kleinen Loch auf dem Flügel. Sauber ausgefressen von den Ameisen und nun aufbewahrt von Lito. «Das ist meine Käfersammlung», sagt er und lächelt sein unmerkliches Lächeln.

August-Wetter 2. Um sechs Uhr die helle Dämmerung und das Versprechen auf einen schönen Morgen. Spaziergang zum Strand. Eben fährt auf dem Strandweg der Abfallwagen durch und sammelt die *basura* ein. Überall wird geputzt, in gebückter Haltung mit den kurzen Palmwedelbesen. Mädchen und Burschen. Der Sand beim Meer wird gesäubert. Entweder mit den feinen *walis tambo* aus Schilf- und Reisgras, oder den gröberen *walis tingting* aus den Rispen der Palmblätter. Männer mit Plastiksäcken sammeln Angeschwemmtes ein, Plastik aller Art, Büchsen, Bierflaschen. Das Meer ist kupfern grün, die Berge der Hauptinsel Panay zeigen sich im morgendlichen Dunst nur andeutungsweise. Der Wind bläst mir heftig ins Gesicht, er bringt schönes Wetter, jungfräulich blauen Himmel, der wie von Puderzucker bestäubt ist. Etwas weiter am Strand hinauf wachsen dunkelrosa Blumen im weissen Sand. Auf dem Rückweg: Ein Jüngling, nur in Shorts, putzt immer noch. Als ich vorbeigehe, streckt er seinen schmalen, sehnigen Körper und schaut mich neugierig an – wie oft sehe und geniesse ich das, diese dunklen starken Körper ohne ein Gramm Fett und diese schnellen neugierigen Blicke aus unergründlichen Augen.

«Das Wenigste gerade, das Leiseste, einer Eidechse Rascheln, ein Hauch, ein Husch, ein Augenblick – wenig macht die Art des besten Glücks.» (Friedrich Nietzsche)

Gestern die Neuigkeit, dass Greg, ein ehemaliger Teilinhaber von einem der inzwischen fünfzehn Tauchershops, in Bangkok an einer Überdosis Heroin gestorben ist.

Grosse Sitzung von Resort-Besitzern und einer Taskforce, die eingesetzt wurde, um Boracay auf einen besseren Weg zu bringen. Nach fünfzehn Jahren haben die Verantwortlichen plötzlich gemerkt, dass man auch hier für ein Resort oder sonstigen Geschäftsbetrieb eine Baubewilligung braucht. Dazu haben sie nun vierzig Seiten A4-Blätter verteilt mit allen nur erdenklichen Angaben, die innert zwei Wochen zu machen sind. Das geht bis zur Anzahl der Bäume auf dem Grundstück und den Tieren und wer wie viel verdient und wie das Ganze finanziert wurde. Und alle müssen – endlich – einen *septic tank* (Klärgrube) haben oder neu bauen, und wenn sie das nicht nachholen, wird der Laden geschlossen – von einem Extrem ins andere. Das vom *Departement of Environment and Natural Ressources (DENR)* einberufene Meeting war beeindruckend. Es fand im zweiten Stock von *Willy's Place* statt, einem Betongebäude am Rande des Dorfes Balabag, direkt am Strand gelegen. Um halb neun Uhr sollte es beginnen. Um neun Uhr kamen so langsam die Leute. Die meisten mit ihrem Cellphone am Gürtel. Auf dem obersten Treppenabsatz tropfte es aus einer Birnenfassung. Im ersten Stock wurde Kaffee ausgeschenkt, den brauchte man in diesem eisgekühlten Raum. Es gab einige Vorreden, dann endlich kam auch der Gouverneur. Vor der eigentlichen Eröffnung wurde dann gebetet, wozu man aufstand und murmelte. Dann trat eine truthahnähnliche Frau vor die Zuhörer und sagte, dass jetzt die Nationalhymne gesungen werde. Also sang man, während sie den Takt angab und mit der rechten Hand ein liegendes Acht in die Luft schleuderte. Alles dauerte und neben mir telefonierte einer dauernd. Als der Mayor auch noch seinen Senf dazu gab, verschwanden viele für eine Zigarettenpause und ich nach Hause.

Jünglinge – welch ein banales Wort! Da gefällt mir das brasilianische *jovems* besser. Gestern traf ich Noel, der mir lebenslange Liebe versprochen hatte, dann aber «verführt» wurde, wie er sagte, und jetzt bereits zwei Kinder hat, und das innerhalb von nicht mal zwei Jahren. Gottes Wille, na ja, der ist immer für Überraschungen gut

... Er brachte einen Verwandten mit, Roquito Naplaea (das tönt wie der botanische Name einer Pflanze). In welchem Grad sie verwandt seien, fragte ich. Also: Die Grossmutter seiner Frau und die Grossmutter von Roquito sind Schwestern. Jetzt kann man sich ausrechnen, wie sie verwandt sind. Ich wurde kurz sauer, wollte Noel fragen, warum er mich nicht mal alleine besuchen kommen könne (es ist ja typisch, dass sie meist zu zweit kommen, weil sie so schüchtern sind), doch dann schwieg ich und dachte, ach, was soll's, da bleibe ich besser gelassen. Wir gingen zu mir, ich fragte, was sie trinken möchten, ein Bier oder einen Softdrink, und Noel antwortete wie aus der Kanone geschossen: «*tagai-tagai.*» Also jenes heimtückische Getränk, das zu gleichen Teilen aus Cola und Rum besteht, in kleinen Portionen ins Glas gegossen, das «ex» ausgetrunken und dann im Uhrzeigersinn weitergegeben wird. Eine *big-neck*-Flasche (1 Liter) dazu, die ich mehr oder weniger zufällig noch bei mir auf Reserve hatte, obwohl ich dieses Ritual schon lange nicht mehr mitgemacht hatte. Die Flasche leerte sich schnell, alle wurden betrunken, Noel erzählte mir einmal mehr seine Probleme mit seiner Familie und dass er mich nach wie vor liebe, ich sagte ihm freundlich, er solle mit dieser Illusion aufhören, er wolle ja sexuell nichts wissen von Männern usw.

«Es ist seltsam bestellt um den Geist; nie erhebt er sich höher, als wenn der Leib eine Weile durch die Gosse gewatet ist.» (Somerset Maugham)

August-Wetter 3. Vorgestern Nacht tobte ein fürchterliches Gewitter. Nein: Es waren viele Gewitter, eines nach dem andern, manche wiederum zu dritt oder viert von allen Seiten. Es begann um zehn Uhr nachts mit eindrücklichem Wetterleuchten und enormen Blitzen, die sich über den gesamten Himmel jagten, dazu war das Firmament wie eine gigantische Leinwand beleuchtet, eine kosmische Pressekonferenz mit Blitzlichtgewitter. Doch dann hörten wir in der Ferne erstes Donnergrollen. Mit Sekundenzählen war bald vorbei, die ohrenbetäubenden Knaller folgten sich Schlag auf Schlag. Es war, wie wenn Gott in einem schrecklichen Tobsuchtsanfall im Himmel herumtrampeln würde. Oder wie im Krieg, mit allem erdenklichen Krachen, Knallen, Pfeifen, Getöse. Ich kenne die Terminologie der Kriegswaffen nicht, aber es schien, dass einzelne Donner horizontal

durch die Luft hallten und knallten wie verirrte Raketen. Minuten-
langes Grollen dann wieder, grelle Detonationen, dumpfe Explosio-
nen, monströses Geknatter wie Kanonensalven. Donnersound, bei
dem jeder DJ vor Neid erblasste: dieses Volumen, dieser Bass, der
die Insel wie bei einem leichten Erdbeben erzittern liess! An Schlaf
war nicht zu denken. Am Morgen waren wohl alle Inselbewohner
erschöpft, aber froh, dass es wenigstens halbwegs Tag war, denn
das Licht blieb dämmerig. Das Tief dauert schon Tage, es regnet,
stürmt zwischendurch wie bei einem kurzen Taifun-Anfall, dann
peitscht der Regen horizontal durch die Luft, zwischendurch schein-
heilige Sonnenstrahlen für Minuten, die gleich wieder verschluckt
werden von der nächsten schwarzen Wand, die von Südwesten wie
ein bleierner Vorhang heranrückt. Der Megataifun, der Richtung Japan stürmt und bereits halb Taipeh überschwemmte, ist also auch
hier spürbar. Er hat das Ausmass von mehreren tausend Kilometern
(etwa Schweden bis Portugal), in seinem Sog toben die Hilfsgötter
und sorgen für Blitz, Donner und nicht endenden Monsunregen. Ich
denke an Noah und kaufe bald ein Schiff. Alles ist nass und feucht,
moderig und muffig. Wenn ich zum Strand will, wate ich durch knie-
tiefes Wasser, vorbei an Kaulquappen, Fröschchen und fetten Kröten,
zwischendurch treffe ich auf einen Fisch, den es durch die hohe Flut
des Meeres ins Süsswasser hineingeschwemmt hat. Statt der Wiese
glänzt jetzt matt ein lehmbrauner See, statt Trampelwegen fliessen
Bäche. Die Wasserbüffel freut es bestimmt. Ein Gewitter folgt noch
immer aufs andere, wenn auch entfernt vorüberziehend. Aber man
weiss ja nie. Ich erfahre später, dass unzählige Fernseher kaputt sind,
Modems, Computer. Hilflose Technik gegenüber Blitzen ... Nach 28
Stunden *brown-out* (wie man hier Stromausfall nennt) haben wir
immerhin wieder Strom, mal sehen, für wie lange. Vorher lief der
Generator, und nachts ab 23 Uhr zündet man wie einst die *Hongkong lamps,* die Petroleumlampen, an.

Wenn ich in dieser feuchten Zeit ein Glas oder einen Teller aus dem
Regal nehme, besteht jetzt doppelte Gefahr, von einem kleinen, mil-
chig-weissen Lizard mit seinen grossen Augen erschreckt zu werden,
der sich da ausruht. Sie können mit ihren E.T.-Füsschen glatte Wände rauf- und runtersausen. Sie sind harmlos, niedlich, aber erschre-
cken können sie einen schon.

Lektüre in Bruce Chatwins *Der Traum des Ruhelosen, Essays, Geschichten, Rezensionen,* zum Beispiel über Konrad Lorenz, den er als Nazi darstellt, was dieser anscheinend auch war, wie die angeführten Zitate aus der Hitler-Zeit bezeugen. Chatwin starb mit 48. Ich fühle mich ihm manchmal verwandt. In der Ruhelosigkeit, und auch im Zweifel. Ich durchlebe eine Zeit, die viel Neues bringt, und ich weiss nicht genau, wohin mich die Lebensreise führt. Vielleicht gefällt mir deshalb auch Chatwins Faszination für die Nomaden, das Nomadensein. Er schrieb: «Orte, wo man gut arbeitet, sind die Orte, die man am meisten liebt.»

August-Wetter 4. Gestern war ein trüber Tag, ein Wetter, das man am liebsten möglichst schnell wieder vergisst, drückendes Schwül in Grautönen, der Himmel berührt den Boden, man kann kaum mehr atmen, die Spinnen hocken alle drinnen und dauernd streift man ihre klebrigen Fäden in irgendeiner Ecke.

Heute steht auf meinem Abreisskalender: «Der Mensch ist ein Geheimnis. Man muss es enträtseln, und wenn du es ein ganzes Leben enträtseln wirst, so sage nicht, du hättest Zeit verloren.» Der Satz stammt von Dostojewski.

Wenn ich mich manchmal frage, hintersinne gar über die eigenartigen Filipinos, sie nicht verstehe oder mich über sie aufrege, dann ist es wohl das beste, dem mit einem Zitat *Montaignes* entgegenzuwirken: «[Das Reisen] übt uns dauernd in der Beobachtung neuer und unbekannter Dinge ... Ich verfalle nicht in den üblichen Irrtum, zu glauben, dass die anderen so sein müssten, wie ich es bin; es wird mir leicht, Dinge für richtig zu halten, die mir fremd sind ...» Im Übrigen übe ich mich gerne in der Beobachtung neuer und unbekannter Dinge, von denen es weiterhin zur Genüge gibt, gerade auch sogenannt Belangloses, das in den Ohren vieler wie Unkraut klingt. Zum Beispiel der Blick in den grazilen *Calamansi*-Baum mit seinen grünen Zitrusfrüchtchen. Abends sitzen meistens drei *tiamis* auf einem Zweig. Die gelbgrünen Vögelchen haben einen Schnabel wie ein langer Dorn. Sie sind etwa so gross wie Kolibris und ernähren sich ebenfalls von Nektar. Sie sitzen dort, eng aneinander gekuschelt, schnabulieren, und der Zweig zittert leicht.

Es ist wieder einmal und wie jedes Jahr Zeit für die Reise in die Schweiz, Pendeln. Arbeit besorgen für meine Schreibereien, die ich nun hier auch erledigen kann, weil es ja seit einem Jahr Computer gibt und Internet. Heimat und Daheim. Schweizer bin ich und werde es bleiben, aber infiziert vom tropischen Virus.

Wahlen stehen an, vom Bürgermeister über den Kongress und Senat bis zum Präsidenten wird im Mai alles neu bestellt. Und das heisst auch: unruhige Zeiten, umso mehr als der Peso, wie die meisten asiatischen Währungen, an Boden verlieren. Und das wiederum heisst: Spekulationen, Gerüchte usw. Doch das kümmert jene nicht, die auf dem grossen Feld neben Boracays Hauptstrasse, der Mainroad, Fischchen in der Sonne trocknen, haufenweise Fischchen, die glänzen, nein, blenden, wenn sie in der Masse dort auf dem dürren Gras liegen.

Ein Bier bei Lito in der *Chica-Pizza* an der Mainroad. Plötzlich ein Aufruhr: Zwei helle Range Rovers mit getönten Fensterscheiben stoppen, zwei Dutzend vornehm gekleidete Leute steigen aus, zuletzt fährt in einem anderen vornehmen Auto das Hochzeitspaar vor, der Verkehr kommt zum Erliegen, die Moto-Tricycles und Motorräder müssen warten, Gaffer. Ein kleines nacktes Mädchen steht abseits auf dem Feld und staunt mit offenem Mund, neben ihm liegen auf dem Fischernetz noch immer die blitzenden Silberfischchen mit ihrem durchdringenden Geruch ausgelegt. Die Gesellschaft überquert die Strasse und steigt den Hügel hinauf zum grossen Fest.

Auf meinem Abreisskalender lese ich heute: «Der Schmerz um das Verlorene und die Furcht, es zu verlieren, sind sich gleich.» (Seneca) Ich weiss nicht, ob das stimmt. Ich weiss nur, dass mein Fuss schmerzt. Ich habe seit etwa zwei Monaten eigenartige Schmerzen, zuerst in der Hüftgegend, nun ist er zur grossen Zehe hinunter gewandert, er schlägt überfallartig zu und verschwindet dann ebenso plötzlich wieder. Zwei Ärzte waren ziemlich ratlos, der zweite gab mir dann starke Tabletten und eine Spritze, weil ich die Schmerzen schlicht kaum mehr aushielt. Aber eben, jetzt beginnt das Ganze in der Zehe, und ansatzweise auf der anderen Hüftseite. Der Schmerz ist gigantisch, ich meine zwischendurch, der Fuss brennt lichterloh, dann wieder sind es glühende Nadelstiche, ich kann ihn gewissermassen beobachten, auch wie er auf einen Punkt beschränkt ist und dann wieder sich zur Fussmitte ausbreitet. Ich schreibe das, weil jetzt gerade so ein Überfall stattfindet. Schreiben als Therapie gegen Schmerzen.

Es ist später Morgen, ich sitze hier mit zwei Bernern unter einem Sonnenschirm am Strand. Wir trinken ein Bierchen, wie wir die San-Miguel-Flaschen gerne nennen, und schauen ins Meer. Es ist glatt und glänzend, nur laue Wellen stören die Ruhe, wenn weit draussen ein Auslegerboot vorbeifährt. Weitere Auslegerboote liegen ruhig vertäut da, elegante kleine Boote, die mit ihren Querstreben aus Bambus an grazile Insekten erinnern. Auf einem Miniboot rudern drei Männer gemächlich zum Ufer. Endlich begreife ich das Wort, welches wir auch für Gott verwenden: Der hintere rudert, der vordere sorgt fürs Gleichgewicht, und in der Mitte sitzt der *Schöpfer*. Mit einem kleinen Plastikbehälter schöpft er dauernd Wasser aus dem Bötchen, damit es nicht absäuft.

Zu den täglichen kleinen Freuden gehört weiterhin mein Abreisskalender, heute, am 11. Februar etwas von Henri David Thoreau: «Jede Generation lacht über die alte Mode und folgt andachtsvoll der neuen.»

Die *Tao-Bar* nahe bei der kleinen Brücke war früher eine kleine Ecke nur, dann wurde daraus *Greek,* und jetzt heisst sie *Tao* (= Leute) und ist jeden Abend voller Leute. – Die *Bazura-Disco* funktioniert noch immer, doch Leute hat es nur am Samstag: tanzende und besoffene Filipinos. Wie sie ihr Geld verdienen, ist mir schleierhaft. Letzthin sass ich wieder einmal an der Theke und die ganze vergangene Geschichte mit bekifften Angestellten und endlosen Gesprächen ging mir durch den Kopf. Jetzt sieht das ganze nach Filmkulisse aus: Das Dach über der Tanzfläche ist nur noch den Spuren nach zu erkennen, die Bar steht alleine, ohne Wände, das WC gleicht einer im Krieg zerbombten Ruine, die Billardtische stehen unter dem einzigen noch gedeckten Teil. Die Theke selbst erzählt Geschichten, das alte, dunkle Holz ist von Termiten zerfressen. Dahinter sitzt der gleiche Typ wie vor zehn Jahren, bleich und immer älter. Dazu kommt der *Bacla,* die Schwuchtel, deren Namen ich ebenfalls immer vergesse. Und an diesem Abend sitzt da noch der nepalesische Koch vom indischen *True-Food*-Restaurant nebenan und sinniert mit dunklem Blick vor sich hin.

Ich wollte gegen Abend vor dem Sonnenuntergang spazieren gehen, am Strand, durch die von kleinen Büschen gesäumten Sandwege, vorbei am Tennisplatz, bei den *Sari-Sari*-Lädelchen mit ihrem Allerlei für den Alltag: WC-Papier, Kaugummi, Zigaretten (einzelne, die man mit dem Streifen eines Zigarettenpäckli über einem ewig brennenden Petroleumlämpchen anzündet, Nescafé, Shampoo, Seifen, Eier, süsse, mit Kokospaste gefüllte Brötchen, Bonbons in Plastikbehältern usw.), vorbei an den Restaurants und den wie Pilze aus dem Sandboden spriessenden Tauchershops, vielleicht zu *Charlie's Bar* direkt am Strand. Ich spazierte los, doch beim Hospital, als ich unter freien Himmel kam, begann es zu regnen, nieseln eher, aber doch so intensiv, dass ich schnell nass war. So kam ich nur bis zur *Chicka-Pizza,* die direkt an der Mainroad liegt. Da stand auch ein Moto-Tricycle, schwer beladen mit Bauholz, das abgeladen werden musste. Ein alter Wicht und ein junger Bursche waren am Wegtragen. *Mammamia,* dieser wunderschöne Körper wieder – ich bin eben auch ein Tier.Nochmals: Kennst du Walt Whitman? Er schwelgte in solchen Bildern kraftstrotzender und gleichzeitig graziler Jungenkörper, und ich denke wieder an sein Buch *Grashalme.*

Weisse. Der Bündner Wali hat vor einem halben Jahr aufgehört zu trinken. Ich traf ihn letzthin und erkannte ihn fast nicht wieder. Griesgrämig sass er mit gräulichem Gesicht an seinem Tisch, den Kopf leicht vornüber, ohne die geringste Spur eines eventuell irgendwo verborgenen Lächelns. Das Leben erdulden am Bambustisch seines Restaurants in Angol mit Blick aufs Meer, wo all die Deutschen und Schweizer und internationalen Säufer sich tummeln. Er habe zu seinem Geburtstag wieder einmal ein Bierchen getrunken, sagt er tonlos. Vor zwei Tagen sah ich ihn wieder, morgens um halb zehn, in einer anderen Bar, mit zwei leeren Flaschen Bier neben sich und glotzenden, grossen Augen. «Sali», sagt er mit leerem Blick. – Der immer weiss gewandete Roger de Paris ist der beste Märchenerzähler, aber ich glaube, ich habe inzwischen all seine Stories gehört. Der kleine Wicht aus dem französischen Teil von Kanada war schon überall – er, immer im O-Ton –, viele Male verheiratet, Legionär in Afrika, und, das stimmt, er lebt seit 18 Jahren auf der Insel. Sein Restaurant ist meist leer, seine Frau durchgebrannt, aber er lächelt weiterhin dauernd wie ein Buddha, lässt immer irgendwo etwas Merkwürdiges bauen und stinkt wie ein räudiger Hund. – Stef mit seinen blauen, grossen Augen, die einem zu durchschauen scheinen. Die Augen eines Kindes auf einem mittelalterlichen Gemälde: Sie zeigen ausdruckslose Trauer, weltfremden, vielleicht gar himmlischen Schmerz. Er ist Automechaniker aus Luzern, heiratete vor fünfzehn Jahren eine temperamentvolle Filipina und baute ein Restaurant und eine Windsurfschule auf, kam in Kontakt mit wichtigtuerischen Leuten, Drogen, vor allem Shabu, dem speedartigen, weitverbreiteten Rauschmittel, und fand sich selbst auch immer etwas Besonderes – erste Anzeichen von Grössenwahn. Doch es wurde alles zu viel. Er begann auf der Insel herumzuvögeln, dann brannte er den Gartenzaun seines Nachbarn nieder usw. Er ging in die Schweiz, kühlte seinen überhitzten Kopf ab, kam zurück und alles begann von vorne. Letzter Höhepunkt: ein Wahnsinnsanfall im Restaurant, er ging auf Gäste los, sieben Leute inklusive Polizei mussten ihn halten und vor allen Gästen und einer Schulklasse mit 10-Jährigen in Handschellen legen. Jetzt ist er wieder unterwegs im Norden Luzons. Bis aufs nächste Mal.

Mitsu, der drahtige Japaner, der nie Baden geht, aber dafür umso mehr Tennis spielt. Auch wenn sein Rücken nicht mehr mitmacht, er kann es nicht lassen, dann legt es ihn wieder mal flach. Er trinkt bereits am Morgen früh sein erstes Bier, aber das sieht man ihm nicht an. Höchstens dann am Abend nach dem Tennisspielen, da leert er so schnell in sich rein, da kann niemand folgen, und dann kriegt er glänzende Äuglein, der liebe Mitsu, der übrigens ein ausgezeichneter Koch ist. Er wohnt weit oben auf einem Hügel und schleppt all sein vieles Bier usw. da rauf. Was er eigentlich in Boracay erwartet, bleibt sein Geheimnis. Wohl echt japanisch. Oder Gina, die Brasilianerin, die ich mal in Davids Laden traf. Ohne zu wissen, dass sie Brasilianerin ist, begann ich brasilianisch zu sprechen. Und sie freute sich und hörte nicht mehr auf zu plappern. Als sie in allen Details über die Blautöne ihres geplätteten Badezimmers zu erzählen begann, sagte ich, dass ich jetzt unbedingt gehen müsse. Sie hat einen italienischen Freund und wollte Mitte Juli ein Restaurant eröffnen, leider aber fiel sie frontal auf die Nase und musste alles um gut einen Monat (oder wohl auf nirgendwann) verschieben.

Hundert Jahre Unabhängigkeit von den Spaniern, Wahljahr, Wirtschaftskrise, die auch hier spürbar wird: *Fil Estate,* eine grosse Immobilienmakler-Firma, hat nach dem Crash Probleme, und das heisst, dass der Golfplatz beim hinteren Inselende momentan nicht weitergebaut werden kann.

Einmal mehr habe ich einen neuen Heimweg. Wo die kleine Palmenallee durchführte, entsteht ein Hotel mit 22 Räumen in der Grösse einer Zelle. Und das in der Krisenzeit, man staunt immer wieder. – Der Quadratmeterpreis auf der Insel steht bei mindestens 15'000 Pesos (rund CHF 550). Der Baustopp existiert auf dem Papier, Korruption ist Realität. – Mehr Blumen und Bäume werden gepflanzt usw. – Allabendlich die vielen *lizards* an Wänden und Decke auf der Jagd nach Moskitos, *butige* nennen sie hier die kleinen, bleichen Echsen mit ihren Saugnapf-Füsschen. – Die *Bowling Bar* an der Mainroad gibt es bereits nicht mehr, ein hermetisch abgeriegelter Betonblock entsteht, mit zartblauen und weissen Wänden zur Strasse hin. Da hinein soll ein Schiessklub kommen, da darf dann richtig geballert werden.

Abreisskalender, Robert Musil: *«Wir haben keine inneren Stimmen mehr, wir wissen heute zu viel, der Verstand tyrannisiert unser Leben.»* Hier kann man in die Schule gehen bezüglich Nichtverstand, Bauchgefühl und Instinkt. Oder begleitend Therapie machen in Sachen Saufen, oder rumvögeln in Manila-Girl-Begleitung.

Alitaptap gibt es wieder nachts, die poetischen Glühwürmchen. – Ich realisierte zum ersten Mal, dass die Hühner hier selten gackern und eigentlich eher lachen, so ein etwas verdrücktes, hinterhältiges Lachen ist es. Böse Zungen behaupten, sie tun es gewissen Filipinos gleich. – Vollmond. Eine Schneelandschaft entsteht mit bleichen

Schatten auf dem hellen Sand. Die Geheimsprache der Bäume und Sträucher, die sogar bei Windstille noch miteinander sprechen: Sie wispern und ächzen und knirschen und singen wie eine Geistergeige, sie fauchen, sie meckern wie ein Zicklein. Oder sind das etwa die Geister?

Müssiggänger. Letzthin ist mir durch den Kopf geflogen, als ob ein unsichtbarer Therapeut mich gefragt hätte: Was eigentlich sind meine zehn Lieblingsbeschäftigungen, was im Leben gibt mir am meisten? Die Top-Ten der Lebenselixiere sozusagen: 1. Schlafen, 2. Gut essen (mit Freunden), 3. Lesen, 4. Nichtstun, 5. Liebeleien, 6. Briefe/ Tagebuch schreiben, 7. Lachen, 8. Spazieren, 9. Über Gott und die Welt reden, 10. Joker. Etwa so. Die Reihenfolge kann verändert werden. Dazu passt ein Zitat von Dürrenmatt (aus *Turmbau*), wo er Xanthippe über Sokrates sagen lässt: «Er war überzeugt, Unrecht zu erleiden sei besser, als Unrecht zu tun. Darum tat er nichts. Er war von einer göttlichen Faulheit. Er hielt sich aus und liess sich aushalten. Sein war ihm alles, Wissen nichts. Er schaute jeder Hetäre und jedem hübschen Knaben nach. Er liebte gutes Essen und trank gern.» (Einer meiner Lieblingssätze unter den Satz-/Zitat-Top-Ten.) Also: Ich bin ein fauler Kerl und geniesse es schlicht, «nichts» zu tun. Und das ist etwa, in der Hängematte zu liegen, zu träumen, zu sinnieren und vor allem, Gedanken zu spinnen, zu hinterfragen, zu schauen, die Sinne spielen zu lassen.

Das traurige Dichterlein
Warum krieg' ich keine Post?
Es nagt bereits der Seelenrost!
Ich bin traurig und erschlagen,
dass keiner es tut wagen,
mir einen Brief zu senden,
der möglichst nie will enden.
Drum frag' ich halt auch dich,
ob du gar nie denkst an mich?
Ach schreib doch irgendwas,
doch bitte, bitte lass' –
lass' mich nicht allein
an meinem Computer sein!

Und dann ist wieder einmal Nacht, und beim Nachhausegehen in der Dunkelheit werde ich zum Storch. Beine hoch, heisst es dann bei jedem Schritt. Der Storchengang hilft, das Stolpern über Unebenheiten oder eine aus dem Sandboden herausragende Baumwurzel zu vermeiden. Besonders auch entlang dem kleinen Wegstück beim Kanal, wo es dicke Betonplatten hat, und links davon ist der ein Meter tiefe Kanal mit der Brühe. Immerhin: Ich bin auch in betrunkenem Zustand noch nie hineingefallen.

«Diese laszive Sinnlichkeit fasziniert mich enorm», schrieb ich letzthin und merkte dann, wie europäisch das gedacht ist. Denn was für mich laszive Sinnlichkeit bedeutet, ist für die Jungen hier eher animalische Unbekümmertheit. Ich meine, sie denken sich nichts dabei, halbnackt herumzulaufen, die Shorts unterhalb der Hüfte, sich genussvoll den Penis streichelnd. Na ja. Und dann wieder diese Apathie – oder was? Zeit ist ein völlig anderer Begriff hier. Die Menschen warten viel, hocken einfach da, am Strand, im Gras am Strassenrand, neben einer Baustelle, im Gebüsch, und sitzen da und starren ins Weite – oder träumen sie, denken oder wünschen sie sich etwas? Ich weiss es immer noch nicht. Sie scheinen wie weggetreten, und plötzlich dann geht's wieder los und sie beginnen zu plappern wie die rabenschwarzen Stare mit den glühend roten Augen in den Palmwipfeln in der Dämmerung.

Der Fussball zerrt an den Nerven, heute Nacht respektive morgen um drei Uhr in der Frühe folgt wohl der Höhepunkt, der von vielen gewünschte Final, der jetzt eben ein Halbfinal ist zwischen den tollsten Mannschaften der Welt: Holland und Brasilien. Und da bin ich nicht mal so richtig traurig, wenn «meine» Brasilianer verlieren. Wir reden alle nur noch über Fussball. Es ist schön, sich so in eine Illusion reinzusteigern. Vier Tage bleiben ja nur noch, dann kennen wir den Weltmeister, und der kann ja nur noch Holland, Brasilien, Frankreich oder Kroatien heissen. Es ist eine eigenartige Sache mit der Fussball-WM hier nachts um halb drei, sechs Stunden Europas Zeit voraus. Man kommt in einen anderen Schlafrhythmus. Schön ist vor allem, um viertel vor fünf Uhr, wenn ein Spiel zu Ende ist, an den menschenleeren Strand zu gehen und dem dämmrigen Morgen «Guten Morgen» zu sagen.

Besinnung tut gut. Die schönste Seite an Boracay ist die Natur. Und die Kinder. Spazieren, schauen, sinnieren, notieren, die eigene Kraft wieder holen, schreiben. Ach ja, die Jünglinge, aber auch hier reicht es mir dann wieder, die abgebrühten Schlitzohren nehmen überhand, mühsam. Und dann und wann spaziere ich bei Roger de Paris vorbei, dem kleinen, etwa 60-Jährigen aus Kanada (oder ist er doch Franzose? Man weiss es nicht so genau), der in seinem Restaurant *Chez de Paris* – «The best food on the island» kocht, wie man auf einem vergilbten Schildchen lesen kann. Er gleicht einem Urvieh, sein runder Kopf mit dem Dreifachkinn und die Pflaumenaugen. Gegen den Strandweg hat er eine Bar, der Wind vom Meer kühlt ein bisschen, man kann beim Bier den vorbeigehenden Girls und Boys und Touristen etc. zuschauen, oder reden, zum Beispiel mit Barry, der gestern dort sass und auch ein «bisschen Bier» trank, wie er gerne sagt. Barry arbeitete bei der ADB (Bank), hat sich jetzt zur Ruhe gesetzt, ist ein totaler Jazz-Fan, spielt manchmal in einer Bar zum Beach hin mit ein paar Freunden auf seinem Saxophon Jazz und im Übrigen privatisiert er, wie das so schön heisst, wenn man finanziell ausgesorgt hat. Doch seine Frau ist ein Drache, und sie wird ihn noch ins Unglück stürzen – heisst es überall, ich habe sie noch nie getroffen.

Dieses Mal hat uns ein Taifun nicht nur gestreift, wir wurden so ziemlich genau von seinem Zentrum erfasst und ganz schön durchgewirbelt. Das meiste habe ich allerdings verschlafen ... Am Freitag (11. Dez.) im Verlaufe des Tages sollte der Taifun *Norming* kommen, quer durch die Philippinen statt wie üblich, dass er von Osten kommt und dann gleich in nördlicher Richtung über Luzon, den östlichen Teil der Philippinen, wegsaust. Um halb zehn ging ich heimwärts, dachte, beim *Summerplace* trinke ich noch ein Bier an der Bar. Dann aber ging es aus dem Nichts mit dem Regen los. Wer da nach draussen wollte, war in einer halben Sekunde nass, also wartete ich. Und wartete, und trank Bier um Bier. Irgendwann war halb drei Uhr und Schluss und alle mussten gehen, der Regen hatte ein bisschen nachgelassen, war also etwa so stark wie bei uns ein heftiger Gewitterregen, und ich machte mich auf den Weg nach hinten. Der Wind nahm dafür bedrohlich zu und ich dachte: aha. Und so trank ich auf meiner Veranda gleich noch zwei Bier und sagte zu mir: Ja, wenn schon ein Sturm kommt, dann will ich ihn dieses Mal gar nicht mitkriegen, wenn mir ein Baum aufs Dach fällt und mich gleich auch totschlägt, na bitte. Und so schlief ich tief, bis um acht Uhr am Morgen Daniel aufgeregt an meine Türe polterte und mich aufweckte. Ich öffnete die Türe und sah ein ziemliches Chaos vor meinen verschlafenen Augen, wenn ich nach links in den lichten Palmwald schaute. Der Wind hatte nun nach etwa vier heftigen Stunden nachgelassen und viele Schäden hinterlassen. Geknickte Bäume, weggeblasene Palmdächer, tonnenweise Kokosnüsse und ein enormes Kabelwirrwarr (Elektrizität, da wir doch sowieso schon seit einer Woche keinen Strom mehr hatten ... Telefon, Cabel-TV etc.), alles am Boden, etwa 50 versenkte Boote und mehrere Tote.

Mit dem Regen ist es noch nicht zu Ende. Der setzte bereits am Freitagnachmittag, nach einer vielleicht dreistündigen Ruhepause, wieder ein. Ich besuchte gerade Phil, um zu sehen, wie es denn in seinem Resort aussieht (alles knietief unter Wasser!). Da ging es erneut los, wir konnten uns gerade noch in *Die kleine Kneipe* beim Strand retten. Während durchgehend (!) drei Stunden sahen wir dann nur noch eine Wasserwand. Phil und ich sassen dort, plauderten und tranken gemütlich Bier. Er redet ja so gerne, ein *Plauderi,* er weiss so viel, kennt so viele, nur leider weiss man nicht immer so genau, was denn nun wirklich stimmt. Von sich selber gibt er allerdings nie auch nur ein bisschen etwas preis. Fussball, Insel, Gerüchte. Am Sonntag ähnlich: Herrlich blauer Himmel, plötzlich, kurz vor dem Sonnenuntergang, kam von Südwesten eine pechschwarze Wolke und mit ihr der Regen. Einmal mehr hiess der letzte Zufluchtsort: *Die kleine Kneipe.* Diesmal waren es nur anderthalb Stunden. Aber da der Boden bereits so mit Wasser vollgesogen war, war eben alles noch mehr überschwemmt, und zusätzlich natürlich auch die vielen Häuser, weil längst noch nicht alle Dächer repariert waren.

Ricardo hat es auf die Insel verschlagen, bei diesem Sauwetter. «Ich musste weg von Manila, vom Verkehr, dem Dreck, dem Lärm», sagt er. «Weisst du, die Möglichkeit, Menschen zu treffen, die einem nichts vorspielen wollen, ist klein. In Manila ist es manchmal zu viel. Und die Künstler, Galeristen, die selbst ernannten Experten, der Wahnsinn.» Wir hocken uns in die *Tao-Bar,* lassen die Gedanken schweben, schauen hinaus und geniessen es, zu wissen, dass es auch andere Menschen gibt. Keine Schauspielerei, keine überspielten Komplexe, keine Allüren. Wir können auch zusammen schweigen, mit wem kann man das schon. Die Wärme des Schweigens! Ricardo malt einfach gerne, dies und schöne Menschen sind sein Leben, und natürlich will er seine Bilder verkaufen und wird sicher die richtigen Worte finden, naiv ist er nicht. Und ich weiss, dass er sich in Schale werfen kann, das heisst bei ihm: Leinen in abgestimmten Tönen. Und seinen ironisch-melancholischen Blick einsetzen. Ricardo – ich sehe ihn selten, ähnlich wie meine paar Freunde in der Schweiz. Doch wenn wir zusammen sind, geht es sofort nahtlos weiter, wie wenn wir uns gestern gesehen hätten.

Der Schweizer Bäcker Markus erzählte wieder einmal absonderliche Geschichten. Von einem mehrtägigen Ausflug aufs Festland, auf den zweithöchsten Berg des Landes (der aber gar nicht auf Panay liegt) sei er gestiegen und einer Pythonschlange begegnet, die eine Wildsau vertilgt hatte, er sah Schnecken so gross wie Mangos, die sehr gut schmecken. Dann gab er mir ein Heft, *Zeiten Schrift,* in dem ich erstaunt über das Innere der Erde und eine geheimnisvolle Kultur erfuhr. Es ist alles ziemlich fantastisch, was er so erzählt, und er beginnt bei der kleinsten Sache immer gleich bei Adam und Eva oder noch viel früher in einer zeitlosen Zeit, vielleicht, damit er mehr Bier dazwischen trinken kann. Bei ihm schwankt alles zwischen Dichtung und Wahrheit – vielleicht ist er halt einfach, deutsch und deutlich gesagt, nicht mehr ganz dicht. Er wird dünn und dünner und verschwindet womöglich eines Tages ganz, löst sich auf, fliegt zu fernen Planeten oder so. Therapien sind bei ihm nicht mehr angesagt.

Zweifel. Ja – und dann wieder die Fragen: Was soll das alles, überhaupt, und hier. Was will ich, was erwarte ich von wem, von mir … Und dann las ich einen hilfreichen Spruch von meinem Abreisskalender: «Schon wieder habe ich meine Vorsätze angestaunt, als könnten die was für mich tun.» (Martin Zingg) Eben. Aber so kam ich mir eine Weile vor. Und geriet in Versuchung, den andern – wer auch immer das ist – die Schuld (welche auch immer) in die Schuhe oder hier besser: in die *Schläppli* zu schieben. Ich müsste mir wohl endlich ein Lebensziel zulegen und nicht nur schöngeistig versuchen, ein guter Mensch zu sein – Humor hilft, na also, dann mal kurz gelacht ... versuchen über die Runden zu kommen, und nicht vergessen: die Frage ist nicht, an welchem Ort ich lebe, sondern in welcher Art und Weise. Wie sagte doch Michel Houllebecq: «*Man darf den Mut in der Verzweiflung nicht verlieren.*»

Doch dann, weisst du, kommen halt immer mal wieder die Fragen: Was mache ich überhaupt? Wieso bin ich hier? Das Leben – Achterbahn, Traum usw. Und doch auch spannend für mich die spezielle Warum-Frage. Marokko. Das mag die Zündung gewesen sein vor vielen Jahren. Diese Eindrücke eines total anderen Landes, ich war etwa achtzehn. Verschleierte Menschen, geheimnisvolle intensive Gerüche, die in meinen Körper und Kopf und wohl auch in die Seele drangen, ein Land voller Geheimnisse, so extrem fremd für einen jungen wohlbehüteten Schweizer. Bald nach meiner Rückkehr wusste ich: Ich muss weg aus der Schweiz. Ich war unendlich neugierig. Ich wollte das Andere, Unbekannte, Neue kennenlernen. Dann folgten Amerika, Südamerika und vor allem Brasilien. Retour und wieder weg. Ich bin nicht der einzige in der Familie. Mag mit Familiengenen zu tun oder irgendwelche psychologischen Gründe haben. Und dann René, der sagte, ich muss auf die Philippinen. 1980. Sieben Jahre später kam ich ja nur zurück wegen des Freundes Nik, der hier lebt. Ja, und so kam die Rückkehr, immer wieder und bis jetzt. Die Faszination ist geblieben. Das Andere. Vor allem einmal das Klima, keine Kälte mehr. Klingt banal, ist es vielleicht auch, aber es war wesentlich. Kein Rheuma, keine Gliederschmerzen, leuchtende Gesichter, viele junge Menschen. Ich erinnere mich an Gilberto Freyre, ein grosser Soziologe, Brasilianer, der schrieb sein berühmtes Standard-Werk *Herrenhaus und Sklavenhütte*. Er suchte nach Gründen, wieso etwas so und nicht anders ist, sich entwickelt hat, ein Land, eine Kultur, Menschen. Da gibt es natürlich immer viele Gründe. Er aber betont immer und immer wieder, dass das Klima wohl den wichtigsten Einfluss hat. Ich meine auch, ich sah es in Brasilien, ich sehe es hier. Ich sehe die Menschen immer noch mit Schweizer Augen, das geht gar nicht anders, aber ich sehe die Hitze, und wie die wirkt, die Regenzeit, wo alles nur noch feucht ist inklusive Gehirn, so denke ich manchmal – die Menschen leben in ihrem tropischen Rhythmus. Von Kindsbeinen an nimmt man die Wärme in sich auf, über Generationen, die Wärme speichert sich gewissermassen in den

Genen. Man ist weniger entspannt in der Kälte, keine Frage, man trägt Pullover, Jacken, Mäntel, man schützt sich vor der Kälte. Die Hitze entspannt. Die Menschen faul zu nennen ist ziemlich blöde. Wir arbeitstüchtigen Menschen glauben immer, wir sind die Besten. Technisch gesehen mag das stimmen. Und was Zuverlässigkeit betrifft, Pünktlichkeit. Wertvorstellungen, einbetoniert in den Gehirnen. Manchmal realisieren einige von uns, dass es Worte oder Werte wie die Musse gibt. Das gibt es hier nicht, man lebt einfach anders, man kennt gar nichts anderes, die Wirklichkeit umfasst alles gleichzeitig: Lachen, Arbeiten, Geister, Tod, Entbehrung. Und vor allem: die grosse Sinnlichkeit.

James taucht manchmal kurz auf, dann taucht er wieder ab. Die deutsche Schleiereule mit den riesigen Schatten unter den Augen. Mal Boracay, dann wieder Bali, wo er für seine hiesige Boutique einkauft. Whisky-Liebhaber, was ihn manchmal aggressiv macht. Oft in Manila, mit wechselnden Freundinnen. Zumindest speziell und kein 08/15. Ein paar Berner kommen im Winter, freundlich, dem Alkohol nicht abgeneigt, man lernt sich oberflächlich kennen. Viele kommen und verreisen nach ein paar Jahren wieder, auch die Angestellten, kochen und verschwinden plötzlich wieder. Nach Hause aufs Land oder gar nach Manila. Die eifersüchtigen Ehemänner rufen die Frauen zurück. Mein *MR*-Freund Nik und Daniel sind so die ziemlich einzigen festen Werte. Phil ist ein anderes Urgestein. Auch er wollte einfach weg aus der Schweiz. England, Naher Osten, Asien. Und wie es so oft passiert, verliebte er sich und eröffnete mit seiner Frau ein Resort im Paradies. Und lernte sogar ziemlich gut *tagalog*, nicht wie die allermeisten anderen Ausländer, unter anderen ich. Die kleine Insel, trotzdem sieht man die meisten Weissen nur sporadisch, es gibt einfach zu wenig Berührungspunkte – zumindest für mich.

Mir fiel ein Zeitungsartikel in die Hände, Urs Frauchiger in der Schweizer *Weltwoche*: «... Professionell sein heisst: Man lebt von einer Arbeit. Kompetent sein heisst: Man taugt dafür ...» Sollte man allen Profis an die Stirne kleben!

Das witzige Dichterlein
Der Herrgott sprach zum eignen Bild:
Meine Schönheit macht mich richtig wild.
Drum muss ich mir jetzt Hörner kaufen
und mich endlich Teufel taufen.»

Murphys Law 1. Am frühen Morgen funktionierte mein WC wieder nicht, weil irgendwo ein Leck war, der Tank war leer, Daniel sauer, ich fühlte mich fast schon verantwortlich. Dann wollte ich schreiben, aber zum Wahnsinnsregen kam ein Gewitter, und da wollte ich den Computer nicht an den Strom anschliessen, aus Angst, der Blitz könnte einschlagen. Ich wartete auf die Leute der Telefon-Company, aber die kamen natürlich auch nicht (erst drei Tage später). Meine Rippen schmerzten wieder stark, oder etwas zwischen den Rippen, das ich mir bei einer äusserst cleveren Bewegung zugezogen hatte. Über Mittag machte ich Siesta, legte mich aufs Bett, und plötzlich war da ein Gepolter in der Küche. Ich stand auf und sah einen schwarzen stinkenden Hund, der da zufrieden auf dem Boden lag. Ich wurde sauer, gab ihm einen heftigen Tritt und übertrat mir dabei den Fuss. Dann war auch sonst fertig mit der Siesta, weil sie beim Nachbarn begannen, die vom Sturm geknickten Bäume zu zersägen, den ganzen Nachmittag kreischten die Motorsägen neben meinem Haus usw.

Gegen Frust: Pille. Nicht zu finden in der Irrenhaus-Verwaltung. Eher müsste ich da wohl einen der übers Wochenende aus Manila jeweils eingeflogenen Jungs fragen, die sich für zwei Nächte gerne volldröhnen mit was-weiss-ich für speziellen Pillen. Nur: Der darauffolgende Sturzflug ist wohl auch nicht das höchste der Glücksgefühle. Also nehmen wir halt den zeitweiligen Frust zur Kenntnis wie einen Stromausfall, einen kurzen Schnupfen oder einen stinkenden Furz.

«*Das Gedächtnis braucht die Emotionen, um der Realität zu glauben.*» (Weltkongress der theoretischen Neurobiologie von 1992, gelesen im Prospekt von *Amici del buon Caffè*)

Seit gestern Samstag um exakt 15.14 Uhr haben wir wieder Strom, nach fast auf den Tag genau vier Wochen! Dies nach einem fürchterlichen Taifun über Boracay, danach regnete es sintflutartig oder gar schon biblisch, wir hatten beinahe Angst, dass die gesamte Insel weggeschwemmt würde.

Nichts ist selbstverständlich auf dieser Insel, eigentlich gar nicht schlecht, nur manchmal anstrengend, wenn man an einem solchen Ort wohnt. Zum Beispiel Wasser: Sauberes gibt es gar nicht mehr, das kauft man in Containern (die Kanalisation fehlt noch immer). Oder Elektrizität oder Telefon oder Fernsehen. Das Gemüse teilweise so teuer wie in der Schweiz. Schattenseiten im Paradies. Und wer dem Tropendenken völlig erliegt, ist erledigt. Das Tropendenken ist ein langsames Denken (wenn man überhaupt von Denken reden kann), das oft in totaler Gleichgültigkeit ausartet. Schlusspunkt: Vertrottelung, Alkoholismus oder Irrsinn. Da hat man zumindest nicht weit in die dazu gehörende Anstalt. Die dauernde Wärme oder Hitze, die starke Sonne, die Feuchtigkeit, das höhlt auf eine Art aus, es kann aber auch ein Vergnügen sein, nur braucht es eine spezielle, nennen wir es lethargische Begabung. Abschalten, den Bauch reden lassen.

Schizo. Bazzura (seit der Neueröffnung vor einem Jahr mit zwei «zz»): Ein Bursche folgt mir auf die Toilette, sagt «hi» und «ich arbeite im *Green Yard,* bin aber nicht schwul!», und gleichzeitig fängt er an, meinen Pimmel zu begutachten und will gar mehr. (Aber ich nicht.) Oder die Massage des körperbewussten, selbstverliebten Rocky. Es macht ihm Spass, mich zu kneten, aber gleichzeitig ist er auf schwer definierbare Art verschämt.

Shabu. (Eine Minireportage.) Das Meer wogt, die Musik hämmert. Im *Beachcomber* tanzen sie direkt am Strand. Touristen in betont individuellem Ausdruckstanz und junge Filipinos, die vor überschäumender Energie schier platzen. Wie Gummibälle hüpfen und wirbeln sie herum. Unter ihnen der 21-jährige Marc, den ich vor einem Jahr als aufgeweckten Kellner kennenlernte. Er setzt sich kurz zu mir. Seine Augen funkeln seltsam. Er trinkt einen Schluck Bier, murmelt etwas in sich hinein, lächelt mir abwesend zu und saust wieder auf die Tanzfläche. Es scheint, er möchte am liebsten die ganze Nacht durchtanzen. Am folgenden Nachmittag treffe ich Marc im Restaurant. Er serviert im Zeitlupentempo, wirkt lustlos und übermüdet. Der Grund seines Zustandes trägt den Namen Shabu. Chemisch gesprochen ist «Shabu» Methamphetamine hydrochlorid: jene aufputschende Droge, die für 18 bis 24 Stunden Volldampf-Energie verspricht. Sie ist in ganz Südostasien (bekannt unter verschiedenen Namen) und besonders auf den Philippinen verbreitet, sehr oft wird Shabu von Chinesen-Gangs aus Hongkong ins Land geschmuggelt. Das Rauschmittel trägt den Zweitnamen «Poor Men's Cocain», Kokain der Armen, was nicht ganz richtig ist, denn ein Gramm, das für 20 Energie-Reisen reicht, kostet momentan 2000 bis 3000 Pesos – das entspricht auf den Philippinen in etwa der Hälfte eines durchschnittlichen Monatslohns. In den Zeitungen lese ich beinahe täglich Meldungen über Shabu. Etwa: «12-Jähriger als Shabu-Dealer», «Drei Chinesen in Manila mit 57 Kilo Shabu verhaftet», «Schauspieler und TV-Moderatoren rauchen Shabu», «Polizist in Shabu-Handel verwickelt», und so weiter. Die Süchtigen rauchen den weissen Kristall auf der Silberfolie wo und wann immer möglich – bis zum Untergang. Zum Beispiel Roland. Als 18-Jähriger lernte er Shabu kennen und kam schnell auf den Geschmack. Er wurde fahrlässig, erschien kaum mehr zur Arbeit und seine Schulden wuchsen in den Himmel. Schliesslich musste er Hals über Kopf das Dorf und seine Familie verlassen. Oder Bernhard. Der Schweizer führte mit seiner philippinischen Frau ein Restaurant. Er begann aus Neugier zu rauchen und konnte nicht mehr bremsen. Heute lebt er, von seiner Frau geschieden, wieder in der Schweiz und ist wegen Verfolgungswahn in psychiatrischer Behandlung. Der aus guter Familie stammende *Dennis* verfiel bereits mit 16 Jahren der Droge. Nach einer exzessiven «Shabu-Nacht» ging er haarscharf am Tode vorbei. Darauf brachten ihn die Eltern in eines der philippinischen Therapiezentren, wo insgesamt über 3000 Heroin-, Kokain- und Shabu-Süchtige behandelt werden. Heute ist der 24-Jährige knochendürr, doch die Droge rührt er seit vier Jahren nicht mehr an. Und Marc? «Ich höre auf!», versicherte er mir an jenem Nachmittag mit weinerlicher Stimme. «Meine Mama macht sich Sorgen.» Zwei Nächte später traf ich den Traumtänzer wieder in der Disco, umherhüpfend wie ein Gummiball.

Mein Heimweg ist erneut ein anderer, denn nun ist das neue Resort neben demjenigen von Roger de Paris ebenfalls fertig, ein fürchterlicher Klotz mit Namen *Le Soleil* (eine Beleidigung für die Sonne) und Besitzern, die machen, was sie wollen. Die Familie kommt aus Cebu und hat unglaublich viel Geld, das sie mit Krabbenzucht und Pfandleihgeschäften der kriminellen Art (bis 17% Zins pro Monat) verdienen. Man kann sich also in etwa die Geisteshaltung vorstellen. Zum Beispiel lassen sie ihr Abwasser hinter dem Gebäude ungefiltert raus, vorne knallt abends die Musik zum Strand hin, der Generator brummt freistehend laut in die Gegend usw. Es ist ein Jammer.

Die Mopedunfälle nehmen zu, vorgestern krachte es vor dem Haus des Schweizer Bäckers Markus, der nun an der Mainroad wohnt: Ein deutscher Motorradfahrer mit seiner eben geheirateten Filipina-Frau raste nachts auf der Strasse besoffen in einen Velofahrer, der Besoffene war sofort tot, dem Velofahrer schauten die Knochen aus den Beinen raus, jetzt liegt er in Manila im Spital, die Frau hatte Glück und trug nur Schürfwunden davon.

An der Bar gibt ein beschwipster Deutscher seinem Nachbarn augenzwinkernd eine alte Darmstätter-Weisheit weiter: Der Arsch ist das Loch, aus dem die Wahrheit pfeift. Sie kichern wie kleine Jungs.

Alles ist hier sinnlich. Es beginnt bei den spektakulären Blüten eines Märchenbaumes mit Namen *Calliandra brevipes* («Falling Star» nennen sie ihn), mit seinen wie rosa Sterne in die Nacht (!) leuchtenden Blüten, und es geht weiter bei den Menschen, die mich manchmal an Fellini's *Satyricon* erinnern.

«Ich kümmere mich nicht so sehr darum, wie ich bei anderen aussehe, als wie ich in mir selber aussehe.» (Montaigne)

Zwei Taifune, *Ditang* im Norden von Luzon und *Edeng*, der sich zwischen Palawan und Luzon festkrallte und nicht mehr weiterziehen wollte, und das im Juli. Wir waren drei Tage eingekesselt. In Wellen kam der sintflutartige Regen, dazu stürmte es, und schliesslich, so obendrein, donnerte es nächtelang fürchterlich, die Erde bebte, man meinte, es zerreisse den Himmel. Der Strand sah aus wie ein räudiger Hund, voller Dreck, Plastik, Holzstücken. Der Wind trieb das Wasser über den Strandweg und hinein in manche Restaurants und Tauchshops. Am folgenden Tag sah es aus, als hätte es geschneit: Flut und Wind hatten etwa zehn Zentimeter Sand weit landwärts getragen.

Hier scheint weihnachtlich die Sonne, obwohl seit zwei Tagen ein riesiger Sturm über Mindanao liegt. Bald ist Neujahr, alle werden noch einen Zacken nervöser, die Discos lauter, die Knaller häufiger, auch lassen sie bereits ihre Vulkane und sonstigen Feuerwerkskörper los. Der Präsident – Mister Estrada – ist immer noch im Lande, obwohl es ziemlich offensichtlich ist, wie er sich hemmungslos bereichert hat, und er streitet natürlich jede Schuld an schrägen Geschäften ab, obwohl eine Zeugin ihn ganz klar als den geheimnisvollen Mister Velarde identifiziert hat, der einen Check über mehrere Millionen Pesos unterschrieben hat etc. Jeden Tag dementiert eine offizielle Stelle, dass er sich mit seiner Familie ins Ausland absetzen will. Gerüchte gehen auch um über einen möglichen sanften Putsch mit Militär und Zivilregierung. Man weiss nichts Genaueres. Die internationalen Touristen fehlen, trotzdem ist die Insel nun gerappelt voll, sehr viele Filipinos sind hier. Und auch immer noch genügend Deutsche, Schweizer, Schweden, meistens Ausländer, die in Manila oder Hongkong leben.

Auf einer nahen Insel mit dem exotischen Namen *Semirara* wollen sie, so hört man, bald den gesamten Müll Manilas deponieren, in ausrangierten Kohlegruben, etwa 3 Tonnen pro Tag. Die Insel ist zwei Schiffsstunden von hier entfernt, niemand weiss Genaueres über die geologischen Gegebenheiten, es ist also möglich, dass toxisches Material ins Meer gelangt und dann mit der Strömung z.B.

auch nach Boracay, und dann gute Nacht. Gestern haben Daniel und ich *Greenpeace* informiert und nachgefragt, ob man da nicht etwas tun könnte (internationale Medienkampagne etc.). Hier wird Abfall eben weiterhin gelagert, es gibt ein Gesetz, welches das Verbrennen in speziellen Anlagen, wie man das in Europa kennt, verbietet, wegen zu vieler Emissionen usw. Es sind lauter Blödsinnige und Geldgierige an der Macht, es ist unglaublich.

Mein Rheuma ist fast weg, aber anscheinend habe ich irgendeine Zerrung oder einen eingeklemmten Nerv, jedenfalls ist Schreiben etwa die schlimmste Tätigkeit, da kommen immer noch die Schmerzen im linken Arm und in der Herzgegend, dazu die leicht schläfrige Hand bzw. kribbelnder kleiner und mittlerer Finger. Ich werde wohl in Manila zum Arzt gehen müssen. Auch an der Bar kann ich kaum sitzen, also nirgendwo ohne Rückenlehne.

Der Peso steht zum Dollar auf über 52, zum Schweizer Franken steigt er auch: 29.23!

Die Insel ist totenleer, gestern am Markt war kaum ein Tourist zu sehen. Gerücht: Abu Sayaf-Leute seien hier auf der Insel, Filipino-Terroristen.

Zwischendurch sehe ich auch mal wieder Mister Eglog (Herr Ei). Den nenne ich so, weil er bereits vor zehn Jahren dem *MR* (und vielen anderen Resorts) seine Eier lieferte. Er schleppte immer zehn Kartons aufs Mal auf seinem Kopf, schaute traurig drein und war immer ruhig und freundlich. Sein Haar ist unterdessen etwas schütterer und weiss geworden, er bringt auch keine Eier mehr, sondern Setzlinge von Tropenpflanzen aller Art. Manchmal sehe ich ihn im Strandabfall wühlen und nach leeren Büchsen suchen. Vor Jahren fragte er mich, ob ich Jünglinge brauche. Wie alt, fragte ich. Sechzehn, meinte er. Nein danke. Und er: Ja, aber die wollen es wissen, du kannst auswählen. Ich weiss das, denn ich unterrichte sie ja. Gewiss, denn er ist eigentlich Lehrer in Caticlan auf der Hauptinsel auf der anderen Kanalseite, aber wann immer möglich nimmt er das Boot und kommt auf die Insel. Rastlos unterwegs, manchmal mit einem seiner «Schüler». Und immer freundlich, leicht traurig. Ich weiss nicht, ob er je schläft.

Samstagnacht in der *Bazzura*, da war auch der Trinker Andi aus Österreich, stockbesoffen und aggressiv. Es dauerte nicht sehr lange, bis er auf einen losgehen wollte, doch der Disco-Guard war schneller und Andi hatte eine volle Rechte auf seiner Nase. Dann wollten sie ihn rauswerfen, er wehrte sich wie ein Berserker. Und kam nach einer halben Stunde wieder rein ...

Nebenan haben die Koreaner wieder zugeschlagen und ein grosses Stück Land gekauft. Es hat immer mehr von diesen recht grobschlächtigen Schlitzaugen hier. Der Highway (Mainroad) ist eine ramponierte Rumpelstrasse, sie sind wie verrückt am Bauen: Kanalisation, endlich.

Heute ist die Welt neu geboren worden, so habe ich den Eindruck. Ich erlebe einen wunderschönen Morgen, an dem die Schmetterlinge tanzen und sogar die Hähne fröhlicher krähen.

Rätsel. Ich habe einen Küchenpinsel für meine Backwaren. Nun verschwand der plötzlich. Hat ihn etwa die Putzfrau mitlaufen lassen? Wohl kaum. Aber wie ist er denn verschwunden? Habe ich ihn woanders hingelegt? Mir kommen kurz Zweifel, ob ich langsam den Verstand verliere, aber es ist nicht möglich. Wer ist der Dieb? Ich nehme einen weiteren Pinsel, den ich noch im Büro habe. Auch der ist am andern Tag weg. Des Rätsels Lösung: Ratten. Das sind meine neuen Nachbarn im Dach. Die veranstalten dort nachts einen manchmal höllischen Lärm, sodass ich das erste Mal dachte, es breche jemand ein. Ratten. Sie nisten sich ein zwischen *Ambulong* (Palmblätterdach) und einer Zwischendecke, die aus einem eternitartigen Material besteht. Nun bauen die Ratten dort oben ihr Nest, und dazu eignen sich anscheinend auch Pinsel.

Meine Sucht wohl: die *Sehnsucht.* Ach, überirdisches Heimweh!

Am Sonntag sassen wir stundenlang im *MR* an der Bar, schauten auf den Strandweg, wo so ziemlich alle Touristen vorbeiflanieren. Welch ein Spektakel! Gaffen – schauen und staunen, wer da alles so vorbeispaziert. Weisse, Filipinos, Koreaner etc. Gesten, Ausdrücke, Verträumtheit neben Angeberei, Verlorenheit; Wänste, schöne lange Beine, wunderbare Körper, verspielte, kichernde Kinder, die Verkäufer, die einem etwas andrehen wollen: Sonnenbrillen, Uhren, Plastikkram.

Reinhold aus Deutschland, der seit vielen Jahren hier auf der Insel lange Ferien macht, den *Giant* (Giganten) nennen wir ihn, hatte einen bösen Sturz mit dem Fahrrad. Folgen: gequetschte Rippen, gestauchtes Handgelenk, verletzte Finger und überall Schürfwunden. Sport ist eben ungesund, wenn man so hirnrissig fährt wie er.

Gestern waren wir beim Honorarkonsul eingeladen, einem Basler, der oft hier lebt, den Mayor mit seinem Geld ködert und der Polizei immer mal wieder ein neues Auto spendiert, sein Haus ebenso fürstlich wie fürchterlich eingerichtet, aber das Fondue chinoise war herrlich, der Wein auch. Na ja, trotzdem fühle ich mich zu Hause wohler als in so «nobler» oder eher grossgekotzter und selbstsüchtiger Gesellschaft.

Wo bleibt Ricardo? Er bleibt weg, verschwunden, seit unserem letzten Treffen, als er ziemlich schweigsam war. Er kommt mir vor wie ein Filipino: Bei ihnen weiss man nicht, was morgen ist. Sie sind plötzlich weg, auf Nimmerwiedersehen, auch wenn man fast schon Freund war. Doch Ricardo? Kaum zu glauben. Ich merke, wie er mir fehlt: jemand, mit dem man auch über Kunst reden, Banalitäten austauschen, kindisch kichern oder gar sich einander öffnen kann.

Wieder mal auf dem Markt, zuerst allerdings beim Coiffeur, dieses Mal bei dem an der Mainroad – einen neuen ausprobieren, dachte ich. Der machte das schnell, sauber, billig und exakt, wie ich es wollte. Kostenpunkt: 50 Pesos (ca. CHF 1.80). Gegenüber ist eine kleine Gärtnerei, also schaute ich gleich auch dort vorbei. Da gibt es sogar Rosenstöcke, wenn auch ein bisschen verwelkte. Und in allen Farben: Orchideen, Hibiskus, Bougainvillea, verschiedene Farnsorten usw. Ich wollte ein paar Pflanzen kaufen. Um sie zu bezahlen, muss man geduldig nachfragen. Dann wird man endlich an ein Haus auf der andern Strassenseite verwiesen, da ruft man dann hallo, und irgendwann kommt jemand, ein Mädchen war es dieses Mal. Dem sagt man, dass man Blumen kaufen will. Welche denn? Ja die und die und die. Sie nimmt von jeder Pflanze ein Blatt, verschwindet wieder in dem hässlichen Betonblock mit den schwarzen Tüchern vor den Fenstern, kommt nach einer Weile wieder und sagt, das kostet soundsoviel. Preis nach Blattabsprache also.

Mein Masseur Rocky spricht ganz passabel englisch, das hat er sich selbst beigebracht. Er stammt aus Yapak, einem Dorf am Nordende von Boracay. Aber die Wochentage, die muss er wie ein kleines Kind an der Hand abzählen. Wie alt er selbst ist, weiss er gerade noch (23), das Alter seiner Geschwister und Eltern kennt er jedoch nicht. Ich staune immer wieder, was in diesen Köpfen vor sich geht.

Ich lese viel – eine weitere Sucht – z.B. *Mord im Labyrinth,* von Robert van Gulik, einem Holländer und Multitalent: Sinologe, Schriftsteller, einst Diplomat (Botschafter in Japan), er sprach etwa zehn Sprachen, war Kalligraph, spielte die chinesische Laute und so weiter. Seine Geschichten spielen im China des Mittelalters, sie haben immer als Hauptfigur den Richter Di, so eine Art chinesischer Sherlock Holmes. Die Romane sind spannend, und man erfährt viel über China in jener mittelalterlichen Zeit.

Boracay im Wandel. Die Insel gleicht einer grossen Baustelle. Neue Bungalows, Resorts und immer mehr Privathäuser werden en masse gebaut. Das ist mit viel Lärm verbunden, und das teils auch nachts bis in den Morgen! Koreaner sind es vor allem, die sich, wie in Manila auch, hier breitmachen, und man kann sich fragen, wie sie das alles finanzieren. Die grösste Baustelle ist derzeit die Abwasser- und Kläranlage, ein japanisches Projekt, von Koreanern beaufsichtigt und von Filipinos gebaut, sie soll bis Ende Jahr fertig sein. Ans Trinkwasser sind wir bereits angeschlossen. Es hat immer mehr Moslem-Händler mit Uhren, Sonnenbrillen, andere mit Bürsten, Besen, Leuchtarmbändern und -kugeln usw. Und es gibt weiterhin die Gemüseverkäuferinnen mit ihren Körben auf dem Kopf, die Fischhändler, die den Sandweg entlanggehen mit ihren Stecken auf den Schultern, an denen die Fische hängen. Man kann sich schier überall massieren lassen. Am Radio sagte jemand, dass es auf der Insel bald keine Moto-Tricycles mehr, aber dafür kleine Busse geben wird. Wer's glaubt. Am neuen Teil der *D'Mall* bauen sie wie verrückt, das geht jetzt schnell. Das Grün macht Beton Platz, die Büsche am Strand sind weg, keine Verstecke mehr für kleine nächtliche Abenteuer.

Die Zeitung «Star» liegt auf dem Geländer der Veranda, Louis, der Zeitungsverträger, bringt sie meist, während ich gerade Siesta halte. Also trinke ich Kaffee und lese Zeitung. Von Estrada, dem verjagten Präsidenten, der vor Gericht erscheinen muss wegen seiner Falschunterschriften usw. Über die Amis in Zamboanga und Basilan, teils gescheite oder vor allem lange Kommentare, ein bisschen Filipino-Sport, Messerstechereien in Manila, korrupte Polizisten, Überfälle zuhauf, die neue Präsidentin Gloria Macapagal-Arroyo ist natürlich immer mindestens einmal abgebildet usw.

Es passierte wieder mal ein Mord, an einem Israeli, der Mossad sei auch hier gewesen und habe nachgeforscht, Gerüchte schwirren herum, aber niemand weiss Genaues.

Krank. Es geht mir wieder etwas besser, ich kann wieder essen, im Übrigen bin ich schwach und trinke täglich Vitamine. Donnerstagnacht erwischte es mich mit einem Hammerschlag, mit Glieder-/Muskel-/Nervenschmerzen vom Übelsten, am Freitag war ich krank, und das mit weiterhin grauenhaften Schmerzen, Appetitlosigkeit (genauer: das Essen widerte mich an), Magenschmerzen und hohem Fieber (bis 40°). Nach dem dritten Tag reichte es mir und ich ging zu Dr. Leah, die ganz nahe ihre Klinik hat (ärztliche Versorgung gibt es sehr wenig auf der Insel). Sie machte ein Blutbild oder so ähnlich und meinte, ich habe Typhus. Ich musste Antibiotika nehmen, danach wurde es noch schlimmer, sie kam wieder, machte dann, endlich (ich wehrte mich zuerst), Dextrose bei mir zu Hause. So hing ich 20 Stunden am Schlauch mit fürchterlichen Schmerzen, ich hatte den Eindruck, es zieht mir alle Innereien aus dem Körper, ein andauernder Alptraum. Dann endlich wurde es besser. Ich schaute während meiner Krankheit viel TV. Und da vor allem Cartoons und Sport, und hier wiederum Billard. Sie zeigten bei *ESPN* ein Weltturnier der besten Spieler. Eine ganze Nacht schaute ich auch Fussball, das war ideal, da ich sowieso nicht schlafen konnte und dauernd wieder aufstehen musste, weil die Schmerzen beim Liegen unerträglich wurden. Die Mädchen vom Stamm-Restaurant *MR* sind froh, dass es mir wieder gut geht. Alle fragten sie mit betrübter Mine nach meinem Befinden, als sie mich das erste Mal wieder sahen. Josephine, die Kichererbse mit der Lesebrille (die sie so gerne trägt, seit wir ihr sagten, die stehe ihr gut), die souveräne Marites, die Managerin, die überall ihre Blicke hat, die scheue Rodrose, die so dünn ist wie ein Strich in der Landschaft, Maribelle, die mit dem dicken Arsch und dem sonnigen lauten Lachen, die sich immer ganz besonders um mich kümmert, jetzt aber leider bald heiratet und also verschwindet, Ami, die grosse Schlanke, die so gerne einen Weissen heiraten würde, Babes, die Fesche mit ihrem chronischen, bösen Husten und der Herumvöglerei, wie viele Kinder sie wohl schon hat ...

Seit zwei Monaten haben wir nun keinen richtigen Regen mehr, es sieht also sehr schlecht aus, umso mehr, als teilweise jetzt schon das Grundwasser knapp wird, und die Sommermonate April/Mai in weiter Ferne liegen!

Heute laufen die Generatoren heiss, seit der Hiobsbotschaft von gestern. Die *Akelco* (Aklan Electric Coorporation) ist der Stromlieferant der Provinz Aklan auf der Nachbarinsel Panay. Dazu gehört auch Boracay. *Akelco* ist eine Gruppe von Banditen und Unfähigen, das weiss man schon lange. Zum Missmanagement gehören u.a. viele Stromausfälle, wechselnde Stromspannungen, überhöhte Rechnungen usw. Nun haben diese Leute immer mehr Schulden gemacht resp. in die eigenen Taschen gewirtschaftet. So haben sich Schulden an Napocor angehäuft. Napocor – National Power Corporation – ist der landesweite Stromproduzent. Nun hat die Präsidentin GMA (Gloria Macapagal-Arroyo) endlich angeordnet, dass es so nicht mehr weitergeht, und kurzerhand verfügt, dass der *Akelco* ein Ultimatum gesetzt wird, die 20 Millionen Pesos (von insgesamt 125 = ca. CHF 40 Mio.) Schulden zu bezahlen. Das Ultimatum läuft heute

um 2 pm ab. Doch seit gestern schon hat man den Stromhahn zuge-
dreht. Ab heute um diese Zeit wird NEA (National Electrification
Administration) übernehmen. Und das alles ein paar Tage vor der
Holy Week (Osterwoche), wo auf der Insel wegen der Massen von
Touristen sowieso alles drunter und drüber geht. Man darf gespannt
sein.

Auf dem *Calamansi*-Bäumchen vor meiner Veranda (*Calamansi*
sind kleine, grüne indigene Zitrusfrüchte mit einer ihnen eigenen
Säure) haben zwei Tiyamis (den Kolibris ähnliche Vögelchen) ein
Nest gebaut, wunderschön, schmal, rund und lang hängt es wie ein
schlauchartiger Zylinder aus feinen Pflanzenfasern vom Ästchen herab. Abends ist manchmal grosse Aufregung und ein dritter Vogel
kommt ins Spiel. Ich weiss nicht, wieso, jedenfalls zwirbeln sie auch
sonst den ganzen Tag vor meinem Fenster herum, ich freue mich.

Ich habe wieder mit Proust begonnen, bin aber der Suche überdrüssig
geworden, es hat mich wie schon früher nicht gepackt. Bücher sonst
zur Auswahl: Edgar Wallace (*Der Hexer,* mit Jugenderinnerungen),
Somerset Maugham (*Erzählungen),* Anthony Bourdain *(Geständ-
nisse eines Küchenchefs),* Epikur *(Philosophie der Freude,* ist eine
Freude!), Alfred Anderschs *Reportagen und Aufsätze.* Nun lese ich
wieder eines meiner frühen Lieblingsbücher: André Gide (den ich seit
meiner Jugend nie mehr las): *Nourritures terrestres (Uns nährt die
Erde).* Das passt. Nennen wir es literarische Therapie.

*«... Ich habe alles leidenschaftlich geliebt, was durch die Landschaft
streicht ...»* (André Gide)

Fünf Taucher verloren ihr Boot oder umgekehrt, zwei wurden abends
von Fischerbooten gefunden, die übrigen drei drifteten über Nacht
auf dem Meer. Alle wurden schliesslich gerettet.

Fussball-WM. Sie ist zurzeit beherrschendes Thema bei uns im Paradies. Daneben verblasst sogar der indisch-pakistanische Konflikt,
bei dem wir an den möglichen Atomschlag denken, dies auch im
speziellen Zusammenhang mit dem Südwestmonsun, der das Gift
in diesen Monaten genau in unsere Richtung blasen würde ... Unser

TV-Provider Cable-TV kündete grossartig die Livespiele an. Doch RCTI war der einzige Sender, den sie anbieten konnten. Also hatten wir keinen Reservesender, und wenn auch nur auf Chinesisch oder Japanisch etc. Eine halbe Stunde vor Beginn des Eröffnungsspiels wurde das Bild auf «unserem» Kanal 18 plötzlich sehr sehr schlecht. Wir riefen bei Cable TV an. Ja, sie werden ihr Bestes versuchen usw. Dann, fünf Minuten vor Beginn, war ganz aus. Eine Viertelstunde später rief uns ein Techniker an, wir sollen auf Kanal 20 schauen, dort werde jetzt das Spiel gezeigt. Tatsächlich. Tief durchatmen und mitfiebern. Am Samstag lief alles nach Plan, und auch wir wurden Zeugen des Guiness-Rekordes der Deutschen (8:0 gegen die armen Saudis). Am Sonntag anfänglich ebenfalls. Doch im Spiel England gegen Schweden war kurz vor Spielbeginn plötzlich wieder Schluss, ein anderes Bild wurde eingeblendet: Betzeit in Indonesien. So beteten auch wir, dass die nicht zu lange beten würden, und tatsächlich, nach fünf Minuten wurde wieder auf Fussball umgeschaltet. Am Montag um halb drei begann das Spiel Kroatien gegen Mexiko, alles lief bestens. So freuten wir uns nun auf Italien gegen Ecuador. Die Übertragung begann wie immer eine halbe Stunde vor Spielbeginn, mit der netten Dame und ihrem Fanspiel, dann das Studio mit den zwei Experten in ihren blauen, post-maoistischen Anzügen. Und dann, etwa zwei Minuten vor Beginn, war buchstäblich Mattscheibe. Schluss. Wieder Telefone, Hektik, Nervenflattern. Aber da war nichts mehr zu machen. Nun begannen wir zu hirnen. Was nun, was tun? Ab nach Manila? Dort hiess es, es gebe den Schüssel-Channel «Dream» und den Kabelanbieter «Destiny». Wir entschlossen uns, zuerst hier und in Kalibo nochmals Cable-TV anzurufen. Schliesslich bestellten wir eine Schüssel («Dream»), Tage später hatten wir das Vergnügen – und das Nachsehen, denn Cable-TV zapfte den Sender irgendwie an und brachte die Spiele ebenfalls – gratis ...

Die Koreaner spinnen im Allgemeinen. Sie sind laut, sie spucken dauernd und sprechen kaum englisch, *tagalog* schon gar nicht. Die Frauen sind dazu noch hysterisch. Alle zusammen sind nicht vier-, sondern tausendschrötig und werden hier als notwendiges Übel angesehen, weil sie helfen, über die touristenlose Zeit zu kommen.

Das TV-Programm ist völlig neu, mit nun ca. 50 Sendern.

Lucio Tan, ein Tycoon, Filipino-Chinese, Selfmade-Man, Milliardär, der eine Supermarkt-Kette, Fluggesellschaften und Banken besitzt, sagte, dass der Peso bis spätestens 2006 auf 120 gestiegen sei (zum Dollar), dass es noch mindestens drei Generationen brauche, bis die Filipinos aufwachten, dass die Politiker eine schlichte Katastrophe seien:

```
«... we cannot grow because of politics, politics, poli-
tics ... for me, I don't feel optimistic until we have
discipline and we believe in ourselves ... in China, eve-
ry year there is change, in Manila, in 50 years there is
no growth, just squatters growing» ...
```

Die Mainroad bei uns hinten ist zeitweilig schwarz: Invasion winziger Krötenbabys. Nicht mal einen Zentimeter lang sind sie, aber zu Abertausenden hüpfen sie Richtung Strasse. Potenzielle Selbstmörder, wie es scheint, aber es werden immer noch genügend übrig bleiben, um zu quaken.

Ich bin ein mehrfacher Exot hier. Ein Ausländer, ein Schreiberling, der sich unterscheidet von den vielen Ausländern, die hier ein Geschäft haben (Resort, Restaurant, Bar, Tauch- oder Windsurfschulen, Makler etc.), und auch von den einheimischen Arbeitern (Bau, Restaurants, Bootsleute usw.), die meist vom Lande kommen. Dazu habe ich keine Ehefrau, hier schier undenkbar. Ich geniesse das Essen – hier eher die Ausnahme, generell isst man halt einfach, um den Magen zu füllen. Ich mache mir Gedanken, für Einheimische eine unbekannte Grösse, für viele Touristen und Zugezogene ebenfalls. Ich bin gerne alleine – fast verdächtig. Und so weiter. Die Heimat habe ich wohl verloren, die Wurzeln allerdings nicht. «Vielleicht ist Zuhause kein Ort, sondern ein Zustand», sagte James Baldwin irgendwo. Und so fühle ich mich als ein Wanderer zwischen den Welten. Dieser Satz wiederum bringt den deutschen *Giant* auf die Palme. Was das denn sein soll, grummelte er, als ich ihm das mal sagte. Es passt nicht in seinen Kopf, in dem alles seine genaue Ordnung haben muss, ansonsten bekommt er einen Stotteranfall.

Ein Satz eines eigenwilligen Pfarrers in *Jagd auf Matutin* (von Arturo Pérez-Reverte): «Alles, was ich heute mit 64 Jahren vom Menschen weiss, ist, dass er sich erinnern kann, dass er Angst hat und dass er stirbt.»

Eigentlich hatte ich heute Sonntag vor, dem Strand entlang ins edle Restaurant/Resort *Fridays* hinaufzuspazieren und dort etwas Kleines, Feines zu essen. Doch heute ist gar kein Tag, sondern dauernd Dämmerung und dazwischen Nacht. Jetzt giesst Gott zornig die Pflanzen, und so steht nach ein paar Minuten alles unter Wasser. Der Wind wird unberechenbar, die Bäume tanzen ekstatisch, die Kokosnüsse fallen wie reife Äpfel. So lasse ich es mit meinem Ausflug eben bleiben.

Immer wieder die Frage, warum ich denn nicht in der Schweiz lebe, sondern hier. Die Antwort: Hmmm! Vielleicht, weil ich hier besser denken kann? Ob das wirklich so ist, bezweifle ich. Es ist eher die Musse, die Ruhe, der dahinplätschernde Rhythmus. Hier ist auch das andere der Fall, das Gegenteil von Ruhe und Kontemplation, mit den Worten von Somerset Maugham: «Ein gelegentlicher Exzess kann durchaus anregend wirken. Er verhindert, dass Mässigung zu einer abstumpfenden Gewohnheit wird.» Und auch das gleich noch: «Der Geist ist oft dann besonders frei, wenn der Körper satt und zufrieden ist.» Hier ist alles gleichsam und paradoxerweise viel spannender. Zum Beispiel die Natur(gewalt). Den totalen Schutz gibt es kaum, man ist der Natur gegenüber entblösster. Wenn ein Gewitter losbricht, oder ein Sturm, dann ist man froh, wenn man nachher noch das Dach über dem Kopf hat. Das Wasser fliesst zwar, aber dass es trinkbar ist, ist neu und nicht so selbstverständlich. Und dass ich jetzt wieder bei Licht schreiben kann und ohne den Generator, ist gerade in den letzten Tagen absolut formidabel. Auch die Blicke, die man hier «sieht», sich zuwirft, sind spannender, da passiert etwas, nicht direkt im Gehirn vielleicht, nicht, dass man etwas bewusst denkt dabei, aber es gerät etwas in Bewegung, ein Sinnesreiz zumindest wird ausgelöst. Oder so gesagt: Es wird noch geschaut. Die Spannung, wie immer geartet, liegt in der Luft oder wo immer, unfassbar, dauernd gegenwärtig. Und so erhält das Leben eine andere Dimension. Statt Langeweile wächst so die Gelassenheit – vielleicht ja auch der Fatalismus? Nur: Menschen sind es auch hier, und oft halt wie überall blöd, gewalttätig, ignorant, und dann auch, ganz schlimm, kommen aggressive Dummheit und Ignoranz als Paar daher. Ob ein eher unsicheres, oft improvisiertes Leben erstrebenswert ist, fragen natürlich auch abenteuerhungrige Touristen, die sich bald dann wieder in die beschauliche, bestens durchorganisierte Schweiz (etc.) zurückziehen können.

Menschen. Ein Mafioso erklärt in *Der Tag der Eule* von Leonardo Sciascia einem Capitano, in welche Kategorien er die Menschen einteilt: «Die Menschen, die Halbmenschen, die Menschlein, die (mit Verlaub gesagt) Arschkriecher und die Blablablas.» Er führt aus: «Ganz selten sind die Menschen, selten auch die Halbmenschen. Und ich wär's zufrieden, wenn die Menschheit bei den Halbmenschen aufhörte ... Aber nein, sie steigt noch tiefer hinab zu den Menschlein. Die sind wie Kinder, die sich erwachsen vorkommen. Affen, die die gleichen Bewegungen wie die Grossen machen ... Und noch weiter unten die Arschkriecher, die schon ein ganzes Heer bilden ... Und schliesslich die Blablablas, die wie Enten in Tümpeln leben müssten. Denn ihr Leben hat nicht mehr Sinn und Verstand als das der Enten.»

Gut gegessen habe ich diese Woche. Als Schweizer oder besser Europäer, der ich geblieben bin und bleiben werde, gerade was das Essen betrifft (eben: Wurzeln). Wie meine Grossmutter, eine Bayerin, die Jahrzehnte im Tessin lebte, aber kaum italienisch sprach und ihre Knödel-Küche pflegte. Bei mir gibt's mal Rösti mit Bratwurst, dann Kartoffelstock mit Rindsfilet, dann Polenta mit Tomatensauce, Hühnerleber mit Nudeln, Gemüsereis, Kartoffelsalat, und dazu immer einen guten Rotwein. ... Und jetzt wird's wieder Nacht, der Regen meldet sich erneut, zuerst als rasend schnell heranbrausendes Rauschen, dann tönt es wie eine herantrampelnde Herde wild gewordener Elefanten.

Das gefällt Dir sicher:
«Ich habe von Natur aus kein Vertrauen zu anderen. Ich traue ihnen eher Schlechtes als Gutes zu. Das ist der Preis, den man zahlen muss, wenn man Humor hat. Humor bewirkt, dass man Gefallen an Widersprüchen der menschlichen Natur findet. Man misstraut den grossen Worten und sucht nach dem unedlen Motiv, das sich

dahinter verbirgt. ... Der Humorist hat einen wachen Blick für alles Absurde, und den Heiligen erkennt er nicht immer. Aber wenn man auch für den Humor den hohen Preis einseitiger Sichtweise bezahlt, so wird man doch mit etwas Wertvollem entschädigt. Man lacht über die Menschen, ohne ihnen böse zu sein. Humor lehrt Toleranz, und der Humorist wird, lächelnd und womöglich seufzend, eher die Schultern zucken als verurteilen. Er moralisiert nicht, er beschränkt sich auf das Verstehen; und Verstehen bedeutet in der Tat Mitleid haben und verzeihen.» (Somerset Maugham, *Die halbe Wahrheit*)

Heute ist Heiliger Abend, aber mir ist nicht ums Feiern. Seit ein paar Tagen schon findet hier jede Nacht um drei Uhr eine spezielle Weihnachtsmesse statt *(Misa de gallo),* die Kirche, sagt Divine, die philippinische Frau eines Freundes, ist immer gerammelt voll. Schön, wenn man glauben kann, an den Gott da oben, vielleicht mit Bart, sowie Jesus, den sie hier ja vor allem verehren, ver*göttern* eben. Mir gefällt der winzige *Tiyamis* besser, der täglich mehrmals vor meinem Fenster in der Luft stehend einen schnellen Wirbeltanz aufführt, laut piepst und wieder verschwindet. Heiliger Abend und bisher wenige Knallkörper, das Geld fehlt den Filipinos sogar hierfür.

Ich lese *Die Weissen, die Gelben, die Schwarzen* von Frank Böckelmann über unsere westliche Kultur des Verstehenwollens, die auf die asiatische des Sichausschweigens trifft. Schwierig. Dazu passt auch der Satz eines Weissen, der lange in China lebte: «In China ist es so: An jedem Tage sieht man mehr – und versteht weniger.» Da muss ich nicht nach China gehen, das ist hier genauso. Es ist eigenartig, für mich aber insofern nicht ganz so schlimm, weil ich mich auch in der Schweiz manchmal als Ausserirdischer fühle und die Welt, ob hier oder dort, nicht verstehe. Mensch Meier.

Neumond, der zweite nach der Wintersonnenwende, heute beginnt demnach das chinesische Neue Jahr, das Jahr des Schafes beziehungsweise der Ziege beziehungsweise des Bocks. Das hörten wir gestern Nacht, denn einige Festfreudige liessen nicht die Korken, dafür aber die Raketen ausgelassen knallen.

Tourismus-Statistik: Letztes Jahr besuchten 300'000 Touristen die Insel. Bei den Ausländern machten die Koreaner etwa vierzig Prozent aus.

Die Fernsehstationen – *BBC, Deutsche Welle, CNN,* was du willst – sind auch hier voll von Berichten aus dem Irak; und die Ausländer-Inselbewohner-Kommentare folgen sofort: «DA SAG ICH MAL, dass es schon so kommen wird, wie es muss. IRGENDWIE ist das einem ja unheimlich, ABER» Umgekehrt kann ich all die Wichtigtuer und sonstigen Stammtisch-Experten kaum mehr hören, die mit nichtssagenden Wortfetzen um sich schmeissen. Im *Spiegel* las ich ein Interview mit dem in Paris lebenden marokkanischen Schriftsteller Tahar Ben Jelloun über Demokratie: «Der Irak ist eine Gesellschaft von Clans, von Stämmen ... In einer Stammesgesellschaft hat die Demokratie keinen Sinn, denn im Stamm ist das Individuum nichts, während es mit seiner Entscheidungs- und Gewissensfreiheit in der Demokratie alles ist. Die Demokratie ist nicht einfach eine Technik, die Organisation einer freien Wahl. Sie ist eine Kultur, eine tägliche Pädagogik, die Anerkennung von Regeln und Werten.»

Wanchie, eine gute Bekannte, Mitte fünfzig, wurde in *Laguna,* einem See nahe von Manila, beim Schwimmen von einem Speedboot überfahren und war sofort tot.

Und sonst – das Knie, der Zahn, die Liebe, das Lesen, das Schreiben, der Alkohol und das Allgemeinwohl? Das Knie zuckt manchmal, dann geht es ihm gut und mit mir heute auf Wanderschaft in die Wüste entlang dem *White Beach,* zusammen mit dem *Giant*, ins *Restaurant Mani.* Das klebt am kleinen *Diniwid-Beach* am Berg, ein Lift führt und fährt hinauf, die Aussicht ist traumhaft. Nur funktionierte der Lift nicht, wir mussten zu Fuss hinauf und schwitzten Flüsse. Einen Cheeseburger wählten wir aus der kümmerlich, aber auf vornehm getrimmten Speisekarte, doch den gab es nicht, und so assen wir als einzige Gäste ein Crab-sowieso-Sandwich, trocken, langweilig, aber wenigstens sauteuer. Auf dem Rückweg kehrten wir noch hier und dort ein, tranken das eine oder andere Bierchen, und am Abend spürten wir gleichsam Sonne und Bier. Der Zahn der Zeit – nein, mein Zahn, der ist weiterhin empfindlich. Die Liebe empfindlich schwer, und sogar der Sex, aber so ist eben das Leben, heisst es doch. Allgemeinwohl im Allgemeinen gut. Und jetzt schaue ich Deutsche Welle, dann lese ich Graham Greene *(Jagd im Nebel),* ich liebe ihn.

SARS ist hier ebenfalls ein Thema, und ein Geschäft. In den Zeitungen stehen täglich Inserate, die für die *Mag N99 Healsk Mask Brand* werben. Die Masken haben einen fünffachen Filter und schützen zu 99% vor Bakterien etc. Zum Text gehört eine technische Zeichnung der Maske, und vor allem ist eine Frau mit der Maske abgebildet, mit furchtsamem Blick, so ein bisschen Schwarz-Weiss-Hitchcock-Gruseln wird da verbreitet. Wir sind so weit alle gesund.

Letzthin spazierte ich mit Jazzfan Barry auf einem Miniweg im Halbdunkeln. Ich sagte «Achtung Barry, du trittst sonst auf eine Kröte!», und er: «What?», und in dem Moment stand er mit seinen *Schläppli* voll auf das fette Viech, und das wurde für einen Moment total flach gedrückt, quietschte wie ein Gummitierchen und füllte sich darauf wieder zu seinem vollen Volumen. Und Barry merkte von allem nichts, spazierte einfach weiter. Dazu erzählte er mir von William Bell III. Das war sein Sprachlehrer. Er sagte zum Beispiel: «Anything you write should just be like a woman's shirt: It should be long enough to cover the subject but short enough to keep it interesting.»

Der Deutsche Uwe war wieder im *MR*, ein Schlüsselmacher aus Weiss-nicht-wo, mit einem Filipina-Girl, das wohl direkt aus dem Busch kommt. Uwe spricht auch hier sein Kauderwelsch aus 80 Prozent Deutsch, ein bisschen Englisch und Unverständlichem. Und das Erstaunlichste: Alle Angestellten verstehen ihn. Ich habe ihn selten ohne San-Miguel-Fläschchen in der Hand gesehen. Das beginnt am frühen Morgen und endet am nächsten frühen Morgen. Dann hatten die beiden immer wieder lautstarke Auseinandersetzungen, Sachen flogen durch die Gegend, bis der Boss ein Ultimatum stellte. Mit dem Resultat, dass Uwe sein Schätzchen kurzerhand rauswarf und drei Stunden später mit einer anderen ankam. Ein weiteres, sehr typisches Beispiel eines sexhungrigen Weissen, dem es wirklich nur um eines geht.

Roger «Cheese» de Paris ist auch noch hier, der kleine Wicht mit seiner Gicht. Deshalb lebt er im Moment ohne Alkohol. Hinter seinem Haus baut er seit ewiger Zeit an seinem neuen Weg. Er baut immer irgendetwas. Der Weg besteht aus Lehm, was in der Regenzeit ein wunderbares Rutsch- und Klebvergnügen geben wird. Ich gehe auf meinem Weg zum Strand immer durch sein Restaurant. Und da steht immer noch ein Aquarium. Ich staune jedes Mal. Da schwimmen in einer undurchsichtigen Brühe ein paar Fische, schauen durch die verdreckten Scheiben traurig zu einem hin. Wie lange noch? Denn das Aquarium steht auf einem morschen Holzgestell, das schon ziemliche Schieflage hat, und ich warte eigentlich beim Vorbeigehen jedes Mal darauf, dass die ganze Sache mal kippt und mit Getöse am Boden zerschmettert und kein Fischleins Nachtgesang mehr zu hören ist. Oh Morgenstern, der hätt das gar nicht gern …

Dies und jenes. Der neue Teil der *D'Mall* ist fertig und mit einem Fest eröffnet worden. Boutiquen, Sportgeschäfte, Tattoo-Läden, Elektronik, Restaurants, Apotheke usw. – Die Sonne scheint, am Morgen regnete es durchsichtig, ein wie von Feenhand gestreutes Nass. Aus dem Nass wurde mit der Sonne Dampf und entsprechend feucht ist es auch jetzt, ich sitze schwitzend am Tisch. – Die grossen Parties sind vorbei, nach dem Durcheinander auf der Insel im Ferienmonat Mai. – Zwei Wörter sind bei den Deutschen hier weiterhin in Mode: *Irgendwie* und *Aber. Irgendwie* ist eher Teil des Bargesäusels. Das *Aber* bleibt dem rustikalen Stammtisch vorbehalten. Da sitzen die *Aber*-Leute. Ja, klar, die Jugos sind schon ok, ABER. – Die *Bazzura* gibt es nicht mehr. Das Lokal heisst jetzt *Attica* und ist ein Restaurant mit Bar. – Wer weiss schon, dass die Droge Ecstasy auf die Muskatnuss zurückgeht? Et voilà. – Heute Morgen ist eine der drei Katzen von David (die oft bei mir rumstreunen) in der Küche gewesen, um sich umzusehen. Und plötzlich hatte sie eine grosse Maus im Maul. Da gratulierte ich ihr ganz herzlich. Sie aber schien das gar nicht zu bemerken. Wie angewurzelt stand sie da, die Maus im Maul, starrte mich an, und erst nach ein paar Momenten trippelte sie stolz hinaus.

Das Trauminselgefühl ist längst passé. Der Welt- oder Zeitgeist atmet auch hier hörbar laut, aufdringlich laut, unter anderem ist der Amerikanismus penetrant, und damit meine ich unter anderem laute Musik, Junkfood, Gleichmacherei, Exhibitionismus und ein schepperndes, aufgesetztes Lachen. Wobei ich mir schon bewusst bin, dass die Amis nicht an allem schuld sind. Aber sicher daran, dass die Welt sich sehr unsicher fühlt. Das spürt man natürlich auch auf der Insel. Im Übrigen regieren hier fast lauter unfähige Idioten, korrupt sind sie, blöd, geldgierig, nicht fähig zu koordinieren. Dann wird wie verrückt gebaut, immer mehr Villen sieht man überall, Geklotze der übelsten Art. Ich fühle mich trotzdem immer noch wohl hier. So wohl wie an andern Orten, nur habe ich mich jetzt halt mal entschieden, hier zu wohnen. Ich habe die Illusion längst aufgegeben, dass es das Paradies gibt. Das erspart mir immerhin etwas Frustration und Illusion.

Heute die schlechte Nachricht von Barry, der mir geholfen hatte, meinen «Boracay-Guide» in korrektes Englisch zu bringen. Um fünf Uhr morgens polterten sie an seine Türe, Polizisten zuhauf, mit einem Durchsuchungsbefehl. Fazit: 1,7 Kilo Marihuana haben sie gefunden plus Shabu (das Aufputschmittel). Es ist eine sehr mysteriöse Geschichte, mit vielen Fragen. Seine Frau hatte lange insistiert wegen eines Hauses, das ein einflussreicher Insel-Gangster vor ihres bauen wollte. Ein gefährlicher Typ, dem man nicht zu nahe kommen sollte, doch Barrys Frau interessierte das nicht. Deshalb, so munkelt man, habe man Barry die Drogen in dessen Haus versteckt, um ihn dranzukriegen. Fakt ist, dass er und seine philippinische Frau jetzt in Kalibo im Gefängnis sitzen. Immerhin konnten sie sich ein Bett organisieren, wie er mir per Cellphone kurz mitteilte. Barry wurde genau an dem Tag verhaftet, an dem mein «Boracay-Guide» vorgestellt wurde, traurig.

Einer mehr, der plötzlich nicht mehr hier ist. Der Japaner Mitsu ist ebenfalls verschwunden, niemand weiss etwas Genaues, der Eis-Werner ist auch längst weg, ebenso Lito mit seinem kleinen Restaurant an der Mainroad, das nicht lief, Stef ist meist in der Schweiz, wohl besser so, denn hier flippt er regelmässig aus. Und der Luzerner Mani: weg, ob er noch lebt?

Der japanische Botschafter in Manila erhielt eine offizielle Rüge, weil er es, wie vor ihm schon die amerikanische Handelskammer, gewagt hatte, öffentlich auszusprechen, was sowieso klar ist, dass nämlich auf den Philippinen extreme Korruption herrsche, man eine fürchterliche Infrastruktur und anderes Negatives mehr habe, und dies wiederum sich nicht gerade positiv auf potenzielle Investoren auswirke.

Anfang August. Vor einer Woche fand der Putschversuch statt. Eine wirre Geschichte ohne Ende, wir haben immer noch den *State of Rebellion,* was in Richtung *Marshall law* geht, aber weniger drastisch ist. Die Drahtzieher sind auf freiem Fuss, es wird gerätselt und spekuliert und Gerüchte schwirren herum, dass einem schwindlig werden könnte. Aber das Leben geht weiter und die Leute interessiert das höchstens in Manila, aber nicht die vom Lande, die wissen das alles kaum.

Ich lese ein Buch von Jean-Claude Izzo. Es heisst *Solea.* Ein Krimi. Izzo starb im Jahr 2000, mit 52. Er stammte aus Marseille, und dort handelt seine Trilogie. Izzo war Journalist und schrieb auch Koch- und Reisebücher, Novellen und anderes mehr. Er sagte einmal, dass seiner Meinung nach die Komplexität der Wirklichkeit am besten in Form eines Krimis abgehandelt werden könne. Und wenn man sein Buch liest, versteht man, was er meint. Seine Geschichte ist ebenso bedrückend wie kraftspendend, ein eigenartiges, scheinbar widersprüchliches Gemisch von Poesie und Gewalt. Marseille, Gangsterwelt, üble Polizisten, Immigranten im Elend. Und es geht viel um Liebe und Freundschaft. Es ist zum Weinen, und ich meine damit jenes erlösende Weinen, welches das Verstehen in sich trägt. Es ist eine «alte» Zeit, die er schildert, eine, die – wie ich manchmal den Eindruck habe – am Verschwinden ist. Eine Zeit, in der es Menschen mit Charakter gibt, Menschen aus Fleisch und Blut, die sich in die Augen schauen beim Pastistrinken, die – eben – Freundschaften kennen. Sätze wie diese stehen in dem Buch: «Lieben bedeutet zweifellos, sich dem anderen nackt preiszugeben. Nackt in seinen Stärken und Schwächen. Wahr. Wovor hatte ich in der Liebe Angst? Vor dieser Nacktheit? Ihrer Wahrheit? Der Wahrheit?» Oder: «Bekanntlich gibt es kein Fundbüro für verlorene Lieben.» Oder: «Ab einem gewissen Alter schloss man keine Freundschaften mehr. Nur noch Bekanntschaften.»

Es ist Samstagmorgen, die Nachbarn hämmern und klopfen und sägen und schleifen wie gewohnt. Und das seit etwa zwei Jahren. Der einzige ruhige Tag hier ist der Sonntag. Wie lange noch?

Nun wohne ich auf der Insel, bin also ein Insulaner. In der Schweiz nur noch zum kurzen Besuch. Warum ich jetzt ganz hier lebe, fragten sie mich natürlich, Gäste, andere Insulaner. Weil mir das Hin und Her zu viel wurde. Ich fliege nicht gerne und vor allem das Dazwischen: Grenzkontrollen, Warten, Checks und die Leute, um es neutral zu sagen. Furchtbar. Ich entschied mich für die Wärme und die jungen Gesichter. Das schlucken die Frager.

Ich sage es nicht zum ersten Mal, ich weiss, aber es ist atemberaubend, wie rasant sich Boracay entwickelt. Gut fürs Geschäft, schlecht für Nostalgiker und die Umwelt. Neue Investoren kommen auf die Insel, die boomt und immer mehr Touristen anzieht, rund 350'000 waren es 2003, davon ein Viertel Koreaner. Die Stromausfälle haben sich auf ein angenehmes Niveau reduziert. Die Mainroad wird neu gemacht, von Norden bis Süden.

Ich lese so oft wie möglich. Spannung, Hintersinnen, Lachen, in andere Welten eintauchen – das sind so Begriffe, die mir dazu einfallen. Viele Krimis. Etwa die mit Richter Di, Izzo, Chandler, Charles Willeford usw. Und immer und immer wieder Graham Greene. Ein Moralist oder besser: einer, der die Moral in Frage stellt. Dürrenmatts *Stoffe* liegen bereit und vieles mehr.

In Sachen fünffachem Mord auf Boracay im Mai weiss man nichts Neues, der eine Verdächtige, der Deutsche Uwe, sitzt abends meistens in einer der unzähligen Strandbars und trinkt ein paar Bier. Fröhlich schaut er nicht in die Welt und wird wohl bald verschwunden sein. Fünf Tote, jemand richtete in dem Haus auf dem Hügel ein Massaker an, stach die Leute, vier (wie man hört) «angesehene» Ausländer und die Housemaid, blindwütig nieder. Das ist nicht meine Krimi-Fantasie, das passierte wirklich.

Lärm. Es ist erstaunlich, wie laut es auch bei mir hier hinten unterdessen ist. Vom Highway dröhnt, wenn auch verhalten, dauernder Motorenlärm, Mopeds, Moto-Tricycles, vermehrt auch Autos und Lastwagen. Und seit bald drei Jahren bauen meine Nachbarn zur

Rechten. Zuerst begann der *Seraph-Bau,* ein riesiges, dreistöckiges, etwa 80 Meter langes Hotel eines Koreaners (wahrscheinlich mit Schwarzgeld gebaut). Dann kam, ganz direkt neben mir, John, Besitzer des *Summerplace* mit seinem wirren «Kunsthaus». Ich kenne unterdessen alle Baugeräusche: Betonmisch- und Schleifmaschinen, Bohrer aller Art, Luftdruckbolzer, Spritzmaschine, Hämmern, Sägen, Schleifen usw. Um Neun, zehn nach Neun, 13 Uhr und zehn nach 13 Uhr, um 15 und zehn nach 15 Uhr ertönt immer der Gong, sieben bis zehn Mal, der die Pausen ein- und ausläutet. Dann die Arbeiter, die auch nicht nur flüstern usw. John hat inzwischen Kampfhähne, wohl ein halbes Dutzend. Die krähen fast durchgehend 24 Stunden, sieben Tage die Woche. Um halb Sechs besonders intensiv – und dann auch während der Siestazeit. Einer hat wohl eine chronische Halsentzündung, der kräht so ein bisschen und dann bricht das ab. Hähne und Baulärm hindern mich längst nicht mehr, ein Nickerchen zu machen. Johns Hund hingegen schon. Der ist oft übers Wochenende hier, wenn es verhältnismässig ruhig wäre. Den lässt er im Garten alleine, angebunden. Und ich habe das Gebelle, Winseln, Jaulen, Stöhnen. Nebenbei bellen auch Daniels Hunde gerne und oft, und ein paar der rund zwanzig herumstreunenden Katzen sind Miauer. Manchmal immerhin höre ich Vogelgezwitscher und das Rascheln von Blättern.

Die Rückfahrt war unangenehm, weil es heftig regnete und windete. Zuerst fliegt man nach Caticlan, zu einem kleinen Flugplatz auf der benachbarten Hauptinsel. Dort muss man in der Regenzeit, also etwa von Juni bis November, immer noch wie vor fünfzehn Jahren eines der kleinen Boote nach Boracay an einem anderen Ort nehmen als gewöhnlich, weil der Wind von der Gegenseite bläst und der Kanal nicht passierbar ist. Die Fahrt zum kleinen Anlegeort mit den Moto-Tricycles geht über holprige kleine Dreckstrassen, die bei Regen teils gefährlich rutschig sind. Dann kommt man zu einem kleinen Hafen, wo ein gigantisches Durcheinander herrscht. Da muss man zahlen, seinen Namen auf eine Liste eintragen, einem Träger winken, damit er einem das Gepäck abnimmt, und schliesslich aufs Boot kraxeln. Wenn es regnet, wird alles noch etwas schwieriger, und wenn Ebbe ist, wie bei unserer Ankunft, muss man zuerst in ein Miniboot, eine Art Nussschale, steigen, mit dem man ein Stück aufs Meer gerudert wird, und von dort steigt man dann auf das grössere «Hauptboot» um, das einen nach Boracay bringt. Wenn es dann noch windet und die Strömung entsprechend stark ist, wird das alles zu einer recht abenteuerlichen, sicher aber unangenehmen Sache. Es gibt ja auch hier trotz Jugendwahn noch Touristen über siebzig ...

Es ist immer wieder faszinierend, beim *MR* am Sandweg zu sitzen und einfach zu schauen. Jahrmarkt der Eitelkeiten, Kuriositätenkabinett und Reality-TV in einem. Der wuchtige Typ ohne Hals, aber mit forschem Schritt, ein menschlicher Orang-Utan, streunende Kinder, die aufgetackelten Sextouristen-Girls. Gangart, Kleidung, Blicke, Stimme – für den Insel-Psychologen bestimmt willkommene Anhaltspunkte für ausgedehnte Analysen.

«Es ist die grosse Angst unserer Zeit, unauffällig bleiben zu müssen.» (Dirk Kurbjuweit im *Spiegel*)

Gewisse Filipinos haben in den letzten Jahren eine der Schweiz verwandte Eigenart angenommen: Sie schauen missmutig in die Welt, jammern, reklamieren und bemängeln sehr gerne und oft. Auch bei ihnen weiss natürlich jeder, wie man es besser machen würde.

Moskitos kann man immerhin mit einem Mittel fernhalten, Fliegen nicht. Sie stören ihr ganzes kurzes Leben lang. Ob sie auf die Menschen eifersüchtig sind? Besonders bei der Siesta sind sie gerne aufdringlich, auch wenn ich nicht den Eindruck habe, dass ich nach Scheisse rieche.

Es ist zur Zeit sehr heiss und wunderschön. Der Fan wirbelt etwas Luft zu meinem Rücken, draussen in den Palmen zwitschern ein paar nimmermüde Vögel, jetzt, um halb drei Uhr am Nachmittag. In *Daniels* Garten – oder wie muss ich das hier nennen?, einen Hinterhof?, Hinterhofgarten?, Ort für allerlei Ramsch?, jedenfalls stehen da ein paar kleine Hütten für die Generatoren und Werkzeuge, der Boden ist mit vulkanischem Gestein auf eine etwas erhöhte Ebene gebracht worden, damit nicht gleich alles unter Wasser steht, wenn es regnet, es hat diverse Bäume und Sträucher, eine kleine Mauer; rostige aufgerollte Gartenzäune, Holz, Styroporkisten stehen herum

– es streichen ein paar müde Kätzchen herum, beim Nachbarn kräht der Hahn, die Hühner sind nicht zu sehen, ein feiner Wind lässt die Blätter tanzen, Schattenspiele.

Ich lese zwei ziemlich extreme Bücher: *Seitenhieb* von Charles Willeford heisst das eine. Im Vorspann steht ein treffendes Zitat von William S. Burroughs: «Niemand besitzt das Leben. Aber jeder mit einer Bratpfanne besitzt den Tod.» Der Amerikaner schildert darin Zustände in Miami Ende der Achtzigerjahre. In Form eines Krimis mit einem ungewöhnlichen Inspektor. Seine abgebildete Welt ist erschreckend. Immerhin gibt es aber doch auch Menschen, die noch Werte haben, nicht hochgestochen moralische oder moralisierende, aber ganz einfache, ehrliche, vielleicht gar menschliche, wenn man darunter versteht, dass man eine Haltung hat, die nicht vor allem von einer politischen, religiösen, gesellschaftlichen oder sonstwie idealisierenden Richtung geprägt ist, sondern von einer lebensnahen, die sich an Instinkten, Gefühlen, Vernunft oder gar natürlicher Intelligenz orientiert. (Ja, was denn ist Intelligenz? Niemand kann es letztlich fassen, auch wenn es unzählige, hirnverbrannte, gefährliche bis immerhin seriöse Versuche gibt, die Intelligenz zu fassen.) Das andere Buch stammt von einem Russen, Vladimir Sorokin, und heisst *Ljod, das Eis*. Eine Verschwörungsgeschichte, die im jetzigen Russland spielt (mit Rückblenden), vorwiegend in Moskau, und das Bild gleicht jenem aus Miami. Es ist die Auflösung jeglicher Ordnung, der Wahnsinn einzelner Individuen, die totale Rücksichtslosigkeit, Skrupellosigkeit, Brutalität im Einzelnen wie im Ganzen.

«Ehrlich gesagt, gewöhne ich mir immer mehr die menschliche Perspektive ab», sagt Jim Jarmusch in einem *Spiegel*-Gespräch. Ein Baum oder Stein seien ihm gleich viel wert wie ein Mensch. Mir geht es auch so. Ich schaue lieber Hunden beim Spielen zu oder Katzen beim Putzen ihres Fells, oder ich betrachte eine Hibiskus-Blüte an ihrem Stiel, die nichts sagt und viel zu sagen hat, nicht wie all jene, die so viel sagen und nichts zu sagen haben.

«Zufall ist vielleicht das Pseudonym Gottes, wenn er nicht selbst unterschreiben will.» (Anatole France)

Graham Greene und gewisse Sätze von ihm, die so einfach und so stark sind. Zum Beispiel (in *Das Schlachtfeld des Lebens*): «Die Strasse war voll von Hunden und Frauen und Zwiebelschalen.» Oder (gleiches Buch): «In den Eingängen der Häuser standen Männer und lasen die News of the World und spuckten.» Das ist Literatur und Sozialgeschichte. Das Buch, im Englischen heisst es «It's a battlefield», ist erschreckend und bereitete mir Alpträume. Wieso denn eigentlich? Es handelt von der unentrinnbaren Einsamkeit, von Verstrickungen des Lebens, das so zum wahnsinnigen Kampf wird, jeder kämpft für sich, alleine, hoffnungslos. Ausser der *Commissioner,* der dient dem Staat. ...

Von einer «exzessiven Offenheit» ist in einem anderen Buch die Rede (*Das Orakel von Port-Nicolas,* ein Krimi von Fred – eigentlich Frédérique – Vargas, einer französischen Archäologin und Schriftstellerin, grossartig!). Der Ausdruck gefällt mir. Obwohl es bei mir eher die Manie der Offenheit und der Gerechtigkeitswahn sind. Und dass ich alles zu ernst nehme, was mir immer wieder, heute genauso wie früher, Probleme bereitet, allerdings nehme ich die Dinge weniger tragisch und dramatisch. Gewisse Sachen kann man wohl nicht ändern. Andere möchte ich gar nicht ändern. Bin z.B. weiterhin der typische Schweizer, was Pünktlichkeit angeht, auch Zuverlässigkeit ist mir wichtig. Kenne hier andere, die werden zu Filipinos, aber das scheint mir nicht erstrebenswert. Ich denke an Phil. Obwohl, natürlich, man gewisse Dinge anders zu sehen beginnt und andere einfach annehmen muss, weil man keine Chance hat. Und schliesslich bin ich auch Gast in einem anderen Land. Doch als Auswanderer fühle ich mich nicht. Eher als Wanderer, der hier einen festen Wohnsitz hat, Zwischenstation sozusagen.

Das Jetzt. Das können Plaudereien sein, Kochen sowieso, Lesen, Momente am Strand, wenn man in Farben, Töne, Licht und Luft eintaucht.

Ich bin in der Krise. Krise im ursprünglichen Sinne verstanden: in «entscheidender Wendung». Wie, was, wohin, das weiss ich nicht genau. Ich weiss nur, dass ich «Unkraut jäten» muss, wie es in einem Roman von Francisco Viegas, den ich gerade lese, heisst. Unkraut von Erinnerungen, Menschen etc. Die «Wut auf das Leben» (wie ich immer wieder sagte) neu entdecken. Wandel – der findet ja genau genommen dauernd statt.

Spezielle Sätze lese ich. Zum Beispiel: «Man muss bei allem mit den atmosphärischen Tatsachen beginnen.» Und: «Aufklärung läuft über Aufheiterung.» (Peter Sloterdijk, *Spiegel* Nr. 35). Dann: «Evangelische Bratwürste sind die besten!» (aus dem «Hohl-Spiegel» im *Spiegel*)

Im Moment bin ich auf Drogen: Voltaren. Der Grund: Hexenschuss, und zwar ein ganz perfider, wie ich ihn hier vorher noch nie so eingefangen hatte. Am Freitagnachmittag wollte ich Tennis spielen, alleine, Service üben. Ich bückte mich, um ein T-Shirt aus dem Schrank zu nehmen, und da schlug die Hexe eben zu. Anfangs war es gar nicht so schlimm, doch mit Tennisspielen war natürlich nichts mehr. Ich schrieb dann am Schreibtisch weiter, aber beim erneuten Aufstehen wurde es erst so richtig unangenehm, ich ging von da an nur noch wie ein Neunzigjähriger. Da ich Ratatouille und Frikadellen vorbereitet hatte für einen Abend mit Freunden im *MR*, ging ich dann eben doch nach vorne. Aber nur jeweils zwanzig Meter am Stück, dann wurde der Schmerz unerträglich und ich musste in die Knie. So also arbeitete ich mich nach vorne an den Strand, vorbei an den Touristen und Bekannten, und alle schauten mich an, als ob ich total durchgedreht wäre. Das muss ja ein Bild gewesen sein, da geht einer mit Plastiktüten in beiden Händen, in gebückter Haltung und alle paar Meter sich aufstützend, wo immer gerade möglich, mit wohl schmerzverzerrtem Gesicht. Und so ging das weiter. Abends dann mit einem Stock zurück. Ich schlief gut, aber am Samstag morgen im Bett, bei einer falschen Bewegung, ging der Höllenschmerz erst richtig los, das war, wie wenn ich sterben würde, die Hölle, und ich schrie vor mich hin, weil der Schmerz bei jeder Bewegung schlimmer wurde. Nach einer unendlich scheinenden Weile war der Spuk plötzlich vorbei und es ging wieder besser, es war, wie wenn in meinem Rücken etwas ausgehängt worden wäre. Heute fühle ich mich sehr müde, aber viel besser. Jetzt habe ich einfach eine Art extremen Muskelkater, ich fühle mich wie nach einer unendlich langen Bergwanderung, am Tag danach ...

Murphys Law 2. Nach dem fürchterlichen Hexenschuss, an dem ich auch drei Tage später noch ein bisschen zu laborieren habe, hatte ich wegen der Voltaren-Tabletten den Scheisser. Der ist auch weg. Gestern hatte ich beim Mittagessen plötzlich einen halben Zahn im Mund. Am Abend beim Geschirrwaschen dann rammte ich mir etwas Spitzes in den Daumen: Schnitt mit Bluterguss. Heute Morgen erwachte ich mit einem «tauben» Ohr.

Neu. Umziehen am Freitag, dem 17. Dezember. Ich war nicht gerade in Hochform in jenen Tagen. Mein zweiter Hexenschuss, kurz nach dem ersten, haute mich zu Boden, ich musste während des Umzugs Tabletten schlucken. Die Vorbereitung brauchte seine Zeit mit all dem Ausmisten, Putzen usw. Das eigentliche Umziehen ging dann schnell, ich hatte vier starke junge Männer, die riesige schwere Kisten wie Luftballons die hundert Meter nach vorne trugen. Nun bin ich so weit eingerichtet, der Kühlschrank ist voll, der Gefrierschrank füllt sich auch, mit blanchiertem Blumen- und Rotkohl, Ratatouille, Blätterteig, Fleisch, Würsten usw. Den riesigen Luxusherd habe ich eingeweiht mit Lammfilet, Blumenkohl und gebratenen Minikartoffeln. Langsam bin ich wieder zuhause. Und entspanne mich. Mein neuer Nachbar heisst *George,* der Hornbill (Nashornvogel) hat einen ebenso grossen wie lauten Schnabel. Er lebt schon lange hier, er ist ein richtiger Freund, nur streicheln, das lasse ich dann doch lieber bleiben. Meine Wohnung ist fast quadratisch (7x7 m), ziemlich dunkel, mit grossem Holztisch, den ich schon seit zehn Jahren habe, grossem Herd, Kühlschrank und Tiefkühler sowie Bett. Manchmal stinkt es nach Abgasen, wenn der Generator neben meinem Küchenfenster läuft. Wenn ich dann koche, wird es angenehmer riechen.

Im *Fisheye Diveshop* ist einer beim Tauchen abgesoffen und bis jetzt unauffindbar, treibt wohl irgendwo im Meer.

TV schauen kann ich nicht mehr, der stubenrein übertragene Horror über die Tsunami-Katastrophe in Asien ist widerlich.

Hier fragen sich die Leute nicht nach dem Warum, weil etwas einfach so ist, wie es ist. Der Glaube an Höheres mag damit etwas zu tun haben, in welchem Zusammenhang auch immer, das grosse Kollektiv vielleicht auch, das Indivuum, wie wir es kennen, ist hier eher fremd. Auch wenn jemand stirbt. Ja, man trauert, man bahrt den einbalsamierten Toten mehrere Tage auf, Verwandte, Freunde, Nachbarn erweisen ihm die letzte Ehre und füllen sich den Magen, die Männer trinken auch gerne Rum oder Bier. Der/die Tote sorgt für neue Schulden, denn alleine der Sarg kostet einiges. Doch was geht wohl im Innern der noch Lebenden vor? («Trauern» geht übrigens, so lese ich im *Etymologischen Wörterbuch des Deutschen,* zurück auf das althochdeutsche «trör», «Blut, tropfende Flüssigkeit».) Und was geht in den Köpfen der Menschen vor, wenn sie stundenlang am Strand sitzen, einer der seine Segelfahrt verkaufen will und wartet, ein Bootsmann, eine Massagefrau, sonst jemand. Sie sitzen und schauen.

Feuer. Wir sassen am Strand und tranken ein Bier und noch eines. Plötzlich war da Rauch am Himmel über dem Meer. Aus dem Süden verdeckten riesige, russige Wolken den violetten Himmel. Feuer! Nur: Wo und wie, das war kaum auszumachen. Bald bevölkerte sich der Strand, immer mehr Menschen kamen zum Strand hinunter, um zu schauen, was da los war, die Wolken wurden immer mächtiger, es war jetzt längst Nacht, etwa sieben Uhr. Und dann sah man vom Meer aus auch den ersten Feuerschein, der in die Palmen leuchtete, die ersten Funken, die Wolken nun, getrieben vom weiterhin starken Ostwind (und also Richtung Meer), waren wunderschön beleuchtet, aber eben, es war ein Feuer, und wir wussten, dass das nicht einfach nur ein brennendes Resort sein konnte, da wäre das Feuer längst unter Kontrolle gewesen. Die ersten Vermutungen machten die Runden, die ersten Nachrichten erreichten uns: Talipapa brennt, der Markt, ein Herzstück der Insel! Der Strand war nun schwarz von Menschen, der Strandweg ein Chaos, im Restaurant hinter uns assen einige Touristen trotzdem in aller Ruhe ahnungslos ihr Abendessen. Und unten brannte es weiter und weiter, die Flammen leuchteten jetzt weit in den Himmel. Ein Inferno! Am Radio meldeten sie, dass auch ein paar Resorts neben Talipapa und auch Tauchschulen brennen würden. Aber vor allem Talipapa, dieses faszinierende, sich über etwa zweihundert Meter von der Mainroad zum Strand hinziehende, verschachtelte, enge, bunte Gewirr von an- und übereinander gebauten Handwerks-Buden, kleinen Restaurants, Souvenir-Läden, Coiffeur-Salons, aber auch der ganze Gemüse-, Fisch- und Fleischmarkt war verloren. Die Feuerwehr hier besteht aus einem lächerlichen kleinen Wagen mit zwei verschlafenen Männern. Hydranten gibt es kaum. *Calypso*, eine etwa hundert Meter vom Brand entfernte Tauchschule (wo man ebenfalls alles räumte, weil man ja nicht wissen konnte), half mit Schläuchen und Wasser aus dem Pool, der Zisternenwagen war auch dort. Es war schon neun Uhr, die Flammen loderten weiter. Gerüchte sagten, dass sich das Feuer nun gegen hinten ausbreiten würde, entlang dem Highway, die Trafo-Station sei in Gefahr, zwischendurch ging der Strom dann auch aus. Mussten wir uns auch hier gefasst machen, das Hotel zu räumen, sollte etwa die ganze Insel abbrennen? Der Wind blies wie zum Trotz noch stärker, drehte ein bisschen nach Süden. Ein Löschflugzeug sei von der Insel Cebu unterwegs, hiess es bei einer TV-Station in Manila. Allen von uns war nicht mehr wohl, niemand wusste Genaues. Erst so um zehn Uhr wurde es dunkler, das Feuer war anscheinend unter Kontrolle. Oder doch nicht? Immer wieder machten neue unheimliche Gerüchte die Runde. Es roch auch bei uns nach Verbranntem – Holz, Metall, Gummi!

Heute, früh am Morgen, gingen wir schauen, wie viele andere auch. Welch ein Anblick! Schon hundert Meter vor der Brandstelle ein riesiges Durcheinander, Leute mit ein paar Habseligkeiten, Chaos, dann die ersten Spuren, abgedeckte Dächer, schwarze verkohlte Wände, der Ort abgetrennt mit Bändern, ein kahler Baum, aus dessen Stamm noch immer Flammen züngeln, Rauch quillt aus der Rinde, Massen von Menschen, beissender Rauch und Ruinen. Verbogenes Blech, verkohlter Bambus, Betonruinen, schwarze nackte Palmstämme, grosse staunende Augen. Am Strand, surreal, eine weinende Frau auf einem giftig grünen Sofa, Plastiksäcke mit Wäsche, Geschirr, Papier. Und *Raoul* vom Fernsehen mit einem Situationsplan. Es ist schwierig, sich zu orientieren, wo war der Eingang zu Talipapa? Ja, dort muss es gewesen sein. Links davon die Überreste einer Tauchschule, rechts davon ein paar Mauerreste des *Mona-Lisa-Resorts* und des *Michelles-Resorts,* sowie einer weiteren Tauchschule. Nach hinten zur Mainroad hin eine zwanzig Meter breite Schneise, hunderte Meter lang. Wie nach einem Bombenangriff. Dort, wo sonst der Fischverkauf stattfand, verkaufen sie doch tatsächlich auch heute ihre nachts gefangenen Fische, improvisiert, das Leben geht weiter. Und an der Mainroad ein totales Kabelchaos: Elektrisch, Telefon, TV, alles hängt und liegt und sie arbeiten wie wild. Links von der Schneise das dreistöckige *Paradise Garden Hotel,* Touristen schauen von den Terrassen hinunter, sie hatten riesiges Glück. Niemand wurde verletzt, es gab keine Toten, heisst es. Die Brandursache? Vielleicht ein Hersteller von speziellen Slippers.

Viel im Umbruch, es heisst, man wolle den Bürgermeister (mayor) entmachten, eine Gruppe aus Manila, welche die Insel nach dem Willen der Präsidentin höchstpersönlich managen soll. Dazu gehören neue Ankunftsstellen, neue Transportmittel, viele neue Umwelt- und Bau-Verordnungen und und und! Schön wäre es ja, wenn dem Chaos, das sich unter dem jetzigen Chef auszubreiten droht, Einhalt geboten würde. Doch man zweifelt ...

Ein Vogel zwitscherte, als ich in der Hängematte lag. Es war ein sehr spezieller Ton, ein Doppelton. Zum einen ein gewöhnliches Zwitschern, zum andern aber gleichzeitig eine Art Klingeln wie bei einem Telefon, ganz speziell und faszinierend, ein Zauberkünstler-Vogel.

Rubrik: Unfälle, Verbrechen, Krankheiten. Der fünffache Mord von Anfang Mai 2004 hat sich gejährt, eine Messe wurde gelesen, die Angehörigen verlangen eine Aufklärung der scheusslichen Tat, bei der ein Schweizer Antiquitätenhändler, der in Hongkong lebte und bei seinem deutschen Freund hier in dessen prächtigem Haus, erbaut auf dem meeresseitigen Hügel, auf Besuch war, jener Deutsche eben plus ein Engländer, ein weiterer Deutscher und eine angestellte Filipina ermordet wurden. Uwe war ein Verdächtiger. Uwe ist manchmal ausgerastet, wenn er besoffen war, aber dass er gleich fünf Leute umbringt? Nun, er ist weg, wohl geflohen, denn sonst wäre er im Gefängnis gelandet, so hätte man zumindest einen Vorzeigeschuldigen gehabt. Pech für die Polizei. – Dienstagnacht ist der Deutsche M. mit seinem Motorrad tödlich verunglückt, päng, auf der relativ schmalen Strasse, der Mainroad, ist er betrunken in einer leichten Kurve mit einem Moto-Tricycle zusammengeprallt und sei sofort tot gewesen. Wir nannten ihn den 127-Jährigen, weil er einfach alles wusste, so machte er grossspurig den Eindruck. Er plapperte vor allem viel, immerhin machte er fantastisch schöne Fotos von Insekten, Pflanzen und Vögeln. – Phil hatte hohes Fieber, darauf entzündetes Zahnfleisch, aber im Spital fand man nichts heraus. Nik hatte Kieferhöhlenentzündung, ich eine schmerzhafte Ohrenentzündung und kann mein rechtes Schultergelenk nur noch beschränkt bewegen, James kann sein linkes Handgelenk nicht mehr benutzen, Piero, der Taucher, sieht aus wie der Tod.

Koreaner. Es hat weiterhin sehr viele Koreaner. Touristen und solche, die investieren, Geld waschen, heisst es. Ein eigenartiges Volk, zumindest der Teil, den man hier zu sehen bekommt. Die Frauen sehen aus wie Porzellanpuppen, die Männer oft grobschlächtig, Bauern der sehr kantigen Art, und alle sind laut, sehr laut, und immer im Stress, so macht es den Eindruck, immer hasten sie, kaum je sind sie ruhig, sie rauchen wie Schornsteine, saufen können sie auch, und selten sieht man ganze Familien, kaum je Kinder.

Die politische Situation ist ziemlich verfahren, gefährlich auch. GMA (Gloria Macapagal-Arroyo) wird aufgefordert, zurückzutreten, wir haben den Gloria-Gate-Skandal, wegen abgehörten Telefonate.

Nächtliches Dauergewitter, gespenstisch. Donnergrollen schier ohne Ende, es beginnt ganz weit weg und holt einen da schon aus dem Schlaf, vielleicht auch, weil es einem Erdbeben ähnlich die Scheiben leicht erzittern lässt, obwohl der viel später folgende, sich endlos hinziehende eigentliche Donner nichts Besonderes ist, eher ein teuflisches Murren. Aber dann kommt dieses fast andauernde Grollen näher, und aus dem Nichts knallt es dann plötzlich ganz fürchterlich und man fühlt sich total erbärmlich. Dazwischen wirre Träume.

Schöner Traum. Ich war in Basel, da waren wir (wer genau?) plötzlich mitten in einem wunderbaren Chaos von Theater. Auf der Strasse zogen bunte Gruppen von Künstlern vorbei, Tiere auch, bewegte Bilder, eine Art Zirkus, ein Spektakel auf jeden Fall, mit vielen Beteiligten und Helfern und Zuschauern, das Ganze bewegte sich auch in Häuser, Museen vielleicht, grosse Hallen, Säle und überall war Theater, mit riesigen Gebilden: Fratzen, Feen, Fantasien aller Art, die man sich vorstellen kann, ein bisschen wie ein Film von Fellini oder der Cirque du Soleil, das neapolitanische Gata-Generentola-Theater, «Die letzten Tage der Menschheit» (von Hollmann inszeniert) – alles, was ich schon an Beeindruckendem gesehen habe. Manchmal blieb ich versonnen stehen, träumte, staunte. Paradies und Schlaraffenland, in einzelnen Räumen gab es zu essen, wunderbare Buffets mit Leckereien, kleinen Häppchen, auch Süssem. Ich schwebte von Raum zu Raum, und wieder nach draussen, lange Treppen hinunter, wo Orgelmusik erklang, aber dann auch wieder lustige Clownerien, bewegende Emotionen und Humor wechselten sich ab, dann draussen wieder mit herumtollendem Rind und anderen Tieren.

Interview im *Spiegel* mit dem Kunstmaler Gerhard Richter, einem der teuersten lebenden Künstler der Welt, etwa 75-jährig. Er sagte unter anderem: «Es ist schwierig mit der Schönheit, wir sind uns nicht mehr einig, was darunter zu verstehen sein sollte ... Ganz simpel ist Schönheit erst mal das Gegenteil von Zerstörung und Auflösung und Beschädigung, und damit ist sie schon mal untrennbar mit Form verbunden, ohne die nichts entstehen kann.» Und über Konservativismus: «Überhaupt ist der Begriff *konservativ* noch nicht richtig gesellschaftsfähig, er ist negativ besetzt, so wie rechts oder bürgerlich, auf jeden Fall out. Und man ist noch kein Konservativer, wenn man eine geschmackvoll designte Wohnung hat. Eine konservative Haltung ist viel unbequemer. Viele meiner links denkenden Freunde würde ich da eher schon als konservativ bezeichnen. Schon wegen ihrer hohen Arbeitsmoral, ihrem Kunst- und Weltverständnis, die wollen etwas bewahren, erhalten ... Man hat mehr Sinn dafür, etwas Gutes bewahren zu wollen, skeptisch zu bleiben und den jeweils neuen Parolen zu misstrauen, wenn man so viel Unsinn erlebt hat [wie ich] und wenn man dabei relativ unbeschädigt geblieben ist.»

«Gott ist die beseelte Ewigkeit», soll Giordano Bruno gesagt haben.

Heute sind es auf den Tag zwei Monate, dass ich mit Rauchen aufgehört habe. Gratuliere! Danke. Zum Dank dann traumreiche oder schlaflose Nächte, andauerndes Bauchgrummeln usw.

Weiterhin intensive Träume. Gestern Nacht allerdings wach, zwischen drei und vier Uhr: Gewitter der üblen Sorte und gnadenlos starker Regen. Und jetzt geht es so weiter, das Wetter – New Orleans versinkt, und hier meldet sich bereits ein weiterer Taifun an, weit oben im Norden und weit weg auf dem Pazifik noch, aber auch der jetzige ist weit oben, aber lässt es hier ebenfalls sintflutartig regnen, auch Boracay versinkt bald im Wasser wenn es so weitergeht! Passend: extremer Rückenschmerz, nachts erwachte ich wegen Schmerzen links und rechts in Rücken, Schultern, überall, wie wenn ich auseinanderfallen würde ...

Mein Bauch macht mir wirklich Probleme. Das Grummeln, die zeitweiligen Säuregefühle, der Dünnpfiff, und das auch mitten in der Nacht. WANN wirklich fing alles an? Vielleicht doch erst nach dem Rauchstopp? Vertrage ich ein Nahrungsmittel nicht? Viele Fragen gehen mir durch den Kopf, auch nachts, wenn ich aufwache. Dazu die Gedanken und vor allem Träume, völlig aberwitzig. Und dann fragte ich mich im Halbschlaf, ob diese Träume etwas mit meinem eventuellen baldigen Tod zu tun haben. Bisher ohne Angst, aber unruhig schon.

James ist aus Bali zurück, der Steppenwolf, er hat seit etwa einem Jahr wieder eine Freundin, eine sehr attraktive aus Indonesien, die als Managerin im «Hyatt» arbeitet und mal hier war, und er ist seither wie verwandelt, trinkt wenig, wird nicht mehr aggressiv. Er erzählte mir, wie er letzthin in Manila mal aufwachte mit einem verstopften Ohr. Und das war irgendwie auch sonst eigenartig, als ob sich etwas darin bewege. Er hatte (wieder einmal) einen Kater, das noch dazu. Ja, und dann merkte er, dass tatsächlich etwas drin war, nämlich ein kleiner herziger Cucarracho, *cockroach*. Es war Samstag, er ging in die Notfallstation eines nahen Spitals, aber die Spezialisten waren natürlich alle weg. Jedenfalls hantierten dann ein paar Leute mit Zange und anderem und rissen das Viech heraus, aber nur halb, und so musste er es mit einer Spezialflüssigkeit langsam rausspülen. Purer Horror. James kenne ich schon seit vielen Jahren, doch erst seit einiger Zeit reden wir öfter und persönlicher. Wir merken wohl, dass wir verwandte Seelen sind, beide gerne alleine, kauzige Typen, anders als die meisten hier.

Arztwoche in Manila. Eine Woche wie im Albtraum, obwohl es objektiv gesehen wohl nicht so schlimm war. Aber was ist gerade in solchen Situationen schon objektiv. Gedanken im Hotel – ich hatte ja so viel Zeit, musste einfach nur warten, vor allem den ganzen Mittwoch. Ich nahm bereits Tabletten und wusste nicht, wie die verdauungstechnisch wirkten. Mein Hirn läuft heiss – Wir haben einen Quantensprung gemacht, weg von der Natur. Entfremdung total. Der Mensch wird neu definiert. Wir kennen bald den Unterschied nicht mehr zwischen virtueller Welt und realer. Meldung am TV: In den USA gibt es 25 Millionen Kriegsveteranen, das sind 9% der Gesamtbevölkerung! – Cockroaches im Zimmer, nahe am Bett, ausgerechnet jetzt, wo doch vorher das Hotel immer sauber war! Gedanken wie ein Irrer. Depressive Anfälle, was denn überhaupt alles soll usw. Dauernd beim Arzt, ich weiss auch nicht, wie oft ich den Blutdruck messen lassen musste, das muss man bei jedem Arztbesuch und wenn man auch nur eine Frage hat. Blutdruck, Grösse, Gewicht. Ich hatte von Mittwoch auf Donnerstag fast zwei Kilos abgenommen, nach dem Phospho-Soda. Die Flüssigkeit, mit Sprite getrunken, bewirkt, dass man ganz unglaublich scheissen muss/kann. Ausscheissen, den Darm leeren eben. Ja, Ärzte: Ohrenarzt am Montag, das sieht gut aus so weit (ich hatte wieder den Ohrendruck), aber Tabletten Marke sowieso gegen Erkältung, denn auch die Nase war ein bisschen zu. Am Dienstag zum Arzt für Inneres wegen Impfung nachfragen (Hepatitis A oder B, nicht mal das war mehr klar, denn ich habe nicht mehr so viele Antikörper, sagten mir zwei Ärzte unabhängig voneinander, A sogar überhaupt nicht mehr, ich bin anscheinend ein Sonderfall). Am Mittwoch war ich arztfrei, am Donnerstag zuerst Spital, dann Resultate bei Healthway. Am Freitag

Impfung bei Dr. Cu, im Keller des *Shangri La-Hotels,* wo er jeweils am Freitag die Gäste und Angestellten behandelt. Das Spital für die Darmspiegelung ein Erlebnis. Der Eingang fast schon elegant, dann der Hinweis, dass umgebaut würde und *sorry for the inconveniences.* Im dritten Stock überall abgedeckte Wände, keine Hinweise, wo was ist. Ich fand den Eingang eher zufällig, aber ich war ja sowieso zu früh. Also warten. Auf einem weissen klapprigen Plastikhocker am Gangende. Ein Hin und Her, Ärzte, Nurses, wichtigtuerische Organisatoren aller Art, die Türe neben mir zum Endoskopie-Raum auf und zu und auf und zu, drinnen jemand auf dem Bett, dann ein andere Person usw. Ich warte und vergesse die Zeit. Abgeschabte Möbel, bleichgrüne Wände, Patienten, die sich umziehen und dann in ihrem Operationsnachthemd warten, immer mindestens zu zweit kommen sie, mich fragen sie ganz erstaunt, ob ich alleine sei. Ich musste mich dann auch umziehen, das Hemd verkehrt natürlich, aber jemand hilft mir wie einem geistig Verwirrten. Das Gewand hat unten ein Loch, ich muss aufpassen beim Sitzen, dass mir nicht mein ganzer Stolz raushängt. Und endlich kam der Arzt, ausser Atem und zu spät wieder einmal, wo er mir doch gesagt hatte, ich solle bitte frühzeitig hier sein ... Rein in den giftgrünen Endoskopie-Raum, aufs schmale Bett. Ein Chaos, aber nur scheinbar. Die Geräte und Maschinen einfach, aber effizient, wie es scheint, das Nötige haben sie. Und sie verstehen auch ihr Handwerk, die Anästhesistin ruhig, freundlich, ja richtig nett, ich fühle mich wohl und habe Vertrauen, bald werde ich ja sowieso weg sein, das erste Mal betäubt in meinem Leben. Und der relativ junge Arzt, Dr. Comia, ein sympathischer Kauz mit Brille und wirrem Haar, schüttelt mir die Hand, sagt noch dies und das, unwesentlich, beruhigend wohl. Ich spüre noch etwas Kaltes an meinem Hintern nuscheln, dann bin ich weg. Und kaum ist die Operation vorbei, bin ich wieder da, *plemm-plemm,* und ich meine, ich müsse scheissen, lasse was ins Bett, sage das der Schwester, die aber meint, das erleben sie jeden Tag mehrere Male. Umso besser. Dann stützt mich ein netter Gehilfe, ich gehe aufs WC, will scheissen, aber was passiert: Ich furze wie ein Herrgott, unendlich lange scheint mir das alles. Ich gehe runter, zahle und verschwinde. Eine Woche später *bye-bye* Manila, *bye-bye* Spital, Ärzte, Chaos im Hotel, Cockroaches – und entsprechend gross ist meine Erleichterung, denn ich habe nichts Falsches im Darm. Was also habe ich?

Wohl ein Reizdarm(syndrom) – ist ja wirklich besser als Darmkrebs! Reizdarm, so lese ich, haben normalerweise jüngere Menschen als ich. In den USA sind es rund 20%! Reizdarm ist nach der Erkältung die zweithäufigste Arbeitsausfall-Ursache. Angst, Stress führen dazu, es ist also eine psychosomatische Sache. Nur: Ich und Stress? Was ist denn Stress? Ich frage mich. Muss wohl in meinem Un(ter)-bewussten einiges lagern ... Oder ist es schlicht und einfach die Umstellung zum Nichtraucher? Unerkannter Stress?

Ich nahm im Traum einen Bus, dessen Fahrer auf Schweizerdeutsch ausrief, er fahre irgendwohin. Der Strand lag an einem Ort in Brasilien. Ich war der einzige Fahrgast. Plötzlich ein total anderes Bild, wir fuhren auf einen Berg, unten hiess es Panay (grosse Nachbarsinsel von Boracay), und ich dachte, wie lustig, wie auf den Philippinen. Am andern Morgen kam mir noch im Halbschlaf mit aller Macht Brasilien hoch! Deren allgegenwärtige *saudade*.

Im *Spiegel* ein Satz des Sportwissenschaftlers Roland Loy: «Der amerikanische Psychologe und Nobelpreisträger Daniel Kahnemann vertritt den Standpunkt, wir Menschen seien dafür geschaffen, Muster zu sehen, weshalb der Zufall für uns als Ordnung aussieht. Die Leute können nicht zugeben, dass gewisse Dinge nicht durchschaubar sind.»

«Ich glaube nicht an Zufälle, aber ich halte auch nicht viel von der Vorsehung. Es muss etwas dazwischen geben, etwas, das Willkür und Schicksal auf rätselhafte Weise miteinander verknüpft.» (Erster Satz des Romans von Henning Boëtius, *Blendwerk*)

Ja, ich vermisse dich immer wieder, als Menschen, mit dem ich mich austauschen kann – Seelenverwandtschaften. Zusammen blödeln, tiefsinnige und hochphilosophische Gespräche führen, über persönliche Abgründe reden, zusammen trinken, *analogisieren* (wie ich das nenne, wenn man zurückgeht in der Zeit). Ich denke an die Ausländer, die Europäer. James, Phil, Piero, Hubi, Päuli, Jef usw. Verändern sie sich? Ja, klar. Unabhängig vom Ort. (Sie werden älter ...). Die meisten waren einfache Angestellte, jetzt sind sie Boss eines Resorts, einer Tauchschule etc. Doch sie bleiben Ausländer, sie jassen weiterhin, sie verkehren vor allem untereinander, sie haben hier etwas aufgebaut, fühlen sich oft besser als die Filipinos, doch ihre Schatten werden sie nicht los. Sie treffen auf diese andere Welt, mit der sie ausser ihren Frauen meist wenig anfangen können. Kurz: Die Luft ist gut, die Gegend neu, der alte Lump ist auch dabei, wie Busch sagte. Ausser ihrer Ehefrau verbindet sie nicht viel mit der philippinischen Kultur, und auch dies kippt mit den Jahren leider oft. Entweder bootet die Frau ihren Mann aus und schmeisst den Laden mit ihren Verwandten, oder der Mann treibt es zu bunt und muss Leine ziehen usw.

Das letzte Jahr war durchzogen. Der Wohnungswechsel von hinten nach vorne zum Strand in ein Resort mit Gästen und Angestellten in eine Umgebung, in der ich mich manchmal beobachtet fühle. Dann kam der Rauchstopp und mit ihm, also ohne Rauch, der Bauch, der spukte. Und die physische Unsicherheit, die Grübeleien, ob ich ernsthaft krank bin usw. Es sieht zwar alles nach Reizdarmsyndrom aus. Eine psychosomatische Sache. Dünn- und «Dick-»Schiss, Schlafstörungen, depressionsähnliche Zustände waren nur ein paar der Begleiterscheinungen. Dann: mehrere Male nach Manila, Spital, Arzt, alleine in trüben Hotels. Dazu Boracay, das tiefe intellektuelle Niveau, zwar nichts Neues, das dann aber in meinem fragilen Zustand in eine andere Dimension führte. Der Sinn des Lebens, hmmm! – dann doch besser *The Meaning of Life,* da gibt es zumindest etwas zu lachen, Monty Python sei dank. Sicher aber: Wechsel. Und damit alte Gewohnheiten hinter sich zu lassen und durch neue zu ersetzen. Vorsätze im neuen Jahr? Tja ...

Und wieder gehen die irren Träume los: Romane, Epen, Fetzen. Hellwach liege ich dann da, um etwa 4 Uhr früh, mit Gedanken, Ideen, Kleinigkeiten, die es zu erledigen gilt, völlig lächerlich. Die Träume spannend. Heute Nacht war ich in *Bahia* in Brasilien, ich kam etwas ausserhalb der Stadt an und ging durch Kirchen, Museen, eine Art Einkaufshallen mit riesigen Dachkonstruktionen, Richtung Zentrum, wunderschön war das, und ich spürte wieder die Magie der Stadt. Dann war da ein Obergeschoss, und Wellen kamen vom Meer, spritzerweise zum Fenster hinein, das war eindrücklich, wie die Wellen ihre Gischt so hoch versprühten. Ich musste dann eine Sesselbahn nehmen in den untern Stadtteil, die unter einem Highway Richtung Herz der Stadt schwebte, denn ich wollte schauen, ob mein altes Hotel noch da war.

Wieder heftig geträumt. Einen Bergpass mussten wir hinunterfahren, in einem kleinen Bus, dann rannte die Fahrerin plötzlich davon, ihr Ersatzfahrer begann rückwärts zu fahren, dann ein kurzer Filmriss – und als ich wieder im Traum war, fuhr mein Bruder. Ich beschloss darauf, zu Fuss zu gehen, ich verlief mich, es war ein endloses Gehen.

Der Unterschied zwischen Realität und Wirklichkeit: Realität ist banaler, prosaischer, eindimensional, sie spiegelt den Alltag, Gewohnheiten. Wirklichkeit hat eine magische Komponente, ist ganzheitlich, verweist auf das Gesamte im gelebten Leben. Etwa so.

Ricardo ist zurück. Wie lange ist das her, dass ich ihn das letzte Mal gesehen habe? Er freut sich auch. Wir spazieren wie meist ans südliche Ende des *White Beach*. Er entschuldigt sich. Er reiste nach Spanien, wo sein Vater im Sterben lag. Vorher hatte er sich unglücklich verliebt und war ziemlich ratlos und halt eben traurig. Doch jetzt ist wieder gut. Er hat in einem Monat eine Vernissage, Gratulation! Er zeigt mir auf dem Smartphone einige seiner Bilder: grossformatige, symbolhafte Darstellungen von Menschen aus einer anderen Welt. Nun hat er noch seine Mutter, denn Geschwister hat er keine.

Februar. Auf den Philippinen gehen weiterhin Putschgerüchte um, das Militär verneint aber rigoros, es ist alles ein bisschen eigenartig und unheimlich, gleichzeitig nimmt es gar niemand mehr richtig wahr – und vorher hörte ich am Radio, dass gegen hundert Menschen bei einer Panik in Manila zu Tode kamen! – Die Verwaltung verlangt von allen Resorts, dass Plastik auch noch voneinander getrennt wird, da sind also die Plastikröhrchen, die man für den Softdrink braucht, getrennt zu entsorgen, Butterportionen müssen von restlicher Butter gereinigt werden und so fort, auf eine Art und Weise, als ob sonst alles in Ordnung wäre auf der Insel. – Und wieder Träume, endlos, gerädert erwacht nach so vielen Traumreisen. – Der *Giant*. Ihn charakterisieren, möglichst knapp: erinnert an einen gewieften regionalen Versicherungsverkäufer, mit dem Aussehen einer gutmütigen, etwas zertretenen Qualle. Unfassbar, mit dem Talent, etwas so zu formulieren, dass man selber bald nicht mehr weiss, was eigentlich gesagt wurde oder was er sagen will. Man nickt ergeben. – Ich lese (unter anderem) Somserset Maugham, *Notizbuch eines Schriftstellers*. Er schreibt: «Inzwischen ging mein Ehrgeiz nicht mehr dahin, ein bedeutender Stilist zu sein. Ich schob jeden Gedanken an schönes Schreiben beiseite. Ich wollte schnörkellos schreiben, so nüchtern und unaffektiert wie möglich. Ich hatte so viel zu sagen, dass ich mir einen verschwenderischen Umgang mit Worten nicht leisten konnte ...»

Ein schrecklicher Traum. Ich wurde irrsinnig, und sogar beim Erwachen war ich mir noch nicht sicher, ob und wie es wieder geht! Irgendein Magnetfeld (?) funktionierte nicht mehr richtig, auf der ganzen Welt, man konnte nicht mehr kommunizieren. Ich hätte wichtige Telefonate mit dem Cellphone machen müssen. Aber da ging einfach gar nichts mehr. Neue Szene: Ich kam durch eine Drehtür zu einem Platz, wo eine Art Zigeunermusik zu hören war. Ich stellte mich zu den Zuschauern. Das waren alles Jünglinge, die da sangen und musizierten, beschwingt, mitreissend, und plötzlich bemerkte ich, dass einer nackt war und einen riesigen Penis hatte, der da mitschwang, alle waren sie gross, feingliedrig, aber kräftig, vielleicht Brüder, und teils nackt, halbnackt, tanzend wie verrückt zur Musik und auf dem grossen Platz herumsausend. Und ich sass an eine Mauer gelehnt, einer trat hinter mich, legte kurz seine Beine um mich, ich fühlte mich wohl. Aber dann ging der Wahnsinn los, ich wollte wieder irgendwelches Geld in die Taschen stecken, ich war plötzlich völlig alleine auf dem grossen Platz. Irgendwie schaffte ich es nicht richtig, war extrem nervös und verwirrt. Dann sollte ich

Geld abheben von einem Automaten. Ich versuchte es an verschiedenen Stellen immer wieder, und es ging einfach nicht. Mal stand ich in einer Warteschlange, dann musste ich einen Kopfhörer anlegen, aber die waren alle ineinander verwickelt, und sie funktionierten nicht, dann musste ich Coupons abreissen und warten, aber es ging auch nicht. – Ich lese Ambrose Bierce, aus dem *Wörterbuch des Teufels,* Beispiele: Stichwort *Abstand:* «Das einzige, was die Reichen den Armen zugestehen.» Stichwort *Gegenwart:* «Jener Teil der Ewigkeit, der den Bereich der Enttäuschung von jenem der Hoffnung scheidet.»

Das Tagebuch als absolut bester Freund: Man kann ihm wirklich alles anvertrauen, und es trägt einem nie etwas nach. Für Ambrose Bierce: «Tägliche Aufzeichnungen über jenen Teil des eigenen Lebens, den man sich ohne Erröten selbst erzählen kann.»

Die Sinnlichkeit ist Teil meines Motors, der mich am Laufen hält.

«Sinnlich leben heisst, glaube ich, die Lebenskraft, das Leben selbst zu achten und zu geniessen in allem, was man tut, von der Anstrengung, zu lieben, bis zum Brotbrechen.» (James Baldwin)

Ich war in Amerika. Ich spazierte in einem Tal einem Fluss entlang, der Weg führte sanft hinunter in eine üppige Landschaft, der Fluss schlängelte sich durch eine liebliche Gegend. Und die Berge wurden höher, die Hänge steiler, die Wälder dichter. Und plötzlich war ich mit meiner Schwester und meinem Schwager zusammen, nicht mehr im Tal sondern in den Bergen mit berauschendem Blick aufs Tal hinunter, wunderschön, so wie die Rocky Mountains, dachte ich, und plötzlich sagte mein Schwager: Pass auf, direkt vor dir ist eine Spalte! Und tatsächlich war da eine Spalte, von der es Hunderte von Metern in die Tiefe ging, ich erstarrte vor Schreck, tastete mich langsam zurück, auf sicheren Grund auf den Felsen. Und dann erst sah ich, dass wir uns auf gefährlichem Untergrund bewegten, überall hatte es Felsspalten, endlos tiefe Spalten. Peter murmelte etwas von geologischen Fachausdrücken, ich nickte etwas spöttisch. Und dann war ich plötzlich alleine, in einer verwunschenen Gegend, mit endlos hohen Bergen, schmal und spitz aufragend, und ich sah eine unendlich hohe Pappel, fand die wunderschön und merkte plötzlich, dass ich mich an einer dieser Bergspitzen festhielt, und es war fast unmöglich, mich von dieser ausweglosen Situation zu lösen, denn dazwischen ging es jeweils steil hinunter, ein Loslassen hätte den sicheren Tod bedeutet. Und da merkte ich mit Erleichterung, dass ich in einem Traum war.

Die Tropen und ich, wäre auch ein Thema. Das schnelle Aufbrausen, auch wegen der Hitze, die jetzt im Mai extrem ist, *just too much!* Doch: immer noch besser als das andere Extrem, nämlich Kälte. Ich laufe aus, jetzt um acht Uhr morgens, und dann weiter den ganzen Tag, wische mich ständig mit einem Tüchlein ab. Ich lasse ab Mittag die Aircon laufen, auch nachts, wenn auch nicht allzu hoch.

Moskitos in Hülle und Fülle, manche setzen sich dir auf die Schenkel wie gute alte Freunde ...

Mein Essmenü diese Woche: Am Montag gab es *Hörnli* (Teigwaren) mit Hackfleischsauce, am Dienstag *Rösti* mit zwei Spiegeleiern, am Mittwoch hatte ich Steinpilze mit Polenta und vorab Randensalat, am Donnerstag Blätterteigpizza, und heute koche ich für Daniel und mich Penne mit Gorgonzola-Bel-Paese-Knoblauch-Muskatnuss-Pfeffer-Rahm-Sauce, dazu *Rüeblisalat.*

An Pfingsten geht's am ringsten. Habe ich fast vergessen. Hier sowieso. Nun denn, lassen wir uns erleuchten vom heiligen oder sonstigen Geist, dem Geist aus der Flasche etwa. Vom boracayanischen Geist? Wer weiss das schon so genau, ausser dem Geist selber?

Rauchen. Vorbei die raucherlose Zeit. Ich habe jetzt das Rauchen definitiv als Genuss und als Droge entdeckt. (Ich höre den Therapeuten verständnisvoll lächeln. Sei's drum.) Wenn ich abends nach dem Essen und einem Glas Wein (oder zwei) auf der Veranda meine Zigarette rauche, ist es jedes Mal ein Vergnügen. Das leichte Schwindelgefühl – ich entdecke den totalen Genuss dieses Schwindels neu. Das Hirn beginnt zu tickern und delirieren, Gedanken und Emotionen durchblitzen die inneren Windungen, ich kann fast schon spüren, wie alles durch die geheimen Gehirngänge saust. Eine Zigarette lang. Und gewisse dieser Gedanken kann ich sogar brauchen für meine Arbeit an einem neuen Buch. Und ich denke, dass genau dies es ist, was ich wollte: Rauchen als reine, mit vollem Bewusstsein wahrgenommene Genussdroge, ein Hauch von psychedelischem Erlebnis ist es sogar, der Schwindel ist gewissermassen kreativ, zumindest was das positive Erlebnis angeht. Glücksgefühle. Eine eigenartige Sache. Der Genussraucher – ach, ihr schönen Illusionen!

Die Weltverschwörung ist im Gang. Alles markengerecht, die totale Konsumgesellschaft, keine eigene Haltung mehr, roboterhaftes Nachäffen, Shopping, Drogen, ein bisschen Cybersex, Chatten, Schlafen, Fressen, unterwegs noch schnell einen Schluck aus der Plastikflasche – die Touristen, überall und dauernd sind sie am Nuckeln, als ob sie in der Wüste wären, die noch nicht wissen, dass in den zweieinhalb Litern Flüssigkeit, die man täglich zu sich nehmen soll (tatsächlich?), auch das Essen inbegriffen ist. Unwichtig, Hauptsache: nuckeln wie Babys – genau: wie Babys. *Der Mensch – Irrläufer der Evolution,* Arthur Koestler's Buchtitel trifft es.

Touristen. Eine Rasse für sich. Rasse? Ethnie wohl auch nicht. Ein Universum der Ignoranten. Von einsamen Pilgern, Abenteurern, Suchenden, Händlern, Reisenden, zum Massenphänomen verkommen. Schwarmalarm. Man will Exotisches, Kick und Konsum. Man will König auf Zeit sein. Pure Angeberei, exhibitionistische Show. Früher wollte man neue Menschen und Kulturen kennenlernen, sich vielleicht reisend weiterbilden, oder man war als junger Mensch einfach neugierig auf anderes, Neues eben. Längst alles vorbei. Man reist in der Gruppe in irgendwelche Städte, absolviert ein Instantprogramm, fährt wieder nach Hause. Oder man reist an den (exotischen) Strand, sonnen- und hirnverbrannt, macht etwas Sport fürs gute Gewissen, lässt sich volllaufen. Man wirft sich in Schale, was sich dann als Witzfigur in knalligen Shorts und Beinen wie Weisswürste zeigt, mit krebsroten Armen, Hütchen wie Clowns, operationsverzogene Gesichter der Frauen, verfettete Gym-Bodies plus Tattoos der primitiven Sorte bei den Jungs. Menschen wohl, da sie auf zwei Beinen gehen, doch eher mit künstlichen Wesen verwandt. Und dabei bilden sie sich auf die eigene Lächerlichkeit noch etwas ein. Und so spazieren hier Tag für Tag unzählige Touristen herum, hässlicher geht's kaum. Touristen, alle Arten von Menschen, zu unterscheiden vor allem durch Hautfarbe und Alter, doch Geschmacklosigkeit ist allen gemeinsam. Die Essenz der globalen, gesellschaftlichen Verdummung. Der Tourist als der Mensch von morgen. Was regst du dich so auf? Warum sollen die Touristen hier anders sein als anderswo? Ob Boracay, Barcelona, Paris, Venedig oder idyllische Dörfchen in der Toskana, die Herden überfluten alles wie eine tödliche Lawine, die Bewohner sind chancenlos.

«Reisen macht traurig, sobald man unvorsichtig genug ist, die Mitreisenden anzusehen. Welke Berufstouristinnen in ihren Fünfzigern mit den Stränden von gestern in den Augen. Müde Mittelschichtmänner am letzten Rand des Seitensprungalters, die täglich ihr Vitamin E zu sich nehmen, die Mühen der postvirilen Ebene vor sich sehend. Man wird die grauen Nomaden früher oder später stoppen müssen. Die Rentner der ersten Welt sind die Heuschrecken unserer Zeit.» (Peter Sloterdijk)

Ich habe eine Fussballvergiftung eingefangen und genug vom ganzen Schrott. Aber die Halbfinals und den Final werde ich wohl trotzdem schauen, wennschon dennschon bis zum bitteren (deutschen) Ende.

Château Europe ist ein Delikatessgeschäft, wo sie gerade Karaoke singen, in der gewohnt extremen Lautstärke. Ich finde die Chefin, die mir den winzigen verwinkelten Laden zeigt. Es ist so, wie man sich die Dritte Welt als Cliché vorstellt. Da verkauft jemand – hier: ein ausgewanderter Österreicher – etwas Besonderes, aber in einer Art und Weise, wie sie typisch ist für die Zurückgebliebenen und Gescheiterten. Eng alles, verstaubt, dunkel, schmuddelig, der Kühlschrank überfüllt mit kiloweise Käse, Milch und Butter, die Tuben im Schrank mit dem Meerrettich längst abgelaufen. Ich kaufe nichts.

Im Süden spült das Meer das Land und fast auch die auf nobel getrimmten Gebäude fort, ein ärgerlicher Hund will mich nicht vorbeilassen, der starke Wind geht mir auf die Nerven, mir ist bereits schwindlig. Auf dem Rückweg sehe ich eine weitere furchterregende Baustelle anstelle des ehemaligen, abgebrannten Talipapa (Marktes), wo ein vornehmes gigantisches Hotel im Stil eines Palasts eines Neureichen entstehen soll. Die kümmern sich alle einen Scheiss um die Insel; Profit (vor allem der Koreaner mit seinen Irrsinnsprojekten und dem Bürgermeister, der nur absahnen will), so weit das Auge reicht. Im *Bafo,* einem alten Italiener-Resort und -Restaurant, frage ich, wo der Chef sei. Ich muss schreien, denn es ist zwar kein Gast da, aber die Musik dafür aufgedreht. Ich muss wirklich schreien, will es dann auch, weil das zu viel wird. Da merkt die Angestellte, dass es eventuell zu laut sein könnte, und dreht das Radio leiser. Die Chefin? «Moment!» Dann passiert nichts. Dann erscheint ein weibliches Vollmondgesicht aus dem Dunkel und sagt mit einer unmissverständlichen Geste: «Moment!» Der Ausdruck auf dem Gesicht: Was ist denn da schon wieder los, ich will überhaupt gar nichts wissen, nur dösen oder so. Mir reicht das dann auch wieder und ich gehe.

Ich sehe einen vielleicht Elfjährigen an einer Palme stehen und weinen. Ein paar Meter entfernt, ein paar andere Jungs, die hämisch lachend auf ihn zeigen. Ich werde zurückkatapultiert, als ich so alt war wie dieser traurige Junge. Wir hatten bei den Pfadfindern *(Wölfli)* Besammlung um wohl 14.30 Uhr. Als ich zur Gruppe kam, schauten mich, wie ich mich erinnere, all die anderen Jungen schräg oder misstrauisch oder gar abweisend an. In ihren Gesichtern stand: *Du bist nicht willkommen!* Jedenfalls empfand ich das als Kind so. In meiner Verzweiflung flüchtete ich darauf, es gab an jenem Samstag ein Fest im Dorf, und da verbrachte ich den Nachmittag, anschliessend ging ich gegen Abend nach Hause und sagte kein Wort von meinem Unglück. Es war ein prägendes Erlebnis. Ich war ein Ausgestossener. Vielleicht begann damals mein Leben als Einzelgänger? Ich erzähle meine Geschichte Ricardo, der seine Vernissage erfolgreich hinter sich gebracht hat. Er kennt ein ähnliches Erlebnis, bei dem er sich als Jugendlicher total ausgegrenzt gefühlt hatte. Sie mobbten in Frankreich den jungen Halbspanier, der nicht fein genug war.

Boracay, *where are you going?* Das fragte ich mich gestern wieder bei einer Insel-Rundfahrt mit dem Fahrrad: So extrem viel wird da gebaut, kreuz und quer, halbe Bergkuppen werden abgetragen. Und wo bleibt die Infrastruktur? Die braucht es wohl nicht im Paradies.

Ich höre das Chet Baker Trio, *This is always.* Der total Drogensüchtige stürzte 1988 in Amsterdam aus dem Fenster. Aber diese CD ist wunderbar. Traurig, entspannt, warm, wohltuend.

Überdruss. An die Schmerzgrenze gehen? Mit was genau? Und wo überhaupt liegt sie? Wem das sagen? Freund(e) – wo sind sie geblieben. Ja, es liegt an mir – ich weiss, mein liebes Gewissen, oder wie man dich nennen soll. Und was will ich schon sagen? Wohl alles wirres Gerede, europäisches Kopfleiden. So lasst uns mit den Worten durchs Chaos des Lebens tanzen! Ich habe viel zu sagen oder eben auch nichts. Denn was ist schon etwas? Was ist wichtig? Es beginnt wie es ist: trist, belämmert, niedergeschlagen. «Kennt ihr das nicht?!», möchte ich in die Menge rufen. Meine Stimmung und das grosse Warum. «Warum gerade ich, oh Herr?», fragte mal jemand einen Ausserirdischen, auf einer Party in den USA, auf einer Terrasse, nachts. In *Schrödingers Katze* von Robert A. Wilson. Welch eine dämliche Frage.

Was also ist los? Das Alter, das mich plötzlich überfällt? Mein Bauch (der ja auch nicht so gross ist), die schrumpelig werdende Haut? Der dauernde Wind seit einigen Tagen, ausgelöst von einem Sturm, dessen Namen ich vergessen habe und vor dem jetzt eine Viertelmillion Chinesen flüchten? Jünglinge? Platons Ideengebäude, die christliche Sünde, Descartes' Vernunft? Hilft alles nicht, wenn es im Kopf (oder in der Seele?) nicht stimmt. Es bleibt die eigene Dummheit als Fazit. Nervtötend. Also rauchen wir. Eine Art moderne Sünde. Dann eben schreiben! Kostenlose Therapie. Auf der Insel der Irren. Eben. Reden können. Schon das kann ich nicht, will ich nicht, lebe lieber im Hintergrund. Das unendliche Hinterfragen. Philosophie? ... *so viel vieh o Sophie ...,* wie Ernst Jandl dichtete. Die Künstler können es fassen, haben die Kraft, den (eigenen) Wahnsinn zu überlisten. Talent, Gespür, Wahnsinn, Handeln, Zuendebringen. Konsequenz? Hmm!

Nochmals Dummheit: Sie wird gemeinhin mit Mangel an Einsicht, schwacher Intelligenz oder Unwissenheit definiert, aber auch als Gegensatz zur Weisheit verstanden. Robert Musil schreibt, dass die Verwandtschaft von Dummheit und Eitelkeit eine unmittelbare sei, und er verweist auf den alten Spruch: «Dummheit und Stolz wachsen auf einem Holz.» Für Matthijs van Boxsel ist Dummheit eine eigenständige Eigenschaft mit einer ihr eigenen Logik. Dummheit. Und jetzt sitze ich hier, und schreibe und weiss auch nicht, was das alles soll. Es ist wohl ganz einfach: ICH bin der Dumme!

«Zuweilen überkommt mich – und immer urplötzlich – ein so schrecklicher Lebensüberdruss, dass es nicht einmal die Vorstellung einer Handhabung gibt, mit der ich ihn meistern könnte. Um ihm abzuhelfen, erscheint mir der Selbstmord zu unsicher, der Tod, selbst wenn er Unbewusstheit herbeiführt, als viel zu wenig. [Der Überdruss, der darauf abzielt, niemals existiert zu haben.]» (Fernando Pessoa, *Buch der Unruhe*)

Schmerz. Die Welt, der Libanon und der Nahe Osten, Armut auf der Insel, ich. Alles ein bisschen chaotisch, weiterhin, obwohl ich glücklich bin, nach einem Ausflug nach Manila wieder hier zu sein. Ich bin vor allem glücklich, meine Schmerzen los zu sein, obwohl mich noch immer das Gefühl der Angst beschleicht, es könnte plötzlich wieder losgehen. Eine falsche Bewegung, und tatsächlich schmerzt auch mein Rücken, links über dem Kreuz, allerdings fühlt sich das eher als Muskelkater an, hervorgerufen durch die unsäglichen Schmerzen von vor zwei Tagen. Es war wirklich einer der schlimmsten Tage meines Lebens. Einmal sich falsch bücken, und schon ist es passiert. Nur noch auf allen Vieren sich am Boden vorwärts bewegen – Hexenschuss!

Die Luft steht. Dann geht und weht sie, dann wieder rast sie. Jetzt eben steht sie. Hundert Gramm Luft, man kann sie schneiden. Ich kann mich nicht erinnern, je so viel geschwitzt zu haben.

Der Wind treibt die Wellen, es stürmt, wenn auch nicht so arg, aber weiterhin unverdrossen und dies schon den ganzen August sehr oft. Und die Flut ist immer dann am höchsten, wenn es am meisten windet. Die Folge: Das Meer frisst den Strand mit grossem Appetit, bis er verschwunden sein wird in nicht allzu ferner Zukunft.

Was soll ich dir sagen? Ja – und sonst lebe ich halt auch hier, wie überall, unausweichlich, Tag für Tag. Ich lese viel, zurzeit liegen mehrere Bücher auf dem Nachttischchen. Das neuste vom Andrea Camillieri *(Der falsche Liebreiz der Vergeltung)*, Pierre Magnan *(Tod unter der Glyzinie)*, John Fante *(Ich – Arturo Banini)*, Qiu Xiaolong *(Die Frau mit dem roten Herzen)*, dann einige Bücher, in denen ich zwischendurch lese: Somerset Maugham *(Notizbuch ei-*

nes Schriftstellers), Peter Rühmkorf *(Tagebücher I),* Joseph Conrad *(Herz der Finsternis)* und immer wieder Fernando Pessoa *(Das Buch der Unruhe).* Ich rauche wieder etwas mehr ... Ich möchte dir heute noch dies mitteilen: Ich träumte letzte Nacht wie wild, und von dem wenigen, was mir geblieben ist, dies: Du hast einen Furz gelassen, der tönte wie das feine Glöckchen an Weihnachten aus meiner Kindheit (das dachte ich im Traum und sagte es dir).

Der neue Hilfskoch, Sandro soll er heissen, verdreht mir den Kopf. Er sei erst 18, heisst es. Ein Jahr schon kenne ich ihn, er hat mir immer zugelächelt, ich habe anständig zurückgelächelt, mehr war da nicht, zu jung. Und nun überfällt es mich.

Der Unterschied zwischen Fantasie und Einbildungskraft für Gabriel García Márquez: Für ihn ist die Einbildungskraft «allein ein Werkzeug, um die Wirklichkeit herauszuarbeiten. Die Quelle der Kunst ist schliesslich und endlich doch immer die Wirklichkeit, und die Fantasie, das heisst die glatte Erfindung à la Walt Disney, ohne jede Anlehnung an die Wirklichkeit, ist das Abscheulichste, was es gibt.»

Nun denn, von Insel zu Insel, und Korea ist ja auch eine halbe, auf der ich zum Glück nicht lebe, aber Koreaner, wenn auch aus dem Süden, hat es hier ja genug – mehr als genug. Ein schon sehr eigenartiges Volk, um es mal wertfrei zu sagen. Mir nicht einfach nur fremd, sondern unsympathisch, mit Ausnahmen natürlich. Und ich weiss auch nicht, welche Koreaner genau hierherkommen, Touristen in Massen sind ja auch eine Art Rasse. Man denkt, sie haben Streit, aber nein, sie reden einfach immer laut miteinander; meist im Schwarm, dauernd spuckend, unsensibel, Geld um sich werfend, dauernd sich voreinander verneigend. Sie bauen hier wie die Verrückten, und man fragt sich manchmal schon, woher all das Geld kommt. (Ich las letzthin im *Spiegel,* dass die sich am schnellsten vermehrenden Millionäre aus Südkorea kommen.)

Schon richtig, die Frage: «Wie passt man auf, wenn's funkt?» Den Stecker ziehen, damit es keinen Kurzschluss gibt? Leider bin ich keine Maschine. Sandro. Er ist noch nicht mal 20, mit einem kleinen, enorm starken Körper, einer Narbe, die wie ein Blitz über seine fast kahl geschorene rechte Schädeldecke läuft und am Hinterkopf einen halben Kreis bildet, wie die Narbe eines Skalps. Ein Unfall, als er vierzehn war, mit einem Moto-Tricycle, ein paar Monate im Spital und fast gestorben.

Seniang. Um vier Uhr am Sonntagmorgen begann der Wind zuzunehmen, um fünf dachte ich, das ist jetzt der Höhepunkt, aber eine halbe Stunde später brauste der Taifun «Seniang» von Norden mit voller Kraft über die Insel. Etwa gleichzeitig mit der Dämmerung liess der Wind langsam nach, wir gingen hinaus, waren froh, der Strand war bald voll gepackt mit neugierigen Menschen. Geschafft, dachten alle und begannen bereits mit Aufräumen. Aber das war eben nur der Vorgeschmack gewesen auf die zweite Halbzeit, den richtigen Sturm, der nun loszutoben begann. Ein Sandsturm gleichsam, mit dem Wind nun von der anderen Seite, von Süd-Südwesten, teilweise direkt vom *White Beach* her und mit unglaublicher Wucht, Druckwellen fegten eine nach der anderen Richtung Land, und sie rissen alles, was noch so einigermassen gehalten hatte, nun vollends weg. Ich wartete auf den Moment, in dem es die Scheiben von der grossen Schiebetüre des Restaurants zerfetzte, der grosse Baum in der Mitte des Platzes neigte sein Haupt, und nicht nur das, immer mehr und gefährlich nach rechts drückte es ihn, Richtung Haus, die Palme war fast schon blattlos, der Raum, in dem der Generator steht, füllte sich mit Wasser, die Pflanzen waren sowieso schon alle flachgedrückt, die Blumentöpfe vor dem Restaurant gekippt, das kleine Chaos also auch hier. Aber bei uns ging vergleichsweise (fast) alles gut. So um neun war dann endlich genug, der Wind ebbte ab, es regnete nur noch. Mir war schwindlig, denn seit drei Uhr war ich ebenfalls am helfen, Wasser pumpen, Bäume anbinden, schauen, warten, hoffen. Und das andauernde Gebläse, dieses Sirren, Zischen in hohen Tönen, und manchmal auch sehr direkt die Kraft des Windes, wenn ich auf die Veranda nach oben ging, um zu schauen, wie es dort aussieht, und ich mich am Geländer festhalten musste. Nur zwei der Angestellten waren da sowie der Nachtwächter (aber der weiss nur, wie man mit der Taschenlampe leuchten kann). Als der Wind für eine halbe Stunde ausgeblieben war, befanden wir uns im berühmten Auge des Taifuns, also in seinem Zentrum. Naturgewalt. Erstaunlicherweise haben wir bereits wieder Internet, aber Strom,

Telefon, TV funktionieren nicht. Kein Wunder, denn die Schäden sind verheerend, man hört immer mehr, wohl die Hälfte der Holz- und Bambushäuser auf der Insel sind beschädigt oder ganz zerstört, extrem viele Bäume entwurzelt, die verschiedenen Buchten, wo die Boote anlegen, sehen wie Bootsfriedhöfe aus. Und die Präsidentin hat jetzt den Notstand ausgerufen für die ganze Insel Panay inklusive Boracay. Heute hörte ich, dass der Grossteil der Fischerboote einfach weg ist, gekippt, gesunken, oder ineinander geschubst und päng, kaputt. Von Toten ist die Rede, aber niemand weiss Genaues, die Gerüchteküche brodelt bereits wieder, und das Schreckliche ist wie immer das Spannendste.

Nicht nur das Jahresende naht. Ich habe den Eindruck, das Ende der liberalen Gesellschaft naht ebenfalls. Siehe als Beispiele China, Russland, die muslimischen Staaten, die alle nach vorne drängen, mit harten Parolen, nichts für Schwächlinge. Offenheit, Demokratie, veraltete westliche ethische Werte haben ausgedient.

«Sterbende Gesellschaften sind liberal bis zur Sittenlosigkeit; neue, aufsteigende sind immer puritanisch.» (Alfred Andersch, aus: *Öffentlicher Brief an einen sowjetischen Schriftsteller, das Überholte betreffend*)

Nach Silvester mit den vielen Feuerwerken geht's um sechs Uhr zu Perry, einem knochendürren Insel-Künstler mit fünf Kindern, zu einem Platz, der wie nach einem Bombenangriff aussieht, mit riesigen entwurzelten Bäumen, die Wurzeln hatten einen Durchmesser von mindestens vier Metern. Zerstörte Urlandschaft mitten im Paradies. Folge des verheerenden Taifuns *Seniang*.

Das kommt eben bei mir heraus, wenn es zu fest funkt, ich bin immer noch der Gleiche, der im tosenden Meer seiner Gefühle verlorene kleine Junge, ein schlechter Schwimmer ... Immerhin habe ich den Vorteil des Alters, na ja, und das heisst hier auch, dass ich weiss, dass Selbstmitleid nichts bringt und das Leben weitergeht – Spitzensportler würden sagen: Da müssen wir durch.

Es gibt natürlich viel zu sagen. Meine Mutter, die alt wird. Wie Holzpuppen sich bewegende (weisse) Touristenkinder, wenn man sie vergleicht mit z.B. Filipinos vom Land im gleichen Alter, die einen steif, die andern von graziler Lockerheit. Chinese New Year mit vielen Schlitzaugen, ausgiebiger fröhlicher Brunch beim Strand unter den Palmen. Und mein Wahnsinn.

Sandro. Der Rausch der Liebe verleiht einem Flügel, dann fliegt man in ungeahnte Höhen und – stürzt ab. Phönix? Welch eine eigenartige, spezielle und eigentlich unmögliche Beziehung mit einem ganz speziellen Jungen. Traumhaft bis albtraumhaft. Der Beginn vor über einem Jahr, an Silvester, an einer *staff*-Geburtstagsparty, als wir in der Runde waren und tranken, *tagai-tagai,* Sandro mit dabei, mitgebracht von einem «Onkel» von der Hauptinsel Panay, als Aushilfe in der Küche für die stressige Weihnachtszeit. Er ist schutzbedürftig, schüchtern, nach aussen markiert er den Grossen, obwohl er ja auch körperlich nicht ein Riese ist, unglaublich beweglich, mit einem Körper wie eine Katze, mit seiner riesigen Narbe dem Schädel entlang von seinem Unfall, wie er mir später ausführlich erzählte, wo er monatelang im Spital lag, und da frage ich mich manchmal schon auch, ob er deshalb teilweise eigenartig ist. Ja. – Und dann schlief er letzten Samstag hier, schaute TV. Es bleibt mir nur zu verinnerlichen, dass ich nichts mehr erwarten darf und mich glücklich schätzen sollte, überhaupt solche Momente zu erleben. Und dann fragte er mich, ob er vielleicht eines Tages mit mir in die Schweiz könne? Dann, eine Minute darauf, dass er eine Familie möchte, und eine weisse Frau ... Später textete ich ihm *gute Nacht,* und darauf kam seine Antwort, die er irgendwo runtergeladen hatte: *there is no space for a new boyfriend.* Jene wunderbare Nacht. Auf dem Bett, vor dem Fernseher, er mit seinem Basketballfimmel, erzählt, träumt, was er alles möchte, für einen Moment, dann scheint es wieder aus dem Kopf zu sein – und doch nicht. Sein so unglaublich wandlungsfähiges Gesicht, zwischen ägyptischer Gottheit, Maria, Gangster und Stricher, lachend und melancholisch, blöde und intelligent. Mal findet er Militär toll und die brutalen Privatarmeen mit Jungen in seinem Alter, dann will er nach Manila zu seinem Onkel, wo er helfen könnte, T-Shirts zu fabrizieren, dann wieder hier, Computer in Tangalan, wo er herkommt, ich schlage ihm einen Englischkurs vor usw. Er ist eine Katze, die sich gerne streicheln lässt, und wenn sie genug hat, wendet sie sich ab, manchmal krallt sie und beisst spielerisch zu, dann wieder will sie gar nichts wissen. Ein Kind und gleichsam sehr erwachsen, konzentriert in seiner Arbeit, es ist faszinierend, ihm zuzuschauen, wie er alles exakt richtig machen will, den Tisch (aushilfsweise) decken, das riesige Stück Fleisch schneiden. *Bangit,* sagt er über Tattoos: hässlich. Abwarten ...

Auf der Frontseite der Zeitung «Star» ein Bild mit der Präsidentin GMA (Gloria Macapagal-Arroyo) und ihrem Vize Noli de Castro, auf einer Kirchenbank kniend, von vorne fotografiert, mit vielen weiteren prominenten Menschen in einem grossen gesegneten Raum, und GMA und Noli schauen nach rechts, wo im Vordergrund eine Katze durch den Kirchengang Richtung Altar spaziert. GMA sieht sehr müde aus und vielleicht etwas verwirrt. Kein Wunder, denn zu dem Zeitpunkt lag ihr Ehemann immer noch im Koma, nach einem Herzinfarkt und bereits halb tot. Die Katze war hell, leicht gesprenkelt, also nicht schwarz. Und was sich wohl GMA gedacht hat, was ihr durch den Kopf gegangen ist beim Anblick dieser Katze. *Zum Glück ist sie nicht schwarz* vielleicht. So ist es zumindest kein schlechtes Omen. Ein starkes Bild.

Es wimmelt von Filipinos, Ferienzeit, und dieses Wochenende haben wir das Nestea-Beachvolley-Tournament, es ist etwas los, auch bezüglich Phonstärke, wobei diese sich im Vergleich zu früher meistens in angenehmeren Grenzen hält. Das Weekend ist zwar noch nicht zu Ende, aber heute Sonntag reisen viele Filipinos wieder ab, nach dem Turnier, und nächstes Wochenende werden sicher wieder neue Scharen kommen. Dann findet das Dragonboot-Rennen statt, wo auch die Boracayaner mitreden und vor allem mitrudern können. Dann wird der Strand wieder voller Menschen sein, ein Gewimmel, das mich immer wieder fasziniert. Es ist einfach schön, den beweglichen Menschen zuzuschauen, verspielt, träumend, faul im Sand hockend, die Kinder mit Sand spielend, die grösseren auf ihrem Skimboard, zwischen Wasser und Strand auf dem dünnen feuchten Streifen dahingleitend, manchmal im Handstand virtuos auf dem Brett, all die Verliebten, Familien in drei Generationen unterwegs, Bodyshows der Muskelmänner, kichernde Girls usw. Leider sind sie oft auch einfach extrem laut und hinterlassen viel Dreck.

In einer Zeitung vor zwei Tagen: Da hat der Justizminister Gonzales, der aus Iloilo stammt, allen Mayors, die für die regierende Partei stimmen, bei den anstehenden Wahlen 10'000 Pesos versprochen. Der Justizminister. Es ist peinlich. Wie hier in Sachen Politik so vieles.

Eigentlich möchte ich nur saufen, denn essen kann ich im Moment nicht. Die sogenannte Liebe. Oder einfach emotionaler Irrsinn. Es hat mich wieder, seelische Wetterlage also im Tief, Sturm eher, da wir wieder einmal eine Krise haben, so eine Art Schluss, an den ich aber noch nicht glauben will, aber es haut mir trotzdem ganz massiv auf die Eingeweide. Meine Eifersucht spielt auch eine Rolle, meine idiotische Eifersucht, die ich nie in den Griff bekommen habe in meinem Leben und die wieder Blüten treibt und mit Misstrauen einhergeht. Und das gibt natürlich auch zu denken. Sandro ist aus irgendeinem Grunde sauer auf mich, aber sagen tut er nichts, reagieren auch nicht, das ist die philippinische Art, da ist einfach Funkstille, *brown-out* sozusagen, Stromausfall.

«Eifersucht ist Angst vor dem Vergleich», schrieb Max Frisch. Kürzer und prägnanter kann man es nicht formulieren!

Tag der Trauer. Sandro hat Schluss gemacht, auf Befehl des Vaters, heisst es. Er sei zu jung. Ich müsse das verstehen.

Und dann ging es wieder. Um ein Uhr verabredeten wir uns bei der *boat station 1,* spazierten Richtung *Fridays,* dem Nobelresort mit dem allerfeinsten Sand. Und dort hinten irgendwo stellten wir unsere Sachen hin und gingen ins Wasser und blieben dort lange lange Zeit. Wir vergassen die Welt. Glück. Anschliessend assen wir etwas Kleines in einem der Strandrestaurants, dann gingen wir nach Hause.

Das Leben hier – manchmal so schwierig zu verstehen. Roque, der mich massiert zum Beispiel. Er hat einen 5-jährigen Sohn, der seit Geburt immer gesundheitliche Probleme hat. Letztes Jahr starb dann auch sein Bruder, dann musste der Sohn dauernd ins Spital, man wusste nicht, was ihm fehlt, er wurde plötzlich dick, dann reisten alle nach Manila (nicht ganz billig), dort blieb der Sohn im Spital. Und bis heute ist nicht ganz klar, was er denn hat, etwas mit der Niere sei nicht in Ordnung, der Kopf des Jungen ist riesig geworden, der Körper fett, der Ausdruck wirr. *Roque* arbeitete bei einer Tauchschule, überwarf sich aber einmal mehr mit dem Chef und flog raus. Und das heisst auch: noch weniger Geld. Ein Beispiel von vielen, es macht mich manchmal ratlos und traurig.

Ich höre die *Misa Criolla,* die meine Stimmung unterstreicht. Intensiv, voller Seele und Kraft, eine argentinisch-religiös-melancholische Intensität schwingt da mit ... Draussen ist es heiss, bei mir im dunklen grossen Raum verhältnismässig kühl. Ein angenehmer Wind bläst, der Himmel ist von einem hellen, blendenden Blau, er ist dekoriert mit Wölkchen, fast durchsichtig sind sie und fegen dahin. Es ist Sonntag und ich werde anschliessend baden gehen im gekräuselten Meer. Und im Kopf, oder in meinem Innern, überall, da ist Sandro. Er ist zurzeit allgegenwärtig und bestimmt viel von meinem Sein, kostet Energie und macht mich auch glücklich. Am frühen Morgen ist er nach Hause gefahren, er hat die sogenannten «days off», vier Tage pro Monat. Morgen hat er Geburtstag, und da will er für seine Familie Spaghetti Carbonara kochen, wie er es hier im Restaurant gelernt hat. Ich fühle mich wie damals mit sechzehn, naiv, aufgeregt, voller Emotionen. Das war mit dir am intensivsten. Und dazu ist dieses Verliebtsein, etwas für mich in der Art völlig Neues. Gestern tranken wir noch ein Bier in der *Bom-Bom-Bar* etwas strandaufwärts, wo sie Livemusik spielen. Sassen da, plauderten unser Kauderwelsch (ich mit meinen paar Brocken *tagalog,* er mit seinem Englisch, das zwar nicht schlecht, aber eben auch nicht sehr gut ist). Und wir hielten unsere Hände, er legte seine Hand auf meine Knie, liebevoll drückend, und ich fragte ihn, ob er da keine Hemmungen habe, so inmitten all der Leute (und man weiss ja nie, wer da einen kennt und etwas weiterplappert). Und er schüttelte nur verächtlich den Kopf.

Heute morgen eine E-Mail-Nachricht:
«Jetzt Lebensprognose-Test starten:
http://mcc.kjm4.de/ref.php?id=cfd29071224ms616
Innerhalb weniger Minuten wissen Sie, wie alt Sie werden, und das Beste: Sie erhalten zusätzlich eine Urkunde sowie Ihre Auswertung. Das Ergebnis erhalten Sie ganz diskret per Post zugestellt. Zusätzlich haben Sie Zugriff auf nützliche Tipps, mit denen Sie Ihre Lebenserwartung drastisch erhöhen können. Die Experten-Ratschläge sind durch statistische Angaben entwickelt worden und leicht durchführbar ...»

Es ist wieder einmal Sonntag. Draussen pfeifen keine Vögelchen, dafür rieselt es von oben, fein aber immerhin. Die Sonne meldet sich zwischendurch, matt, müde, vielleicht hat sie einen Kater.

Lese im *Spiegel* über das Leben der Romy Schneider (25. Todestag), und da wird sie zitiert:»Lieber eine unglückliche Leidenschaft erleben, statt im Glück zu schnarchen.«

Heute gingen wir wieder schwimmen. Ganz hinten am *White Beach.* Im spiegelglatten Wasser, es hatte auch ein paar andere Menschen, die im Wasser planschten. Ich zeigte ihm, wie man sich rücklings ins Wasser legen kann, um wie ein Brett zu schwimmen, aber er begriff es nicht, und ich weiss nicht genau, wie man es lehren kann. Reden tut er momentan fast nichts, ganz selten mal erzählt er von sich, Zuhause, den Pflanzen, Kakaobäumen, Blumen, den Schweinen, die er so gerne hat, dann sprudelt es, dann ist wieder Stille.

Sandro. Als er nach seinem Geburtstag von Tangalan zurückkam, brachte er mir als *basalubong* (Mitbringsel-Geschenk) acht Kakaopflänzchen mit, in jeder einzelnen sind etwa 50 Samen, das würde eigentlich reichen für eine ganze Plantage. Nun zeigen sich die ersten Pflänzchen, sechs bis jetzt. Ich habe Freude, sagte ihm, dass wir vielleicht in 20 Jahren zusammen unter einem dieser Kakaobäume sitzen. Er lächelte kurz. Vielleicht verstand er mich auch nicht, wie so oft, aber nicht nur wegen der Sprache, sondern auch, weil er oft einfach nicht richtig zuhört, irgendwo mit seinen Gedanken herumsaust. Was immer, ich weiss es nicht. Und wenn ich mich zwischendurch in die Lüfte erhebe und mir von weit oben zuschaue, denke ich: Es ist alles *irgendwie* abstrakt.

Und weiterhin Sandro im Kopf. Wie schweigsam er ist. Interessiert ihn das alles gar nicht mit mir? Staunt er halt einfach gerne wie die meisten einfachen Filipinos? Seine Vielfalt der Mimik, die so schnell wechseln kann. Manchmal schaut er wie ein Engel, so rein, so unglaublich rein und schön wie aus einer unwirklichen Welt, mit seiner Stupsnase, dem Lockenschopf, dann wieder der bleierne Blick, dunkle Ringe, Trauer.

«Solange die Menschen sterben müssen, wird es Gott geben. Er existiert als Ausweg vor der existentiellen Furcht, der Unfähigkeit zu akzeptieren, dass wir und die Menschen, die wir lieben, verschwinden werden. Das ist die Qual, die Menschen dazu bringt, sich eine Hinterwelt zu erschaffen, wie Nietzsche es nannte.» (Der Philosoph Michel Onfray im *Spiegel*)

Die Luft steht still, der Himmel fällt nächstens herunter, fernes Donnergrollen lässt die Wände sogar hier noch erzittern, Regentropfen fallen aufs Blechdach, die Sträucher. Ein Sonnenschein erleuchtet den Garten, wie im Theater, wenn der Scheinwerfer angeht.

Boracay leert sich, es ist Juni, die Schulen haben hier wieder angefangen, die Filipino-Touristen bleiben also zuhause, und die Fremden, vor allem die Weissen aus Europa, fahren jetzt nach Hause. Nur noch Koreaner, von denen es seit einigen Jahren wimmelt, und die auch vielen Resorts und Hotels und Restaurants das Überleben garantieren. Sie machen den weitaus grössten Teil der Ausländer aus, gefolgt von den Amis (da sind aber auch viele Ex-Filipinos inbegriffen), den Taiwanesen und Chinesen. Und so zeigt sich die Insel ziemlich leer.

Schönstes, traumhaft wahnsinnig wunderbares Wetter, der Himmel so blau, dass man meint, man habe LSD geschluckt, das Meer so glatt, dass man sich im Spiegelbild rasieren kann, der Wind so einfühlend fein, dass man meint, ein *Schatzli* massiere einem rundherum.

Ich sitze am Tisch und höre Schweizer Radio DRS 1, was mich immer wieder etwas irritiert, in welchen Zeiten und Ebenen wir heute gleichzeitig leben können, rein technisch hervorgezaubert aus irgendwelchen Wellen und Strömen und sonst was. Und so verzichte ich heute aufs Kochen und schreibe stattdessen dir ein paar Zeilen. Es ist weiterhin Samstag, der Wind hat aufgehört, fette Wolken machen sich breit. Jetzt läuft die Sorbas-Filmmusik, also haben wir ausser der Schweiz und Boracay auch noch ein bisschen Griechenland.

James ist aufgetaucht, mit einem Girl am Arm, viel früher als erwartet, und der Grund ist einfach: Schluss mit Schatz in Bali. Nun mit Schatz aus Manila, mit T-Shirt aus Brasilien, aber sie redet kein brasilianisch.

Das Leben ist dafür umso bewegter, wenn auch nicht immer so, wie ich mir den Idealfall vorstelle. Das Leben ist wie die Natur, schnörkellos, es kennt keine Romantik, es geht einfach seinen Weg, na ja. Ein bisschen philosophische Gefühlsdümpelei zu nachmittäglicher Stunde. Am Tisch, bei gedämpftem Licht, mit Aircon jetzt und einem Tuch unter meinen Armen wegen des Schweisses. Und Paolo Conte singt traurige, sarkastische, witzige und immer sehr intensive Lieder, die ich mag. Und sonst? Ich weiss gar nicht. Bleibt Raum für das Nichts.

Die Spirale: Ich werde öfters sauer, Sandro immer bockiger. Zum Schluss, als ich ihn nochmals anging und er einen Hangover hatte, textete er mir, dass es ihm reiche und er Schluss machen wolle. Das dauerte nicht sehr lange und abends hatten wir eine Aussprache:

«Ok, drink sa bombom bar, wait for me», lautete sein Befehl. Wir hatten es dann gut, plauderten, auch über Kochen und Rezepte, und anschliessend gingen wir ins *Mundock* chinesisch essen. Er sei mein Spiegelbild, textete er letzthin: Wenn ich *mabait* (nett) sei, dann er auch, wenn ich *magalit* (verärgert) sei, dann er auch. Philippinisch eben: selber keine Initiative ergreifen, und das hat mit dem Alter nichts zu tun.

Vorgestern Nacht, als er nochmals kam. Und dann sagte, er müsse um 3 Uhr wieder gehen, weil er am andern Morgen arbeiten müsse im *Boarding House*. Und ich begreife das nicht und sage, dann könne er ja gleich wieder gehen (weil wir nur noch eine Stunde hätten schlafen können). Und er steht auf, geht an den Tisch, spricht eine Stunde nichts mehr. Weint, schluchzt, wendet sich ab, klopft mit den Fingern, schnalzt, malt mit den Kiefern. Und ich frage und frage, was denn los sei – aber nichts. Und dann anschliessend, nachdem er plötzlich gegangen und auf dem Heimweg war, telefoniert er: ein Gewirr von Sachen, und dass er es nicht mehr aushält. Er kann nicht mehr, sagt er, total verzweifelt. Er tut mir leid.

Hangover. Nach der Vollmondnacht mit James und seiner Freundin in der *Bom-Bom-Bar*. Mit zuerst genug Bier und dann genug Wodka. Gegen Schluss kam noch der Junge mit den Zöpfchen und 100'000 Anhängern, der mir immer schon gefiel, der muskulös ist und einen knackigen Hintern hat und geht wie ein Mädchen, mit schwingenden Hüften. Und mich immer wieder anschaut und wohl etwas will und dann doch nicht etc. Seinen Namen hat er mir wieder gesagt, ich glaube einen neuen, einen Kunstnamen, den ich bereits wieder vergessen habe. Und dann kam auch noch S., der Sohn von V., dem Taucher. Eine Bohnenstange mit blonden Haaren, ebenfalls mit Zöpfchen und tiefblickenden Augen und betörend sinnlichen Lippen. Sehr feminin. Und auch ziemlich betrunken. Und er erklärt mir die Welt, und sein Ziel: viel Geld verdienen und der Menschheit helfen! Ganz klar. Aber zuerst muss er noch vier Jahre in Deutschland zur Schule gehen, aber das sei kein Problem. Und er redet und redet, ein hübscher Junge! Und gegen Schluss sagt er, was für ein wahnsinnig lieber und toller und umwerfend grossartiger Mensch ich sei, er kann fast nicht mehr aufhören. Und dann torkelte ich heim, mit einem grösseren Selbstwertgefühl wegen dieses Lobs eines betrunkenen 15-Jährigen ...

Endlich! Endlich waren wir wieder zusammen. Schauten den brasilianischen Film *Cidade de Deus,* und er wollte danach, um 2 Uhr, noch Basketball schauen. Sandro kommt mir manchmal vor wie mein eigenes Kind. ... Als ich den Film gestern sah, bekam ich Sehnsucht nach Brasilien. Nichts Neues ...

Ich lese von Frank Kelly Rich *Die feine Art des Saufens. Ein Handbuch für den modernen Trinker.* Da gibt es 77 Säuferregeln, z.B.: «Schauen Sie nach dem sechsten Drink nicht mehr in den Spiegel. Es würde Ihr Selbstbewusstsein erschüttern.» Und: «Lernen Sie Ihren Kater schätzen. Wenn danach alles eitel Sonnenschein wäre, könnte jedes Weichei saufen.» Oder: «Wenn Sie sich kein Trinkgeld leisten können, können Sie es sich nicht leisten, in einer Bar zu trinken. Suchen Sie den Getränkemarkt auf.»

Vielleicht bin ich in eine falsche Zeit geboren worden. Egon Friedell (der im Zweiten Weltkrieg aus dem Fenster sprang, als zwei SA-Schergen vor seiner Wohnung standen) schreibt in seinem Aufsatz über den grossen Architekten Adolf Loos wunderbare Sätze. Er drückt damit etwas aus, das ich nie zu Ende denken, geschweige denn so formulieren konnte: «In einem anderen Zeitalter als dem unsrigen hätte er [Adolf Loos] wahrscheinlich gar nichts geschrieben, ja nicht einmal gebaut und das Leben seiner Seele überhaupt nicht in Taten entladen, die ja immer nur an der Peripherie unseres wahren Wesens liegen, einen Kompromiss zwischen unseren Gedanken und der Wirklichkeit darstellen und im Grunde nichts sind als eine geistige Krankheitserscheinung. Hätte er im Altertum gelebt, so wäre er wahrscheinlich ein Wanderphilosoph geworden, der auf dem Marktplatz seine Weisheit verschenkt, im Mittelalter vielleicht ein Bettelmönch, der predigend von Ort zu Ort zieht. Was hätte er gepredigt? Natürlich ganz dasselbe wie heute: das, was die Welt bewegt.»

Was mich immer wieder verwundert und irritiert: ihre Stimmen, Frauen wie Männer. Wenn sie englisch reden (oder es versuchen), wird die Stimme warm und leise und sonor. Kaum reden sie *tagalog* (oder einen der vielen Dialekte), wird sie lauter, schriller, durchdringender, wie wenn ein Vibrator in der Kehle etwas zum Schwingen bringt. Auch das Lächeln, immer und dauernd, kurz, doch nur um den Mund, die asiatische Variante des amerikanischen *cheese*. Die Geduld, Passivität, das Spaced-out-Sein, für mich je länger je weniger fassbar, ich bleibe der emotionale Südamerikaner (auch wenn es einem dort dann wieder zu viel werden kann ...). Ich war nie wirklich warm mit der Mentalität hier, nie.

Gedicht zum Schweizer Nationalfeiertag

Wenn auf den Höhen die Feuer brennen,
Wenn Krethi und Plethi und alle sich kennen,
Und die Leute ab den schönen Reden flennen,
Wenn laut jauchzen die wackren Sennen,
Und die Besoffenen bereits schon pennen,
Wenn die Leute zum Feuerwerk rennen,
Und alle nur noch einen Namen nennen –
Ja, dann haben wir ihn endlich wieder!
Darauf singen wir ein paar schöne Lieder!
Oder brennen alles total nieder,
Auf dass die Schweiz in Asche versinkt,
Und der 1. August zum Himmel stinkt.
(Wilhelm Tell VII.)

Assoziationen, die mir durchs Gehirn kugeln ohne irgendein Dazutun: das Basler Restaurant «Zum Braunen Mutz» mit *Wienerli* (Wiener Würstchen), mit frischer Meerrettichpaste und Kartoffelsalat. Das Beste. Dann denke ich weiter an Hansjörg Schneider und seinen neuen Roman, *Der Fall Livius*. Ich mag den Schweizer Schriftsteller, er ist auch ein Dichter, er verdichtet wirklich, ein Poet mit einfachen, fast bäuerisch wirkenden Sätzen, spannend ist die Geschichte auch, mit dem Kommissar Hunkeler, der so sehr an den Autor selbst erinnert, der es nie überwunden hat, dass und wie seine geliebte Frau vor etwa zehn Jahren an Krebs starb. Ich mag ihn sehr, auch als Mensch. Schlicht, ehrlich, direkt; in ihrer schwerfällig wirkenden Art raffiniert sind auch seine Krimis, die weit mehr sind als «Räuber und Gendarm». Und das mit den Wienerli? Wohl das scheinbar einfachste Essen mit guten Zutaten und ehrlich zubereitet?!

Wie stelle ich Sprengstoff her? Nimm genügend Alkohol und mische ihn mit Eifersucht! Das tue ich in der Beziehung zu Sandro. Bis zum krönenden Irrsinn. Und dann am Schluss stehe ich da – oder liege um fünf Uhr früh im Bett und frage mich, wie so etwas möglich ist. Woher ich meine zerstörerischen Gene (oder wie immer man das nennen will) habe? Und Weinen und Wellen erneuter Kraft durchströmen mich abwechselnd. Verreisen? Wohin? Telefon und alles abschalten, mich hinlegen? Den Alltag vergessen. Die Not aufschreiben. Das probiere ich hier. Wann begann es? Ich weiss es nicht. Genau genommen vielleicht bei meiner Geburt. Warum Sandro mich möge, habe ich ihn einmal gefragt. Ich sei doch schon so alt. Und er: Weil ich *mabait* sei. Gut, nett, freundlich, ein guter Mensch. Das denkt er jetzt wohl nicht mehr. Und einmal fragte ich ihn, was er denn bei mir liebe? Und er: mein *puso,* mein Herz. Das war mir nicht genug. Die Spirale drehte sich bis zur Explosion. Aber heute fühle ich mich nicht nur deprimiert. Ich muss nun eine Art Fronarbeit leisten für meine fürchterlichen Handlungen. Ich muss – auch ihm gegenüber – bestätigen, dass ich wirklich *mabait* bin, wenn auch mit eben jenen Aussetzern. Und ich weiss nur etwas: Es ist zwar Schluss und Ende mit der Beziehung – im Moment. Ich habe keine Erwartungen mehr, aber Hoffnung. Vielleicht ist das ein Widerspruch, scheinbar aber nur. Ich habe die Hoffnung, dass wir einmal gute Freunde sein werden, nicht mehr und nicht weniger. Ich habe heute Morgen zum vielleicht ersten Mal eine Idee davon bekommen, was Liebe bedeuten könnte. Real empfunden, nicht theoretisch. Nämlich zu geben, ohne etwas zu erwarten. Sandro sagte mir immer wieder, es sei zu früh fürs Zusammensein, weil er zu jung sei. Vielleicht in einem Jahr, meinte er. Vielleicht.

Ich rauche wie ein Schlot. Inklusive fürchterlichem Husten und verstopftem Kopf. Ich schwitzte die beiden letzten Nächte wie bei höchstem Fieber, vorgestern ganz besonders, sodass ich die Bettwäsche wechseln musste. Ich weiss nur, dass ich mich noch nie so geschämt habe wie nach meiner unglaublichen, krankhaften Handlung an jenem Samstagmorgen, dem 4. August. Pure Zerstörung von allem, was mir lieb war! Unglaublich, ja ...

Vorher las ich im *Spiegel* eine Geschichte über die Moral und ob diese angeboren sei etc. Und ich fragte mich, wie ein Mensch so weit kommen konnte, etwas so Ungeheuerliches zu tun, wie ich es tat! Und ich fragte mich, ob in meinem Hirn etwas falsch läuft, ob ich eventuell einen Gehirntumor habe, denn dann können solche Änderungen auftauchen und man wird zu einem bösen Menschen. Obwohl das bei mir ja nichts Neues ist, aber so böse, das erschreckt mich selber! Nur ist es jetzt zu spät, denn wie heisst es doch: Es gibt vier Dinge, die nie mehr zurückkommen, die mir mal ein Märchenprinz in Rio de Janeiro auf einer steinernen Strandbank beim Copacabana-Beach nannte: Der Stein nach dem Wurf, das ausgesprochene Wort, die verpasste Gelegenheit und die vergangene Zeit.

Eine Woche später. Jetzt wollen wir Freunde sein. Gestern trafen wir uns in der *Bom-Bom-Bar.* Ich fragte nach seinen Plänen, aber es war eigentlich sinnlos, weil er total verwirrt ist.

«Humor ist die Höflichkeit der Verzweiflung.» (Chaval, Cartoonist)

Gestern hatte ich Kochtag: Vorrat stand auf dem Programm. Eine Mischung aus Broccoli und Blumenkohl blanchieren, dann einen Topf Hackfleischsauce, danach eine Maisgriess-Rüebli-Suppe mit Rohschinkenstreifen und einem Spritzer Sherry am Schluss, ein tolles Rezept, das aber mehr Arbeit macht, als man so denkt. Die Rüebli (mit Zwiebeln) werden angedämpft, danach püriert und mit dem angerösteten Maisgriess vermischt, mit Wasser aufgefüllt, gewürzt und geköchelt und am Schluss kommen (bei mir) eben noch Rohschinken und Sherry dazu, plus Petersilie. Kochtherapie, wenn schon sonst keine Hilfe da ist. Da lachen die Geier.

Ich las vorgestern in der Zeitung, dass die Philippinen in Sachen Gleichberechtigung weltweit auf Rang sechs stehen. Und: Gestern Nacht haben sie in Manila den Präsidenten der Wahlkommission erschossen.

November. Am Mittwoch war ich in Kalibo, meinen Kleinen sehen, er hatte mir getextet, denn er hat Probleme, braucht Geld, und am Abend vorher hatte er Streit mit seinem Bruder, schlug ihm die Faust ins Gesicht, und dann schlief er mehr oder weniger am Strassenrand. Dazu fährt er Motocross, und deshalb wird er nicht hierherkommen, sagt er. Mit seiner Freundin ist auch eher Schluss, meint er. Er habe sich mal beworben bei einem oder zwei Restaurants auf der Insel, aber nur telefonisch. Hmm! Das Problem: Er hat das ziemlich absolute Chaos im Kopf.

Sandro ist seit etwa zwei Monaten zuhause bei den Eltern, hat weiterhin keine Arbeit, und es scheint, dass er sich auch nicht gross darum bemüht, er spielt Basketball, fährt Motocross und macht dies und jenes. Er brachte mir auch den iPod, den ich ihm geschenkt hatte, er ist kaputt, sagt er, aber er hat ihn dummerweise mit einem Windows-System mit Musik aufladen wollen, und so musste ich ihn einfach wieder neu konfigurieren. Wir assen etwas zusammen in einer von Kalibos schrecklichen Fastfoodknillen, er erzählte mir nochmals, dass er seinem Bruder die Faust ins Gesicht geschlagen hatte, aus Gründen, die ich nicht verstand. Es herrscht bei ihm anscheinend wirklich Chaos. Mit der Freundin Rose sei auch so halb fertig usw. Ich gab ihm dann etwas Geld, er sagte, ich solle ihn bitte wieder anrufen, doch als ich dies dann machte, antwortete eine Automatenstimme, die einem sagte, dass der *subscriber* nicht anwesend sei, er hat wohl eine neue *SIM card* oder so. Und da begannen meine inneren Beratungsgremien wieder zu streiten. Ich bin jetzt zum Schluss gekommen, nach einem Text, den ich ihm noch schickte, dass ich einfach abwarte, was noch so alles passiert. Er ist ein *baby da mulag,* wie man hier sagt. Das ist eine Art Erwachsener, der aber noch ganz Kind ist. So erzählte er mir letzthin auch, dass er in Kalibo in einer Gang ist, «Fraternitat» heisst sie. Das sind 28 Jungs, ihr Zeichen: ein Faden mit einem kleinen Stück Stoff daran, und darauf ein dünn gemaltes Kreuz, und sie haben nur eines im Kopf: Unruhe stiften bei anderen Gangs. Er lässt nichts aus. Und Tattoos schon gar nicht, auch das muss bei ihm jetzt sein.

Schlimm ist eine Palmenkrankheit, die den grössten Teil der Palmen auch auf Boracay erfasst hat! Ein Käfer ist es, länglich, etwa 4 Millimeter gross, dunkel mit rötlicher Musterung. Er frisst das Herz, also die knospenden Blätter im Innersten. Die Krankheit erkennt man schnell: Die inneren Blätter werden braun, und dann vertrocknen sie. Nun impfen sie alle Palmen, und gegen die Käfer wird gesprayt. Ein paar Monate müsse man dann warten. Die Krankheit sei mit dem Wind von Indonesien über Palawan hierher geweht worden. Boracay ohne Palmen – da kann man dann die Insel wirklich dicht machen! Die Stare kreischen in den Palmwipfeln, typisches Geplapper während der Dämmerung. Es ist grau, die Luft zentnerschwer, der forsche Wind aus Norden flaut ab, die Ruhe vor dem Sturm vielleicht. Ob und wie direkt er zu uns kommt, ist noch nicht sicher, doch er ist riesig und wird uns sicher zumindest streifen. Er ändert dauernd ein bisschen die Route, und so sind wir auf alles gefasst.

Ja, das Leben hier. Ich kenne diese Welt jetzt seit 20 Jahren, früher habe ich mir unendlich viel notiert, wollte es verstehen. Heute muss ich zugeben, dass ich das schlicht nicht kann. Das sind andere Universen. Die Passivität, dieses stundenlange Irgendwohinschauenzukönnen, fast ohne sich zu regen, das Hausen (Wohnen kann man das oft nicht nennen), das undurchsichtige Lächeln, das Kichern, Plappern und Schlurfen usw. Die Armut!

Und du schreibst von deiner Mutter und das wirft mich auf mich zurück, wie ich mit ihr umgehe. Ich habe zwar nicht den Eindruck, dass ich einen Groll auf sie habe, doch bin ich schon sehr ungeduldig und nicht gerade grosszügig. Dazu kommt, dass ich sie teilweise nicht mehr ernst nehme. Obwohl ich meine, das letzte Mal sei ich besser gewesen, geduldiger, ich habe genauer hingehört. Heute las ich einen Artikel im *Spiegel* über das Altern, am Beispiel von zwei 100-jährigen Frauen. In Deutschland leben etwa zehntausend 100-Jährige!!!

Sandro textete mir zu Weihnachten: *You for me and me for you.* Und: *Only you.* Und als Weihnachtsgeschenk gibt er mir seinen Körper: *my body ok* ... Ach Gott, als wäre der Körper das Ein und Alles!

Ricardo war hier. Wir begegnen uns wie ein altes, eingespieltes Paar. Erzählen uns von der Zeit, in der wir uns nicht sehen. Sein Liebesleben ist reduziert, anscheinend hat ihn sein Unglücklich-verliebt-Sein vorsichtiger werden lassen. Ich erzähle ihm von Sandro. Hm, sagt er immer wieder, mehr nicht. Es scheint, er leidet mit mir. Keine moralischen Bemerkungen, er hört mir einfach zu. Das ist schon enorm, wer kann das noch. Und es tut gut, jemandem meine Verwirrungen mitzuteilen. Wir, Ricardo und ich, so rechne ich vage, kennen einander auch bereits seit etwa zwanzig Jahren.

Ich wundere mich immer wieder, wie viele Touristen sich roboterartig verhalten. Aussichten:

«Es macht mir keine Sorgen, dass ein Roboter einmal wie ein Mensch sein könnte, ich mache mir viel mehr Sorgen, dass der Mensch mehr und mehr wie ein Roboter agiert.» (Joseph Weizenbaum, deutschamerikanischer Mathematiker und Informatiker, geb. 1923)

In der *Balabar* gab's um 3 Uhr am Morgen des neuen Jahres einen kurzen Boxkampf, Filipinos streckten kurzerhand einen besoffenen und überaus aggressiven Bosnier nieder, beziehungsweise mit einer gezielten Rechten, in den Sand. Es war herrlich, denn dieser hatte vorher Frauen im Dutzend äusserst primitiv angemacht.

Mit meinem Kleinen geht's weiter und weiter. Er ist weiterhin in Manila, wo ich ihn vor drei Wochen besuchte, wir waren drei Tage zusammen, Tag und Nacht, mit kurzen Eifersuchtsanfällen von mir, mit Beleidigtsein von ihm, wo er sich einrollte und sich neben das Bett auf den Boden legte und zwei Stunden nichts mehr sprach. Und dann wieder glücklich auf dem Bett zusammen, spielend, TV schauend, oder ich las und er spielte mit seinem iPod, oder wir spazierten zusammen durch die Stadt, in Einkaufszentren, wo er mir dann plötzlich ein Foto von sich zeigte, als er ein Bube war, wir assen zusammen. Dann versprach er, zurückzukommen, ist aber immer noch in Manila. Mein Misstrauen keimt dann wieder auf.

«Seines Sinns beraubt, wendet sich der Verstand gegen den Körper und macht ihn klein.« (Robert Wilson, *Das verdeckte Gesicht*)

Die einfachen, fantasievollen Kinderspiele aus Blättern und Holz gibt es auf der Insel längst nicht mehr, blinkende Toys aus Plastik haben sie ersetzt.

Mein Gesäss hat Schaden erlitten beim Tennisspiel kürzlich. Zuerst zwackte es in den Hinterbacken, nun ist der Schmerz nach vorne gewandert und macht den Anschein, als ob es ums Gelenk ginge. Arthrose?

Letztes Jahr waren fast schon 600'000 Touristen auf der Insel, davon mehr als die Hälfte Filipinos, dazu sehr viele Koreaner.

Ich lernte einen jungen Filipino kennen, der spricht ganz gutes Englisch, arbeitet in einem Gym und kann sogar sagen, wenn ihm etwas nicht passt. Er trägt, eher ungewöhnlich hier bei den Männern, kein

Tattoo und weder Ohrclips noch Fingerringe, weil er das hässlich findet und gerne schmucklos bleibt. Ein interessanter und erst noch sehr schöner Bursche, bei dem man auf falsche Gedanken kommen könnte.

Boracay ist gefährlich, da wird man lethargisch unter all diesen Langweilern. Ich muss mich selbst disziplinieren, denn auch ich hatte zu lange den Inselwahn, wo man als «zugezogener Eingeborener» alles weiss. Lächerliche Diskussionen, und jeder ist der beste. Und alle haben nur Halbwissen auf ihrem kümmerlichen geistigen Lager ...

Die läufigen Katzen und ihr dauerndes Gejammer, dazu die Streitereien wie keifende Weiber oder schreiende Babys (oder gleich beides zusammen), so alle zwei Monate geht es von Neuem los.

Am TV lief ein Film, brasilianische Fischer irgendwo an einem weissen weiten Strand, mit ihren Familien, kaum Leute, nur die Fischer, und eine weitere Sehnsuchtswelle stieg in mir auf, meine ewige Sehnsucht nach dem Unmöglichen – *saudade*.

Zurück von Pandan und dem *Phaidon-Resort* im Wind. Am grauen Strand (nicht golden, wie es im Prospekt heisst, aber trotzdem schön, in seiner noch jungfräulichen Art, unberührt, archaisches Fischerleben). Mit Sandro, bevor ich ihn jetzt ja für ein paar Wochen nicht mehr sehe. Es war ein weiteres Mal eigenartig. Er ist so unglaublich launisch, so einsilbig, verschlossen, wohl wirklich irgendwie gestört – oder vielleicht eben nur mit mir, der immer etwas will, fordert. Abends auf der privaten Terrasse des Resorts essen, wir redeten wieder, beide wissen schneller umzuschalten. Danach TV, und später rückte er immer näher zu mir, und verschlungen schauten wir TV und schliefen dann ein. Wahr gewordener Traum auf Zeit. Und wie er schlief, während ich AC Milan gegen Arsenal schaute: Er brauchte fast das ganze Bett, machte eigenartige Geräusche, winkelte das eine Bein an, streckte sich wie ein Raubkätzchen.

April, Schulferien. Sandro sah ich gestern am Strand, wo er mit seinen Cousinen badete, er kam von Tangalan kurz hierher, er hat mir ein schönes Geschenk gebracht, etwa sieben Kilo schwer: ein angeschwemmtes Stück Holz, bizarr, mit einem grossem Loch, es sieht ein bisschen aus wie eine verdrehte hölzerne Toilettenbrille aus der Urzeit, und das Holz hat er geputzt und lackiert.

Was meine in mir schlummernde Krankheit CLL betrifft? – Ich verdränge sie wohl, und doch wieder nicht. Ich habe mich nur noch nicht richtig damit beschäftigt, schiebe es auf die Seite, aber unterschwellig ist das Wissen da, und die Wahrnehmung eine andere. Jeder Schmerz, jedes Zucken erinnert mich daran: Wann bricht es aus? Bricht es überhaupt aus? Leben auf Zeit. Das ist Leben ja sowieso, also. Schöne Theorien, doch eine möglicherweise plötzlich ausbrechende, unheimliche Krankheit vor Augen ist dann eben die Wirklichkeit, die anzunehmen wohl nicht so einfach ist.

Draussen rudern sie um die Wette, mit ihren Dragonboats, aus aller Welt kommen sie (na ja: USA, Deutschland, Australien, Hongkong, Singapur und natürlich Philippinen, auch sieben Teams von der Insel), zwanzig Personen jeweils in den schmalen schweren Booten, an deren Bug eben ein Drache angebracht ist. Muskulöse Männer, teils gemischt mit Frauen, *sexy girls,* und die Zuschauer am Strand rufen aufgeregt – ein Spektakel mit vielen Touristen, sodass man kaum ruhig mehr am Strandweg spazieren kann. Und nachts wird natürlich gefeiert.

Ich las in der Zeitung, dass anno 2000 ca. 76 Millionen Menschen auf den Philippinen lebten – acht Jahre später sind es bereits 89 Millionen.

Albert Hofmann, so las ich erst heute, ist gestorben, im doch stolzen Alter von 102 Jahren … Der alte Herr, den ich mal in seinem Haus auf dem Hügel bei Basel besuchte, seine Wortwahl, der Wissenschaftler und LSD-Erfinder mit der Weltoffenheit eines Philosophen.

Es wird weiterhin heftig gebaut, von Baustopp natürlich keine Spur, die Flut ist zwei Meter hoch und wird vielleicht heute mit etwas Wind Richtung Strandweg kommen, beim *Willy's-Resort* klatscht das Meer bereits gegen die Mauern und höhlt sie aus.

Heute las ich in der Zeitung, dass das Departement of Environment and Natural Resources (DENR) den hiesigen Mayor verklagt, wegen «miserably (failing) to control the construction frenzy» in Boracay. Es ist ja tatsächlich eine Katastrophe, und der Bürgermeister ist absolut unfähig, wie die meisten hier. Und so freute mich diese Meldung, ob sie allerdings etwas bringt, ist mehr als fraglich. Auch die Entwässerungsanlage ist noch nicht angeschlossen, die Kanalisation oft überfüllt und verstopft, auf der anderen Inselseite, die sich rasant entwickelt, und im Norden haben sie teils nur vier Stunden bis gar kein Wasser usw.

Ich begleitete Sandro zum LTO (Land Transportation Office) in Kalibo, wo er seinen Führerausweis machte. Das Prozedere besteht aus 1. einem Gebet (wie hier ja bei jedem Anlass üblich) und 2. aus einem anderthalbstündigen Vortrag eines glatzköpfigen Hünen mit schwarzen Lackschuhen vor bis zu in zwanzig Metern Entfernung unter einer Plastikplane sitzenden und herumstehenden jungen Männern. Doch er schreit wie ein Wahnsinniger, wohl auch wegen des heftigen Regens, der auf das aufgespannte Plastikdach prasselt. So finden seine Worte nur mühsam den Weg durch Wind und Regen: Es sei ein Privileg, dass das LTO den Leuten einen Ausweis gebe etc., und es folgen viele Ratschläge, Warnungen, und auch ein bisschen Erklärungsunterricht in Sachen Verkehrssignale, die vorne an der Wand hängen und vom Wind hin- und hergeschaukelt werden. Es war beeindruckend verrückt.

Letzthin beobachtete ich, wie ein *tiamis* (so heissen hier die winzigen Vögel, die wie Kolibris Nektar trinken und in der Luft stehen bleiben können) einen grünen flinken Leguan vertrieb, der sich zu nahe ans Nest gewagt hatte, in dem immer noch ein paar Junge gefüttert werden. Laut zirpend flog er an den Leguan und pickte immer wieder auf ihn ein mit seinem langen spitzen Schnabel, bis dieser endgültig genug hatte und sich schlangenähnlich davonschlich.

Das Gerücht verbreitete sich blitzschnell: Die Insel geht unter! Viele Filipinos und vor allem Filipinas glaubten dies sofort und geradezu inbrünstig, so hatte man den Eindruck. Etwa Christie, die dann unbedingt auf dem nahen Hügel schlafen wollte, für eben den Fall, dass die Insel in jener Nacht wirklich untergehen würde. Man muss sich das mal vorstellen! Schon nur der Glaube, die Insel geht unter, und dann, dass sie ausgerechnet auf dem vielleicht zwanzig Meter hohen Hügel nicht untergehen sollte.

Die Menschen auf den Philippinen sind Schlaftierchen, Männer wie Frauen. Überall können sie sofort einschlafen, im Bus, auf dem Jeepneydach, an eine Palme gelehnt, mit dem Kopf zwischen den verschränkten Armen auf einem Ladentisch. Auch Sandro, er kann eigentlich dauernd schlafen. Ob das mit den Tropen zu tun hat?

Die Sprache, die vielen ähnlichen Wörter, und wie man sich das merken kann!?: *malamig* (kalt) – *magalit* (ärgerlich sein) – *mabait* (nett, gutmütig) – *malaki* (gross) – *malapit* (nahe) – *mainit* (heiss) – *mainip* (langweilig) – *maganda* (schön) – und *matanda* (alt) usw.

Ich lese Antonio Tabucchi, *Der verschwundene Kopf des Damasceno Monteiro*. Eine faszinierende Mischung von Krimi und philosophischen Ausflügen des Anwalts. «Was machen wir mit unseren vergangenen Liebschaften? Legen wir sie zusammen mit den löchrigen Socken in eine Lade?», fragt er etwa.

Ich habe *Von der Freundschaft* angefangen zu lesen, zuerst das Nachwort, um ein bisschen mehr über Michel de Montaigne zu erfahren. Das hat mich elektrisiert!!! Etwa sein Satz: «Wie mein Geist mäandert, so auch mein Stil.» Und sein Skeptizismus, und dass er keine allerhabene Wahrheit anerkennen will etc. Oder schon nur der Titel eines seiner Essays: «Philosophieren heisst sterben lernen».

Ich schaue Sandro gerne zu, wenn er schläft. Sein Stupsnäschen, die abstehenden Ohren, die Halspartie mit der weichen Haut, die sinnlichen, fast schwülstigen Lippen, die starken Arme, die schmalen muskulösen Beine, die Lage und die Bewegungen – ich liebe ihn dann am meisten. Eine wunderbare seelenerheiternde Natürlichkeit!

Ich bin wohl eine Figur aus einem Entwicklungsroman. Eine eher tragische, könnte man augenzwinkernd beifügen. Aber auch wieder nicht. Wenn ich an die vielen Menschen denke, die ich teils nahe kenne, und an ihre Komplexe, die sich auf verschiedenste Arten äussern, ihre Angst und ihre sich daraus ergebenden vielfältigen Störungen, dann denke ich, trotz meiner unterschiedlichen Gemütslagen, dass ich in mir ruhe, dass ich froh bin, mich zu haben! Auf die Gesellschaft kann ich weitgehend verzichten, das Zusammensein mit mir gefällt mir weit besser.

Die Boys of Boracay. Ich denke an jene, die in der *Balabar* verkehren, der kleinen Bar, alles ein bisschen improvisiert, mit dem einfachst-möglichen Inventar, kleinen Holzbänken, gezimmert wie im Pfadfinderlager. Das ist hip. Da gibt es ein paar Jungs, alle so Mitte 20, hübsche bis schöne Typen, gut gebaute Körper, teils schon ein bisschen Fett ansetzend, und man sieht, dass die nicht wie die übrigen von hier sind, sie sind ein bisschen etwas Besseres, Besonderes. Etwa Rico. Er sei das schwarze Schaf der Familie, aber er habe jetzt etwas, das er sogar ins Ausland exportiere: Skimboards. Wer's glaubt. Und die sitzen da, der Don mit seinen Rastalöckchen, dauernd nestelt er am Computer, die Hose bis zu den Hüften runtergezogen, *sexy!,* und er tippt Sachen in den Computer, dann wieder reden sie miteinander, und, sehr oft, trinken sie gerne *tagai-tagai* und diskutieren vielleicht ein bisschen. Einmal diskutierte ich mit. Das Buch *Secret* ist gerade in, da geht es um positives Denken, und dann werde alles gut. Es sind die von den Eltern gestopften jungen Filipinos, welche die Eltern nicht mehr zu Hause aushalten. Nette Kerle, harmlos, verwöhnt, schön, langweilig, in ihren besten Jahren. Und danach, wenn sie noch ein paar Jährchen älter werden? So sitzen sie um die Bar herum, Tag für Tag. Um Geld brauchen sie sich nicht zu sorgen. Und sie ergänzen sich in ihrem Nichtstun.

Wozu zum Teufel leben wir eigentlich? Das fragt sich Inspektor Casini in *Der zweite Tod des stummen Zeugen.* Und er weiss die Antwort, die ihm jemand im 2. Weltkrieg gab: «Ich habe keine Ahnung, warum zum Teufel wir leben, Commandante, aber es gefällt mir.» Das sind so Themen, eigentlich wohl sogar die Grundfrage. Und dann gibt es Antworten, die sich jeder gibt, wohl automatisch meist, weil man ja etwas tun *muss,* also auch ohne zu fragen, und dann gibt es folgerichtige Handlungen: Karriere, Verein gründen, sich umbringen, Alltagsmoloch, schlemmen, der Versuch, ein guter Mensch zu sein oder ein besserer zu werden, oder sich schlicht aufgeben und ein Säuferleben führen usw.

Ich komme mir vor wie eine Microbank. In letzter Zeit kommt alle paar Tage jemand zu mir, um sich Geld zu borgen. Heute war es ein Zimmermädchen (das schon erwachsene Kinder hat). 3000 Pesos wollte sie, 1000 leihe ich ihr. Vorher war es Marvi, die schwanger ist und einen Test machen muss. Edwin, weil ... und das interessiert mich gar nicht mehr, alle haben ihre Geschichte und niemand hat Geld, es ist unglaublich und für einen Schweizer schwer vorstellbar, wie sie hier leben! Beispiel Jenny, 20-jährig, nicht schön, aber mit einem unbestechlichen Charme, etwas spröde wirkt sie manchmal, doch sie ist witzig, auch hart, verschwiegen (eine Seltenheit!), und sie weiss, was sie will. Zum Beispiel noch kein Kind mit ihrem Freund. Gestern sprach ich mit ihr, sah, dass es ihr nicht wirklich gut geht. Stress in der Familie, rückte sie dann heraus. Die Mutter ist zurück von Manila, weil sie keine Arbeit mehr hat. Getrennt von ihrem zweiten Mann (Stiefvater von Jenny), der erste haute ab, als sie das erste Kind kriegte. Jenny hat noch zwei Halbschwestern und einen Bruder, sie selbst wurde von der Grossmutter erzogen. Und nun soll also Jenny die Familie ernähren, denn die älteste Schwester lebt in Manila, hat aber erst gerade die Schule abgeschlossen. Die anderen sind jünger und gehen noch zur Schule. Und wie kann man die Familie ernähren und gleichzeitig die Schule zahlen, wenn man etwa 5500 Pesos monatlich verdient? Gut, Schule ist sowieso Luxus, aber sie sind ja erst in der Highschool, und diese sollte man schon machen, wenn irgendwie möglich! Ich sagte, ich helfe ihr.

Das Wetter hat geändert, klar, Mitte Juni, die Regensaison naht. Zweimal gab's bereits ein Gewitter, heute Abend dann wurde es dunkel über dem Meer, schwarz auf 180 Grad Horizont. Das dauerte eine halbe Stunde, dann blitzte es noch ein bisschen und jetzt funkeln die Sterne, als ob nie etwas anderes gewesen wäre. Es ist so wie im Leben ...

Ich sass mit James an der Bar. Er begann über seine Beziehung mit seinem Schatz (er nennt sie immer seinen Schatz) zu reden, die ihn anscheinend beschäftigt. Und über *Ehrlichkeit* im Zusammenhang mit ihr. Und dass das nicht so einfach ist. Was ist denn Ehrlichkeit? Und: Kann das sein Schatz zum Beispiel ihm gegenüber überhaupt sein. Vielleicht aus finanziellen Gründen eben nicht, sie muss ihm etwas vorspielen, weil sie sein Geld braucht. Oder weil sie eine gewisse Sicherheit sucht, Vertrautheit sogar, kurz, weil sie ihn warum auch immer nicht verlieren will und ihn braucht. Deshalb kann sie nicht immer ehrlich sein. Die menschliche Psyche ist bekanntlich unergründlich. Es sind da keine bösen Lügen mit im Spiel, denn nicht ehrlich sein heisst ja nicht automatisch, dass man lügt! Lügen ist eine ähnliche Geschichte, denn manchmal lässt man dem (unterlegenen) Partner keine andere Chance! Nicht jeder will alles preisgeben! Und Geheimnisse braucht man. Die totale Offenheit gibt es sowieso nicht. Und hier erst recht nicht. Es ist ziemlich kompliziert. Und wir machen uns oft etwas vor. Wir – das heisst wieder einmal die Europäer und die Amerikaner wohl auch – mit unserem Geld, einem Denken, das sich oft als absolut versteht, doch ein globales Denken, globale Werte gibt es gerade bei solch schwierigen Begriffen wie Ehrlichkeit eben nicht so einfach. Und dann ging's weiter mit James: Man verkrampfe sich ja gerne in etwas, verliere den Überblick, sehe den anderen schon gar nicht mehr, werde eigentlich zum Egozentriker. Im Kleinen vielleicht, aber immerhin. Man denkt, was man selber meint, sei das einzig Richtige. Ausrufezeichen! Falsch! Wenn man schon eine Beziehung haben will, dann muss man ja auch wissen, was man wirklich will und was der andere überhaupt kann. Kopf einschalten. Denn Vernunft, das kann ja auch hilfreich sein. Wie A., der kürzlich sagte, er wolle nur noch kurze sexuelle Beziehungen, eine kommen lassen, eine Potenzpille schlucken und danach *bye-bye.* A. war dreissig Jahre verheiratet, seine Frau kam bei einem Unfall ums Leben. Ehrlichkeit bezog sich früher auf das ständische Ansehen. Ehrlichkeit: Redlichkeit, Aufrichtigkeit, Wahrhaftigkeit, Offenheit. «Als ehrlich gilt heute in erster Linie, wer zu sich selbst steht und nichts beschönigt», heisst es in Wikipedia. Und dann ich zur *Ehrlichkeit,* und warum das nicht immer geht:

– Weil man oft selber gar nicht so genau weiss, was das ist, oder zumindest nicht dieselbe Vorstellung davon hat wie ein anderer.
– Weil sie die Familienehre zerstören könnte.
– Weil sie die persönliche Ehre zerstören könnte, etwa auch: Gesicht verlieren.

– Weil sie ein gesellschaftliches/kulturelles Tabu verletzen könnte.
– Weil man sich nicht blamieren will.
– Weil es nicht *in* ist, ehrlich zu sein (ja!).

Ich las einen Artikel über Arno Stern und den von ihm ins Leben gerufenen «Mal-Ort», wo er zu den Ursprüngen der menschlichen Kommunikation vordringt: Zeichnen. Das Kind zeichnet überall auf der ganzen Welt sehr ähnlich, sagt Stern. *Der Mensch in seinem Ursprung* – dem weine ich wohl ein bisschen nach, auch wenn ich als vernunftorientiertes Wesen natürlich weiss, dass das Leben sich dauernd ändert. Und trotzdem: Man trägt in sich Sehnsüchte, ungeahnte oder bewusste, und das ist auch etwas, das alle Menschen haben. Nur welche Regungen? Und wissen sie es überhaupt? Wollen sie es überhaupt wissen? Oder dämmern sie ein Leben lang dahin? Wer ist schon zur Reflexion fähig? Und: Lohnt sich das überhaupt? Na ja, *Lohn* gibt es mal sicher keinen ...

James. Der Wahnsinn nagt an ihm. Er erzählte mir kürzlich von seiner Gefängniszeit in Pakistan, und wie er das nie ganz los wird. Und dass er jetzt nicht weiss, ob er seine Freundin hierherbringen soll, inklusive deren Kind, obwohl sie einen zweiten Freund hat. Und er liess indirekt etwas durchblicken über Selbstmord, indem er über Max sprach, der sich erschoss, vor etwa drei Jahren, in Thailand. James und seine Augenringe, die bis zu den Nasenflügeln reichen. Von Deutschland redet er nicht. Ist tabu. Auch sein wirklicher Name. Er verreiste einfach, weg, weit weg. Und irgendwann begann er zu dealen, mit Edelsteinen. Bei einem anderen Gespräch erfahre ich sicher mehr.

Der Sturm ist vorüber, die Schäden sind enorm. *State of calamity* auch in Iloilo und Kalibo. Alles überschwemmt, hören wir, und weiterhin kein Cellphone-Signal. Weiterhin kein Strom auch hier. (Und die Rechnung ist massiv: Der Generator frisst in der Stunde 7 Liter Benzin. Ein Liter kostet etwa 55 Pesos. 7 x 55 Pesos ergeben 385 Pesos die Stunde, mal 24 Std. = ca. 10'000 Pesos am Tag oder etwa 250 CHF! Das macht seit Samstag rund 900 CHF. Auch die Elektrizität ist extrem teuer!)

Fortsetzung: Der Taifun *Fengshen* ist vollends abgeklungen, die Zahl der Toten steigt aber weiter. In der Zeitung haben sie heute ihre Anzahl mit 498 angegeben. Rund 2,2 Millionen Menschen haben ihr Zuhause verloren, oder 487'000 Familien. Die meisten Toten gab es auf den Inseln rund um Boracay. Da sind die Toten des Schiffsunglücks aber nicht dabei. Das werden nochmals etwa 700 sein (man kennt die Zahl der schwarzen Passagiere auf der «Princess of the Stars» nicht). Und manchmal wissen sie nicht mal, zu welchem Schiff die Toten gehörten, die sie bergen, weil gleichzeitig ein zweites Schiff kenterte, vielleicht ein Frachtkahn. In Kalibo haben sie in frühestens zwei Wochen wieder Strom.

Ich war vor zwei Tagen auf dem Festland, auf Panay Island, und dort habe ich gesehen, was der Sturm angerichtet hat, in gewissen Gegenden, etwa auf einer langgezogenen Ebene zwischen Nabas und Ibahay, mit ihren sattgrünen Reisfeldern und den vereinzelten Bambushütten, die nahen Berge dahinter als malerische Kulisse, dort steht nicht mehr viel von den kleinen Hütten, und eingangs des Städtchens Ibahay liegt der Dreck und Schlamm teils immer noch hoch, Häuser stehen schräg an der Strasse, der Markt ohne Dach, entwurzelte Palmen, zerbeulte Autos, die Frontseite der örtlichen Bank mit Brettern notdürftig vernagelt und geschützt usw.

Gestern an der Bar, ich sprach mit James, da kam ein riesiges Ungetüm herein, knapp schaffte er es, ohne irgendwo anzustossen, und er kam auf die Bar zu, schwankend, seine Zwei-Meter-Masse irgendwie auf den Beinen balancierend, die Augen waren offen, aber sie schauten nicht mehr, Nirwana-Blick, und er sagte etwas, es war, als ob Wurstbrei aus seinem Mund triefte, und der kluge James verstand es nach einer Weile: Wo denn das *Hotel Peninsula* sei, ah, danke, und der Zombie trottelte wieder raus.

James hat Probleme mit seinem inneren Schweinehund, der ihn bedrängt. Es sei ein böser Mann in ihm. Früher habe sich der immer gegen aussen manifestiert, jetzt wende er sich gegen ihn selber. Er mag nicht mehr, weiss nicht, wie sich seiner Freundin gegenüber verhalten, die ihm mehr bedeute als alle anderen vorher, sagt er. Mit ihr fühle er sich am wohlsten.

Roger de Paris erzählte mir kurz, sein spätmorgendliches Bier vor sich auf der Bar, dass er nun nach Bangkok gehe, Ferien mache und sich gleichzeitig in einer Klinik erhole und pflegen lasse. Er hatte Prostatakrebs, und ich weiss nicht, wie es jetzt steht. Er sagt mal dies, mal jenes. Er ist jedenfalls alt geworden, noch kleiner, ruhiger auch – gelassener oder resignierter?

Letzthin beim Zahnarzt Viktor gesehen von der gleichnamigen Diver School. Er sagte, er müsse endlich wieder mal seine Zähne kontrollieren lassen, er habe dies seit etwa 20 Jahren nicht mehr gemacht. Der kräftige Viktor, immer bereit zum Saufen, laut und zärtlich auch, primitiv, wenn besoffen, etwa in meinem Alter, mit Kindern und mehreren (Ex-)Frauen. Ich erschrak, wie ausgemergelt er erschien, die Muskeln schlaff runterhängend, kein Fett mehr, eingefallen das Gesicht. «Was hat er?», dachte ich, und das dachten sich auch andere, die ihn eine Weile nicht mehr gesehen hatten. Es sei der Stress. Man erzählt hier ja selten Genaues.

Erstaunlich: Der Mensch ist das einzige Lebewesen (Universum inklusive, so weit wir es kennen), das sich zur Ruhe setzt (Pension). Typisch Mensch sind auch viele weitere Dinge: Langeweile, Hass, Philosophie, Shopping, Depression, Kunst, Kochen, Saufen, Telefonieren, Fragen stellen, Pensionär sein, Jäten, Gerüchte streuen (wäre zu vervollständigen).

«Der Mensch ist wohl das einzige Tier, das beständig im Schatten des Todes lebt.» (Terry Eagleton)

Ich glaube, es gibt eine Art archetypische Wahrnehmung: etwas Grundlegendes, wie die Bilder der Kinder aus aller Welt es zeigen. Und unsere Wahrnehmung, auch die der Erwachsenen, ist grundsätzlich und in erster Linie auf Selbstschutz angelegt. Bedrohung nimmt nur ein total Verblödeter nicht mehr wahr. Wie die Wahrnehmung in Bezug auf Anziehung funktioniert, weiss ich nicht. Was spielt da mit? Wahrnehmung als erste Regung. Danach kribbelt es, daraus erfolgt das Handeln oder die Liebe. Oder?

Ich lese jetzt am Nachmittag eines weiteren herrlichen Sonntags und nach einer schönen Nacht mit Sandro in Montaigne. «Über die Einsamkeit», etwa: «Der Hang, der sich am allerwenigsten mit der Einsamkeit verträgt, ist der Ehrgeiz.» Oder: «Ich liebe nur die Bücher, die entweder reizvoll und leicht sind und mich anregen, oder die mir Trost und Rat spenden, wie ich es mit meinem Leben und meinem Sterben halten soll.» So geht es auch mir, wenn ich mir erlauben darf, das zu sagen.

Heute vor acht Jahren hatte Sandro seinen schweren Unfall, von dem er einen leichten Dachschaden davongetragen hat. Das sagte er mir (ohne den Dachschaden, das sage ich), als er mich heute Morgen anrief. Und dass er deshalb in die Kirche gehe.

Ich rief abends Sandro an. Zuerst antwortete er nicht, wohl wieder mal schlechtes Signal. Dann nahm er ab, «Hello!», und plötzlich begann es aus ihm zu sprudeln, er wollte nicht mehr aufhören. Er sagte mir, dass das mit der Bank eigenartig sei, schon wieder habe der Automat nicht funktioniert, dann erzählte er vom Plattfuss beim Motorrad, und wie er lange eine Vulkanisation suchte, im Regen, und die Schule habe bereits begonnen, dann erzählte er mir, wie er immer um fünf Uhr aufstehe, dann eine Tasse Kaffee trinke, danach je nachdem Gymnastik mache mit seinen Betonhanteln, oder mit seinem Hund Hannah spiele oder einen kurzen Spaziergang mache etc. Es war grossartig, er plapperte einfach drauflos, wie seit Langem nicht mehr, ich war ganz gerührt!

Sandro telefonierte mir nachts um halb zwölf. Er sei weg von Zuhause, er stehe jetzt vor der Schule in Kalibo. Er habe seinen Vater geschlagen, weil dieser die Mutter geschlagen habe und dann mit seinem Moto-Tricycle auf sein Motorrad gefahren sei. Und so schlief er nicht jene Nacht, am anderen Morgen ging er ins Hotel (so eine Art Pension) des NVC (Northern Visayan College) und duschte, danach in die Schule. Dann telefonierte er mir wieder, sein Vater sei mit seiner Cousine Jeniffer nach Manila (Schiff), und er gehe abends wieder heim (ich dachte schon, ich müsste nach Kalibo, denn wohin sollte er sonst gehen, er war so total verloren am Telefon). Abends dann glücklich zuhause, seine Grossmutter habe geweint, er selber auch, wegen seinem Motorrad, das er sofort anfing zu reparieren, er liebt es über alles. Dann sagte er, er habe die ganze Nacht nachgedacht, er wolle jetzt für seine zwei Brüder und seine Mutter sorgen. Und wie wichtig ich für ihn sei, seine Schule, sein Töff, alles. Ja, und das gab dann auch mir zu denken, seine Abhängigkeit, und was alles er macht, um mir zu gefallen. Ich glaube, er hat erstmals so richtig seine Abhängigkeit realisiert. Und ich vielleicht auch ...

Gestern den ganzen Tag kein Zeichen von Sandro. Er entspannte sich wohl endlich einmal, nach seinem Schock mit dem Vater (und seinem geliebten Töff, den dieser beschädigt hatte ...). Dann abends um halb zehn ein SMS: «Pssst». Ich zurück: «o-o». Dann wieder er: «God nyt sleep well my dear. Lov3 jo3zar the super man boy». Der Super Man Boy – besser könnte er sich kaum beschreiben. Man-Boy. Später textete er noch, dass jetzt Schluss sei, denn er sei bereits im Bett, mit der Mutter und dem kleinen Bruder CJ. Plötzlich beginnt er, Witzchen zu machen, Persönliches selbstverständlich zu sagen, manchmal den *Plauderi* zu haben. Es ist wieder etwas passiert in seinem Kopf.

James war bei mir zum Essen. Er ist verwirrt und wird vielleicht wirklich irr, eines nicht allzu fernen Tages. Oder er bringt sich um – davor kann man ihn nicht bewahren. Vor einer Woche erzählte er, dass er seinen Schatz hierher bringen will, mit der Tochter, die dann hier zur Schule gehen soll. Letzten Freitag beim Essen rückte er heraus, dass er doch nicht will. Er wolle ihr den Weg nicht verbauen, sie nicht aus ihrer Umgebung reissen. Sie hat ja einen deutschen Lehrer zum festen Freund, der für sie schaut, allerdings: Er kommt nur einmal im Jahr während seinen Ferien auf die Philippinen und ist dann mit ihr zusammen, im Übrigen unterstützt er sie mit Geld, aber überwacht sie sehr genau. Er hat z.B. ein Gerät in ihren Fernseher eingebaut, das regelt die Anzahl Stunden, die sie TV schauen kann, dann stellt der Fernseher ab. Unglaublich! Dann auch schickt er nicht monatlich, sondern wöchentlich Geld, damit alles klar geregelt ist und sie nicht zu viel aufs Mal verbrauchen kann. James momentaner Schatz hat einen Bruder, für den sorgt sie von Kindsbeinen an, er ist jetzt 17, hat keinen Job, dafür bereits ein Kind gemacht. Und so weiter, philippinische Verhältnisse. James nun sieht auch, wie wechselhaft er selber ist, und dass er sich nicht so sicher ist, dauerhaft für sie und die Tochter sorgen zu können. Er macht sich dann wieder Vorwürfe, sieht sich als schlechten Menschen, er scheint unglaubliche Kämpfe mit sich selbst auszutragen!

Sandro braucht Schutz und beschützt dauernd die Familie, kauft Medizin für die Mutter, hilft dem Brüderchen CJ bei den Aufgaben, putzt, sorgt für seinen Hund, und sein um ein Jahr älterer Bruder hängt nur herum und säuft.

Bei mir köchelt eine Bündner Gerstensuppe, 2 Liter, so als Notvorrat, bei Suppen immer gut. Draussen windet es stark, die Sonne scheint, aber das wechselt schneller als das europäische Aprilwetter. Eine *tropical depression* ist unterwegs, und im August sollen noch etwa vier Taifuns folgen, so meldete heute PAGASA (Philippine Atmospheric, Geophysical and Astronomical Services Administration) in der Zeitung «The Philippine Star». Na dann ... Und in der gleichen Ausgabe zeigten sie ein Bild von Kalibo, von der Hauptstrasse, die wie ein reissender Fluss aussah während des Sturms vom vergangenen 21. Juni. Noch heute, fünf Wochen danach, haben sie in einigen Teilen am Rande der Stadt keinen Strom. Und die Schüler müssen Zwischenschichten einlegen, um ihre Schulen zu putzen!

Gestern las ich in *Der Mörder mit der schönen Handschrift* von Pierre Magnan diesen Satz: «Von gewissen Dingen wollte er nichts hören. So nahm er sich die Freiheit, einige Bereiche des Lebens von sich wegzuschieben, um seine festen Überzeugungen nicht zu gefährden.» Ich glaube, das machen die allermeisten Menschen, mehr oder meist weniger bewusst aber dafür umso konsequenter ... denn: Die Angst lebt mit.

Von Cagban (Boracay) nach Caticlan (bzw. umgekehrt) verkehrt ein neues Boot, für 144 Personen, eisgekühlt, mit Tom&Jerry-Filmen, pünktlich auf die Minute, bei jedem Wetter, eine positiv zu vermeldende Neuigkeit! Kosten: 60 Pesos. Mal sehen, wie lange ...

Wie mir das denn plötzlich in den Sinn kommt? Von Christian Morgenstern ein Gedicht – das einzige, das ich noch auswendig kann:

In der Bahnhofhalle, / nicht für es gebaut, / geht ein Huhn, / hin und her, / wo, wo ist der Stationsvorsteh'r / Wird dem Huhn, / man nichts tun? / Hoffen wir es, / sagen wir es laut, / dass ihm unsre Sympathie gehört, / selbst an dieser Stätte, wo es stört.

Heute ist ein Feiertag, «Heros day» heisst er, normalerweise ist er am letzten Sonntag im August, aber da die Regierung die Feiertage etwas ökonomischer einteilen will, haben sie ihn auf den Montag vorher und also heute versetzt für ein langes Wochenende. Wie man da etwas einspart, ist mir nicht klar, doch die Logik ist philippinisch und also nicht genau nachvollziehbar, und so kommt es wieder zum Punkt der grossen Weisheit: nicht alles hinterfragen, einfach annehmen und weiterleben ...

Gestern hatte ich dauernd das Gefühl, es sei Sonntag. Vielleicht auch, weil dieses Mal Sandro am Sonntag hier war und nicht am Samstag. Und wieder war ich traurig am Morgen, als er gehen musste, und wieder begann ich mich zu hintersinnen – vielleicht, weil ich es nicht begreifen kann, wie schön es mit ihm ist, und besonders dieses Mal.

Las im *Spiegel* über den Herrn Leisi, der ja als erster den ausgewallten Blätterteig verkaufte. Da drin ist der Hauch eines alkoholischen Konservierungsmittels. Nun wollen auch viele muslimische Länder den Blätterteig, das Problem aber ist – oder eben: war – die homöopathische Menge Alkohol. Und so hat der Herr Leisi, schlau wie er anscheinend ist, ein Konservierungsmittel ohne Alkohol entwickelt und verkauft nun seinen Blätterteig tonnenweise auch an die Moslems, und das ist ein beachtenswerter Markt.

Was ich schon alles in meiner Wohnung hatte: eine Kröte, Ratten, um ein Haar hätte sich auch eine grosse Krabbe in die Küche verirrt, ich war aber gerade beim Eingang und schubste sie weg.

Du bist seit ewigen Zeiten nicht mehr auf Boracay gewesen und würdest die Insel kaum wiedererkennen! Unterdessen hat es unzählige Hotels mit Swimming Pool, Ende Jahr wird auch ein *Shangri La* aufmachen (ich weiss nicht, ob du diese Kette sehr eleganter De-luxe-Hotels kennst?). Es hat auch einen Laden, der heisst *Heidiland*. Der gehört einem Schweizer, einem kleinen umtriebigen Ostschweizer, etwa 64-jährig, herzlich, währschaft, er säuft sehr gerne und arbeitet wie ein Tier, in Manila hat er das grosse Geschäft, eine Wursterei (Cervelat, Wienerli usw.), dazu importiert er Wein und Delikatessen aller Art. Im *Heidiland* ist Daniel zuständig, dass es läuft. Er hat nun seine sichere Stelle, die Schweiz ist weit weg und damit alle Probleme, vor denen er nichts mehr wissen will. Sein ‹neues› Leben als kleiner Manager. Im Laden kann man auch so ziemlich alles kaufen: Schokolade, Müesli, Weine, Aromat, viele Wurstsachen, auch Parmaschinken, Bündnerfleisch, Schwarzwälder Speck, Foie gras, was du willst, und Käse: Gorgonzola, Brie, Bel Paese, Bündner Bergkäse, Joghurt ... Herrlich. Heute gibt's bei mir zum Beispiel, wie es sich für den Oktober gehört, Weisswürste mit dem richtigen Senf. Die Brezeln mache ich mir selber.

«Unser Leben beginnt in Windeln – und oft endet es auch darin. So einfach ist das.» (Shunya Fujii, 29, japanischer Altenpfleger. Aus dem *Spiegel*)

Laut Hans Magnus Enzensberger hat es die soziale Gerechtigkeit in der zehntausendjährigen Geschichte der Menschheit noch nie gegeben, es fange damit an, dass «der eine schön, der andere hässlich, der eine gesund und der andere krank ist». Doch es sei «ein schöner Zug unserer Spezies, dass sie die Ungerechtigkeit nicht einfach resigniert hinnehmen will, auch wenn jeder falsche Prophet sich unsere Träume zunutze macht».

Ich habe mir wieder einmal ein Mantra zurechtgelegt: a) Entspannen, b) auf meine Aufgaben/Arbeit/Pläne konzentrieren, c) meine Antennen ausfahren, wenn ich angesteckt werde von nervösen oder sonstwie negativen Menschen und Vibrationen schlechthin. Das hat mich mal mein Rolfing-Lehrer gelehrt. Er sagte, wenn ich unter Leuten bin und mich unwohl fühle, solle im Geist eine Antenne Richtung Universum ausfahren und mich mit positiver Energie oder Kraft versorgen. Das gefällt mir.

«Die Friedhöfe der Welt sind voll von Leuten, die sich für unentbehrlich hielten.» (George Benjamin Clémenceau)

Wir haben eine Hauskatze, habe ich vernommen, als ich wieder mal eine Katze verjagen wollte. M. wies mich darauf hin, dass die das Recht hat, hier zu wohnen und Mäuse zu jagen. Ob sie das tut, entzieht sich meiner Kenntnis. Sie hat einen schmalen Körper, ein grau-braun getigertes Fell und bemerkenswert grosse Ohren, abstehend noch dazu. Der Kakadu lebt weiterhin alleine, scheint sich aber zumindest nicht unwohl zu fühlen. Ich begrüsse den Kakadu, wenn ich meinen morgendlichen Besichtigungsgang ans Meer mache. Der führt zuerst am kleinen, ziemlich trüben Teich vorbei, in dem ein paar Fischchen schwimmen. Danach führt er durch das Restaurant, wo ein paar Mädchen mit ihren Palmwedelbesen am Wischen sind und *good morning* sagen. Gäste hat es um die Zeit so um halb acht kaum. Dann stehe ich beim Meer, schaue zum Horizont und nach links und rechts und dann zum Schluss nach hinten gen Osten, wo jetzt wieder bis in den Mai/Juni das Wetter herkommt. Mal reicht die Flut bis nahe zu den Palmen, dann wieder ist weite Ebbe, heute war das Ufer wieder steiler abfallend als gestern. Gezeiten, Strömungen und Wind spielen mit dem Strand und verändern ihn täglich. Am Morgen bringen unsere Nachbarn ihre blöden Speedboote hinaus zu einer Station weit draussen auf dem Meer, wo sie dann an idiotische Koreaner, Filipinos oder sonstige Touristen vermietet werden, die dort draussen rumkurven.

Ich habe Sandro wieder einmal aufs Schwulsein angesprochen. Er sagt nein, er sei nicht schwul. «Und dann der Sex mit mir?», frage ich. Das sei für ihn normal. Da realisiere ich dann wieder, dass solche Fragen sinnlos sind.

Pakistan und Indien tasten sich wieder einmal feindselig ab, und manchmal habe ich den Eindruck, niemand weiss mehr so genau, was eigentlich passiert auf unserem Planeten. Vielleicht wäre es wieder mal an der Zeit für einen Messias, einen globalen, der alle zum Schweigen bringt, der alle verzaubern kann. Welch eine schöne Vorstellung, ein modernes Märchen. Für die Filipinos hier spielt das alles sowieso keine Rolle, weil sie das alles gar nicht realisieren. Ein Vorteil! Sie haben andere Probleme. Meistens ist es sehr einfach: Geld. Es erstaunt mich immer wieder, wie sie es überhaupt schaffen, sich durchs Leben zu bringen, dazu haben ja alle ein paar Kinder, die auch ernährt werden müssen, später dann folgt die Schule, und die kostet ja auch, zumindest muss man die Uniform bezahlen, die Utensilien usw. Aber sie lachen gleichwohl in den Tag hinein, kichern, spielen, hänseln einander und sind unendlich neugierig, was alles so passiert, oder dann entschwinden sie wieder ins Nirwana und träumen lautlos vor sich hin. Sie haben ein Bewusstsein, das ich wohl nie verstehen werde. Ich weiss nicht, wie diese Hirne funktionieren. Überhaupt komme ich mir immer wieder vor wie ein Mensch von einem anderen Planeten.

Eine kleine Weihnachtsgeschichte. Letzthin lag Hänschen im Bett und las ein spannendes Märchen, es hiess «Der Froschkönig». Da hörte er ein leises Geräusch unter seinem Bett. Was war das nur? Eine Fliege? Ein Lizzard auf Jagd? Hänschen las weiter, doch das scharrende Geräusch störte ihn, und so stand er auf. Und was nun sah er gleich neben seinem Füsschen hocken? Eine liebenswerte Kröte. Die sah zu ihm auf und schien zu sagen: Hänschen, ich bin ein verwandelter Prinz. Hänschen glaubte ihr nicht und wollte sie rauswerfen, denn falsche Versprechungen mochte er gar nicht. Und so holte er draussen den Besen und scheuchte sie raus, doch die Kröte war schnell und wirbelte durch die Luft, und verschwunden war sie wieder unter dem Bett, in der hintersten Ecke. Hänschen kniete sich nieder, um sie nach vorne zu zwingen, um endlich Ruhe zu haben. Irgendwie schaffte er es, doch dann entwischte sie ihm unter den Kühlschrank, und dort liess er sie hocken, sollte sie doch. Zwei Tage später, am heiligen Morgen, also heute, da sass sie plötzlich neben ihm am Schreibtisch und schaute wieder zu ihm hoch. Er wollte nichts mehr wissen, holte einen kleinen Plastikbehälter und – schwupp – setzte den Behälter auf sie drauf, schob einen Karton darunter und bugsierte sie so ins Freie, wo sie einen neuen Trottel finden konnte, dem sie ihr Märchen vom verwunschenen Prinzen erzählen konnte. Und von da an dachte Hänschen, dass er die Türe zu seiner Wohnung abends besser schliessen sollte!

«Der wirkliche Mensch, wie er ausserhalb der theoretischen Modelle erscheint, lebt durch die Leidenschaften, aus dem Zufall und dank der Nachahmung.» (Peter Sloterdijk, *NZZ Neue Zürcher Zeitung*)

James sagte gestern beim Abschied an der Bar (er wartete auf seine Take-away-Pizza): «Es ist bald zu Ende, ich seh' alles in Zeitlupe.» Und das mit ziemlich irrem Blick.

Tiere zu Besuch: zweimal eine Kröte innerhalb zweier Wochen, zuvor während vier Jahren nichts. Die zweite, eine noch kleine, entwischte mir, und nachts beim Einschlafen sprang plötzlich etwas auf meinen nackten Arm – eben diese kleine feuchte Kröte. Da erschrak ich doch ziemlich heftig. Ich erwischte sie erst zwei Tage später, am Morgen, als sie in der Dusche sass.

Tourismusstatistik: Letztes Jahr kamen bereits 630'000 Touristen auf Boracay. Verdoppelung in sechs Jahren.

Ich dachte vor dem Einschlafen an Sandro. Wenn er schläft, kreuz und quer auf dem Bett, mich fast rausdrängt und ich mich nicht getraue, ihn wegzuschupsen. Oder ein Kissen zwischen den Knien, seitwärts liegend, ausgestreckt dann, ein Bein angewinkelt. Sandros grosser Kopf. Sandro, wie er vor dem Spiegel steht und seine Pickel betrachtet, die ihm so gar nicht gefallen. Wenn er sauer wird und seine Stimme sich blitzartig zu überschlagen beginnt. Doch das ist eine Weile her, wir haben schon erstaunlich lange eine ruhige Beziehung.

Die Schwalben beeindrucken mich immer wieder, mit ihrem rasanten, spektakulären Flug, kaum zu folgen mit den langsamen Menschenaugen, sie berühren fast den Sand, schnellen empor, hinaus aufs Meer und in U-Kurven zurück, hinauf zu den Palmwipfeln und zurück auf den Boden, alles virtuos, grossartig!

Gestern wieder *Bamboo*-Päuli gesehen. Strandauf- und strandabwärts spaziert er in gleichzeitig forschem, aber auch leicht schlingerndem Schritt und mit jenseitigem Blick. Früher hockte er immer wie ein König hinter der Bar auf seinem Hocker und trank Bier von morgens bis abends. Dann ging er wieder einmal in die Schweiz zurück und brachte seine Kinder zur Schule, irgendwo in einem kleinen Dorf im Schweizer Kanton Aargau. Während er in der Schweiz war, wurde seine Frau in ihrem Resort hier bestialisch erstochen, er kam zurück und wurde schnell wahnsinnig. Tragische Geschichten im Paradies.

Freunde sind ja Menschen, die man lange kennen muss, Freundschaften wachsen, langsam wie eine Eiche vielleicht, und ebenso beständig sind sie, auch wenn es stürmt und tut. Wenn ich an meine Freunde denke, sind das alles altbekannte Menschen. Hier habe ich keine wirklichen Freunde. Es ist schwierig, das zu sagen, denn es hat ein paar nette Menschen, aber es reicht nicht, mir nicht. Vielleicht bin ich zu anspruchsvoll, sicher aber bin ich anders. Ricardo ist die bekannte Ausnahme der Regel. Alleine die Erfahrung, mit Frauen und Männern sexuell zusammen sein zu können, ist eben wirklich ein grundlegender Unterschied, was allerdings mit der Möglichkeit von Freundschaften nichts zu tun hat. Aber die Fähigkeit oder schon nur das Bedürfnis, sich auch über wirklich Gott und die Welt zu unterhalten, zu reflektieren, über sich persönlich und eigene Schwierigkeiten und Knörze zu sprechen, das ist mir hier nur mit Ricardo möglich. Da bin ich dann lieber alleine – einsam eher.

«Der Einsame ist ein Träumer. Denn mit Hilfe der Einbildungskraft, die erst in der Einsamkeit ihre Möglichkeiten voll entfaltet, gelingt es, sich eine Welt zu erschaffen, die nur mit Idealen bevölkert ist. In der Einsamkeit kann sich der Mensch zum Urheber der Dinge aufschwingen und dem Zweck alles Sichtbaren und dem Ursprung aller Empfindungen nachspüren.» (Andreas Brenner und Jörg Zirfas, *Lexikon der Lebenskunst*)

In Camilleri's *Die schwarze Seele des Sommers* gelesen, ein Rezept, so nebenbei nur, als der Commissario sich etwas Kleines kocht: *Pappanozza* heisst das einfache sizilianische Gericht: Zwiebeln und Kartoffeln eine gute Weile kochen lassen. In einem tiefen Teller alles mit Gabel gut zerdrücken. Olivenöl und einen Spritzer Essig beifügen, mit Salz abschmecken, Pfeffer aus der Mühle am Schluss dazugeben. Kann alleine für sich gegessen werden oder je nach Lust und Laune mit Wurst oder Fleisch etc.

Wie du ja hinlänglich weisst, telefoniere ich überhaupt nicht gerne. Das ist so ein Zwischending: Man hört sich, ist sich akustisch also nah, doch man sieht sich nicht, ist physisch entfernt. Zwittersache. Man redet und macht Pausen, doch man ist am Draht, irgendwie gezwungen, das Gespräch weiterzuführen, warum sollte man sonst telefonieren? Sich anschweigen am Telefon? (Na ja, ich mag auch kein Skype und all das andere, das es gibt, um genau zu sein ...) Beim Schreiben ist es anders. Ich kann mir Zeit nehmen, den Brief unterbrechen, mich korrigieren. Ich bin hier und schreibe dir dort, auch wenn die Übermittlung nun elektronisch erfolgt. Kein Briefträger mehr, der sich über die Marken auf dem Kuvert wundert und den Inhalt sicher oft auch gerne kennen würde. Ein Klick und weg ist die Post und dort ist die Post.

Die Frage lautet ja zuerst einmal nicht «Was *kann* ich?», sondern «Was *will* ich?». Was will ich mit etwas, mit jemandem – mit mir, einem Freund, einer Liebe, was will ich tun, was will ich in einem Zustand, in einer Situation, überhaupt.

Sandro sagte mir schon mehrere Male, dass er manchmal tot sein möchte. Im Traum oft, aber auch wirklich. Das Wieso konnte er nicht sagen, aber es reicht auch so, und ich sah es in seinen Augen, die sooo schrecklich traurig blickten. In seinen oft so aufgeweckten, lachenden, offenen Augen. Wie enorm stark er eigentlich Anerkennung braucht, realisierte ich wieder. Anschliessend liebten wir uns wie noch nie. Langsam, unendlich zärtlich, nur mit den Fingerspitzen.

Sandro kam nach Boracay. Ich sah, wie er sich immer mehr verkrampfte. Wir lagen auf dem Bett und es begann, aus ihm herauszubrechen wie bei einem gebrochenen Damm, und er weinte, schluchzte, hemmungslos nun, und es wollte nicht mehr aufhören, immer neue Weinkrämpfe schüttelten ihn. Nach einer Weile konnte ich ihn zu mir ziehen, umarmen, damit er sich an meiner Schulter ausweinen konnte. Viel später beruhigte er sich, erzählte, dass er immer alles falsch mache, vor allem zuhause, seine Mutter drängelt ihn, obwohl er ihr viel hilft!

Im *Blick* gelesen: «In der vergangenen Nacht ist das Thermometer in Samedan auf eisige minus 29,3 Grad gesunken. Die Wettersendung des Schweizer Fernsehens, SF Meteo, mass damit die kälteste Temperatur dieses Winters. Bis dahin war der Ort *La Brévine* Rekordträger: Am 12. Januar 2009 waren dort minus 27,6 Grad gemessen worden.» Bei uns ist es eher das Gegenteil: sauheiss, und das im eigentlich kühlen Februar. Oder genauer: schwül, Waschküchenwetter. Grau und windstill, mit einem fast unsichtbaren Regen, homöopathisches Nieseln. Und ich bin zwischendurch am Naseln ... Die Sulzpastete liegt im Kühlschrank, zwei sind es, die ich heute gemacht habe. Nun heisst es Geduld haben, denn die Pasteten brauchen zwei Tage Ruhe, bevor man sie essen kann, der Teig muss sich setzen. So setzen wir uns denn hin und warten mit. Warten auf Pastete, nicht auf *Godot*.

Irgendwann am noch frühen Abend rief mich Sandro an, nervös, durcheinander. Er hatte einen Unfall mit seinem Motorrad, nicht schlimm, aber für ihn eben schon. Er fuhr von der Schule nach Hause, es war bereits dunkel, und da lief ihm ein Hund in den Weg. Er erzählte mir, wie er von seinem Töff hechtete und auf der Strasse rutschte, sein Fahrzeug vor ihm her. Seine linke Hand ist offen, vielleicht gestaucht, sein Töff, und das ist das Schlimmste, hat ebenfalls ein paar Schrammen und Dellen, doch er konnte weiterfahren. Zuerst aber, in seiner Wut, rannte er zum Hund, nahm einen Stein und schlug ihn tot. Mein kleiner, sonst so freundlicher Sandro hatte (wieder einmal) kurz durchgedreht. Der Hund war schuld, dass sein Töff, sein Allerliebstes, den er pflegt und der sein ganzer Stolz ist, Schaden nahm, und so musste der Hund sterben.

Heute musste Sandro in die 9-Uhr-Messe in Kalibo, wo der Pfarrer am Schluss Fahrzeuge segnet, also auch sein Motorrad, das will er machen. Danach fährt er nach Hause, wo seine Mutter ein Huhn schlachtet, das Blut in einem Kreis um sein Motorrad gibt, danach wirft sie Reis und zum Schluss Münzen in den Kreis. Ein bisschen Heiliges also und ein paar Geisterbeschwörungen. Hoffentlich hilft es, aber glauben tut auch Sandro daran, oder er nimmt es einfach hin als etwas, das getan werden muss.

Ich habe mit den endlosen Plauderrunden abends aufgehört, Tatsachen und Meinungen nenne ich es, wo es meistens nur um dasselbe geht, ein bisschen Fussball, Politik, lokale Gerüchte, Stammtischpsychologie, eigenes *business* und Schlaghammerargumentation, dazu das Machogehabe, die Rollenspiele und Komplex-Kompensationen, die mich nerven oder besser: Sie langweilen mich.

Der Zwiespalt, der mir mit der Lektüre des Buches von Tiziano Terzano, der lange als *Spiegel*-Korrespondent in China arbeitete *(Fliegen ohne Flügel),* so richtig bewusst wird: Hier (Boracay) das Chaos, dort (Schweiz) die Sterilität, hier die Armut, dort der Überfluss, hier das Lächeln und die offenen Blicke, dort das Wegschauen oder die aggressiven Blicke, hier die Improvisation, dort die perfekte Organisation, hier die Kollegen, dort die Freunde, hier die so fremde Kultur, die ich nie verstehen werde, dort die Kultur, die ich auch nicht wirklich begreifen kann, aber mit der Muttermilch eingesogen habe. Es ist nicht einfach. Und so wandere ich halt weiter durchs Leben, wie alle anderen auch.

Nach Tieren aller Art im Zimmer und Bett nun violettgraue schlanke Pilzchen in der Dusche, die wachsen da einfach so vor sich hin, und mit einem rasanten Tempo, aus den Ritzen lugen sie hervor. – Schmerzen, vor allem der Rücken macht mir zu schaffen, ich kann mich kaum noch bücken. – Monika erzählt von einem guten Bekannten, der süchtig nach Glacé ist. Der muss jeden Tag eine Familienpackung essen, sonst wird er unruhig und tigert im Zimmer umher. Auch seine Freundin hat ihren grossen Kühlschrank bereits mit vielen Eispackungen gefüllt ... Was es alles gibt.

März. Die Philippinen werden von den USA und der World Bank und weiteren Institutionen immer heftiger kritisiert wegen mangelnder Effizienz im System, extremer Korruption und Menschenrechtsverletzungen etc. Und das stimmt ja leider alles, wird aber beharrlich abgestritten, denn zugeben kann man hier sowieso nichts, immer der andere trägt die Schuld. Der *First Gentleman,* also der Ehemann der Präsidentin, ist anscheinend in ein paar der Skandale verwickelt, aber aufgedeckt wird das wohl kaum. Ramon Tulfo ist ein sehr kritischer Kolumnist des «Inquirer», einer grossen Zeitung, und der fürchtet nun um sein Leben, weil er letzthin geschrieben hat, dass ein paar ganz hohe Regierungsleute Falschgeld drucken (Dollars), das sie an einen Staat in Afrika verkaufen. Andere verscherbeln alte Bestände der US-Stützpunkte an die Terrorgruppe Abu Sajaf. Solche Sachen, und jetzt hat er die Namen dieser Banditen bei seinem Anwalt hinterlegt, dazu hat er sie ein paar (teils einflussreichen) Leuten gegeben, für den Fall, dass ihm etwas zustösst. Die Philippinen sind ja nach Irak und Russland für Journalisten das gefährlichste Land. Es wird also nicht andauernd und nur gelächelt ...

Gestern im *Summerplace,* jenem Meeting Point oder wie man das nennen will. Eine Mischung aus Restaurant (zwischen 18 und 22 Uhr gibt es Mongolian Food), danach beginnt die Discotime. Mit krachender Musik, Discosound, und wenigen Leuten. Es geht erst so richtig los ab Mitternacht. Das Lokal ist im native Stil gebaut und eingerichtet, also mit viel Bambus und einem Nippadach, im Zentrum eine grosse Bar mit Holztheke, draussen Tische und (Plastik-) Stühle, dazu so eine Art Sitzpodeste, und ein Gemisch von Menschen aus aller Welt, teils sehr jung bis ziemlich alt (wie z.B. ich), auch viele Filipinos, und die Musik wird später angenehmer, weniger laut und teils mit viel Drive. Und die Stimmung entsprechend, fröhlich, ausgelassen, meist friedlich, aber nicht immer. Zum Beispiel gestern. Da ging es plötzlich los, wie immer scheinbar aus dem Nichts und blitzschnell rannten ein paar Typen hintereinander her, andere kamen dazu, es wurde tüchtig ausgeteilt, zum Glück ohne Messer, doch sehr intensiv. Irgendwann hatte anscheinend einer der *guards* genug und schoss in die Luft. Das half. Danach herrschte sofort wieder Ruhe, und man plauderte, tanzte und flirtete weiter, als wäre nie etwas geschehen. Später war ich mit einem Burschen noch kurz im *Cocomanga,* einem Disco-Loch in Balabag, und kaum kamen wir heraus, ging's auch dort los, mit etwa 50 Männern, die die Strasse hinunterrasten, und wir nahmen schnell ein freies Moto-Tricycle und sausten in die andere Richtung.

Gestern Nacht spazierte ich am Strand und traf einen vielleicht zehnjährigen Knaben, der leere Dosen sammelte. 20 Pesos verdient er pro Kilo. Ich gab ihm 50, weil er etwas tut und weil mich eine kurze Mitleidswelle überrollte.

Und wieder Probleme mit Sandro. Massiv, er schrieb mir eine SMS, total verzweifelt, und dass er jetzt fertig sei mit mir, dass er sich selber helfen könne, irgendwie. Warum? Keine Ahnung. Einmal mehr also machen wir Schluss, genauer: er. – Und heute ist wieder alles anders. Sandro hat sich beruhigt, ich bin wieder sein «Angel».

Im Übrigen bin ich faul, lese dafür viel, immer noch *Post-Demokratie* von Crouch und den Terziani, im Moment also sind bei mir Krimis out. Aber auch diese Zeit wird wieder kommen. Habe viele Bücher entdeckt, die ich (wieder) lesen möchte, mein Büchergestell ist voll. (Kühlschrank und Büchergestell müssen voll sein! Wobei es heute ja auch eBooks gibt, eFood geht hingegen gar nicht!) Amerikanische Erzählungen zum Beispiel. Muss es sowieso mal ausputzen, denn da hinter den Buchrücken ist nicht so alles zum Entzücken, die Viecher in den Tropen sind schon sehr aufdringlich!

Der deutsche *Giant*. Ein lieber Kerl, den man wie die meisten hier auf Abstand halten muss, weil man sonst am Schluss meint, man müsse sich rechtfertigen … Das Niveau ist bedenklich, und das Übereinanderreden enorm verbreitet. Ich fühle mich wie von einem anderen Universum. Nicht besser, aber eben anders. Er schmiert allen den Honig um den Mund, gekonnt mit seiner Bassstimme, in seiner lauten, aufbrausenden, überzeugenden bayerischen Art, mit chaotisch verschachtelten Sätzen – man verliert sofort den Überblick. Gesagt wird dabei nichts, aber es tönt überzeugend. Ein guter Verkäufer eben. Jemand meinte mal, er könne ja kaum zwei aneinandergereihte Sätze sagen. Er redet mit jemandem, und kaum kommt ein anderer, spricht er schlecht über den Ersteren. Täglich sonnt er sich zwei bis drei Stunden am Strand, sitzt dort im Liegestuhl, schaut und denkt, wie er sagt. An einem Abend meinte er überzeugt, er sei rundum glücklich, und das eigentlich dauernd. Und ja, er fahre sehr gerne mit dem Auto seine Lieferungen in der Weltgeschichte herum, das mache ihm Spass. (Ich erinnere mich, wie er mir kurz zuvor sein Leid geklagt hatte, dass er etwas ändern müsse, es so mit dem Herumfahren nicht mehr weitergehe.)

Sonntagmorgen, halb neun, bei mir läuft Chopin, Klavierkonzert. Meine kleine Auswahl umfasst vor allem Klavierkonzerte. Dazu noch die Musik von Misa Criolla, die mich weiterhin begeistert, im Weitern eine CD mit gregorianischen Gesängen und eine CD von Arvo Pärt für die speziellen Stimmungen, denn das ist ja ein extremer Komponist! Und letzthin kam mal der *Giant* bei mir vorbei, als ich Schumann hörte, und er wusste nichts Besseres zu sagen als: «Ja, da muss man ja depressiv werden bei dieser Musik.» Vielleicht. Weil sie ja schon eine gewisse Traurigkeit oder Melancholie ausstrahlen. Doch Melancholie hat ja auch etwas Entspannendes, Träumereien auf andern Planeten und in anderen Universen, Wegtreten.

Die Ferienzeit hat begonnen. Die Touristen kommen. Vor allem Filipinos in Karawanen, laut und chaotisch. Und mit ihnen kommen auch die Bettler. Gestern eine Negritos-Familie vor dem *MR*, der Vater sturzbesoffen, die Mutter mit einem Hündchen an der Leine, einem jungen Labrador. Und so gehen sie betteln! Ganz modisch (denn Hunde sind auf der Insel sehr en vogue) ...

Siquijor und *Hambil* sind die zwei Zentren der schwarzen Magie. Leah, die Managerin im *MR*, erzählte mir von einer Familie, deren Sohn ein Mädchen heiraten wollte. Deren Eltern waren aber mit dem Sohn nicht einverstanden. Es gab Probleme, am Ende wendete die Grossmutter schwarze Magie an, weil deren Eltern ... usw. Der Sohn wurde immer bei Flut dick, bei Ebbe mager, dann starb er. Sie erzählte mir auch, dass es weisse und schwarze Lügen gibt. Die weissen sind eine Art Ausrede, dass man sagt «ich weiss nicht sicher ...», sehr sehr verbreitet. Und verständlich in dem Leben hier, denn wenn man die sogenannte Wahrheit sagt, ist man schnell der Schlechte. Da kann ich mit meinem Wahrheitstick einpacken! (*Siquijor*, laut Wikipedia: «Die Spanier bezeichneten sie als Isla del Fuego – Insel des Feuers – und für viele Filipinos ist sie heute noch eine mystische Insel voller Hexen und übernatürlicher Phänomene. Unter den Filipinos ist *Siquijor* ebenso für ihre Heiler mit wundersamen Kräften berühmt.»)

Frage: Was kann man von der Kunst lernen?
Antwort Patrick Frey: Kunst lehrt sehr viel über das unermesslich tiefe Universum des Menschlichen und über die verstörende Schönheit, die sich darin verbirgt ... Kunst macht neugierig, man kann von

ihr ein Gefühl erlernen für die Grossartigkeit von Dingen, die am Wegrand liegen. Kunst lehrt, dass es das absolut Unerwartete gibt, den schwarzen Schwan, Le Rayon Vert, das seltene, grüne Leuchten beim Sonnenuntergang, das nur Sekunden dauert ... In jedem Kunstwerk gelingt ein wenig von dem, was in der christlichen Lehre Transsubstantiation (Wesensverwandlung) genannt wird. Gewöhnliche Materialien transzendieren ihre Stofflichkeit, ohne sie zu verlieren. Oder, was die Alchemisten anstrebten: aus Dreck wird Gold.» (Interview mit Patrick Frey in *Das Magazin,* 17.04.2009)

Irgendwie rast die Zeit, sogar im Paradies. Es ist mir manchmal fast unheimlich. Man wird älter ... und somit auch empfindlicher, eigener, verbohrter wohl auch. Die Osterwoche war eine Leidenswoche, auch für uns nicht besonders Gläubige. Zumindest für jene, die nicht als Herdentiere geboren wurden und zu wenig Spassgene in sich tragen.

Zwei Stürme brauen sich zusammen – vielleicht, heisst es. Mal sehen, aber schon aussergewöhnlich, jetzt im April. Vorgestern hat es geregnet wie verrückt, und ein Donner hat alle erschreckt, wohl am meisten jene Typen, die draussen auf den verankerten Flossen den Tag verbringen. Diese Flosse dienen als Stationen für das *banana-riding,* da hocken sich jeweils zehn Leute auf eine schwimmende Gummi-Banane und werden von einem Motorboot gezogen. Die Stationen sind so weit draussen, damit es keine Unfälle mit den Badenden hier gibt. Ja, und jener Donner kam von einem Blitz, der auf so einer Station einschlug. Folge: 1 Toter, drei mit schlimmen Brandwunden!

Sandro erzählt mir Geisterstories: Wenn jemand einen Unfall auf der Strasse hat, bleibt der Geist des Verunfallten drei Tage dort, er selber habe das schon gesehen, ein verunfallter Motorradfahrer, und dessen Geist in den Bäumen. Seine Mutter habe mal, als sie mit Sandro schwanger war, einen Mann getroffen, der sie ansprach. Da habe sie sich in seinen Augen umgekehrt gespiegelt, und da habe sie gewusst, dass er ein Teufel war, das sehe man eben, wenn man sich umgekehrt erblickt! Als Gegenmittel hilft eine Schwanzflosse vom Wal, mit der man gewisse Dinge abklatscht, auch in die Luft kann man wedeln, etwa in Richtung Dach, wenn man den Teufel dort vermutet. Sandro machte das mal mit einem Huhn, worauf dieses sofort gestorben sei. Mit seinem Vater sah er mal einen Sarg von einem nahen Hügel herunterrutschen – leer. Sandro sah einen Toten in eigenartiger Haltung, aus dem kein Blut floss. Wenn ein Sturm komme, müsse man Scheren an die Decke hängen, denn die würden den Wind zerschneiden. Gestern wieder mit Sandro zusammen. Er schlief am Nachmittag etwa drei Stunden, auch nichts Neues, er schläft wie ein Murmeltier und schlägt alle Rekorde, die ich kenne. Manchmal den ganzen Tag. Wir hatten es rundum schön. Ruhig, entspannt, nach dem Schlafen ein bisschen reden, dann essen, dann wieder Bett und einfach beieinander liegen, die Beine verschränkt, er den Kopf auf meiner Schulter, die Hand auf meinem Bauch. TV schauen, manchmal eine Zigarette rauchen, manchmal plaudern. Er träume viel, und oft vom Tod, etwa von Unfällen, dass er von einem Auto, Motorrad oder sonstwas angefahren wird, dass er verfolgt und erschossen wird. Oder: Nein, Träume habe er sonst nicht im Leben, jeder Tag sei für ihn neu. Er sagte auch schon anderes, er würde jeden Tag etwas anderes auf dieselbe Frage antworten. Und wie er stolz ist auf sein Motorrad, wie seine Nachbarn ihm zuschauen würden. Er lebt in einer undurchschaubaren Traumwelt.

Gestern setzte ich mich nachts an den Strand. Es leuchtete überall, und ich verstand das erste Mal, wieso man Himmelszelt sagt. Am Horizont blitzt und funkt es, ein himmlisches Feuerwerk, Wetterleuchten überall jetzt im Mai, auch über mir, hinter mir, am ganzen Himmel, und so wirkte der Himmel dreidimensional, wie ein Zelt eben.

«Es ist die Aufgabe der Kunst, den unscheinbaren kleinen Dingen des Alltags Bedeutung zu geben.» (Jim Jarmusch im *Spiegel*)

Sandro hat mir viel von seinen Sorgen zuhause erzählt. Sein Vater trinkt wieder viel zu viel, die Mutter traut sich nicht, etwas zu sagen, und sogar Sandro hatte eine Saufphase nach einem grossen Krach daheim. Eine Woche lang soff er abends, schlief wenig und ging am nächsten Morgen müde zur Schule, teils schlief er mit seinem (fast gleichaltrigen Bruder) bei Freunden, teils schläft er auf demselben Compound bei seiner Grossmutter usw. Schlecht. Er, der sonst kaum einen Tropfen Alkohol trinkt! Wir hatten einen lustigen Abend dann, nachdem er sich ein bisschen ausgeredet und -geweint hatte, assen eine gute Pizza, tranken ein bisschen Bier, er taute auf, erzählte von der Schule usw., wir lachten viel. Nur: Manchmal will er seinen Vater umbringen, sagte er, erschiessen mit seinem kleinen Revolver, den er mir am Sonntag dann auch noch zeigte – ein weiterer Vertrauensbeweis! Leider traue ich ihm das sogar zu, dass er seinen Vater umbringt! So wie er schon Hunde gekillt hat, wenn er sauer war.

Auch die letzten Nächte viele Träume, und immer wieder bin ich auf Reisen, auch letzte Nacht. Da traf ich einen alten Bekannten, auf einer Anhöhe in der Art einer Alphütte. Dann musste ich plötzlich einen Hang hinauf, der Boden war aber wie ein Pudding, schlüpfrig, man sank zwischendurch ein, der ganze Hang war eine bewegliche Masse, es war ein sehr schwieriges Unterfangen, da hinaufzugelangen. Und oben war der Boden lehmig, rutschig wie Glatteis. Plötzlich eine neue Szene, und da war das genaue Gegenteil: Der Staat hatte verordnet, dass jeder einen speziellen Schuh tragen muss, der war haftfest, aber so schwer, dass jeder Schritt eine Qual war, man konnte einen Fuss kaum vor den nächsten setzen und ihn kaum vom Boden heben.

Die Chinesen haben Ferien, *golden week* sagt man dieser Woche im Oktober, ich weiss nicht warum. Jedenfalls kommen sie jetzt auch hierher. Sie sind wie die Koreaner – vor allem laut.

Die Menschen hier haben viel Geduld. Ich staune immer wieder, wie sie reglos oder plaudernd in einer langen Schlange stehen, kein grosses Murren, man steht einfach da und irgendwann geht es dann vorwärts. Und dann frage ich mich: Geduld? Oder was ist es denn? In unserem europäischen Weltbild heisst das etwas ganz anderes. Es hat vielleicht mit unbewusster Reflexion zu tun. Ich muss warten, und dafür braucht es Geduld. Hier ist es eher Ergebenheit. Handeln ist Handeln und Warten ist Warten. Es ist einfach so. Sinnieren? Kennt der Filipino nicht. Wie das Zeitgefühl. Wann war gestern, wann hat meine Mutter Geburtstag, was ist nächsten Frühling, wie lange dauert ein Monat. Doch wir, Europäer und Amerikaner, wir wissen, wie die Welt funktioniert. Zeitlich zumindest.

Gibt es eigentlich auch eine Statistik, welche Religion oder Konfession am meisten Morde zu verzeichnen hat?

Dachte aus unerfindlichen Gründen an den *Giant*: Wenn er auf einen einredet, ist es wie bei einem gewaltigen Vulkanausbruch. Man kann nichts erwidern, weil es keine sinnvollen Antworten darauf gibt. Das Geplapper entzieht sich jeder Logik, es ist vielsagend und nichtssagend, es ist überwältigend, aber ohne verständlichen Inhalt. Wie beim Vulkanausbruch kann man am ehesten Stossgebete irgendwohin senden, in der Art «Ach, jetzt geht es wieder los!». Man kann vielleicht versuchen, sich davor zu schützen, oder wenn es denn über einen hereinbricht, es einfach annehmen, wie eben eine Naturkatastrophe, die man vielleicht analysieren kann, der man in Zukunft aber besser auszuweichen versucht, mehr geht nicht. Kopfnickend stoisch annehmen. Und doch: Er ist ein liebenswerter Riese.

Die Unmöglichkeit zu kommunizieren. Jeder versteht alles anders – sogar vorausgesetzt, dass er/sie zuhört. Die Sprache. Manchmal kommen mir einzelne Wörter völlig fremd vor, abstrakt. Ähnlich, wie wenn ich mir vorzustellen versuche, wo das Universum endet. Mir wird dann richtig schwindlig. «Trotzdem» war so ein Wort, und ich weiss nicht, wieso es mich angefallen hat, doch dann dachte ich weiter, «Baum» etwa, wieso sagen wir «Baum?» Sicher, ein schönes Wort, lautmalerisch und so. Doch wieso nicht «Krötsi» oder «Mubalo» oder «Bimbam» – wobei mir Bimbam noch vertraut erscheint, weil es ja den Ton lautmalerisch wiederzugeben versucht. Die Illusion hilft, auch in der Kommunikation. Man meint, man versteht einander, doch meist stehen Welten zwischen den Menschen.

Interview mit Swetlana Geier, einer 87-jährigen Übersetzerin. Sie übersetzte die wichtigen Dostojewski-Werke. Sie sagte zum Beispiel: «Der Deutsche lebt dank seiner Hilfsverben. Sein und haben. Ich habe. Und wenn ich nicht habe, dann ist es nicht gut. Auf Russisch kann ich das gar nicht sagen. Der Deutsche sagt: Ich habe ein Haus. Subjekt, Prädikat, Akkusativobjekt. Im Russischen verliert man seinen Akkusativ, man ist dann nicht mehr Subjekt. Es heisst: Das Haus ist bei mir ...» Ihr Fazit: «Sprache ist Mensch. Sie drückt nicht etwas aus, sie ist Mensch. Sie formt das Denken.» *(Spiegel)*

Aber es gibt ja auch glückliche Menschen, habe ich gehört und wird mir immer wieder gesagt, die kennen solche Probleme – Fragen – nicht. Hinterfragen erschwert nur alles. Also bitte! Dann lass es halt mal gut sein – ja?!?! «Bist du glücklich?», wird man manchmal gefragt (vor allem von Müttern). Hm. Ja! Bei einem guten Essen erlebe ich so etwas wie einen Glücksmoment! Manchmal auch mit Sandro.

Mikrokosmos Boracay. Gegensätze, wohin man schaut. Gestern, eingangs *D'Mall*, kommt mir rechts eine total schwarz vermummte Moslemfrau entgegen, und zwei Meter links von ihr gleichzeitig ein US-Zombie, in zerlöcherten Jeansshorts und grauem T-Shirt, bleich wie eine Leiche, mit hängendem Kopf und toten Augen.

Meine Notizen, so eine Art Lebenswerk wird das, zumindest wenn man die Dauer ansieht. Da kann ich dann mal sagen, ich hätte zwanzig Jahre daran gearbeitet ... Ich sehe dadurch die Insel wieder neu, detaillierter, anders als gewohnt. Es ist eine Art Rast auf dem Lebensweg, ein kaleidoskopischer Blick. Beobachtungen, Monologe, Dialoge, Notizen aller Art, Tagebuch, Briefe. Eine Collage. Zettel-Schreiberei. *Tropische Inselfantasien.*

Allerheiligen, und die Nacht zuvor ist natürlich Partytime. Und heute haben auch genügend Männer Grund genug, zu saufen, eben wegen der vielen Heiligen, oder den Gräbern, die man besucht, um Trost zu finden oder dann halt etwas Flüssiges unter Freunden. Das Wetter erweist dem Tag alle Ehre, es ist wirklich traumhaft.

Gestern hatte ich wieder Sehstörungen. Immer nach (zu viel) Alkohol, leicht verzögert, also zwei Tage später. Ich hatte beim Computer Probleme, aber dann auch draussen, ich sah auch in die Ferne nicht wirklich scharf, wie durch einen Schleier. Als Folge hirnte ich zu viel, Horrorgedanken ans Blindwerden usw. Das Älterwerden ist wirklich kein Vergnügen! R. nennt es ein Massaker.

Wenn ich am Morgen draussen auf der Veranda am Tisch sitze, die Beine hochgelagert über die Tischkante gelegt, eine Zigarette rauche und meine Gedanken schweifen lasse, dann passiert zum Beispiel dies: Ich denke nicht wie vielleicht Plappermaul C. an den Fussball, sondern an *philosophische Wolken*. Heute vielleicht beeinflusst vom Artikel über den Tod von Claude Lévy-Strauss. Wenn wir den Menschen als körperliche Hülle betrachten, wird es wohl so sein, dass unser Leben chronologisch verläuft. Doch wenn ich den Geist hinzuziehe, ist es alles andere als ein linear fortdauernder Ablauf. Es wirft mich durch alle Zeiten und Räume gleichzeitig oder in wildem Durcheinander. Und ich denke dann gleich darauf an den krächzenden Kakadu, der zehn Meter weiter in seinem Käfig hockt, und dass ich ihn heute nicht begrüsst habe. (Leider ist Hornbill *George* schon lange tot.) Und dass ich ihn sonst fast jeden Morgen begrüsse, mit einem tiefen «Sali» (hallo), einem Zungengeräusch, *tac,* und ein paar hoch-tief-hohen Pfeiftönen. Er bleibt dann meist regungslos, oder er beginnt, sein Gefieder zu putzen, manchmal beäugt er mich auch ein bisschen, um sich dann wieder seiner Gefiederputzerei zu widmen. Und manchmal bin ich ein ganz klein bisschen enttäuscht, dass er nicht mal richtig reagiert, ebenso freundlich ist wie ich, und mir vielleicht sogar ebenfalls ein «Sali» zuzwitschert. Doch darauf kann ich wohl noch lange warten. Dann geht ein anderer Gedanke durch meinen Kopf. Der kommt ungefragt. Die Frage «Warum ist die Banane krumm?» kann wohl jeder einfach beantworten. Doch die Frage «Warum bin ich hier, auf der Welt, geboren?», da möchte ich mal jemanden sehen, der mir dies beantwortet! Zusammengenommen ergibt das dann meine philosophische Wolke.

Beleidigungen, Dummheiten und solche Sachen nicht mehr so einfach an sich rankommen lassen muss ein Leitsatz zum Selbstschutz gegen Idiotie sein! Immer und immer wieder.

James: ein launischer, irrlichternder, rücksichtsloser Schwabe, genialisch auch, clever und komplexbeladen, mit krimineller Energie und immer erneut aufflackernden Selbstmordgedanken. Alleine mit ihm kann es spannend sein, doch ist er mit anderen zusammen, muss er sich – wie so viele hier – immer wieder allwissend geben, mit Machogehabe seinen Platz (zum Beispiel in der Stammtischrunde) behaupten. Als er von Bali zurückkam, schrie er von weit vorne auf dem Platz schon «Hallo!» Und kam zu mir nach hinten, mit einer betäubenden Alkoholfahne – Umarmung und grosses Hallo. Danach, bei einem Bier an der Bar, redete er von seiner neuen Maxime:

Rücksichtslosigkeit, und dass er sich nur noch vollsaufen und nur noch vögeln will.

Valerio Varesi heisst mein neuer italienischer Autor, Krimis schreibt er, und er ist Redaktor bei *Repubblica,* er promovierte mit einer Arbeit über Kierkegaard. Das dringt manchmal durch, wie es scheint. In *Mit leeren Händen* lässt er den Wucherer Gerlanda sagen: «Sie glauben, dass es auf der Welt noch Menschen gibt, die Ideen im Kopf haben und sich Gedanken machen. Ich wiederhole es noch einmal: Sie sind altmodisch. Keiner interessiert sich mehr für Ideen, wir leben in einer Welt der Dinge und der Objekte. Und vor allem des Überflusses. Die Leute glauben an die Dinge und an deren Besitz ...»

Der Schinken-Mani. Der letzte Mohikaner, oder das letzte der zehn kleinen Negerlein. Wobei es keine Negerlein waren, sie waren auch nicht klein, ganz im Gegenteil. Doch alle sind sie verschwunden, die meisten von ihnen sind gestorben. Ihre Gemeinsamkeit: Es waren alles kleine sympathische Gangster, Säufer und begnadete Plaudertaschen. Der Schinken-Mani erinnert mit seinen schwindelerregenden Geschichten ein wenig an den Eis-Werner, er hat nun eine neue Säuferecke eröffnet, im alten Talipapa-Teil (Markt), wo sie schon um 10 Uhr in der Früh hocken und saufen und plappern. Der Schinken-Mani sieht aus wie ein – ja – Rollschinken. Rund, kompakt, glänzend wie eine Sau, und die kleinen flinken Äuglein hat er auch von ihr, der Sau.

«Wenn man sich in seinem Leben mit Dingen beschäftigt, ändert sich ständig alles. Und wenn sich nichts ändert, bist du ein Idiot.» (Umberto Eco im *Spiegel*)

Der *staff.* Dachte gestern erneut, wie schön sie es doch haben. Sie machen sich nicht viele Gedanken wie ich, sie leben einfach. Sicher haben sie Probleme, handfestere wohl als ich, kaum Geld, zu viele Kinder, und wenn eines zum Arzt muss, wird's schon schwierig. Für die Schule reicht das Geld auch kaum usw. Und doch, ihr kindliches Gemüt hilft sicher. Die Filipinos erscheinen mir je länger je mehr wie von einem anderen Planeten. Mildred etwa, die an der Bar und im Service arbeitet, seit vielen Jahren schon hier, und immer hat sie ein

Strahlen im Gesicht, herzhaft, ehrlich, von innen kommend. Ihr gurgelndes Lachen, wie sie den Kopf in schelmisch-verlegener Pose verwirft, das lange Haar, und die immer gleichen Fehler, die sie macht, und noch immer hat sie keine Ahnung von der Musikauswahl an der Bar, sie macht Musik auf gut Glück. Sie ist von einer umwerfend sympathischen Dummheit. Keine Bildung, kein Wissen, teils schwer von Begriff, und dann aber so herzlich, lieb.

«Sie runzelte die Stirn. Dunkelbrauner Teint, asiatische Gesichtszüge, die an zwei graue Perlen im Innern schleimiger Austern erinnerten. Ich vermutete, dass sie von den Philippinen stammte.» (Aus *Das Herz der Hölle* von Grangé)

«Altern: Erst merkt man es selbst, dann auch die anderen, dann nur noch die anderen.» (Theo Nahmmacher).

Ich lese Friedrich Glauser. *Die Fieberkurve.* Ein Genuss. Ob man das nun Literatur nennen will, weiss ich nicht und es ist mir auch gleichgültig, weil er unterhält, einen innehalten und andere Welten erahnen lässt. Seine Vergleiche sind grossartig, sein Humor bringt mich immer wieder zum Lachen. Wie er Leute beschreibt: «Mager war das Gesicht! Nur die Farbe der Augen erinnerte an das Meer, über das Wolken hinziehen – und manchmal blitzt kurz ein Sonnenstrahl über die Wasserfläche, die so harmlos den Abgrund verbirgt ...»

Mein Computer macht manchmal Geräusche, als ob er den Schluckauf hätte, ein kurzes, einem Fröschchen ähnliches Räuspern, ungemütlich, weil ich denke, etwas stimmt nicht so ganz.

Sandro hat seit zwei Monaten aufgehört zu rauchen, er trinkt keinen Schluck Alkohol mehr und verfällt jetzt fast ins Gegenteil und wird sauer, wenn ich rauche ... Zudem macht er wieder Gym, will seine Muskeln wachsen lassen, und er hat mir versprochen, keine blödsinnigen und ungesunden Pillen zu nehmen – ich kann ihm nur vertrauen. Manchmal übt er drei Stunden, aber es scheint ihm gut zu tun, sich so abreagieren zu können. Sein Motorrad ist immer noch seine grosse Liebe, fast abartig, aber ich verstehe eh nicht sehr viel von seiner Psyche, sie ist wirklich ziemlich verwickelt und verwinkelt.

Passt zum neuen Jahr: «Es sollte das Ziel im Leben sein, jeden Tag in Kunst zu verwandeln.» Arsène Wenger, Trainer des englischen Fussballklubs FC Arsenal (im *Spiegel* 52/09)

Wieder mal um halb sieben Uhr aufstehen, Gang zum Meer, Gymnastik. Nach drei Tagen Bierkur. Mit Jagdfieber wie in früheren Zeiten nachts durch die Discos streifen, lustvolle Spaziergänge am Strand. Dazu Sandro-Gedanken – er, der sich mehr und mehr abnabelt. Das weiterhin schwelende Misstrauen. Am Freitag spazierte ich stundenlang am Strand rauf und runter, an der Mainroad, noch heute habe ich wunde Zehen.

Und wieder Streit mit S. Am Abend rief ich ihn an, da ich nichts gehört hatte, keine Antwort, nichts. Ich denke, dass es ein Irrsinn ist, das Ganze, und ich wohl wirklich spinne. Doch das ist ja nichts Neues und zieht sich durch mein ganzes Leben. Meine sogenannten grossen Lieben, selten genug sowieso, und dann stehe ich immer auf hochkomplizierte Typen, die selber kaum zurande mit sich selber kommen. Ach, das stimmt doch nicht, höre ich eine bekannte Stimme! Nicht immer überdramatisieren, bitte. Was war denn mit Jaqueline? Ach, das ist sehr lange her. Und Lisa? Nun, eben, in die war ich verliebt, hatte aber keine Chance, und als wir endlich zusammenkamen, war das Leuchten in ihren Augen längst erloschen. Und Monika und Sandra und Kathrin? Ja, zugegeben. Bei der männlichen Spezies (hmm!) war es eben nicht so einfach. Drogensüchtig oder sonstwie schwierig.

Ich habe ein weiteres Buch von Friedrich Glauser gelesen *(Matto regiert)* und bin hell begeistert. Da wird man in eine vergangene Welt katapultiert, bei der alles in Zeitlupe abzulaufen scheint. Sein fast bäuerischer Stil, jemand, der mit der Form zu kämpfen scheint, ein exakter Beobachter, ein Philosoph, ein Poet (vielleicht, wie Dürrenmatt mal von sich sagte: ein Gedankenschlosser). Und dann so eigenartige Bilder, etwa wenn er vom «sauren Klang» einer Kirchenglocke nahe der Irrenanstalt schreibt, in der er einen seltsamen Fall aufklären muss. Oder dieser poetische Satz: «Träge floss der Fluss und murmelte dunkle Worte, die niemand verstand.» Wenn *er* einen Boracay-Krimi schreiben würde ... Über die Insel der Irren mit einem raffinierten Mord.

Du hast früher vom Wahn gesprochen, der einen manchmal streift. Du hast ihn wohl beiseite gelegt, ich nicht. Doch heute fühle ich mich wieder gut, klar. Dazu helfen manchmal auch Bücher, Gedanken, Nichtstun oder Bierkuren, wie ich sie aufs neue Jahr hin machte. Eine unruhige Zeit. Weihnachten: global ansteckend, wie mir scheint, oder dann halt einfach eine gute Ausrede, sich an (unruhigen) Orten gehen zu lassen. Es ist auch der Wahnsinn der eigenen Person, der einen manchmal überfällt. Dazu das Positive: die Einsicht, dass es nichts gibt ausser der klaren Veräusserung in allem, was man tut.

Lektüre in *Das zynische Wörterbuch*. Prima, wenn man zum illusorischen Romantiker neigt, das Buch holt einen zurück auf den Boden. Da stehen Sachen wie: «Es ist so edel, wenn man seine Hand einem Menschen in die Hand legt, dem man sie von Rechts wegen ins Gesicht legen sollte.» (Johann Nestroy), oder: «Nach manchem Gespräch mit einem Menschen hat man das Verlangen, einen Hund zu streicheln, einem Affen zuzunicken und vor einem Elefanten den Hut zu ziehen.» (Maxim Gorki) Sonst? Die Sonne scheint, die Liebe ist eine Fata Morgana, ich zeichne/collagiere ein erotisches Alphabet, schreibe an meinem Buch, eine kaleidoskopische Weltbetrachtung oder so, ich koche, habe Streit mit Sandro ...

Ricardo steht vor mir, erschreckt mich gar. Ich glaubte zuerst, einen Geist zu sehen, wo er doch wieder einmal lange verschwunden war. Er hat Ringe unter den Augen, eine tiefe senkrechte Furche zieht sich von der Stirne zur Nase hinunter. Was ist los? Ach, sagt er, und schweigt zuerst einmal lange. Wir gehen in eine kleine Kneipe und trinken ein Bier. Krise, sagt er später. Künstler-Krise. Mal-Blockade. Liebeskummer, seine Mutter, die krank auf ihn wartet. Er sei müde. Das kenne ich nicht von ihm, der sonst immer einen wohltuenden Optimismus verströmte. Und jetzt, frage ich blöd? Er muss weg, nach Lyon, wo seine Mutter seit ein paar Jahren lebt. Doch zuerst will er sich hier ein bisschen austoben. Keine Angst, sagt er, ich komme dann wieder. Ich kann ihm nachfühlen. Das weiss er.

Technik, Geld und Terror – eine unheilige Allianz. Wäre interessant, unsere Welt mal struktureller anzuschauen. Die Entwicklung hin zu Roboterisierung (Computer, Smartphone, Automatismus allüberall – der Mensch wird scheinbar göttlich und in Wirklichkeit zu einem Handlanger der Technik), Materialismus/Kapitalismus (Geld als Gott); wie elitärer Wohlstand und Fundamentalismus einander durchdringen und sich bedingen oder gegenseitig fördern. Oder so: Vielleicht war die Welt immer gleich verdorben, wohl schon. Heute macht mir die Roboterisierung Angst. Die Technik übernimmt die Führung, die Menschen werden mit raffinierten Mitteln zu Automaten. Information über alles, Denken verboten, Fühlen ebenso, seid ein einig Volk von Nachahmern, lautet die Botschaft, doch sie wird im scheinheiligen Matriarchat anders verkauft: Seid gesund, fit, dynamisch, aufgeschlossen, informiert! Zwischentöne, Werte wie Ehrlichkeit, Respekt, Dank verschwinden. Essen wird zum Event, Liebe zum Exhibitionismus, Freude zum Fun, Lachen zum Cheese. Da halte ich mich besser an Walt Whitman:

«Urgefühle, wenn ihr über mich kommt – ah jetzt seid ihr da!
Gebt mir jetzt nichts als Freuden der Wollust,
Gebt mir den Trank meiner Leidenschaften, gebt mir Leben
üppig und rau,
Heute und heute Nacht schliess ich Gemeinschaft mit den
Lieblingen der Natur,
Ich bin für die, die an lockere Freuden glauben, ich teile die
Mitternachtsorgien junger Männer,
Ich tanze mit den Tänzern und trinke mit den Trinkern ...»
(in *Grashalme*)

Biedermann. Du meinst, alles, was in deinem Gehirn vor sich geht, all deine Vorstellungen und Gedanken seien das Absolute und das einzig Richtige. Wenn jemand dem widerspricht, ist bei dem etwas falsch oder gar abnormal. Nur was du sagst, ist richtig. Dein Denken ist in Stein gemeisselte Wahrheit, die keinen Widerspruch duldet. Du bist so extrem selbstbezogen und kannst nicht wahrhaben, dass anderes genauso sein kann, dass es nicht immer nur eine Lösung oder Wahrheit gibt. Was nicht in dein vorgefasstes Weltbild passt, ist falsch. Und da eben bist du sektiererisch konsequent. Es gilt ausschliesslich deine Meinung. Punkt. Und deine Meinung kennt nur das Profane. Reflexion ist für dich ein Fremdwort. Du magst ein guter Beobachter sein, aber immer voreingenommen, und vor allem ziehst du die falschen Schlüsse – ein Zeichen von Dummheit. Du gaukelst dir vor, zufrieden zu sein. Lässt nichts von aussen an dich heran, damit deine bürgerliche Ordnung auch ja nicht gestört wird!

Das Phänomen Noynoy Aquino. Vergangenen Herbst starb seine Mutter, die «Revolutionspräsidentin», danach, nach ein bisschen Trauer, liess er sich scheinbar widerwillig zum Präsidentschaftskandidaten aufstellen. Niemand kannte ihn von der Politik her, doch seither führt er mit Abstand alle Umfragen an. Der Mythos Aquino verhilft ihm dazu, mit Verstand hat das alles nichts zu tun. Die Filipinos brauchen ihre Heiligen und Helden ganz besonders.

Wir rasen Richtung Altertum: Gigantismus, Sklavenarbeit, das überzüchtete Individuum, das sich dank Internet bald in ein globales digitales Kollektiv verwandelt.

«Ich sage nicht, dass die Demokratie nicht ihre guten Seiten hat. Doch die Art von Gesellschaft, die sie repräsentiert, ist nicht so neutral, wie es scheinen mag. Die Menschen wollen nicht entscheiden. Sie wollen eine Autorität, die ihnen sagt, was sie tun sollen. Sie wollen den Anschein von Freiheit, nicht wirkliche Freiheit.» (Savoj Zizek in *Das Magazin*)

Gestern lernte ich *Yacón* kennen. Eine Wurzelfrucht, dunkelbraun, fast schwarz, länglich wie eine Süsskartoffel oder Schwarzrettich. Man schält sie und isst sie. Im Biss ähnlich wie eine Birne, im Geschmack leicht süsslich und fast neutral mit einem Hauch Kastanie.

Auf den Philippinen lässt man sich zwar nicht scheiden, aber zerbrochene Ehen gibt es wohl ebenso viele wie in Europa. Und zwar genauso auf dem Lande bei den Armen. Da verschwinden so viele Väter oder haben eine neue Freundin usw. Nur weiss man wenig davon. Erst wenn man Leute kennt, die mir immer und immer wieder ähnliche Geschichten erzählen. Heiraten, Kinder machen, saufen, abhauen.

Neue Bibel. Ein beeindruckendes Interview mit Jaron Lanier (geb. 1960) im *Spiegel,* «einem der profiliertesten Denker der digitalen Welt». Er sieht aus wie ein Mensch aus dem 18. Jahrhundert, mit brustlangem gezöpfeltem Haar, sphinxhaftem Digitalblick, wie eine Schleiereule schaut er drein, ich assoziierte gleich den Computerfreak, was vielleicht total falsch ist. Auszüge: Auf die Frage, warum sich denn Menschen (wie er vorher sagte) im Internet in einen Mob verwandeln: «Die Anonymität spielt eine grosse Rolle. Wer anonym ist, muss keine Konsequenzen befürchten ... Da wird ein biologischer Schalter umgelegt, und es entsteht eine richtige Meute ... Wann immer sich Menschen mit einem starken Glaubenssystem zusammenschliessen, tritt meistens das Schlechteste zutage.» ... Ob auch das Internet eine Art Religion sei? «Ich spreche von einer neuen, auf Technologie basierenden Religion. Das Internet ist zu einem singulären, antiindividualistischen Apparat geworden, der mit einer Art kollektivem Verstand arbeitet – ähnlich einem Bienenstaat.» Dann: «Facebook presst die Nutzer in vorgestanzte Kategorien und reduziert sie zu Multiple-Choice-Identitäten, die an Marketing-Datenbanken verkauft werden können ...» – Kann sich denn nicht jeder im Internet so darstellen, wie er es gerne hätte? «Nein, das Internet lässt nur Konformismus zu. Es belohnt Leute, die in soziale Normen passen. Wer sich ausserhalb der Norm bewegt, kann schnell zum Opfer werden.» ... «Stellen Sie sich vor, wir schaffen Bücher ganz ab und arbeiten nur noch mit Software-Systemen, die Informationen zu digitalem Brei verquirlen. Dann könnten wir eine Welt kriegen, in der es nur noch so etwas wie Wikipedia gibt. Am Ende haben wir noch ein einziges Buch für die ganze Menschheit – eine Art heilige Schrift, ähnlich wie die Bibel, geschrieben von Autoren, die irgendwann in Vergessenheit geraten und dadurch überhöht werden können. Es entsteht der Eindruck des Übernatürlichen. Wenn es da ein Buch gibt, das keiner geschrieben hat, dann muss es Gott geschrieben haben.»

Die Skala der Melancholie reicht von beglückender Traurigkeit (ja, ich glaube, das gibt es) bis zu sarkastischer Ergebenheit und trostloser Müdigkeit.

Ein schwuler Negrito, ziemlich abgehoben und exaltiert und oft als Frau in modischen – ja! – Lumpen gekleidet (ich kenne ihn nicht näher, man sah ihn aber oft auf dem Boulevard vorbeigehen), sei ermordet worden, erstochen, danach habe man ihm einen Besenstiel in den Hintern gerammt. Irgendwo unten bei Angol. In der gleichen Nacht habe man die Maria-Statue gestohlen beim Felsen bei *Willy's Place*. Die habe man auf dessen Land (neben dem Hospital) angezündet und zum Schluss zerstückelt. – Es sind politisch undurchsichtige Dinge im Gange, die Insel wird neu vermessen und eingeteilt, nach Bau- und schützenswerten Naturzonen, aber wie es scheint, ziemlich willkürlich. Es geht dabei um *land titles,* die es nur zum Teil gibt, dass man also etwas Gekauftes auch wirklich besitzt usw. Ziemlich kompliziert und undurchsichtig. Auch erodiert der Strand, und wenn der verschwindet, besitzt die Insel den besten Teil nicht mehr.

Ich telefonierte mit Sandro. Er hielt mir immer wieder vor, wie viele Jungs ich gehabt habe, dass eigentlich ICH wollte, dass er ins College ging (obwohl ER immer wollte), dass ich schlecht über seine Familie rede, dass er mich immer noch liebe, dass er Freund sein wolle. Jaaa!?! ...

Ich bin unterwegs nach Luzon im Norden und erfahre, dass Sandro im Gefängnis in Cebu ist. Auf dem Rückweg der Schulreise von einer kleinen Insel fanden Polizisten bei der Kontrolle im Schiff bei ihm eine Waffe. Idiot. Zuerst hiess es, 80'000 Pesos, um ihn rauszuholen. Am Schluss waren es 20'000. Immer noch saftig, und die Gerichtsverhandlung folgt. Nun hat er Schulabschluss, ich schickte erneut Geld, höre aber nichts mehr. Das alte Lied, er ist wirklich gestört.

«Ein gelungenes oder erfülltes Leben beruht nicht auf der Kapazität, einen Beitrag zur Weltverbesserung zu leisten. Die Gewissheit, dass es kein Heil gibt, ist selbst das Heil, so hat es der Schriftsteller E.M. Cioran formuliert. Das Leben hat keine Bedeutung, die über es selbst hinausweist. ... Jedenfalls kann das Leben nicht im Versuch bestehen, irgendein Ideal zu verwirklichen.» (John Gray im *Spiegel*)

Artikel im Star: «262 fires in first 19 days of March.» Dabei seien 14 Menschen gestorben, 23 verletzt, und Besitztümer im Wert von 56,5 Millionen Pesos (ca. 1,2 Mio. CHF) vernichtet worden.

Ich las heute morgen einen spannenden (und unheimlichen) Artikel in *Newsweeek* (March 8): «George Orwell's Moment» der Titel. Die Google-Typen, und wie sie unsere Privatsphäre aussaugen:

«What's happening is that our privacy has become a kind of currency. ... The genius of Google, Facebook, and others is that they've created services that are so useful or entertaining that people give up some privacy in order to use them ... These companies will never stop to trying to chip away at our information ...»

«Wenn ich mich mit zwanzig als Atheist bezeichnete und mit fünfzig und sechzig als Agnostiker, heisst das nicht, dass ich in der Zwischenzeit mehr Wissen erlangt hätte – nur ein grösseres Bewusstsein meiner Unwissenheit. Wie können wir sicher sein, dass wir genug wissen, um zu wissen? Als neodarwinistische Materialisten des einundzwanzigsten Jahrhunderts sind wir der Überzeugung, Bedeutung und Mechanismen des Lebens seien erst seit dem Jahr 1859 völlig geklärt, und halten uns kategorisch für klüger als die leichtgläubigen Betschwestern und Betbrüder, die noch vor Kurzem an eine göttliche Vorsehung, eine heile Welt, die Auferstehung des jüngsten Gerichts glaubten. Heute sind wir zwar besser informiert, aber deshalb nicht höher entwickelt und ganz bestimmt nicht intelligenter als sie. Was macht uns so sicher, dass unser Wissen endgültig ist?»

(Auszüge aus dem Buch von Julian Barnes: *Nichts, was man fürchten müsste*)

MR-Gäste Greta und John, 60 plus Jahre alt, die Weltmeister. Aufstehen um neun Uhr, ein bisschen Sudoku spielen er, sie Kreuzworträtsel machen oder häkeln, dann mal Morgenessen, dann zurück, entspannen, langsam sich bereit machen für das Sonnenbad, und nicht vergessen den ersten Drink am späten Morgen, rausliegen, Mittagessen so um zwei, mit Bier, Rotwein, Kaffee und Schnäpschen (Cognac), wieder raus für die Siesta, danach Plaudereien, Drinks, Drinks, Apéro 1, Duschen, Apéro 2 und 3 und 4, Essen, usw. Nie ausfällig, immer trinken sie, wenn auch viel, so doch mit Genuss, hat man den Eindruck.

Holy Week. Karsamstag. Neun Uhr. Eben wollte ich schreiben, wie schön ruhig es ist, doch gerade jetzt beginnen sie mit den ersten Soundchecks, irgendwo am *White Beach,* aber hörbar wohl über die ganze Insel. Wo doch gestern, am Good Friday, nirgendwo laute Musik zu hören war, was schon eine Sensation und ein kleines Wunder ist! Ich habe die Insel seit Langem nicht mehr so ruhig erlebt. ... Welten, Universen: Trotz Globalisierung gibt es halt doch landes- oder kulturspezifische Eigenheiten, gewachsen, und oft kaum mehr auswechselbar – oder doch? Wenn der «neue Mensch» endlich Wirklichkeit geworden ist, geklont, zum auswechselbaren Roboter erzogen? So kommen mir die Philippinen manchmal vor. Gerade jetzt in der Holy Shit Week. Die nenne nur ich so, denn für die gläubigen Filipinos ist sie die wirklich heilige Woche. Jetzt ist Boracay eine Art Versuchslabor, denke ich. Für Werber, Marketingleute und Manipulatoren im gesellschaftlichen Bereich. Der *White Beach* in seinem Zentrum ist vollgepfropft mit Ständen und Bühnen. Nescafé, Lee, Vitwater, Teeki Shoemen Noodles, Sonnencreme-Brands, Coke, Winston-Zigaretten usw. Alle zehn Meter. Auf zweihundert Meter fünf riesige Bühnen, eine mit Sound- und Lichttürmen, hoch wie ein fünfstöckiges Haus. Werbegeschenke überall, *«buy this cigarettes and get free t-shirts»,* Ballone der Ipanema-Slippers gibt's auch für Erwachsene. Und dazu natürlich überall Musik, und das heisst gleichzeitig: Lärm, denn die Filipinos scheinen alle schwerhörig zu sein (und die Ausländer/Touristen zählen sowieso nicht). Das Versuchslabor, gedacht für alle Familien, die es sich irgendwie leisten können, die Ostertage auf der Insel zu verbringen, mit Samstag als Höhepunkt, aufstrebende Mittelklasse mit parallel einhergehender aufstrebender Dummheit. Von Manila die Herrensöhnchen und -töchter, die Jungs gerne mit nacktem Oberkörper, künstlich vollgepumpte Muskelprotze, jung verfettende Girls mit Riesenbrüsten, dann auch die Familien aus der Provinz mit Kameras behangen, und alle am Smartphone hängend, immer und überall. Die Touristen am Rande, ältere Pärchen, junge Säufer aus dem Norden, Russen, Koreaner, Chinesen, Deutsche, alles, was du willst. Und alle trotten den vielleicht zwei Meter breiten Weg rauf und runter. Der Weg ein buntes Gewimmel der global-trotteligen Einheit, der Strand auch bei weiter Ebbe voll. Die Filipinos sind so passiv, leichtgläubig und ebenso einfach zu manipulieren. Die Jungen vor allem. Die kaum wissen, wo Europa liegt, doch alle Brands der Welt kennen und sich je nach finanzieller Möglichkeit entsprechend kleiden. Dazu ist das Smartphone (nicht nur hier) weit mehr als Statussymbol oder Maskottchen, es ist ein zusätzliches – technisches – Organ.

Versuchslabor: die Leute so weit verdummen, vereinnahmen und dazu bringen, dass in den Köpfen nur noch Konsum als Begriff existiert, und die Menschen also nur noch konsumieren: Produkte, aber auch Lebensweisen, Haltungen, Meinungen. Alles. Das Volk meint, es bestehe aus Individuen, doch in Wirklichkeit sind alle einer Meinung, oder besser: Sie funktionieren auf einem einzigen Kanal.

Immer wieder faszinierend beim Sunset: der fliessende Übergang von Schwalben zu Fledermäusen, wie bei einem Zaubertrick werden sie ausgetauscht. Gerade noch sausten akrobatisch die Schwalben über den Sand, und dann – wuff! – flattern nervöse Fledermäuse im Zickzackkurs durch die dämmernde Nacht.

Der Soziologe Wilhelm Heitmeyer sagt ihm *Spiegel:* «Ganz unmerklich scheint unser demokratisches System zu verrotten.» Schöne Aussichten, aber passend zu vielen anderen Beobachtungen, und auch das Buch *Post-Demokratie* weist ja in diese Richtung. Und danach? Was kommt? Chinesen? Fundamentalisten aller Art? Eine Welt-Maschine? Gott?

Noch als bald 60-Jähriger schwanke ich manchmal nachts am Strand herum. Es ist eigentlich schon bedenklich, flüstert da wieder mal jemand. Dabei will ich ja nur die Zeit meiner Therapie verlängern ...

Dösen. Ich frage etwas und sie fragen genau das, was ich gerade gefragt habe oder mache, hmm?. Zum Beispiel die Zahnarztgehilfin, die wie eine Qualle hinter ihrer Theke steht. Ich frage, ob morgen ok sei. Sie: Ja. Ich: Wann? Sie: 2 oder 3 pm. Ich frage, was dem Zahnarzt Dr. Valencia besser passe, 2 oder 3? Sie: Ok. Ich, etwas lauter: Ich frage Sie 2 oder 3? Und sie? Sorry? Und dann ich, noch etwas deutlicher: Ich frage Sie, was denn besser sei, 2 oder 3. Und dann, endlich, hat sie es geschnallt und sagt: Ok, 3 pm ist besser. Solche Dinge passieren oft und überall.

Momentan schlägt's mir auf die Ohren, das Antibiotikum Augmentin, das die Zahnfleischentzündung heilen soll, löst eine Entzündung meines rechten Ohres aus ... Alles ein bisschen chaotisch, wie die Philippinen – wie die Welt. Die vielen Erdbeben – kommt ein neuer Jesus/Mohammed, was weiss ich? Oder spinnt Gott? Oder was? FRAGE ICH DICH. Na, Ohrenentzündung mit Nebenwirkung halt.

Gestern wieder Besuch im *Summerplace*. Wieder Promo-Event, dieses Mal mit Ginebra. Eintritt 200 Pesos, aber «drink as much as you can». Die Drinks: etwa 30 Zentimeter hohe Gläser, die aussehen wie zwei aneinandergeleimte Champagnerflutes, aber mit durchgehendem Hals. Oder eine in die Länge gezogene Sanduhr. Die Drinks hatten alle erdenklichen Kitschfarben. Ich stand am Weg und schaute, was so passierte. Viele Junge wieder, kaum jemand wirklich hübsch, ausdruckslose Gesichter, Manila-People, borniert. Roger de Paris spazierte daher, verwarf die rechte Hand, schüttelte energisch seinen schrumpeligen Kopf und schrie (damit ich ihn hören konnte): «Ich hasse Boracay. Dieser Lärm, überall.» Aber, er liebe die Insel ja eigentlich schon, aber heute ... er habe sich ein Stück Land in Palawan gekauft ... c'est la merde ici ... Und tatsächlich war es auch gestern laut, langes Wochenende, also mehr Events. Ich spazierte am Strand von *Balabar* bis *Summerplace* (na ja, ich bewegte mich in der Masse mühsam vorwärts), und überall dröhnt Musik, aus jeder Bar, jedem Restaurant und Club. LAUT!

Jetzt beginnt wieder die Zeit der himmlischen Schattenfiguren: riesenhafte Wolken am nördlichen Horizont beim Sonnenuntergang. Sie zeigen sich als dauernd wechselnde Wesen.

Bekanntlich geht das Leben weiter, so lange es weitergeht. Und so stand ich heute den ganzen Tag in der Küche, eine Art Therapie, um nicht zu viel zu denken, und ich kochte Vorrat: Ragout, Rotkraut, Spätzle, Randensalat ...

Mit Daniel am *White Beach* entlang, Ferienstimmung, und überall kracht Musik in die göttliche Stimmung – und zerstört alles. Ein *kilometerweiter* Musikteppich, von *Regency* bis *Willy's Place*. Lärm allüberall!

Jeden Morgen begrüsse ich den Kakadu, meinen *Monsieur Rotwange*. Lange schon ist sein Partner (oder seine Partnerin?) gestorben, aber er scheint sich alleine wohl(er) zu fühlen. Ich zwitschere ihm wie immer ein paar Vogeltöne zu, sage guten Tag und schnalze ein «Dgg-dgg». Manchmal schaut er mit geneigtem Kopf und einem Auge nach oben, als ob ich über seinem Käfig schweben würde, manchmal reagiert er überhaupt nicht, aber meistens beginnt er sich zu putzen, fährt den rechten Flügel leicht aus und bohrt den Schnabel ins Gefieder.

Meine Haut wird runzlig. Das Alter. Nicht schön.

Sandro sandte mir eine SMS: «Im back to normal. I promize i open small business. For me.» Etwas später: «Very sorry I like sama naman. For my own dicestion. Thats what I like.» (Seine Fehler wie immer.) Nachts hatten wir ein langes Telefongespräch. Er erzählte mir auch, wie ich immer meine, er habe etwas mit andern Männern, was nicht stimme. Auch, dass er nicht mit mir wegen des Geldes sei, aber er es nicht mehr ertrage, wenn ich ihm das immer wieder vorhalte. Ich sagte zum Schluss: «Komm, gehen wir zusammen für einige Tage weg.» Er: «Ok!» Am nächsten Morgen dann diese SMS: «God bye. I go to Manila now! Bye Sandro.» Schock. Ein Kopf wie eine Waschmaschine.

«Glaube mir, nichts ist so aussernatürlich wie das Alltägliche». Vielleicht hat Sherlock Holmes ja recht. Aber sogar dies lässt mich völlig kalt.

Rona liege im Sterben, letztes Stadium Brustkrebs. Am Freitag besuchte ich sie mit Jenny. Ihre Eltern wohnen in der Nähe von Ibajay, in einem Barangay (Viertel), gegenüber des kleinen Dorfplatzes in einer Seitenstrasse, die zu einem kleinen gurgelnden Bach führt. Ein grauer unverputzter Betonbau, das Nötigste, darin ein Vorraum mit einer Fensteröffnung wie eine Scharte, ein zweiter Raum, wo an der Wand ein Tischchen steht, daran der Plastikstuhl, auf dem Rona sitzt, ihren Kopf auf ein Kissen gelegt, umgeben von ein paar traurig blickenden Verwandten in diesem dunklen kargen Raum. Sie ist angeschlossen an eine Sauerstoffflasche und stöhnt wie ein Tier. Ich hinterlasse jemandem im Raum Geld. Sie erkennt Jenny und mich noch, dankt für unser Kommen und stöhnt weiter. 24 Stunden. Essen kann sie nicht mehr. Es ist erschütternd.

Am Morgen steht ein Jüngling vorne am Eingang vom *MR*, den ich schon ein paar Mal im Wasser sah beim Skimboarding. Der ist so unglaublich sexy! Mit nacktem Oberkörper, einem Lächeln stand er dort, die Shorts weit heruntergezogen und den Blick freigebend in Richtung Allerwertesten, zu all dem den Reissverschluss etwas geöffnet, aufreizend, er weiss um seinen Körper. Und er fragte: «Hello, how are you?» Ich war nicht imstande zu antworten, grosser Kloss im Hals. Kurz vor Sonnenuntergang sah ich ihn wieder, in nassen Shorts, sein satter Arsch plastisch, wie nackt, und er strahlte mich an, berührte kurz meinen Arm, hello! Wow! Da würde auch Ricardo staunen ...

«Die platonische Ideenlehre ist der erste ernst zu nehmende Versuch, aus der Welt der Vielfalt, wo auch die Götter mannigfaltig konzipiert sind, herauszutreten in eine Welt der Identitäten. Das fordert Platon so dramatisch ...» Und: «Mit Euripides vollzieht sich der Bruch. Er erfindet zum Beispiel das Wort ‹Gewissen›. Es fällt wirklich zuerst bei ihm. Vorher gibt es das einfach nicht.» (Friedrich Kittler in *Lettre International*)

Nachzutragen gilt, dass Bea, die Frau von Alex aus Kalibo, die früher meine Margaritas so liebte und sich vollaufen liess, gestorben ist. Krebs auch sie. Ebenso gibt es den *Bamboo*-Päuli nicht mehr, der am Schluss nur noch sabbernd herumtrippelte und niemanden mehr kannte. Seit jenem Mord an seiner Frau vor ein paar Jahren ging es stetig und schnell bergab. Gestern traf ich Roger de Paris. Reklamierend spazierten wir im Zeitlupentempo zu ihm, wo er mir ein Bier spendierte und plapperte und plapperte. Es gehe ihm wieder gut, er sei ja viel besser in Form als manch anderer hier in seinem Alter (er mag knapp über siebzig sein). Er sprach von seinem Urlaub, den er jetzt nimmt, zuerst waren es zwei Monate, dann plötzlich nur noch höchstens einer. Kalibo, Manila, Bangkok, Kanada – Gesundheitscheck. Aber wo jetzt genau, weiss ich nicht. In Kanada lebten zwei seiner vier Ex-Frauen. Ja, er sei ja viermal verheiratet gewesen. Er will in Palawan irgendwo etwas Neues aufbauen, nur klein, man brauche ja nicht viel. Aber zuerst müsse er hier noch verkaufen. Dann aber will er wieder hier auch wohnen, Ferien. Ah ja, ich liebe Ferien. Und so plappert er, grummelt, oft kaum verständlich, vor allem, weil seine Nachbarn wie immer bis Mitternacht am Strand Livemusik haben, laut natürlich. Aber er sehe das jetzt ruhiger, er würde sowieso verlieren. Da ist er immerhin Realist.

Eine Gruppe blendend weisser Schmetterlinge tanzt beim Strand mit grosser Geschwindigkeit über das tiefblaue Wasser.

Heute löst sich die Identität auch im Westen wieder auf. Persönliche Gefühle und Befinden oder gar Befindlichkeit verschwinden. An ihre Stelle tritt Gleichgültigkeit; das Virtuelle ersetzt Wirklichkeit, Menschen werden zu Cyborgs, jenen Mischwesen aus lebendigem Organismus und Maschine.

«Für die in Indien lebenden Engländer und für die in Indochina lebenden Franzosen besteht ihr menschliches Umfeld aus Weissen. Die Eingeborenen gehören zur Landschaft», schrieb Simone Weil 1943(!) «In den letzten Jahren haben wir in tiefster Seele gespürt, dass die moderne abendländische Zivilisation einschliesslich unserer Demokratieauffassung unzulänglich ist. Europa leidet unter mehreren Krankheiten, die dermassen schwer sind, dass man kaum wagt, daran zu denken. ... Wenn man all das bedenkt, können wir nicht mehr sagen oder denken, dass wir von oben den Auftrag erhalten haben, die Welt zu lehren, wie man leben muss.» (*Über die Kolonialfrage*, in *Lettre International*)

... Und er denkt. Wir haben hehre Ziele: Klimawandel stoppen, Armut vermindern, Wasser für alle usw. Gut! Nur müssen wir einsehen, dass das grösste Problem ein anderes ist: die Zeitspirale. Die Ursache liegt im Menschen. Wir können ja das menschliche Hirn nicht abstellen, und der Mensch erfindet immer Neues, das ist reine Evolution. Und mit der immer rasanteren technischen Entwicklung wird die Zeit – das Zeit*gefühl* oder Zeit*empfinden* – immer extremer. Die Zeit rast in unseren Köpfen. Aber nicht nur. Wir versuchen gegenzusteuern, erfinden Zeitexperten, Zeitmanagement, Zeitpo-

litik – als eine Art Sozialarbeiter und Psychologen in Sachen Zeit. Das ist ja wunderbar, denn man schafft ein paar neue Arbeitsplätze, doch es löst das Problem nicht, denn die Zeit kümmert das wenig. Das menschliche Wissen habe sich in den fünfzehnhundert Jahren zwischen Christi Geburt und der Renaissance verdoppelt; eine weitere Verdoppelung gab es zwischen Renaissance und französischer Revolution, und heutzutage, sagt man, verdoppelt es sich ungefähr alle zwei Jahre. Elektrizität, Telefon, Auto, Flugzeug, Computer, Internet und Smartphone – um nur einige bahnbrechende Erfindungen zu nennen. (Wobei das sogenannte Wissen ja nur die technische Seite beleuchtet.) Der lateinische Begriff *computum* hat da eine symbolhafte Bedeutung. Es war das Wort für Rosenkranz, mit dem die Christen ihre Gebete zählten und meditierten, wegtraten aus der Zeit. Aus *computare*, berechnen, wurde sprachlich unser Computer, der Brandbeschleuniger der Entwicklung schlechthin und das pure Gegenteil von Meditation oder Musse. Und mit der unaufhaltsamen Zunahme der Entdeckungen und Erfindungen wird auch die Flut der Informationen immer höher, und wie bei einem Dammbruch überschwemmen die Reize unser Hirn, es ist hoffnungslos überfordert. (Folgen sind z.B. psychosomatische Krankheiten, psychische Störungen, Panikattacken usw.) Dazu kommt eine Ethik, die Äusserlichkeiten vergöttert, aber innere Werte, Transzendenz und Nachdenken belächelt. Leistungsdenken, Karriere, schöne Körper, Exhibitionismus, ewiges Jungsein möglichst mit einhergehender Unsterblichkeit, Mammon Geld sind die wesentlichen (nicht mehr nur westlichen) Werte. Alles ist rein nur auf Äusseres, Materielles, Rationelles bezogen. Technisch, wie die Erfindungen. Landmenschen in Drittweltländern, Buddhisten und wirkliche Künstler oder Philosophen auch im Westen nehmen sich weiterhin Zeit oder besser: Zeit (oder die rasante Geschwindigkeit der Entwicklung) kümmert sie nicht. Die Ersteren aus Not, oder weil sie nichts anderes kennen, die religiös Vergeistigten oder unabhängigen Geister, wie wahre Künstler es sind, weil sie sich auf anderes besinnen und sich so dem Technikwahn und der Informationsflut und dem Wirbelsturm des allgemeinen Wahnsinns einigermassen entziehen.

«Ich will gar nichts feststellen, sondern alles verrücken. Keine Tatsache ist mir heilig, keine ist mir profan. Ich stelle ganz einfach Ver-

suche an, als ein endloser Sucher, der keine Vergangenheit im Rücken hat.» (R.W. Emerson)

Gelesen (im *Spiegel,* von Susanne Beyer, «Leben im Stand-by-Modus»). «*Cum dignitate otium,* Musse mit Würde, schrieb Cicero. Der Gegenbegriff zu *otium* war *negotium,* die Arbeit. Schon sprachlich beschrieb *otium* somit den eigentlichen Zustand, *negotium* lediglich die Verneinung dieser schönen Daseinsform.» Dann: «Der Dichter Arthur Schopenhauer meinte, wenn der Geist wahrhaft müssig sein solle – und das sei sowieso die Voraussetzung zum Philosophieren –, dann ‹muss er kein Zwecke verfolgen und also nicht vom Willen gelenkt sein›. Es kann also etwas dabei herauskommen, muss aber nicht. Für die Leistungsgesellschaft dürfte das die eigentliche Herausforderung sein. Da geht es um etwas nicht Messbares, nicht Kontrollierbares. Und die Leistungsgesellschaft misst und kontrolliert nur.»

Man fragt immer, wo man nach dem Tod hingeht (wenn denn überhaupt irgendwohin). Doch wer fragt schon: Wo ist man *vor* der Geburt? Vor der Zeugung?

Telefongespräch gestern mit Sandro: Es war wieder mal entspannt, schön auch seine weiche Stimme zu hören (und nicht wie meist in den vergangenen Wochen so gepresst, aggressiv), ich glaube, er ist glücklich, dass ich nichts will von ihm ausser Sachlichkeit, jetzt wegen des Passes, den wir machen müssen (oder er machen will). Er sagte, ich wolle immer reden. Und ich: Ja, wir müssen, denn den Pass machen zu lassen, ist nicht ganz einfach, *darüber* will ich mit dir reden. Da war er ganz erleichtert! Und ich sagte ihm auch, dass er sich melden solle, wenn er bereit ist. Das erleichterte ihn dann gleich nochmals.

Touristen-Szenen. Ein kleiner Dickwanst in dreckiggelbem T-Shirt und mit einem Messgerät am Arm für Puls und Blutdruck und Was-weiss-ich quält sich beim Joggen – oder was ist es denn? So ein Mittelding zwischen Rennen und Gehen. Mühsam ganz sicher. Doch man muss sich selber dauernd strafen, so sprach schon Calvin, und sie tun es alle noch heute, weltweit. Man muss den Leuten etwas zu leiden geben, das ist gut fürs Geschäft. Wenn nicht sich selber quälen, dann eben andere. Es pendelt zwischen Masochismus und Sadismus.

«Man sagt uns unablässig, dass wir uns körperlich und mental verbessern sollen. Ich vertrete genau das Gegenteil und sage: Hört endlich auf, euch verbessern zu wollen! Dieses Ethos der Selbstverbesserung hat man irgendwann einfach satt.» (Eva Illouz, Soziologin und Psychologin)

Bei der *boat station 1* drängeln sich Chinesen-Horden, alle wollen noch einen Segeltörn bei Sonnenuntergang. Es wimmelt, wie in China. – Zwei junge, fleischige Typen (USA, Australien? Daran erinnern sie mich) werfen sich lustlos einen Frisby zu. Flatterflatter. Ihre Langeweile wirkt ansteckend wie Gähnen. (Langeweile steht bei der Emotionsskala weit unter Null ...) Ich muss schnell weitergehen! – Einer sitzt im goldenen Licht der bald untergehenden Sonne im Schneidersitz am Strand – jung, bleich, mit Fünftagebart, ausgemergelt, starre Augen – und fotografiert ununterbrochen *sich selbst.* – Fotografieren zuhauf: Besonders Filipinas und Koreanerinnen setzen sich so in Pose, als ob sie in einer schwachsinnigen Comedy-Show eine Dorftrottelin spielen müssten.

Ein schöner, sonniger Sonntag. Ich habe den Husten wie ein alter Marktschreier. – Jemand fragt mich wieder einmal: Was interessiert oder fasziniert denn dich? Dann sage ich: das Leben. Punkt. Einfach, ja. Oder?

Tierisch. 2,7 Milliarden Euro gaben die Deutschen 2009 für Tierfutter aus. Überanstrengte Tiere dürfen in Spas oder zum Doga (Yoga für Hunde). In Berlin gibt es das «Pfötchenhotel» mit Hundechauffeur. Längst gibt es Pillen gegen Übergewicht und Valium gegen zu viel Miauen. Hundemagazine schreiben über Themen wie «Mein Hund ist schwul» oder «Hunde in der Pubertät» usw. (Aus: *Spiegel*)

Dienstag im August, es regnet, ist dunkel geworden, auf allen Seiten höre ich es plätschern, rieseln, tropfen, blubbern ... schön, ein Dach über dem Kopf zu haben, denke ich dabei wieder einmal! Schön auch, dass es warm ist.

«Der Dichter, der Schriftsteller, der Künstler, der Prophet – man kann diese lästige und ein wenig verrückte Menschenklasse nennen wie man will: man erkennt sie ja doch sofort aus den anderen heraus – ist also der geborene Outsider, das enfant terrible der Menschheit, der Störenfried und Fremdkörper in der gesitteten Gesellschaft. Er ist unnütz, ja schädlich, er gilt als Unfug. ... So lange eine Sache in der öffentlichen Meinung als Unfug gilt, ist sie lebensfähig; in dem Augenblick aber, wo die kompakte Majorität ... aufhört, in ihr einen Unfug zu erblicken, ist sie wirklich zum Unfug geworden. Jede arrivierte Sache ist eine erledigte Sache. Die Menschheit pflegt nämlich alles Vernünftige erst ernst zu nehmen, wenn es nicht mehr ernst zu nehmen ist.» (Egon Friedell, in *Der Unfug*)

Beim Aufwachen denke ich, dass ich jetzt so weit bin, wahnsinnig zu werden. Verwirrt. Der Grund vielleicht auch dieser: Ich erwachte nachts und alle meine Haare sträubten sich, denn ich hatte einen Jammerton gehört, ein kurzes Gekrächze, kaum zu beschreiben dieser Ton eines Toten, eines Gespenstes vielleicht, gleich neben mir, eventuell aussen an meinem Fenster. Furchtbar!

Gestern sagte mir jemand, dass sie hier Oregano gegen Husten nehmen. Sie zerdrücken die Blätter und machen daraus einen dickflüssigen Saft, von dem sie einen Teelöffel trinken. Ich wunderte mich, dass sie hier Oregano haben. Jenny brachte mir dann wilden Oregano, und das war alles andere als Oregano: eine sich verzweigende Pflanze mit fleischigen Blättern und Stengeln. Ich schaute im Internet, und tatsächlich ist da Oregano aufgeführt: *Coleus aromaticus Benth* ist ihr botanischer Name. Mit unserem europäischen Oregano hat sie nichts gemein. Aber sie wird eben hier als Heilpflanze verwendet!

Heute Abend, halb neun Uhr, das Gespräch mit Sandro, der in Manila ist. Er hat alles in seinem Kopf gespeichert, was ich ihm je gesagt habe, so kam es mir vor. Er sei nicht in Manila vor allem wegen seiner Freundin, sondern weil er mal ausspannen wollte, entspannen vor allem, von zuhause und von mir und überhaupt. Er denke jeden Tag so viel. Jetzt wohnt er in einem *boarding house* von seiner Tante in Cubao, im Scheiss von Manila. Er wisse nicht, wie stark er seine

Freundin liebe. Er sehe nur immer wieder, wie ich ärgerlich werde. Deshalb auch antworte er manchmal nicht auf meine Texte. Seine Stimme ist sanft, manchmal kaum hörbar wie bei einem Vögelchen. Sein Fan tönt wie ein Taifun im Cellphone. Ja, sagt er, und dann schaue er in den Spiegel und sehe sich als 46-Jährigen, und er denke dann, *I am an old man.* Und weiter sagt er: Ich denke auch oft, dass ich wertlos bin. Ich spaziere auf dem Highway und denke: *I'm bad!* Weisst du, deine neue Uhr trage ich nicht. Auch dein Parfum Diesel benutze ich nicht. Ich will es aufbewahren, damit ich eine Erinnerung habe, wenn du mal nicht mehr hier bist. Und ich denke sooo viel an dich, jeden Tag, und wie es war, als ich dich noch nicht kannte, wie ich war und als ich dann dich sah und dich beneidete.

«Die neuen Nichtrauchergesetze offenbaren ein Fehlverständnis von Demokratie: Es geht eben nicht nur darum, dass gemacht wird, was die Mehrheit sagt – es geht auch um Nischen für die Minderheit. Man kann es auch anders nennen: Es geht um Toleranz ... Sie ging schon einmal verloren: Im ‹Dritten Reich» machten die Anti-Raucher-Zeitschrift ‹Reine Luft›, deren Nachfolgerin ‹Die Tabakfrage› und andere Publikationen das Rauchen für alles verantwortlich: für Brandstiftung, für Diebstahl und sogar für Mord ... Tabakkonsum wurde mit Liberalismus, ‹rassischer Entartung›, ‹sexueller Verderbtheit›, Zügellosigkeit, Jazz, Juden und ‹Zigeunern› in Verbindung gebracht – der hygienisch saubere Deutsche sollte auf der anderen Seite stehen ... Und wie wird es aussehen, wenn wir so weitermachen? In Brüssel werden Werbeverbote für Süssigkeiten diskutiert. In Baden-Württemberg wurde der nächtliche Alkoholverkauf aus Kiosken und Tankstellen verboten. Es wird eine schöne, eine saubere, eine ganz neue Welt. In Berlin kann man schon die Richtung sehen: Unter den Linden gibt es seit Kurzem ein ‹Nivea Haus›, Flagship-Store, wie das heute heisst. Vorn Erfrischungstücher, Duschgel und Creme, hinten die ‹Verwöhnbar› in Weiss, Beige und natürlich Blau. Die Gerichte heissen ‹Seelenbalsam› und ‹Leckerschmecker› ... Wahrscheinlich wird man uralt, wenn man sich so ernährt. Hier raucht niemand mehr, natürlich nicht.» (Ferdinand von Schirrach, Strafverteidiger und Schriftsteller, im *Spiegel* über «Reine Menschen, reine Luft»)

Ich träumte neben vielem anderen von einer grünen Katze, die in Basel eine Treppe hinauf wollte. Das durfte sie nicht, und so lockte ich sie unten beim Terrasseneingang. Ich brauchte lange, sie zu überzeugen, zu mir zu kommen, aber sie kam. Wir verstanden uns blendend. Ich beschloss, sie zu behalten. Sie erinnerte mich an meine frühere graue Katze *Busle*. In Grün.

Regnerisch, das Meer schläft, der Wind streichelt sanft.

Immer wieder Egon Friedell, so eine Art seelischer Mentor: «Das Normale ist ja überhaupt in der Natur die höchst seltene Ausnahme, und Missbildungen und Unregelmässigkeiten sind die Regel. ... Der originelle Mensch glaubt nur an das, was er selbst *persönlich* erfahren hat. Für die meisten Menschen ist das ganze Leben nicht eine unmittelbare persönliche Erfahrungstatsache, ein Erlebnis, sondern eine Art Mitteilung aus zweiter Hand. ... Das Original stellt sich zu jeder Tatsache zunächst skeptisch, es lässt die Dinge an sich herankommen, um sie zu prüfen.» (In: «Originalität»)

Am Strand, in der Sonne um elf, heiss und herrlich, unter einem blauen Himmel, im Norden stehen Wolkentürme, im Wasser planschen koreanische Kinder, glucksen vor Vergnügen, lachen, sind ebenfalls glücklich, ein Schmetterling flattert vorbei, schwarz-weiss gemustert, flatterflatter, darauf lässt er sich ein paar Sekunden treiben, elegant sieht das aus, und ich lege mich ins Wasser und geniesse das Leben. Und denke, wie schön ich es habe, wie ich doch alles habe, genügend Geld, um mir gutes Essen zu leisten, eine angenehme Wohnung, warmes Wetter. – Und doch: Es ist nicht einfach, das Leben inmitten von Gutmenschen, Spassmenschen und sonstigen Idioten!

Friedells Definition von Arbeit: «*Alles, was Anstrengung verursacht*».

Eben habe ich in den Nachrichten von kontaminierten Eiern in den USA gehört, ein einziger Produzent muss etwa 320 Millionen Eier zurückrufen. Man muss sich das mal versuchen vorzustellen, diese gigantische Fabrik, und solche Sachen essen wir. Brrrh!!!!

Wir entwerfen die Rettung der Welt und wissen nicht, wie miteinander umgehen!

Jungfräuliche Hänge an den Hügeln sucht man vergebens, längst ist alles zugekleistert mit Hotels, Herrschaftshäusern und Eigentumswohnungen, jeder will hier der Beste sein, auf Boracay konzentrierter als sonstwo zu sehen. Daneben und vor allem dahinter wachsen die Slums auch auf der Insel.

Ich spazierte im Traum über den Rhein in Basel (Mittlere Rheinbrücke?), ich wollte eine kleine Abkürzung nehmen, über ein Floss, das da bereitlag. Doch kaum hatte ich den Fuss draufgesetzt, da löste es sich vom Ankerplatz und legte ab. Zuerst dachte ich, das sei ja die Münsterfähre, doch dann bemerkte ich, dass dies ein wildes Floss war, ziemlich gross, und es begann, sich im Kreise zu drehen, es wollte mich abwerfen, merkte ich als nächstes. Der Fluss war mir plötzlich fremd, und irgendwann erschien von der Seite her eine riesige Gestalt, ein schwarzer Schattenriss, der einem Sensemann ähnelte, dem Tod. Und dann war Schluss. Immerhin!

Vielleicht wäre es besser, wenn die Welt auch heute nur Könige und Untertanen kennen würde. Da hat jeder seine Rolle, jeder weiss, wer und was er ist, er lebt sein ihm angestammtes oder gegebenes Leben. Es gibt den Schuhmacher, Schneider, Bäcker, Gelehrten, Arbeiter, Lehrer, Weisen, und eben: den König, der über allem steht. Längst vorbei. Wir leben im Zeitalter der Freiheit und des Individualismus. Jeder ist alles, und der Hilfsarbeiter aus dem Aargau leistet sich Ferien auf den Philippinen, verliebt und verheiratet sich dort, investiert sein Zurückgelegtes in ein neues Zuhause in fremden Landen. Und er fühlt sich so viel besser mit seinem Geld als all die Leute von dort. Er ist jetzt frei, er kann sein Individuum entfalten. Er ist nun Handwerker, Kaufmann und Pseudo-Promi in einem. Nur dass der Traum dann oft schnell ausgeträumt ist. Wie heisst es doch: Schuster, bleib bei deinen Leisten. Die Freiheit ist verführerisch, und das Rad der Geschichte kann man bekanntlich nicht zurückdrehen. Nur eben: Was ist Freiheit? Sogar dazu müsste sich der Hilfsarbeiter aus dem Schweizer Kanton Aargau Gedanken machen, denn sonst landet er bald im Nirgendwo. Was meist passiert. Von der Demut zum Übermut. Vom Sklaven des Königs zum Sklaven des Konsums. Und die eigene Frau geht sowieso bereits fremd ...

Ein Gedicht fliegt mir da durch den Kopf, wann habe ich es geschrieben? Vor vierzig Jahren vielleicht.

Seelen
Seelen wandern durch das Grün,
Seelen fliegen übers Haus,
überall sind sie!
Kaum gefragt,
nur belächelt und ‹aha›. Denn Vernunft –
Vernunft, mein Lieber
ist was zählt!

Bei mir ist es nicht, dass ich nicht reden mag momentan, aber dass ich nicht reden *kann*. Ich habe seit Samstagabend keine Stimme mehr oder, sagen wir, es krächzt aus mir raus, wenn ich etwas sage. Das kam wie angeschossen, ohne vorherigen Absturz oder irgendetwas. Und will nicht weg, wohl auch, weil ich Sonntag und Montag munter weiter geraucht und Bier getrunken habe. Doch gestern kaufte ich Lutschtabletten, begann Zitronenwasser mit Honig und Honigmilch zu trinken, ich lutsche Ginger, ich gurgle irgendein Mittel, und seit heute minimiere ich auch das Rauchen. Es ist unangenehm, aber eben, so ist es. Gestern Nacht hatte ich noch heftige Albträume der globalen Art. Draussen regnete es, Gewitter rollten über uns weg, nicht knallend, aber hinterhältig brummend, ich lag halb wach, halb schlafend im Bett und hatte Träume und Halluzinationen über den Untergang der Welt ...

Die Spinnen-Wettkämpfe sind bei den Kindern wieder total beliebt. Überall bieten sie Spinnen auch zum Verkauf an. In Streichholzschachteln, ab 10 Pesos. Das Spiel: Die eine Spinne muss die andere einwickeln. – Wenn Koreaner und Strandverkäufer (Hüte, Uhren, Tickets für Bootsfahrten etc.) miteinander verhandeln, wird viel in den Sand geschrieben, bis man sich auf den Preis einigt. Ein bisschen Durcheinandersprache und hektische Gestik gehören auch dazu.

Es herrscht nun auch Rauchverbot am Beach und damit auch für die Gäste, die in den Liegestühlen liegen und eine rauchen wollen. Das ist nun wohl das Wichtigste, das sie durchsetzen wollen. Und nachts wird weiter auch am Strand geflemmt und werden Flaschen zerschlagen. Aber eben, so ist das Leben in Boracay, dem irren Paradies.

Peter Sloterdijk: Er nennt die *Brot und Spiele* der Römer «zeitgemäss» eine «Synergie von Sozialstaat und Sensationsindustrie», er sagt: «Wenn heute die Bürgerausschaltung trotz aller Aufgebote an Expertokratie und Amüsierkultur nicht ganz gelingt, so darum, weil man die Rechnung ohne den Bürgerstolz gemacht hat.» Und gegen Schluss: «Unzählige Kommentatoren haben seit der 2008 aufgebrochenen Finanzkrise die Gefährlichkeit der Spekulation an den Finanzmärkten beschworen. Von der gefährlichsten der Spekulationen war nie die Rede. Die meisten heutigen Staaten spekulieren, durch keine Krise belehrt, auf die Passivität der Bürger. Westliche Demokratien wetten darauf, dass ihre Bürger weiter in die Unterhaltung ausweichen werden; die östlichen wetten auf die unverwüstliche Wirksamkeit offener Repression. Die Zukunft wird bestimmt sein vom Wettbewerb zwischen dem euro-amerikanischen und dem chinesischen Modus der Bürgerausschaltung. ... Auch ohne divinatorische Begabung kann man wissen: Dergleichen Spekulationen werden früher oder später zerplatzen, weil keine Regierung der Welt im Zeitalter der digitalen Zivilität vor der Empörung der Bürger in Sicherheit ist.» (in *Spiegel:* «Der verletzte Stolz – Über die Ausschaltung der Bürger in Demokratien»)

Ein weiteres peinliches Kapitel in Sachen Filipino-Tourismus. Da machten sie einen neuen Slogan «Pilipinas Kay Ganda». Kein Mensch weiss, was das heissen soll. Es sei nur eine Vorarbeit gewesen (die immerhin ca. 100'000 Dollars kostete, dafür ist jetzt der Vize-Tourismus-Sekretär zurückgetreten). Und es hagelte zum Glück massiv Kritik. Wieso überhaupt einen neuen Slogan, der alte war ja gut genug *(Wow! Philippines).* Und braucht es das generell? Ist es nicht viel wichtiger, erst mal die Hausaufgaben zu machen: Infrastruktur mit funktionierenden Flughäfen, gute Strassen, ein richtiges Preis-Leistungs-Verhältnis bei den Hotels, Sicherheit etc.)? Sie begreifen es einfach nicht.

Und nochmals Egon Friedell: «*Der Künstler ist der grosse Revolutionär … Der echte Künstler ist in seiner äusseren Lebensform der vollendete Philister, und wer das nicht versteht, dem fehlt die primitivste Voraussetzung zur Erkenntnis des künstlerischen Schaffens. Was der wahre Künstler am Philister tadelt, sind nicht dessen bürgerliche Tugenden: seine Arbeitsamkeit, Korrektheit und Wirtschaftlichkeit, sondern das unbändige Behagen, das dieser über seine Tugenden empfindet, seine platte Selbstzufriedenheit, seine geistige Genügsamkeit und der verderbliche Wahn, dass materielle Arbeit ausreiche, um ein menschenwürdiges und gottgefälliges Leben zu führen.*» (in «Bohème»)

Apokalypse. Interview mit *Werner Spies,* der mal das Centre Pompidou in Paris geleitet hatte, in *Lettre international.* Da sagt er über die Hoffnungslosigkeit in der Welt: «Ich fürchte die Leute, die da einen Ausweg parat haben oder zu finden glauben, obwohl es keinen gibt. Das Schlimmste, das uns passieren könnte, wäre eine neue Ideologie, die wie der Bolschewismus oder Faschismus einen brutalen Ausweg suchen würde. Ich glaube nicht, dass sich in der Strukturierung unserer Gesellschaft, die auf reinem Individualismus und Egoismus beruht, eine einigende Kraft ausmachen lässt, die einen Konsensus herbeiführen oder zu einem Ausweg führen könnte.» Und auf die Frage, was dann komme: «Es gibt die Apokalypse und das Ende … Es gibt niemanden mehr, der das regeln oder in den Griff bekommen kann. Das zeigen doch alle Versuche.» Und dann über sich: «Ich hatte immer ein hohes Mass an Zuversicht, verbunden mit dem Wissen, ja dem Glauben an Fatalität und Melancholie.»

Ich habe eine neue Liebesbeziehung. Und zwar mit meiner neuen Pflanze, die eigentlich ein Baum ist, bei mir aber wohl eher Bonsai-Format behalten wird. Sie hat den eigenartigen Namen *Camatchili,* botanisch heisst sie *Pithecellobium dulce.* Sie erinnert in der Form auch ein bisschen an ein Bonsai-Bäumchen, mit lindengrünen Blättchen, die fast weiss werden und wie Blüten aussehen, ein fragiles Bäumchen zum Liebgewinnen.

Ich staune in die Pflanzen, ins Wasser, träume hin zum Horizont
und lande in Seattle, und ein Gedicht aus meiner Dichter-Phase vor
vierzig Jahren strömt durch meinen Kopf. *Träumereien.*

Gestern spazierten wir entlang der Strasse
Durchs Dorf, an Läden vorbei:
Gepflegte Häuser aus Holz.
Die Treppe hinauf den Hügel,
Unten ein kleiner Brunnen.
– Renaissance! –
*

Den Hügel hinauf mit dem Wind
Vom Meer,
Die Brise und der Geruch –
Die Bäume rauschen
Und jeder erzählt etwas,
Die Birke, die Pappel,
All die Blätter für sich
Und zusammen.
Und ich lebe und sie lebt
Und wir gehen zusammen
Zum Kirchlein,
Durch die rote Tür,
Auf leisen Sohlen.
Schweigen –
Entfernter Wind.
Der Geist ist hier.
*

Und ich merke:
Das Leben ist ein Traum
Und wenn ich träume lebe ich!
*

Ich lebe am Abend,
beim Dunkel
Im Wind
Ohne Worte,
Die Treppe hinunter,
Wohin?

Sandro schrieb mir am Montag: «People must try to be sensitive of other's feelings, coz not evry1 s strong enuf 2 endure pain, after all, there s no anestesia 4 a BROKEN heart.» Das sass.

Das Meer frisst den Strand weg. Unaufhörlich.

Ricardo – endlich. Und wie er ausschaut! Eine Freude. Seine Mutter ist in einem Altersheim, er wird immer mal wieder nach Frankreich reisen müssen. Jetzt ist er hier, mit kurzgeschorenen Haaren, er hat ein bisschen an Gewicht zugelegt, und er strahlt wieder. Der Grund vielleicht auch: Er malt wieder. Keine grossen symbolischen Sachen mehr, wie er mir zeigt. Gesichter, oft Karikaturen von – wie es mir scheint – Ausserirdischen, die sich hier auf der Welt machtvoll eingenistet haben. In Öl, Pastell, mit Bleistift, gesprayt. Schaurig schön. Philippinische Politiker, globale Finanzhaie, schleimige Bischöfe. Und er hat Pläne: weg von Manila, wo er, wie er sagt, erstickt. Bacolod. Toll!, rufe ich, ich kenne dort einige Künstler. Ein Grund mehr, immer mal wieder nach Bacolod auf der Insel Negros zu reisen.

Geisternacht. Der Wind zerrt an Holz und Blech, die Katzenmutter jammert weiter um ihr getötetes Kleines und zerrt an meinem letzten Nerv. Ich stehe um 4 Uhr auf, trinke Kaffee, rauche und beginne zu schreiben. Und jetzt bin ich todmüde und traurig, wenn ich an Sandro denke. Misstrauen flackert wieder auf. Ich mag nicht mehr. Ach, armer Ich ...

Sandro textete mir. «I lov3 u not for your money. i think 4 myself i stupid boy. 4 u.» Nun mal wieder diese Seite ...

Es windet, es will gar nicht mehr aufhören. Es ist kühl, sehr oft grau, und das seit geraumer Zeit, genauer: seit etwa Ende Dezember, also seit etwa fünf Wochen. Und es stört mich. Weniger psychologisch, aber körperlich. Ich habe wieder einmal so eine Art Rheuma, mit Schmerzen, die sich von der linken Schulter herzwärts ziehen, unangenehm, ein ziehender Schmerz. Verkrampfungen auch im Halsbereich und im Kreuz. Alles zusammen vielleicht halt doch auch seelischer Natur? Therapeuten fragen. In Australien kündigen sie den stärksten Wirbelsturm an, den es dort je gab, mit Geschwindigkeiten bis zu 300 km/h! Und das in Queensland, wo sie sowieso noch unter den verheerenden Nachwirkungen der Überschwemmungen vom Januar leiden.

Lange Träume, wild, wirr, eigenartig. In einer Szene war ich irgendwo an einem geheimnisvollen Ort, höhlenartig, ich freute mich, mal alleine zu sein, Ruhe, inneres Sammeln, und ich folgte den gewundenen engen Wegen. Plötzlich sassen da drei Figuren, starr in einer Nische, und eine stand auf, eine Frau, schwarzes Haar, Hexengesicht, und sie sagte, sie wolle mit mir schlafen, sie duldete keine Widerrede. Wir umschlangen einander, ich konnte sie mit der Zeit irgendwie ablenken, sie verstand, dass wir aufhören mussten. Später schlossen wir die Tore dieser Höhle.

Ein herrlicher Morgen. Ebbe, der Strand weitet sich schier unendlich aus, das Meer liegt wie hingegossen dahinter, kein Lüftchen, feiner Dunst an den Bergen auf der Nachbarinsel Panay.

Meine Bücher auf dem Nachttischchen. Wieder einmal ein anregendes Durcheinander: Zurzeit lese ich vor allem Valerio Varesis *Nebelfluss*. Er hat eine altmodische Melancholie, der Commissario Soneri, mit seiner geilen, emanzipierten Anwältin Angela. Herrlich! Dann Nietzsche *(Jenseits von Gut und Böse)*, Robert Walser *(Fritz Kochers Aufsätze)*, Erzählungen von Glauser *(Mattos Puppentheater)*, Ross Macdonald *(Der Drahtzieher)*, Don Delillo *(Der Omega-Punkt)*, Michail Bulgakow *(Der Meister und Margarita)*, Hans Saner *(Anarchie der Stille)*, Kerouac *(Tristessa)*, William Faulkner *(Der Springer greift an)*. Einige der Bücher warten geduldig.

Valentines Day. Und eine schöne Überraschung am Morgen. «God morning happy valentines day 2 u. I hope your ok and take care always I lOv3 u.» Von Sandro.

«Aus den Trümmern des Sowjetstaates ist eine hypermoderne Ökonomie entstanden, ein mafiöser Anarchokapitalismus, der heute auf den gesamten Westen übergreift. ... Vieles weist darauf hin ... dass der russische Anarchokapitalismus den westlichen Kapitalismus überflügeln wird.» (John Gray)

Irgendwo gelesen: «Im Mittelalter versuchten die Alchemisten, Gold zu produzieren. Im digitalen Zeitalter ist der Verstand dran.»

In der *NZZ-online* gelesen: «Weil Demokratie für uns etwas Gutes ist, sind wir geneigt, zu glauben, alles, was gut ist, müsse auch demokratisch sein.» (Wirtschafts- u. Politikwissenschaftler Mark Lilla)

Woher kommt eigentlich das Wort Hoffnung? Im Duden steht bei hoffen: «… ist vielleicht mit der Wortgruppe von hüfen verwandt und würde dann ursprünglich etwa [vor Erwartung] zappeln, aufgeregt umherhüpfen, bedeutet haben.» Für Ambrose Bierce ist sie «die Verquickung von Wunsch und Erwartung.» Für mich ist Hoffnung eher der verzweifelte Tanz vor dem eigenen Schicksal.

Das Leben ist eine Skizze und wir Menschen sind Entwürfe. Vielleicht wollen wir deshalb um jeden Preis der Nachwelt etwas hinterlassen? Bilder, Bauwerke, neue Blumenzüchtungen …

Und später auf die Gasse, oder den Sandweg, Discos. *Bambooze-Disco,* über eine enge metallene Wendeltreppe in den ersten Stock; primitiv, laut, rauchig, mit den vielen, vielen und alles jungen Menschen und den unglaublich hübschen Typen (zumindest im dusteren Licht), die du fast alle abschleppen könntest. Unglaublich. Auch immer wieder, wie die einem sehen, den doch schon *older man,* fast schon ein *lolo* (Grossvater), aber wie man die Älteren anders aufnimmt, wohl auch wahrnimmt. Angenehm für mich. Ein Jungbrunnen geradezu.

Die Verkäufer – es wird einem viel angeboten, zum Beispiel: Uhren, Schmuck, Perlen, Sonnenbrillen, Holzreliefs mit Heiligenmotiven, Zeitungen, Früchte, Fische, Massagen, Spiele aller Art, Boat Rides …

Es ist weiterhin grau und kühl, ein verschmierter Himmel. Erstaunlich, diese Temperaturen Ende März! Immerhin hat der Wind momentan nachgelassen.

Gestern konnte ich es erneut nicht lassen und ging noch auf die Piste. Dem Strand entlang, und der Sound von all den Restaurants und

Bars und Clubs. Ich wollte Christian sehen, den Bruder von Sandro. Und sah ihn auch, ich hätte ihn fast nicht mehr erkannt, er ist fester geworden im Gesicht, sieht gesund aus, und er lachte wie ein scheues Kind, als er mich sah. Später setzte ich mich ein paar Kneipen weiter hin und bestellte ein Bier, und wer kam da heraus: William! Jener Bodybuilder-Typ aus vergangenen Tagen, der jetzt geschrumpft ist. Das heisst, er hat immer noch einen guten Körper, besser sogar jetzt, weniger aufgeblasen. Ich sagte ihm, dass ich eine Massage brauche, und er war sofort einverstanden. Bei mir wollte er an den Computer: *Carving* schauen, also wie man Früchte und Gemüse schön zuschneidet, in Muster und Figuren. Er koche eben, sagte er, und er spricht gut englisch.

Roger de Paris, der wie ein Schatten umherschleicht. Er ist am Sterben, tippelt den Weg entlang wie seit Jahren, nur jetzt langsam, einen Fuss nach dem anderen auf den Boden, sandgelbe Haut, fahl, eingefallen, kaum mehr ansprechbar.

Eine Palme steht am Strand, genau auf der Grenze zwischen MR und dem Nachbarn JPs. Sie gehört zu deren Land, doch sie denken wohl, sie gehöre zum MR. Und so lassen sie die Kokosnüsse hängen. Braun und trocken sind sie, bald wird eine nach der anderen herunterfallen. Letzthin sass eine junge weisse Frau mit ihrem kleinen Kind darunter. Wir wollten sie darauf aufmerksam machen, doch sie schaute uns nur böse an, also liessen wir sie. Oft sitzen Leute im Schatten der Palme, und niemand schaut hinauf. Das wird dann später Schicksal genannt, obwohl man ja nur einen Blick nach oben werfen müsste ...

«Die alte Normierung der Gesellschaft hebt sich auf, und an ihre Stelle tritt keine neue Normierung, sondern eine Inflation der Wirklichkeiten, das Nebeneinander von falsch und richtig, die friedliche Koexistenz von Widersprüchen. Es bilden sich Gruppen und Zustände, es entstehen Stimmungen und Überzeugungen, die kurz darauf schon wieder zerfallen, um sich neu zu konfigurieren. Wir erleben in unserer Gegenwart nicht das Ende der einen und den Beginn einer anderen Normalität, sondern das Ende von Normalität. Die Gesellschaft wechselt ihren Aggregatzustand von fest auf flüchtig.» (Aus: *Spiegel*)

Mitte April: Das Meer immer noch so kalt wie im Februar, und bisher sozusagen keine Algen. Es ist erstaunlich!

Später lag ich in der Hängematte und hörte dem Bambus zu. Wenn der Wind in die Stämme weht, geben sie eigenartige Geräusche von sich. Eines ist besonders auffällig, es ist ein feines Quietschen oder Stöhnen in hohen Tönen, der Geist des Bambus vielleicht.

In der Zeitung las ich, dass ein 102-jähriger Japaner sich umgebracht hat, weil er von seinem Haus umgesiedelt werden sollte, wegen der Radioaktivität von Fukushima.

Ein ebenso eindrücklicher wie eigenartiger, aus einer anderen Welt stammender Satz (vom Lyriker Peter Huchel): «Gedenke meiner, flüstert der Staub.» Und wer sagte dazu noch «wenn du mich vom Tisch wischst?» Er passt zu meinem Zustand.

Lastwagen-Karawanen auf dem Strandweg. Sie bringen tonnenweise Lautsprecher und anderes Gerät für möglichst viel Lärm. Abends ein nicht abbrechender Strom: Menschen, Menschen, Menschen.

Nach all dem Lärm am Gründonnerstag dann das Wunder: Den ganzen Tag und Abend gab's keine Musik. KEINE MUSIK!!! Es war so unglaublich und herrlich, da am Strand zu sitzen, die sanften Wellen am Strand zu hören, mit Freunden aus Manila Appetizers essen, Weisswein trinken, plaudern, zum Geräusch des Meeres.

Träume, wirr. Irgendwo eine grosse Einladung, teils Altbekannte, ich war auch beim Organisieren beteiligt. Überall immer wieder ganz neue Gruppierungen, der Ort unklar, wohl draussen, ich lag mal bequem seitlich auf dem Boden, die linke Hand in den Nacken gestützt, und um mich herum etwa fünf Frauen, die es alle auf mich abgesehen hatten, es wurde mir fast zu viel. Dann wieder irgendwo in den Bergen, asiatisches Hochland gemischt mit Emmental, Natur pur, aber eben Hochebene, karg, gleichzeitig fruchtbar, wunderschön. Dann wieder auf einem Lieferwagen, hinten auf der Brücke, mit Menschen, die ich nicht kannte, vollgepfercht, in eine Stadt fuhren wir ein, da war alles neu, sie bestand scheinbar nur aus Strassen.

Und bei einigen musste man aufpassen, da der Beton in den Kurven nachgab, leicht elastisch war. Dann war ich in einem riesigen Raum, wollte wieder gehen (wohin?), doch ich fand meine Schuhe nicht. Überall standen so eine Art Schuhe, teils museale, teils eher Pantoffeln, ohne Bändel, ich fand nichts. Schluss.

Gestern nacht am Strand Wetterleuchten, aber nicht, wie ich das in Erinnerung hatte, rötlich, romantisch. Dieses Mal war es wie LED-Licht, taghell und grell, satte Blitze, teilweise riesige Lichter, wie ein himmlisches Stroboskop.

Juli. Ich lese am frühen Morgen online Zeitungen. Vom Abhörskandal in England, wo der oberste Polizist von Scotland Yard, ein Sir Sowieso, wegen Bestechung zurücktreten muss, wo die oberste Chefredakteurin des Zeitungsimperiums der Murdok-Gruppe verhaftet wird. Und in Syrien knallen die Soldaten weiterhin Aufständische ab, dutzendweise. In Bahrein zieht sich die Opposition von den Gesprächen zurück, in Afghanistan ermorden sie einen zweiten Vertrauten des Präsidenten Karsai, in Tripolis wird bombardiert, Putin kriegt den Quadriga-Kreis nun doch nicht und Brasilien verschiesst fünf Elfmeter bei der Copa d'America oder wie die heisst. Und danach, bei einer Zigarettenpause, im *Spiegel,* geht's um einen Wasser-Sommelier, der empfindet das reine Regenwasser aus Tasmanien butterig, er kennt Wasser-Geschichten aus der ganzen Welt, in Hamburg stellt er seine Wässerchen vor, und es gibt auch energetisches Wasser, das der Hund einer Bekannten so möge. Die Welt ist schon erstaunlich, oder besser: die Menschen.

Als ich in der Schweiz war, starb Sandros Vater. Ein Lastwagen rammte sein Moto-Tricycle, er verblutete später im Spital, Sandro sass neben ihm, ohne helfen zu können.

Ein Schweizer, Besitzer eines Resorts, hatte mit einer Angestellten im Haus seiner Ehefrau gevögelt und sei vom achtzehnjährigen Sohn zufälligerweise entdeckt worden sein. Unglaublich, aber anscheinend wahr! Er muss wegziehen ...

Toleranz hat heute immer ein Aber davor. Oder mehr noch, mit dem Pop-Philosophen Slavoj Zizek gesagt: «Meine Theorie besagt, dass das, was wir heute Toleranz nennen, eine Erscheinung ihres exakten Gegenteils ist. Toleranz bedeutet: Belästige mich nicht. Und belästige mich nicht bedeutet: Komm mir nicht zu nahe. Was wiederum ganz exakt bedeutet: Ich toleriere nicht deine Anwesenheit.» (In: *Spiegel*)

Wie kommt Arvin plötzlich in meinen Kopf? Ein lieber Kerl, er wollte arbeiten und ich unterstützte ihn bei einer kleinen Spezialausbildung als Automechaniker. Er lud mich mal zu sich nach Hause in Manila ein, zu seinen Eltern, irgendwo hinter den *Smoky Mountains,* ich fuhr mit dem Taxi, es kam mir vor wie eine stundenlange Fahrt durch die Hölle. Sie wohnten an einem Fluss, einer Kloake eher, und es stank fürchterlich. Um den Gestank überhaupt auszuhalten, trank ich schnell ein paar Bier, die sie mit ihrem kümmerlichen Geld gekauft hatten. Es gab Krabben und Krevetten, alles Luxus, alles für mich. Abends zuhause im Hotel warf ich die Kleider in den Abfall, es stank immer noch alles bestialisch.

«Weil Information zum grössten Geschäft der Welt wird, wissen die Datenbanken mehr über einzelne Menschen als sie selbst. Je mehr die Datenbanken über jeden Einzelnen von uns aufzeichnen, desto weniger existieren wir. ... Indem wir unsere westliche Technologie beschleunigen, wird unser Denken immer fernöstlicher. ... Wir betrachten die Gegenwart im Rückspiegel. Wir marschieren rückwärts in die Zukunft. ... Das Problem der neuen Politik ist es, das richtige Image zu finden. Die Jagd nach Images ist das neue Ding, und die Politik selbst spielt keine Rolle mehr. ... Werbung ist die Höhlenmalerei des 20. Jahrhunderts.» (Marshall McLuhan, 1970, also vor über 40 Jahren in *Das Orakel von Toronto*)

Es hat auch jetzt im August, in der Regenzeit, viele Touristen, die Chinesen kommen! Sie lösen die Koreaner ab, von denen zwar auch immer noch zur Genüge auf der Insel sind, doch die Chinesen sind bald die Nummer 1 in den *Arrivals*.

Gestern in der Zeitung: Eine grosse Investitionsgesellschaft will neue Hotels bauen, ein ganzes Dorf mit Gesundheitszentrum, Freizeitver-

gnügen, Kinderhorts usw. Boracay *Newcoast* heisst das Projekt, das
vierzehn Prozent (also ein Siebtel) der Insel, den ganzen östlichen Teil
hinter dem Golfplatz Richtung Nordende umfassen und den Tourismus damit bis etwa 2020 verdoppeln soll.

Wie viele touristische Vertreter ihrer jeweiligen Nationen wohl schon
hier gewesen sind? Fünfzig? Mehr? Viele waren und sind es sicher.
Laut sind die meisten. Man spricht nicht deutsch, man spricht so
ziemlich alles. Englisch, deutsch auch, ja, schweizerdeutsch, fran-
zösisch, portugiesisch, rumänisch, russisch, japanisch, mandarin,
italienisch, spanisch, lettisch, afrikanische Dialekte usw. Die Insel
zu Babel.

Die Faszination auch des Altwerdens: das Erkennen. Man bleibt in
gewissen Strukturen immer derselbe. Man kann an sich arbeiten,
doch über den berühmten eigenen Schatten kann man letztlich nicht
springen. Gen, Erziehung, Schicksal, was immer. Natürlich finden
die Wissenschaftler immer Neues, doch im Wesentlichen geht es ja
darum, dass das Individuum – nach welchen familiären, staatlichen
oder sonstwie ideologischen Regeln auch erzogen – ein einzigartiges
Wesen bleibt, in sich gefangen – oder befreit. Der «westlich-zivili-
sierte» Mensch ist entweder gläubig oder *scheinbar* aufgeschlossen
humanistisch oder wissenschaftlich verbrämt. Aber das Instinktive,
Tierische, Anarchische, Archaische will er in sich nicht anerkennen oder akzeptieren. Er ist entweder Dummkopf oder Heuchler.
Das wird sich noch verheerend auf unsere Gesellschaft auswirken,
da bin ich überzeugt. Und auf alle, die sich dem anschliessen, die
Neureichen in Afrika, Asien und sonstwo. Die dem Blödsinn hin-
terherrennen. Die nun ebenfalls glauben, der Mensch könne alles
beherrschen. In einer Zeit, wo Technik immer mehr *scheinbar* alles
möglich macht.

Es regnet, es schüttet. Jetzt, gegen Abend, es ist fast schon Nacht.
Ich las im Buch eines Südkoreaners, der in Deutschland studierte,
ein Philosoph mit Namen Byung-Chul Han, das Buch (es ist eher
ein Büchlein von 60 Seiten, aber sehr kompakt), *Die Müdigkeits-
gesellschaft.* Schwierig, Konzentration ist erforderlich. Da steht zum
Beispiel: «Das beginnende 21. Jahrhundert ist, pathologisch gesehen,

weder bakteriell noch viral, sondern neuronal bestimmt. Neuronale Erkrankungen wie Depression, Aufmerksamkeitsdefizit-Hyperaktivitätssyndrom (ADHS), Borderline-Persönlichkeitsstörung (BPS) oder Burnout-Syndrom (BS) bestimmen die pathologische Landschaft des beginnenden 21. Jahrhunderts.»

In der *NZZ (Neue Zürcher Zeitung)* der Abschnitt eines Artikels, der den Titel trug «Zu schön, um nicht ein bisschen wahr zu sein», von Samuel Herzog, über die Yokohama-Triennale in Japan. Der fing so an: «In Zimmer 1072 auf dem 9. Stockwerk eines asiatischen Business-Hotels kommt es öfters als sonst vor, dass wir mitten in der Nacht aufwachen und uns das Leben mit einem Mal unheimlich vorkommt. Nicht wegen der Klimaanlage, die in dem völlig schallisolierten Raum wie eine künstliche Lunge vor sich hin schnauft – und auch nicht wegen des Lichtscheins, der unter der Türe hindurch in den Raum fällt und in dem man die Schatten der Hausgeister tanzen sieht. In Zimmer 1072 ist alles derart anonym, stellt die Welt so keinerlei Anspruch an die Sinne, dass wir auf den Moment selbst zurückgeworfen werden, der uns dann als ein Abbild unseres Daseins erscheint. Es ist, als spürten wir am eigenen Leib, dass die Welt bloss ein Flüchtigkeitsfehler des Universums ist – und unser eigenes Leben nicht mehr als ein kurzes Aufwachen in einer ewigen traumlosen Nacht. Unheimlich genug.» Schön! Die Welt – ein Flüchtigkeitsfehler des Universums ...

Roger de Paris schieben sie im Rollstuhl vorbei. Ich denke, ich muss ihn besuchen, bevor er stirbt. Endlich tranken wir dann in seinem Restaurant ein Bier zusammen, er ein Panaché. Hinter der Brille schauen riesig grosse Augen, ich habe den Tod gesehen oder die Angst vor dem Tod. So kam es mir vor. Und doch, dann lächelt er wieder, nimmt es gelassen, mit Humor zwischendurch. Aber ja, die Schmerzattacken, immer wieder, und jetzt auch, nur einen Moment zuckt er zusammen, dann geht es wieder. Er schlürft ein thailändisches Süppchen. Und nun wartet er, weiss es, nimmt es hin, weil er ja nichts dagegen tun kann.

Wir verabreden uns im *Hamas,* einem Japan-Restaurant in der *D'Mall,* dem Zentrum der Insel mit all den Restaurants und Läden. Als das kalte Bier und der heisse Sake vor uns stehen, ergreifen wir das Miniglas und prosten uns zu (und verbrennen dabei fast die Finger), wir schauen einander an und beginnen wie auf Kommando loszuprusten. Die letzten Male sprachen wir nicht über eine unserer Leidenschaften: Jünglinge. Ach, sagt er jetzt, da war auch nicht mehr viel. Und ich fasse die Sandro-News zusammen. Es ist schon von Vorteil, die eigene Welt zu haben, sich selbst eben, das Schreiben, Malen, Freunde, manchmal gutes Essen.

Der liebe Gott liebt dich, und wenn nicht, bin ich noch da, singt Sven Regener auf einer CD von *Element of Crime*.

Daniel Keel, Gründer des Diogenes-Verlags, ist gestorben, schade, dieser Mensch hat mich tief beeindruckt! Ich las irgendwo von ihm den Satz: «Die Vernunft verfolgt mich, aber ich bin schneller.»

Sandro. Um halb vier kommt Sandro. Ich frage ihn, was er denn nun gekauft habe, für was ich ihm *nochmals* 6500 Pesos geben musste. Er lächelt und sagt: für einen Turbo seines *Töffs.* Und er hatte mir versprochen, es *nicht* für das Motorrad zu verwenden. Da war ich sofort eingeschnappt, und er drückt seine Zigarette aus, legt sich aufs Bett und schläft. Ich lege mich auch hin und schlafe anderthalb Stunden. Darauf setze ich mich auf die Terrasse und lese. Um sechs Uhr erwacht er. Wir schweigen uns an. Später gehen wir essen, ich sage, ich wolle noch ein, zwei Bier vorher. Also setzen wir uns ins koreanische Restaurant an der Plaza. Und beginnen zu trinken. Und reden. Und er beginnt zu sprudeln, zeigt mir einmal mehr, wie unfassbar er ist, wie komplex, wie chaotisch, und wie vielseitig in seinem Wesen. Er erzählt mir, dass er das Geld nicht für den Turbo gebraucht habe, sondern für Mutter und CJ. Er wollte nur meine Reaktion sehen. CJ hat dauernd entzündete Füsse, braucht Medizin, er gehorcht ihm nicht, dem älteren Bruder, läuft immer in den *Schläppli* rum und die Füsse entzünden sich von Neuem. Seine Mutter hat einen Kropf. Es sei jetzt besser, aber auch hier: Medizin, eine Tablette kostet 140 Pesos, alle zwei Tage muss sie eine nehmen. Das macht im Monat etwa 1200 Pesos. Er erzählt mir von Zuhause, wie er manchmal genug hat, weil er alles machen muss. Kochen, für den kleinen Bruder sorgen, putzen. Und sie wohnen jetzt zu acht im grossen Haus, und er und seine Mutter müssen alles bezahlen, Essen, Elektrizität etc. Das passe ihm nicht, doch er bleibe ruhig, aber er habe es wieder seiner Mutter gesagt. Dann reicht es ihm zwischendurch wieder und er haut ab, manchmal besoffen. Und seine Freunde vom Motorradclub seien wie eine Familie, er brauche das. Überhaupt, sein Motorrad ist ihm heilig. Und dann rast er manchmal besoffen nach Kalibo, nicht das erste Mal letzten Montag, auch schon mal von Ibajai, nachts, nach einem Fest, besoffen über den Berg, die engen Kurven, ohne Helm und mit nacktem Oberkörper und Slippers, 120 km/h, und alle würden sagen, er spinne. Was ja auch stimmt. Aber man kann ihn nicht bremsen. Dann sagt er wieder, vielleicht sterbe er vor mir. Er hat eine faszinierende und unheimliche Todessehnsucht. Dann möchte er wieder in Kalibo wohnen. Er erzählt wieder von einem Rennen in San José. Einen Tag lang ging das, circa 30 Rennen, er war dreimal dabei, gewann nur einmal. Und wettete. Nun hat er 18'000 Pesos Schulden. Wie er sie zurückbezahlen werde? Er weiss es nicht. Sein bester Freund hat ebenfalls Schulden, aber einen reichen Vater, der eine Apotheke, Fischpounds, Appartements und so weiter hat. Er sei sein Motorrad-Freund, ein anderer bester Freund ist sein Fahrer, mit diesen rede er aber nur über Motorräder und alles drumherum. Dessen Bruder sei sein Lehrer, er lerne viel in Sachen Motorrad reparieren, und er repariert bereits auch zuhause manchmal Töffs. Das solle er doch ausbauen, sage ich. Sandro: «Yes, may be.» Er will eine Schweissmaschine. Ich werde ihm eine kaufen. Denn er will auch Kunst machen, aus Metall, wie Tootsie, der ihm anscheinend grossen Eindruck gemacht hat, er redet immer wieder von *Tootsie* aus Bacolod, ein Junkie und talentierter Künstler. Gut so! Dann sei ja bald auch wieder Rennen, aber er werde nicht mehr wetten, sagt er. Verspricht es mir! Am Sonntag ist ein weiteres Rennen, er nimmt daran teil. In Numancha. Mitten auf der Hauptstrasse, sagt er. Ja, aber da sei doch der ganze Verkehr von Caticlan nach Kalibo? Ja, aber ein Rennen dauere ja nur etwa eine halbe Minute. Und da stoppe dann ein Polizist (!) den Verkehr. Verboten? Ja schon, aber das mache nichts, das gehe schon. Zwischendurch ist er immer wieder am texten. Dann ruft etwa dreimal seine Mutter an. Sie möge es nicht, wenn er mit mir sei, oder? Nein, nicht wirklich. Sie habe aber immer Angst um ihn, verständlich, als Mutter, mit solch einem Schlitzohr, einem solch lieben Wahnsinnigen, muss ich eigentlich sagen. Er hatte mir Eier gebracht, die seiner eigenen Hühner. Unterdessen, so sagt er mir mit einem gewissen Stolz, habe er 15 Hühner und etwa 30 Enten. Plus die kleinen Vögel plus Tauben plus Schweine ... Er liebt Tiere. Ja, er habe wirklich ein grosses Chaos im Kopf. Aber immerhin, denke ich, macht er etwas, viel! Hilft, bastelt, putzt, rast herum, spielt Basketball, kocht ... Er ist so Kind und so Grossmaul und intelligent und Legastheniker und und und. Ich sage ihm, dass die Familie viele Probleme habe und Christian wahrscheinlich der einzig Normale der Familie sei. Er lächelt nur müde und erzählt, wie sein Bruder Christian ihn beschuldigt habe nach dem Tod ihres Vaters, dass er schuld daran sei, er ihn habe sterben lassen! Dabei habe ich im Spital geholfen, sagt Sandro, und ich und noch jemand hätten Geld gegeben. Er sei dann so sauer geworden, und die beiden Brüder seien vor dem Sarg mit dem aufgebahrten Vater aufeinander losgegangen und hätten gekämpft. Er erzählt auch, dass er mit seinen Fäusten eine Kokosnuss spalten kann. Vielleicht stimmt das, ich weiss es nicht. Aber mit seiner geballten Energie kann ich mir das schon vorstellen. Und vielleicht ist es dies, was mich so fasziniert bei Sandro: Seine unglaubliche Energie! Und seine Verwandlungen. Seine vielen Gesichter (sei so vielgestaltig wie das Universum, sagte Fernando Pessoa einmal). Später gehen wir weiter, beide gut in Form. *Balut* kaufen, 5 Stück. Dann in die *Bambooze-Disco*. Das erste Mal gehen wir zusammen in eine Disco! Am Eingang stoppen sie ihn, denn er darf natürlich keine stinkenden Balut-Eier mit hineinnehmen. Wir trinken weiter. Er singt, weiss alle Songs, alle Worte. Das ist zwar nicht ungewöhnlich, aber er kennt eine weite Bandbreite an Liedern. Hip-Hop, Lovesongs, Disco. Wir gehen nach Hause, er schläft schon innerhalb von circa 12 Sekunden ein. Ich in 13.

Ich lese *Der Fremde* von Albert Camus. Welch ein grossartiges Buch. Auch unheimlich. Unheimlich in dem Sinn, dass sich da menschliche Abgründe auftun, aber keine reisserischen, eher das Gegenteil. Da lebt einer in Algerien, und ermordet einen Araber. Er lebt ausser sich, er beobachtet und nimmt das Leben auf, und das perlt gleichzeitig an ihm ab, auch wenn er es geniesst, zu baden, mit seiner Freundin Maria sich zu lieben, es passiert alles wie ausserhalb von ihm. Der Fremde eben. Und der Stil. Nüchtern, genau, und gleichzeitig wie durch einen Nebel oder besser: durch gleissendes Sonnenlicht geschildert, wie eine Fata Morgana. Und es spielt ja auch in Algerien, in einem Städtchen am Meer in der Hitze. Und Sätze! «Er hat ein Apfelgesicht.» Das stelle ich mir sofort vor. Oder: «Es roch nach Dunkelheit.» Und der trostlose Humor. Ich sehe mich als der Fremde.

In der *Basler Zeitung:* «In Rheinfelden gibt es 26 Coiffeursalons. Fleisch kann man im Städtchen aber künftig keines mehr kaufen.» (Es gibt keinen Metzger mehr.) So viel zum Narzissmus.

«Mit dem personalisierten Internet geht nicht nur unser partiell gemeinsames Weltbild zu Bruch, sondern auch diese demokratische Utopie. Der berechnete Mensch kann nicht mehr Bürger sein. Er ist Produkt einer Like-Diktatur *... Bis vor wenigen Jahren haben wir uns vor Maschinen gefürchtet, die den Menschen überflüssig machen würden, vor Replikanten, die unberechenbar sind. Aber es ist nicht die Unberechenbarkeit, die uns gefährlich wird. Es ist die Berechenbarkeit. Unsere eigene. Und sie kommt nicht laut und kämpferisch als Hardware daher. Sie kommt als Software, leise fliesst sie in unser Leben ein und macht es sich zu eigen.»* (Miriam Meckel, Professorin für Kommunikationsmanagement)

Endlich habe ich das lange gesuchte Zitat von C.G. Jung wieder gefunden: «Der Intellekt hat, in luziferischer Überhebung, sich des Sitzes, auf dem der Geist einst thronte, bemächtigt.»

F. ist tot. Meine grosse Amour fou. Wie alt war er? Vielleicht knapp 40. Wie er gestorben ist, weiss ich nicht. Wahrscheinlich zu viel Alkohol.

Horrorstory: P. erzählte, jemand habe ihm erzählt, dass in Manoc-Manoc am südlichen Ende der Insel zwei Kinderleichen in der Nähe des Friedhofs gefunden worden seien. Dem Mädchen seien die Augen ausgestochen worden, und es habe Geld im Mund gehabt. Dem Jungen sei die Niere rausgeschnitten worden. Und in Malay auf der andern Seite des Kanals, hätten sie fünf Männer verhaftet, die ein Auto hatten, das wie eine Arztpraxis eingerichtet gewesen sei! Horror auf Boracay?

In der *Balabar* rammte ich passend zu meinem Gemütszustand den dummen Stuhl in den Sand, leider hatte er ganz unten metallene Querverstrebungen, eine knallte auf meinen linken Fuss, und das Blut spritzte. Aber das merkte ich nicht, verspürte auch keinen Schmerz. Angela hielt mir die Wunde zu, ab zu Carlos, dem ich die Wohnung vollspritzte, dann in einem Gepäckwägelchen mit Totto und Angela in die *Lying-Clinic,* dort nähen. Und dem Arzt spritzte ich anscheinend auch noch Blut an seine Hose ... Kleiner Zeh gebrochen, aber das merkte ich erst eine Woche später.

Abfahrt in die Schweiz, Geburtstag unserer Mutter. Wohl ihr letzter.

Und zum Jahresende sage ich mit Francis Bacon: «Ich habe keine Moral zu predigen. Ich arbeite nur so nah an meinen Nerven, wie ich kann.»

Schon lange habe ich jeden Tag vor, dir zu schreiben. Und dann mag ich trotzdem nicht, weil es stockt und ich nicht jammern will. Ich hoffe, dass dein Kratzen im Hals bald ganz vorüber ist. Bei mir kratzt es momentan in der Seele – wieder einmal ... Müsste vielleicht die Therapie wechseln, nur: Gibt es da überhaupt eine? Wenn schon, wohl die Gelassenheit.

Letztes Jahr besuchten rund 900'000 Touristen die Insel. Davon mehr als die Hälfte Filipinos. Die Millionengrenze ist also ziemlich bald geknackt.

Seit letzter Woche gehe ich wieder ins (für meine Begriffe eiskalte) Wasser, denn meine Wunde ist endlich verheilt, ein roter Fleck ist geblieben, die Knochen sind fast zusammengewachsen, so das Röntgenbild, doch der Fuss ist weiterhin leicht geschwollen. Ich hoffe, das wird sich legen.

Ich trinke kaum Alkohol, Medizin Metronidazol. Antibiotika, die man auf der ganzen Welt gegen Amöben gibt, wie ich im Internet las. Amöben – eine eigenartige, unangenehm schleichende Krankheit. Ich merkte es zum Glück schnell. Antibiotika, Ruhe, aber gleichwohl arbeiten. Meine Schulter schmerzte in der Zeit natürlich auch besonders stark (habe ich seit November, wohl Muskelproblem, sagte mir eine Physiotherapeutin), zudem wieder einmal ein verstopftes Ohr. Ich hatte den Eindruck, ich falle auseinander. Es war wie auf einem schlechten Trip.

Gestern an der Bar. Zwei Russen, einer wie ein Bär, der andere ein schmales verschmitztes Klappergestell. Plötzlich beginnt der Grosse zu lachen, und er kann nicht aufhören. Lacht und lacht, hält die Hand vor den Mund, schreit vor Lachen, läuft rot an, und es hört nicht auf. Die Leute vom *staff*, neugierig wie immer, schauen von der Küche her, was denn los ist, die Serviertöchter, Gäste, alle fangen ebenfalls an zu kichern und lachen. Auch ich habe Tränen und Bauchweh. Und es hört nicht auf, das ganze Restaurant lacht, wie in einer Theaterszene, herrlich! Spontane Lachtherapie.

Dauernd sind irgendwo irgendwelche Kanalisationsröhren verstopft und müssen mit den grossen Kanisterlastwagen ausgepumpt werden. Eine stinkende Brühe.

Ich habe heute am 1. April in *Time* einen Artikel gelesen, dieser ist leider kein Aprilscherz. Von Fareed Zakaraia. Titel: *Die Inhaftierungsnation.* Der Drogenkrieg habe dazu geführt, Millionen Amerikaner ins Gefängnis zu werfen. In den USA, schreibt er, gibt es 760 Häftlinge pro 100'000 Menschen. Das ist im Vergleich zu Brasilien (242) fast das Vierfache und Weltrekord. Und das vor allem wegen der Drogendelinquenten. Mit der Privatisierung vieler Gefängnisse entstand auch eine Lobby und so weiter und so fort. Und dann schreibt er gegen Schluss: Teilweise als Resultat ist das für Gefängnisse ausgegebene Geld sechs Mal höher als das für das Schulsystem. Ein Collegestudent kostet den Staat $ 8667 per Jahr, für einen Häftling beläuft es sich auf $ 45'006 im Jahr. Es ist schon ein Irrsinn, die Welt.

In *Lettre International,* Frühjahr 2012, der Artikel von Marcel Hénaff, *Menschen und Schulden.* Er beginnt im Altertum und kommt auf der letzten Seite gewissermassen zur Apotheose: «Die Finanzspekulation importiert die Zukunft in die Gegenwart und beutet sie in der Gegenwart aus. Ihr Ziel ist es, uns heute etwas geniessen zu lassen, was wir nie bezahlen werden. Eben deshalb müssen die Schulden unentwegt übertragen, das heisst aufgeschoben werden. Wir treten in eine Zeit der insolventen Menschheit ein. Dieses neue Finanzwesen hat die Ewigkeit in der Endlichkeit der Zeit erfunden.»

Dieser Dreck überall. Boracay ist wohl der schmutzigste Ort, den ich auf den Philippinen kenne, ausser den Slums der Städte. Niemand achtet sich. Kaum bewegt man sich auf Nebenwegen, stinkt es, Abfall türmt sich, vor den billigen Hotels liegen massenweise leere Flaschen, Konserven, Plastik herum. Eine Schande.

Sandro in der Krise, einmal mehr. Streit, mit mir zuerst, dann zuhause, wo er auszog, dann drei bis vier Tage durchsaufen, danach am Mittwoch gewinnt er den Basketballfinal in seinem Viertel Budyot, danach weitersaufen: I'm drunk my dear, liess er mich gestern wissen. Mit achtzehn sagte er, Tattoos finde er schrecklich, heute ist er vollgestochen mit irgendwelchen Zeichnungen und Zeichen. Und seinem Geburtstagsdatum.

«Wir sehen die Dinge nicht, wie sie sind, sondern wie wir sind.»
(Georg Stefan Troller)

Die älteste Frau, die Amerikanerin Besse Cooper, starb am Dienstag mit 116. Ihr Geheimnis: Sie habe sich nie um die Angelegenheiten anderer gekümmert und nie Junk-Food gegessen.

Samstagnacht jagdmässig am Strand spazieren und spionieren.

Zum Jahresende stosse ich an auf einen Satz aus André Gides *Nourriture terrestre,* das ich jetzt wieder nach vielen vielen Jahren letztmals gelesen habe: «Ich habe mich zum Strolch gemacht, um alles streifen zu können, was herumstrolcht; ich habe eine zärtliche Neigung für alles, was nicht weiss, wo sich wärmen, und ich habe alles leidenschaftlich geliebt, was durch die Lande streicht.»

Algen seit drei Wochen. Niemand, den ich frage, kann sich erinnern, dass sie zu dieser Jahreszeit je schon hier gewesen waren, normalerweise kommen sie vereinzelt so ab Ende Februar. Und jetzt seit Anfang Jahr! Algen sind seit je ein Dauerthema. Warum es sie hat, wann sie kommen usw. Verschmutzung ist ein angegebener Hauptgrund, der aber nicht stimmt, denn Algen hat es seit dreissig Jahren, alte Inselbewohner bestätigen das. Warum sie allerdings mal früher und mal später kommen, weiss niemand wirklich. Immerhin: Diskussionsstoff für den Stammtisch.

Ein herrlicher Sonnentag. Blau, alle erdenklichen Arten von Wolkengebilden. Ich schliff das Messer. Las einige Zeilen in Sloterdijks Buch: «Mit ein wenig Schlamperei fängt die Beseelung an.» Als Leitlinie in Sachen Sandro könnte der Satz aus Houellebecqs Buch *Ich habe einen Traum* dienen: «Man kann sein Leben nicht völlig umstülpen. Nur die Amerikaner glauben das.» Nun, mein Lieber: Was folgerst du daraus?

Wie geht's? Danke. Hier regnet es, es ist faules Wetter, ich gleiche mich dem Wetter an und lese mit grösstem Vergnügen in Sloterdijks Buch *Zeilen und Tage*. Heute etwa dies: «Der Philosoph, was kann er für den Menschen in der Beklemmung tun? Nicht mehr als die Sicht wieder so offenzulegen, wie sie in der Savanne gegeben wäre. Das ist nicht wenig, zudem nicht immer willkommen, da viele lieber in ihren Tunnels bleiben. Im besten Fall weicht dank philosophischer Intervention die eingeübte Beengung zurück, der Horizont liegt wieder offen da. Das unbehinderte Hinausschauenkönnen nennt man Gelassenheit – ein paradoxer Wert, weil mit ihm das anfangs Selbstverständliche als spätes Ergebnis angepriesen wird. Bleibt der Horizont auch nach der philosophischen Bereinigung umzingelt, sitzt der Mensch in der Falle.»

Ich habe schon eine seltsame Beziehung zum Leben, je länger desto klarer realisiere ich das. Es ist nicht Lebensmüdigkeit, doch eine neugierige Gleichgültigkeit – klingt nach Widerspruch, oder? Und ich denke, dass es gar nicht schaden kann, «mit Kraft ausserhalb zu stehen», wie ich letzthin gelesen habe. Oder mit Peter Sloterdijk: «Hiermit trete ich aus der gewöhnlichen Realität aus.» Könnte ich mir zum Motto machen.

Ich will mich nicht beklagen. Wie könnte ich, denke ich immer wieder, wenn ich die Menschen hier sehe. Die Armut, nicht jämmerlich, aber eben: arm. Sie müssen bei jedem Peso überlegen, ob sie ihn ausgeben können. Moto-Tricycle fahren oder zu Fuss gehen? Dies und jenes kaufen oder nicht? Dann hat ein Kind ein Problem, man muss zum Arzt, und schon wieder muss man Schulden machen. Schlimm! Und natürlich werde dann immer wieder mal ich gefragt. Der auch gerne hilft, zumindest den Frauen, die mit dem Geld besser umgehen können.

Gestern mit H. spaziert, der in China als technischer Berater arbeitet, abends dann ein kurzes Gespräch über Vibration und Magnetismus. In Brasilien gehört die *vibração* zum Alltag. Achon eine unabsichtliche Berührung im Bus kann einen Streit auslösen, umgekehrt löst manchmal ein Blick Vibrationen aus, die sich im Bauch bemerkbar machen. Ja, sagt er, das sei doch ganz natürlich, denn jedes Atom schwinge, und wir bestehen aus Atomen. Vibração eben.

Ja, das Leben – ich bin froh, überhaupt noch am Leben zu sein. Ich hatte schon einige spezielle Erfahrungen mit Burschen, doch immer harmlos. Hier kann man ja fast alles haben, wenn man will. Die sehen auch das Alter total anders. Es geht auch meistens nicht vor allem ums Geld. Und oft, wenn ich auf Sandro sauer war, ging ich saufen, und zum Schluss angelte ich mir einen Jüngling, irgendwo. Frust pur. Und nie hatte ich wirklich Probleme, weil ich dachte, ich habe einen guten Blick, sogar im benebelten Zustand. Doch jenen einen Burschen schaute ich anscheinend zu wenig genau an. Jedenfalls wollte er mich massieren, «price it's up to you», was ich sonst sowieso nicht machte. Und plötzlich rastete der aus, als er 3000 Pesos wollte und ich nein sagte, 2000. Und dann ging alles blitzschnell, und er stand plötzlich mit meinem (besten und sehr scharfen) Küchenmesser vor mir. Ich lag auf dem Bett und wurde zuerst mal sauer und wehrte ab, mit dem Resultat, dass das Messer mir zwischen Daumen und Zeigefinger tief ins Fleisch schnitt. Dann war das Messer an meiner

Gurgel und seine Augen blitzten irre. (Er war wohl, wie ich später merkte, auf Shabu, also Amphetamin.) Irgendwie konnte ich ihn beruhigen, auch weil es mir – wie ich es ihm sogar sagte – eigentlich egal sei, wenn er mich kille. Und so gab ich ihm die 3000 Pesos und er verschwand. Inklusive meinem Cellphone ... Und seither hat sich einiges geändert. Ich merkte, dass ich sehr viel Glück hatte und verstand das als deutliches Zeichen. Ich erzählte jene Trotzreaktion mit glimpflichem Ausgang am andern Morgen Sandro, als er auch wieder zurückkam (denn er war ja der Auslöser), und er begann einfach still zu weinen und umarmte mich fest.

Heute (Nacht) sind es drei Wochen her, seit ich mit meinem Küchenmesser attackiert wurde vom glatzköpfigen Irren mit seinen blitzenden Augen. Seither ist mir der nächtliche Kontakt mit Jungs vergangen.

Las einen Artikel über neue Urknall- und andere Theorien zur Entstehung des Universums. Und ich dachte: Kosmologen und Theologen haben zumindest eines gemeinsam: Erstere wollen den Ursprung des Universums beweisen, die andern die Existenz Gottes. Beide sind davon überzeugt, dass man das Unmögliche auch wirklich kann. Es ist schon erstaunlich!

Ricardo ist umgezogen und lebt nun in Bacolod. Er sagt, er fühlt sich wohl. Muss er ja wohl, zuerst einmal. Er ist auch ein unruhiger Geist mit einem wirbligen Temperament. Er hat bereits Leute kennengelernt, eine kleine Wohnung mit Atelier am Stadtrand, wo es ruhiger ist. Wir bummeln bei seinem Boracay-Besuch und schauen und kichern wie zwei kleine Kinder, wenn wir jemanden entdeckt haben, ohne gleich fiebrig zu werden, einfach schauen und den Anblick schöner Menschen geniessen. Geht ja auch ...

«Ich hatte unzählige Verlobte, heiraten wollte ich aber nie. Wenn ich mit einem zusammen war, schaute ich mich gleich nach dem nächsten um, das war immer so. Man könnte meinen, ich hätte den Männern nicht über den Weg getraut. Aber ich hatte einfach Spass mit ihnen.» Nein, das stammt nicht von mir, sondern von *Cesária Évora*, der bezaubernden kapverdischen Sängerin.

Ein Freund aus der Schweiz machte mich auf *flirt4free.com* aufmerksam. Eine Website mit Online-Girls und -Jungs und nicht mehr so jungen, die sich mit Foto präsentieren, dazu ein paar Angaben zu sich selber. Viele, sehr viele kommen aus Kolumbien (wo das Schutzalter bei 14 ist und schwule Männer die fast gleichen Rechte haben wie Ehepaare). Sie setzen/stellen sich in Pose, manchmal rührend, dann aufgeilend, scheu, man sieht in den Fotos bereits so viel. Verhärmt teils bereits mit 20. Und dann die Live-Shows. Oft in schäbigen Zimmerchen, ich stelle sie mir vor, wie sie sich, irgendwo in Medellin oder Cali, mit primitivsten Mitteln ein Studio gebastelt haben, und nun zeigt man sich. Kunden können alles haben, aber virtuell, denn es geht ja nur übers Internet. Manche in Macho-Manier, doch sie geben an, schwul zu sein, manche schreiben, sie seien «b-curious». Die Kunden schreiben ihre Kommentare: «hi bb, how are you? You came today?» – «I wannas love you» – «ready for pvt soon» – «how big» – «you do anal in private?» – «you are ready bb?» – «Im so horned up» – «... beautiful body bb» – «hmm fucking hot». Oder dass sie spritzen wollen, dass sie sich verliebt haben usw. Virtueller Sex-Zirkus.

«Der hedonistische Individualismus in seiner Reinform bringt das Gesetz des Dschungels hervor.» (Houellebecq)

Ich fragte mich beim Sonnenuntergang wieder einmal, als das eindringlich laute Zikaden-Gezirpe losging, wann die eigentlich zirpen und wann nicht. Selten in den letzten Jahren, doch diesen Sommer plötzlich wieder alle paar Tage. Nur: an welchen Tagen und zu welchen Tageszeiten? Was bewegt sie dazu, zu zirpen bzw. nicht zu zirpen? Das sind so Fragen, die zwar nicht das Leben ausmachen, aber mich halt auch faszinieren.

«Es geht nicht darum, zu erforschen, warum Menschen glücklich sind, sondern weshalb sie leiden. Es ist viel wichtiger, dass wir das Leid bekämpfen, denn Leid lässt sich im Gegensatz zu Glück sehr gut messen. Glück hingegen ist ein äusserst widersprüchliches Konzept. Ich unterscheide zwischen Zufriedenheit mit dem Leben und emotionalen Erinnerungen. Diese Beziehung ist sehr komplex und führt zu grossen Missverständnissen. Verwenden wir daher unsere Zeit dazu, das Leid zu beschränken.» (Daniel Kahneman, Verhaltensforscher) Laut einem Zeitungsartikel gibt es alleine in und um Seoul rund 300 Schönheitskliniken, doppelt so viele Selbstmorde wie etwa in Deutschland, und das Tragen von Miniröcken sei seit Kurzem reglementiert. – Heute ist der längste Tag. Hier macht das etwa anderthalb Stunden zum kürzesten aus. – Eine Fliege macht sich an meinem Aschenbecher zu schaffen. Wohl eine Junkie-Fliege.

Sandro hat wieder gewettet (NBA) und wieder verloren. 2000 Pesos. «Stupid», schrieb ich ihm.

Was eigentlich ist die Gesellschaft? Laut Duden (Punkt 1.): «Gesamtheit der Menschen, die zusammen unter bestimmten politischen, wirtschaftlichen und sozialen Verhältnissen leben.» Peter Sloterdijk sagt es in *Zeilen und Tage* so: «Was man Gesellschaft nennt, ist die Summe interidiotischer Verhältnisse.»

«Man kann das Gedächtnis nicht trainieren?» – «Nein. Die Gedächtniskapazität lässt sich nicht erweitern. Das Gedächtnis ist kein Muskel. Ebenso wenig, wie es ein Archiv ist.» (Douwe Draaisma, Gedächtnisforscher, *Das Magazin*)

W. Somerset Maugham: «Ich kann mir keine angenehmere Einstellung zum Leben denken als eine humorvolle Resignation.»

Taifun *Haijan*, hier nannten sie ihn *Yolanda*, ist längst vorbei, die Zerstörung schrecklich. Wir hatten einfach enormes Glück auf Boracay, ein paar Kilometer entfernt, etwas weiter östlich, etwa in Buruanga, ist vieles zerstört, auch in den Provinzen Capiz und Antique sieht es teilweise ganz grauenhaft aus.

Heute (Donnerstag/Freitag), eine Woche nach dem Horrorsturm, haben wir weiterhin keinen Strom, kein Internet, ich behelfe mir mit einem USB-Stick, doch das tun viele hier, und so muss man sich die richtige Zeit aussuchen, damit man überhaupt ins Internet gelangen bzw. eine E-Mail schreiben/erhalten kann (Überlastung). Wie jetzt, 12.30 am. Der Sturm flaute hier vergangenen Freitag so um 6 pm ab, als die Nacht kam. Aber dann kam der Schock, wenn auch kein schlimmer. Doch einfach die Nerven, nach dem rund vierstündigen Brausen, dieser unsichtbaren Macht, die Dächer wegbläst und Bleche, Holzwände und so weiter durch die Luft wirbelt, und man weiss ja nie, was alles *noch* passieren *könnte.* Ich sass meist auf der Terrasse und schaute nach vorne ins Resort, ob noch alles steht. Viele Angestellte kamen hierher, teils mit den Kindern, sie kochten, die Männer spielten Karten, die Frauen tratschten. Niemand schien sich zu kümmern. Zwei Touristinnen aus Norwegen blieben im Zimmer, es waren zum Glück die einzigen Gäste. Strom, Telefon, Internet etc. funktionierten bald nicht mehr. Am Samstag begann auch hier das Aufräumen. Am Sonntag flogen erstaunlicherweise bereits wieder Flugzeuge nach Manila. Auf der Hauptinsel Panay gab es je nach Gegend enorme Schäden, viele Häuser (meist Holz-/Bambushütten) liegen flach, unzählige Bäume, Masten hat's geknickt. Aber auch dies ist vergleichsweise nichts gegen den Osten, wo der Sturm seinen Anfang nahm, mit den gigantischen Flutwellen, die eine ganze Stadt flach walzten.

Die internationalen Medien gaben wieder einmal Anschauungsunterricht in Sachen moderner Information. Die besteht nämlich weniger aus Information als vor allem aus emotionalisierenden Ausschnitten eines Geschehens. Und alle meldeten immer und immer von Neuem Schreckliches aus Tagloban (wo die Stadt mehr oder weniger verschwunden ist), aber wenig von der ganzen Provinz Leyte oder Samar und andern mehr, denn der Sturm hatte ganze Landstriche zerstört, doch da kam kaum etwas ins Bild.

Ein endlich mal wieder schönes Zusammensein mit Sandro ohne geringste Misstöne. Wir sassen draussen am Beach, tranken ein Bier und redeten. Gelöst. Dann assen wir, er Hungarian Sausage mit Rösti, ich Bratwurst mit Kartoffelsalat. Später gingen wir an die Bar, weil bei mir gleich nebenan der Generator lärmte. Er trank nun *Redhorse* und hatte schon den *Plauderi.* Redete wie ein klarer Wasserfall, es war erfrischend. Er hat zwei neue Wunden, eine stammt von einem heissen Brei, den seine Mutter verschüttet hatte, der zweite von einem Schnitt. Dafür braucht er eine Pflanze, deren Namen ich vergessen habe. Für die Brandwunde *Malunggay,* eine Wunderpflanze, die viele Leute auch täglich essen oder in die Suppe geben und die überall wächst, heilendes Unkraut. Dann gibt es einen hübschen Baum, der *Moringa* heisst. Die Blätter isst man, die Rinde zermanschte Sandro zu einem Brei, den er auf die Wunde schmierte. Und nach drei Tagen ist die schon sehr gut verheilt! Er erzählte von seinem Fahrrad, wie er manchmal über einen nahrhaften Berg nach Ibahay und gar Nabas fährt. Danach fährt er dann manchmal an den Strand und joggt, und am Abend spielt er Basketball. Er braucht das anscheinend. Gut! Doch dann säuft er wieder mit seinen Freunden (hier haben alle unzählige *friends*) eine Nacht durch und schläft danach einen Tag. Von seinen Spässchen mit seinem zehnjährigen Bruder CJ erzählte er, viel von seiner allgegenwärtigen und total wichtigsten Bezugsperson, seiner Mutter. Viel von seinen Vögeln, und wie sein kleiner Bruder CJ bereits seine eigenen Hühnerkäfige baut. Und und und. Später sagte er, er denke viel nach, lese alte SMS von mir, habe Angst, dass es mich nicht mehr gibt. Und dann gehen wir schlafen.

Krank – nein, kränklich, halbkrank. Vorgestern fürchterliche Gliederschmerzen, heute besser, vielleicht dank Pretuval. Ich schaue im Internet unter Gliederschmerzen und erhalte alle erschreckenden Infos, die mir fast zu viel sind. Inklusive, klar, Tumor. Ich schwitze wie eine Sau, gestern Nacht stundenlang (?) wach. Scheissen wie eine Geiss, am Morgen dann eine kurze Dünnschisslawine. Seither Ruhe, ein paar knappe Fürze. Extrem müde Augen, ich habe das Gefühl, sie seien riesig gross.

Genetische Gleichgültigkeit. Das trifft wohl auf mich zu. Ich muss mir Ciorans Denken zum Motto machen: «Wie man weitermacht, wenn einem alles fehlt und einem alles zu viel ist» (wie es Sloterdijk in *Mein Frankreich* ausdrückt). Die Grossen, sie alle haben in ihrem Schmerz, ihrer Besessenheit und sonstigem Wahnsinn etwas, an dem sie sich halten können, nämlich die Fähigkeit und Kraft, das Unangenehme, den Wahn der Welt und ihren eigenen verarbeiten zu können, zu Kunst zu verdichten.

Graue Hülle, warmer Wind, homöopathischer Regen. Mattscheibenwetter. Bleibt die Frage nach dem Huhn und dem Ei. Nicht, was zuerst war, sondern was was bedingte. Wenn es denn so etwas gibt.

Hier statt Huhn und Ei: Widerwille und Frustration. (Wenn man von Frustration sprechen kann.) Erwächst die Frustration aus dem Widerwillen oder umgekehrt? Ich könnte auch eine Autobiographie des Sisyphus schreiben. Mit Zwischenstationen der Selbstaufheiterung und den dazugehörenden illusorischen positiven Phasen. Das Leben schönreden, wo es nichts schönzureden gibt. Das Leben ist für mich eine rein phänomenologische Angelegenheit.

Zum Jahresende, passend, persönliche Gedanken, die ich als Neujahrsbotschaft an Freunde verschicke:

Vom Unsinn des Lebens, aus der Sicht eines Simpels
Ich glaube, wer auf die hirnrissige Idee kommt oder einfach nicht anders kann, sich Gedanken zu machen über das Leben bzw. über das Sein, oder wer meint, etwas darüber sagen zu können, gebildet oder nicht (von missionarischen Eiferern sprechen wir nicht, die sollen schweigen, für immer und ewig!), der sollte nie vergessen, dass es sich immer um *Modelle* handelt. Nicht weniger und nicht mehr. Man könnte es mit den heutigen so trendigen Klimamodellen vergleichen. Es sind Annahmen und Theorien: Abbilder der Wirklichkeit aber nicht Wirklichkeiten, wenn schon. Das Sein/Leben kann man nicht Vermessen, höchstens versuchen, es mit Evaluationen, Statistiken etc. ein bisschen in den Griff zu kriegen und zu analysieren oder – für grosse Geister – denkend zu ergründen.

Und also gilt: Alle haben recht. Und niemand. Oder anders herum: Das Leben hat immer recht, wie Vinicius de Moraes einmal feststellte *(A vida tem sempre razão)*. Das klingt lapidar. Man kann natürlich fragen, was es denn heisst, bei einer Aussage «recht zu haben». Recht hat jemand ja nur, wenn etwas vereinfacht gesagt ganz einfach *so und nicht anders* ist, z.B. dass der Tod unausweichlich ist. Beim Leben ist es genauso. Es ist, wie auch immer.

Man kann zum Zeitvertreib oder aus Passion auch versuchen, Modelle über das Leben zu entwickeln. Solange man keine Lehrsätze daraus bauen will und solange man sich bewusst ist, nur ein denkendes Wesen zu sein, das etwas Ordnung ins totale Chaos bringen will. Vielleicht mit dem hehren Ziel, die Menschen zu verbessern – was dann schnell wieder darauf hinausläuft, neue Leitbilder und Dogmen zu schaffen.

Und dann gibt es ja noch die Frage aller Fragen (nicht nur für Philosophen): Was ist der Sinn des Lebens? Ich denke, die Frage ist falsch gestellt. Sie müsste lauten: Gibt es überhaupt einen Sinn des Lebens? Und ich antworte gerne: Absolut gesehen *nein!* Vom menschlichen Standpunkt her ist die Frage ja verständlich. Nur haftet ihr sofort etwas Anrüchiges an oder sagen wir: Religiöses. Denn sie setzt einen Plan voraus, dass wir überhaupt hier sind, dass wir denken können usw. Plan: Gibt es einen Plan im Kosmos? Vielleicht in kosmischer Dimension, die aber mit unserem Plan- und Sinnverständnis nichts zu tun hat. Gibt es einen Anfang und ein Ende? Das weiss letztlich niemand und niemand wird es je wissen. Immerhin eine erfreuliche Nachricht, die aber den Kirchenoberen mit ihrem einen Gott nicht passt, und auch nicht den Astronomen mit ihren wissenschaftlichen «Glaubensanalysen» vom Urknall.

Wie immer. Es begann einmal, was wir Erdenbürger Evolution oder göttlichen Plan nennen. Irgendwann nach dem «Urknall» – oder für andere: im «Paradies» – ging es für uns Menschen so richtig los, danach kamen die als Magier oder sonstwer verkleideten Anführer, zuerst die aus der Sparte Religion und Anverwandtes, dann Politiker, Wissenschaftler usw. Und darauf folgten Gebote, Verbote, Regeln, Gesetze, Erkenntnisse und neue Erkenntnisse. Und so schreiten wir weiter. Das ist einfach so, ob wir Erdenbürger nun wollen oder nicht. Daraus auf einen Sinn des Lebens zu schliessen, ist allerdings vermessen oder Falschmünzerei. Überhaupt: Was heisst denn schon Sinn? Nicht mal die Herkunft des Wortes ist geklärt. Oder ist damit *Bedeutung* gemeint, also Relevanz einer Information? Die Bedeutung deutet das Deuten bereits an. Und mit Deuten kommt man in letzter Konsequenz auch nirgendwohin. Ausser dass man sich als Oberdeuter, sprich: eitler Experte, ansatzweise, medial und vor allem temporär einen Namen machen kann.

Fazit: Alles ist sinnlos. Doch kein Grund zu jammern, denn ich denke, es macht Sinn, das Leben nach Möglichkeit zu geniessen, Mut in der Verzweiflung aufzubringen.

In diesem Sinne: Happy New Year!

PS. Ich erinnerte mich wieder an Somerset Maugham, und was er über den Sinn schrieb (in *Die halbe Wahrheit*, S. 277 f.): «Es gibt keinen Grund für das Leben, und das Leben hat keinen Sinn. Wir sind hier, ein Weilchen Bewohner eines kleinen Planeten, der sich um einen grösseren Stern dreht, welcher selbst Teil einer von unzähligen Galaxien ist. Es kann sein, dass nur dieser Planet Leben ermöglicht, aber vielleicht hatten in anderen Teilen des Universums andere Planeten die Möglichkeit, eine geeignete Umgebung für jene Materie zu bilden, aus der wir, wie wir vermuten, im Laufe der Zeit allmählich Menschen wurden, die wir sind. Und wenn die Astronomen Recht haben, dann werden auf diesem Planeten schliesslich solche Verhältnisse herrschen, dass hier kein Lebewesen mehr existieren kann, und das Weltall wird schliesslich jenes Endstadium erreichen, wo nichts mehr passieren kann. Der Mensch wird da schon seit Ewigkeiten verschwunden sein. Wird es irgendeine Rolle spielen, dass er einmal existiert hat? Es wird ein Kapitel in der Geschichte des Universums sein, das so unwichtig ist wie das Kapitel mit den Lebensgeschichten jener merkwürdigen Ungeheuer, welche die einst urzeitliche Erde bewohnten.»

Ich weiss nicht mal wieso, ich hatte einfach Lust, Bier zu saufen. So nach dem Motto von Sven Regener in einem seiner Lieder mit der Band *Element of Crime*: «Erst wenn alles scheissegal ist, macht das Leben wieder Spass.»

Seit bald einem Jahr endlose Träumereien. Erneut eine Traum-Odyssee! Schier unendlich, mit dem gleichen Resultat: zerschlagen beim Aufwachen, kaum Erinnerungen, bleierne Müdigkeit.

Tourismus-Statistik: Im vergangenen Jahr waren 1,3 Millionen Touristen auf der Insel (vor 25 Jahren waren es etwa Dreissigtausend). Weitere Verdoppelung innerhalb von fünf Jahren. Rund 700'000 Filipinos, je etwa 200'000 Chinesen und Koreaner. Die Ziele gehen viel weiter: In ein paar Jahren sollen es über zwei Mio. sein, damit die Promoter aller Art zufrieden sind, heisst es. Na dann, auf geht's!

Es gibt dann ja auch immer die so wunderbaren Momente, wenn Sandro etwa am Morgen nach dem Erwachen plötzlich wegtaucht und ich einen Moment nicht weiss, wo er ist, bis ich realisiere, dass er seinen Kopf auf meine Schenkel gelegt hat und zufrieden schnurrt und mich anschaut.

Es gibt wieder neue Regeln auf der Insel, so darf man nun wirklich kein einziges Tischchen mehr tagsüber zwischen Strand und *beachway* hinstellen. Und als der Sand noch weiter vom Meer gefressen wurde und John aus Norwegen, der kaum und nur mit Krücken gehen kann, seinen Liegestuhl auf diesem Teil hinstellte und sich darauf legte, kamen zwei von diesen MAP-Leuten (Malay Auxiliary Police, also Hilfspolizisten, ganz dem Cliché der Idioten entsprechend), und so musste John wieder mühsam aufstehen und halt drinnen sich bei der Bar hinsetzen. Und da muss man dann einfach abschalten und das als Phänomen der Dummheit hinnehmen. Oder die Typen erschiessen.

Heute las ich in einer Zeitung, dass die 85 reichsten Menschen der Welt so viel Vermögen haben wie 3,5 Milliarden der ärmsten. Und dass 1% der reichen Menschen die Hälfte des weltweiten Gesamtvermögens besitzen. *No comment.*

Bali, dachte ich letzthin, ist Boracay hoch zehntausend. Die Entwicklung ist explosiv und unbremsbar. Bis zum Knall. Boracay würdest du kaum mehr kennen, und es ist erstaunlich, dass die Insel noch nicht untergegangen ist. Und das System (Kanalisation, Strom, Verkehr) noch nicht kollabiert ist. Nun sind die Chinesen dran. Und da kann man sich auf etwas gefasst machen, denn es gibt ja einige von ihnen. Sie kommen meist in geführten Gruppen, oft mit einem Guide, teils schreit der in ein Megaphon und erklärt die Sehenswürdigkeiten. Das sind etwa ein Resort-Schild oder eine Bar. Sie erinnern an barbarische Wesen von einem anderen Sonnensystem. Und Chinesen, sagte mir mal der Deutsche H., der seit bald dreissig Jahren in China lebt und arbeitet, seien so von sich überzeugt, dass auch dort, wo sie sich in den Ferien aufhalten, immer gleich China sei. So als gehöre die Welt alleine ihnen. Das glaub ich gerne, hier macht es jedenfalls diesen Anschein. Und da komme ich zur Welt als Ganzes, die ihr wahres Gesicht gerade an solch touristischen Orten am deutlichsten zeigt. Sie kommt mir wirklich vor wie ein Irrenhaus, alle sind irrsinnig in ihrem fröhlich-stressigen, pseudo-engagierten, meinungslosen Tun. Alle sind so wichtig, schön, jung, technisch versiert, aktiv, *in.* Da gleichen sich Australier, Südkoreaner, Europäer oder Afrikaner. Na ja, dann gibt es eben auch noch die Pensionäre, halbvertrocknete Pärchen oder fett, mit krummen gefleckten Beinen er, aufgedonnerter Frisur sie, gelangweilten bis idiotischen Blicken. Der Sog des konsumsüchtigen Gewurstels hat so ziemlich alle erfasst. Die Gesellschaft als perfekt gesteuerte Herde.

Ich las in Sloterdijks *Stress und Freiheit.* Da schreibt er über zwei Schlüsselszenen, die, vereinfacht gesagt, zum modernen Freiheitsbegriff geführt haben. Der zweite geht von Rousseau aus, als er auf der Petersinsel in der Schweiz lebte, auf dem Boden seines Bootes lag und seine *rêveries* (Träumereien) hatte, losgelöst von *allem* war. «Seine neue Freiheit zeigt sich in seiner ekstatischen Unbrauchbarkeit zu allem. Der freie Mensch, nach Rousseau, macht die Entdeckung, dass er der unnützeste Mensch der Welt ist – und er findet das vollkommen in Ordnung.» Idee: Wir könnten eine neue Gruppe gründen, die sich nur noch für das Unbrauchbare, Unnütze einsetzt. Die all den wahnwitzigen Nützlichkeitsfans die Stirne bietet! In Ost und West. Global. Universal. Genial.

Wo sind sie geblieben, die Therapeuten? In den Ferien wohl, auf Nimmerwiedersehen. Auch recht. So frage ich bei einem Problem besser den Wind.

Und dann sieht es plötzlich so aus, dass ich bald mal weg bin vom *MR*, das verkauft wird. Und dann? Ich habe dies das erste Mal so richtig realisiert und bin dann schon erschrocken. Was nun? Hier bleiben? Mit der ganzen Lawine von neuem Tourismus, die da auf uns zurollt? Ganz neu beginnen auf den Philippinen irgendwo? Schweiz? Brasilien? Oder was? Viele Fragen. Es geht ja hier auch, neben vielem anderen, um die Wohn-*Sicherheit*. Das ist von der Schweiz her gesehen schwer vorstellbar. Einfach irgendwo ein Häuschen? Nein, geht einfach nicht. Dazu: Einsamkeit. Hier war ich aufgehoben in einer Art Familie mit den vielleicht einfachen, aber herzlichen Angestellten (inkl. Sicherheit in Sachen Wohnen) usw. Und nun? Auf der Insel bleiben? Mich mit jemandem zusammentun? Bald muss ein Entscheid her.

Danke für die Wünsche zum Geburtstag. Obwohl ich ja nie ganz verstanden habe, wieso man sich zum Geburtstag gratuliert. Heute vielleicht ja, «gratuliere, dass du dich so gut gehalten hast» oder so. Aber eigentlich? Man wird auf die Welt geworfen und hat damit *rein gar nichts* zu tun. Na ja.

Ich lese viel Sloterdijk (jetzt: *Ausgewählte Übertreibungen: Interviews*), von dem ich begeistert bin, auch wenn er manchmal zu verschwurbelt schreibt. Doch er hat eine Sicht aufs Leben, die mir gefällt, ein unakademischer Akademiker mit einem schier unfassbaren grenzüberschreitenden Wissen, oder müsste ich noch sagen: Gedächtnis, denn darauf kommt es ja an, sonst flattern gelernte Sachen nur wie Schmetterlinge im Kopf herum wie bei mir, dem *Kaleidoskopisten*. Das ist jemand, der die Welt wie durch ein Kaleidoskop sieht und erlebt. Assoziativ auch, unfähig, das alles methodisch oder sonstwie zu ordnen – und es sich zu merken schon gar nicht.

«Die Weltformel wird nicht die Wirklichkeit sein, sondern die mathematische Interpretation der Wirklichkeit. Damit wird die Physik abgeschlossen sein. Aber immer weniger werden die Weltformel verstehen und immer mehr bloss glauben, sie zu verstehen, bis man nur noch glauben wird, wie man an Gott glaubt: Ihre Unverständlichkeit wird der Beweis ihrer Richtigkeit sein. Die Weltformel wird mit der Wahrheit verwechselt werden, das Wissen in den Glauben umkippen: Die Weltformel wird zur Kabbala, zum Fundament eines neuen Glaubens, nicht mehr begriffen, nur gedeutet. Die Menschen wollen glauben, nicht wissen, weil sie nur als Gläubige zu wissen glauben. Sie werden zum CERN wandern wie die Muslims nach Mekka. Die Schweiz hat noch eine Chance.» (Aus: *Denken mit Friedrich Dürrenmatt,* Kapitel Glauben und Wissen)

In der Nacht träumte ich vom Teufel. Daniel (?) war sein Fahrer. Sie hielten vor dem Haus, in dem ich aufgewachsen bin, ich stand oben in meinem Zimmer am Fenster und schaute von dort auf das Auto am Strassenrand herab, da sah ich ihn hinter der spiegelnden Scheibe auf der Hinterbank sitzen. Daniel kam ins Haus (?) und fragte nach jemandem und ging mit der Person wieder raus, zum Auto, jener stieg alleine ins Auto, zum Teufel, musste unter vier Augen mit ihm sprechen. Und ich schaute hinunter, mit festem Blick Richtung Teufel, und dachte bei mir: Mit dir nehme ich es auf! Der Teufel hatte einen Bart.

Koreanerinnen. Leintuchbleiche, magersüchtige Gestalten, stark geschminkt wie Huren und geil wie Waschweiber.

Ich lag in der Hängematte und dachte an Irrsinn und Wahnsinn, einfach so. Und da kam mir der *Totenkopf-Charly* in den Sinn. Wir nannten ihn so, weil er eben wie ein Totenkopf aussieht (wenn er denn noch lebt): ausgemergelt, langes, wirres schwarzes Haar, Adlernase, tiefliegende Augen mit Schlangenblick. Ich traf ihn vor langer Zeit in Florenz, als ich mich in der Gegend um den Bahnhof einmal mehr verirrt hatte. Er sass vor einer billigen Kneipe auf dem Boulevard, mit einem Glas Alkoholischem auf dem Tisch. Er ist eben Alkoholiker. Und wir diskutierten über Irrsinn und Wahnsinn. Ich weiss nicht mehr, was genau im Einzelnen. Jedenfalls wusste ich in der Hängematte plötzlich wieder den Unterschied: Irrsinn hat etwas mit Dummheit zu tun, Wahnsinn mit Genie.

Aus der *Bazzura* von einst, gleich neben dem *MR*, ist jetzt *Uptown* geworden, aus dem einst lauten Sound Supermegasound. Ferienzeit und also auch Party-Time auf der Insel einmal mehr, auch bei unserem Nachbarn. Geschlossene Disco, 1500 Pesos Eintritt (ca. 30 CHF!) für einen DJ plus Ohrenbetäuber-Musik. Vor dem Eingang zittert alles wie bei einem Erdbeben der Stärke 3. Und alle wiegen sich im Tanz, am Strand, mit dem Smartphone am Ohr oder vor den Augen: *robot movements*. Während es mir graust, gefällt es also den meisten anderen. Generation weit nach mir. Es funktioniert, die Menschen werden wirklich zu Maschinen, so wie man sich das heute eben vorstellen muss, digital vernetzt und angeschlossen ans grosse Netz. Die Veränderung findet digital gesteuert wie immer im Kopf statt. Das Hämmern der Musik (Techno am Besten), die dauernde Selbstbeschauung und der Exhibitionismus, alles im Netz, *ich-bin-ein-robot*, Wirklichkeiten haben sich verschoben, stehen aber wie immer als Symbol für ewig.

Neue Mode: Smartphones, die an einen dünnen Stab (so eine Art Arm eines Stativs, so sieht es aus) geschraubt werden können, mit dem man dann sich selber fotografieren kann. Alle haben das: Chinesen, Koreaner, Filipinas, Amis, Schweden ... *Selfie* heisst das Ding, so sagt man mir.

«Das schlimmste an der Jugend ist ja, dass man selber nicht mehr dazugehört», soll Salvador Dali gesagt haben.

Ich sitze am Schreibtisch in meiner neuen Wohnung im *BB*-Resort. Fast alles ist fertig eingerichtet, ich fühle mich so weit wohl. Von meinem Sitzplatz sehe ich genau gegenüber das Regal mit den Schnapsflaschen. Ich bin froh, dass ich kein Trinker von harten Sachen bin (Ausnahmen: Bloody Mary, Margarita, manchmal ein Kirsch zum Käse-Fondue). Ich bin müde nach den vielen für mich ungewohnten Arbeitstagen mit Rumtragen, Nageln, Ordnen etc., plus den Fussballnächten, plus gestern Nacht mit viel zu viel Alkohol und gleich zwei Spielen, die ich grösstenteils dann auch verschlief und anscheinend aber nicht viel verpasste. Ab morgen geht es wieder normaler zu. Und in einer Woche ist auch die WM endlich vorbei.

Der Versuch, die mir empfohlene Werkstatt zu finden. Also fragte ich an der Mainroad, in einem Smartphone-Laden. Eine Verkäuferin mit Wachsinn. Ja, schräg gegenüber. Und da stand ich dann, zuerst *Sari-Sari-Stores,* zuhinterst im winzigen Hof eine Bambushütte, halb Beton, Dach angehoben als Unterstand, natürlich viel zu niedrig. Ein Junge leuchtet mich an. Ich erkläre ihm das Problem. Er nimmt den DVD-Player, schraubt ihn auf und beginnt voller Tatendrang. Im dunklen Hintergrund der unergründlichen Hütte ältere Männer, ein ganz alter, Zigaretten kettenrauchend. Ich warte, zünde nach einer Viertelstunde die erste Zigarette an. Schaue in die Gegend, rostige ausrangierte elektronische Geräte, alte TV's, und auf kleinstem Raum arbeitet der (wohl nicht mehr so junge) Junge. Irgendwann reicht er mir über die Theke einen runden Plastikstuhl. Aufmerksam sind sie, freundlich, eifrig, mit viel spontanem Wissen und der erstaunlichen Improvisationsfähigkeit, von der wir nur träumen können. Es dauert, aber er bringt es fertig, zeigt mir fünf Teilchen, die alle kaputt waren, 370 Pesos (ca. 6 Franken). Eine schöne Stunde war das dort.

Ausschnitt aus einem Interview mit Andrew McAfee, Ökonom am Institute of Technology (In *Spiegel):*

Frage: Sind diese Neuerungen wirklich bedeutsamer als die Durchbrüche der Vergangenheit: das Telefon, das Flugzeug, das Fernsehen, der Computer?

Antwort McAfee: Es gab in allen Zeiten erstaunlichen Fortschritt. Und trotzdem: Keine dieser früheren Erfindungen griff so tief ein in das, was ein Mensch tun kann und was er einem Arbeitgeber zu bieten hat. Ein Flugzeug ersetzt keine menschliche Arbeitskraft. Und einfache Rechenmaschinen mögen zwar unsere Fähigkeit, Zahlen zu addieren, überflüssig machen. Aber unsere Sinne, unsere Wahrnehmungen, unser Denken ersetzen sie nicht. Heute zielen aber Technologien genau auf diesen Kern unserer Fähigkeiten.

«Die Welt im 21. Jahrhundert wird aller Wahrscheinlichkeit nach zu einem globalen autoritären Kapitalismus mutieren. Mit dem war

on terror *und der Dschihad-Romantik der Islamisten ist der Kriegs-kapitalismus schon zum Greifen nahe. Die Umstände sind so, dass man bald mehr Nicht-Demokratie wagen wird.*» Peter Sloterdijk, *Ausgewählte Übertreibungen.* Interview mit Ulf Poschardt, «Deutsche wollen müssen ...»

Mein nicht mehr soo junger Zeitungsjunge, ein mittelgrosser kräftiger Bursche von umwerfender Fröhlichkeit, der ausser bei Sturm, wenn kein Boot fährt, seit Jahren die Zeitung regelmässig bringt und mich so alle paar Monate fragt, ob ich ihm Vorschuss geben kann (300 Pesos), nimmt seit Kurzem die alten Zeitungen wieder mit. Er erhält in Kalibo 10 Pesos per Kilo. Beeindruckend, wenn man sich vorstellt, dass er die mehrere Kilos wiegenden alten Zeitungen zuerst zum Moto-Tricycle, dann aufs Boot und über den Kanal, dann auf den Jeepney und schliesslich in Kalibo zum Abnehmer bringen muss. Aber was man in der Not nicht alles macht.

Nun sitze ich einmal mehr an meinem alten, grossen Tisch in der neuen Wohnung. *MR* gibt es nicht mehr. Es ist für mich der vierte Wohnort auf Boracay. Vom ersten primitiven Cottage beim Strand zum zweiten zwischen Strandweg und Mainroad gelegen (wo ich knapp zehn Jahre lebte) über *MR* (ebenfalls zehn Jahre) nun also hier, weiterhin nahe beim *White Beach,* im *BB,* einem Resort, das auch einem mit einer Filipina verheirateten Schweizer gehört, den ich schon sehr lange kenne. Das Resort ist noch ein bisschen wie Boracay anno dazumal, mit viel Grün, hohen Koskospalmen, Sträuchern aller Art, ein gemütliches, pfadfinderhaftes Durcheinander, ein Hauch Hippie-Zeiten.

Ein Interview im *Spiegel* mit Enzensberger erspart eine Therapie. Der Monsieur Schalk. Selbstbewusst ist er auch. Frage: Würden Sie sagen, dass Sie heute noch ein Linker sind? – Er: Bitte? So etwas nenne ich binäre Fragen. Sind Sie Optimist oder Pessimist? Was antwortet man denn da auf so etwas? ... Sie kennen doch diese berühmten Worte von Ernst Jandel: «Lechts und rinks kann man nicht velwechsern.» Enzensberger weiter: «Ach, Depressionen hat jeder mal. Ein bisschen Depression ist in Ordnung, solange es nicht klinisch ist. Die flache Depression ist sogar ganz nützlich. Sie sagt: Gib mal Ruhe.»

Halloween. Lange Nacht. Knallvolle *Balabar.* Mit vielen Masken, wenn man dem denn so sagen kann. Auffallend: Alle verkleideten und schminkten sich nicht wie Hexen, böse Geister, gruselige Wesen usw., sondern verkörperten ihre Idealvorstellung von sich selber. Narzissten allüberall. Verkleidete Egos. Regi (Filipina) war eine Madame, der junge hübsche Oliver kam als schöner Aladin (ohne Wunderlampe, immerhin fantasievoll), da war ein militärisch aussehender Muskel-Typ als Depp-Pirat aus dem Film usw. Und alle sahen wirklich aus wie die Idealvorstellung oder -besetzung von sich selber! Eindimensionale Menschen.

Ich lese von Frank Schirrmacher *Ego. Das Spiel des Lebens.* Es ist schrecklich – wahr. Er zeichnet die Entwicklung unserer Welt, beginnend im Kalten Krieg, als Wissenschaftler begannen, den Menschen auszurechnen, ein System entwickelten und darauf, nach dem Kalten Krieg, das System der Wirtschaftswelt unterordneten. Er nennt den neuen Menschen *homo oeconomicus* und kürzer: Nummer 2. Ich sprach immer vom Roboter-Mensch, aber es ist viel schlimmer, es ist eben die Nummer 2. Beispiele: «Der Mensch wird User, der User wird Konsument und der Konsument wird zur Nummer 2: auf der Suche nach den besten Preisen, Kontakten, kurz: den besten Informationen in der neu entstandenen angeblichen Informationsökonomie.» Was teils wie Science-Fiction klingt, zeichnet er nüchtern auf, mit Unterlegung von Zitaten von berühmten Wissenschaftlern, die mit daran arbeiteten und arbeiten, sogar als wichtigste Akteure. «Wahlen, Meinungsbildung, Politik, selbst die konstitutionelle Verfassung westlicher Demokratien, all das steht davor, in automatisierte Märkte verwandelt zu werden: von null auf mehrere Milliarden Teilnehmer. Es verändert sich die Konsistenz des individuellen Lebens, das, beraubt von Identität und Lebenslauf, von Nummer 2 gekapert wird wie ein Stück Software von einem Computervirus.» Anschauungsunterricht hat man z.B. in Boracay.

Lettre International, Thomas Knauf in einem Text über Italien, Pier Paolo Pasolini als zentrale Figur. Zitat von PPP (also vor Jahrzehnten): «Der Faschismus des Konsums und des Fernsehens schändet, was Mussolini nicht ansatzweise schaffte, die Seele des italienischen Volkes, zerstört dessen Kultur.»

Die fff-Generation: fear, fuck, facebook.

Interview mit Woody Allen. Da sagte er etwa: «Du erhältst im Moment, in dem du geboren wirst, dein Todesurteil. Vielen Dank! Und wozu dies alles? ... Sind Menschen generell böse? Die Leute sind erschrocken und angsterfüllt, darum handeln sie falsch und benehmen sich schlecht. Das ist die *condition humaine*, die tragische Bedingung der Existenz. Die Leute haben nichts, woran sie glauben können, das Leben ist unglaublich kompliziert. Wenn morgen eindeutig klar würde, dass das Leben einen Sinn hat und es einen Gott gibt im Universum, würde sich die Situation radikal verbessern. Die Leute sind nicht von Natur aus böse, aber sie haben Angst.»

Wenn ich die Menschen sehe, wie sie dauernd auf ihren Smartphones rumtippen, frage ich mich, wann wir es verlernt haben werden, von Hand zu schreiben.

Der Papst ist auf Besuch. Heute ist er in Tacloban, wo im November vor exakt zwei Jahren der verheerende Sturm wütete. Jetzt sitzt er im Flugzeug dorthin. Die Ironie des Schicksals oder wie man das nennen will (ein Wink Gottes?): Gerade jetzt ist wieder ein Sturm (fast schon ein Tayphoon) im Anzug, und der wird wieder ziemlich genau bei Tacloban durchrauschen, heute Nacht, doch Wind und Regen wird es schon bei der päpstlichen Messe und seinem Lunch mit den Armen geben.

Boracay ändert sich weiterhin rasant, ich bin gestern wieder mal am Strand entlang spaziert und dachte, dass alles pseudo-eleganter ist, protziger, grösser (Gebäude), touristischer (also den Clichés entsprechend mit mehr Bars, Spas und Sportlocations etc.), *chinesischer,* und das heisst, dass man den Eindruck hat, in einem kleinen Chinatown der touristischen Art zu sein. Und überall wird es laut und lauter, das ist das Spassverständnis unserer Welt: Spass muss sein, und das finde ich, mit Wilhelm Busch, ja auch («Wer etwas vom Leben versteht, will heiter sein, sooft es geht.»), doch das Allgemeinverständnis von Spass ist ja meistens gleich Lärm, Grölerei, archaische Idiotie, Aggressivität usw. Und es wird so weitergehen, die Chinesen strömen und bauen riesige Kästen, aber wenigstens nicht sehr hoch (vorne zählt immer noch: maximal Palmhöhe)! Und wenn man vom Meer zum *White Beach* schaut, hat die Insel weiterhin Charme, auch Grazie, weiterhin etwas Paradiesisches. Doch vieles liegt halt im Argen ... Der Flughafen auf der Hauptinsel, gleich auf der andern Seite des Kanals, wird fertig gebaut, was aber noch ein paar Jahre dauert, sie haben einen grossen Hügel abgetragen, um die Landepiste bis zum Meer zu verlängern, damit dann auch internationale Flüge hier möglich sind. Wie das dann mit der Infrastruktur auf Boracay geht, steht in den Sternen, auch die Überfahrt per Boot aus der Urzeit über den kleinen Kanal, Tickets lösen in einem kafkaesk-komplizierten Prozedere mit drei verschiedenen Schaltern, alles schleierhaft, das ist dann in der Hochsaison jeweils schlicht total chaotisch. Eine Brücke? Wäre ideal, dauert aber, falls wenn ...

Das Kilo Wäsche kostet 40 Pesos; Bett-, Bade- und sonstige Tücher 60. Wenn beides zusammenkommt, hat die junge Frau an der Theke bereits grosse Rechenprobleme.

Welch ein schöner Satz bei Italo Calvino in *Der Name, die Nase*: «Oder sind Sie bei einem leichtsinnigen Ausflug in die *demi-monde* unerwartet auf dem Gefühl ausgeglitten?» Auf dem Gefühl ausgleiten – herrlich!

Das Alleinsein irritiert mich. Genauer: das Gefühl, allein zu sein. Nicht Einsamkeit, weil ich dann mit irgend etwas in Einklang stehe. Die grosse Lustlosigkeit. Nicht mal die Jünglinge interessieren mich. Sandro bohrt irgendwo in meinem Innern. Aber es ist nicht das, nicht alleine das. Ich arbeite usw. Doch für was und warum? Vielleicht lese ich deshalb wieder so viel, ich kann mit den herrlichen Büchern von Chesterton, Maupassant, Calvino, Padura, Camillieri, Orwell, Greene, Ambler, Maugham, Doyle, Beckford, Conrad und wie sie sonst noch alle heissen, in andere Welten reisen, in denen ich mich aufgehoben fühle – auf Zeit. Flüchten vielleicht. Ich beneide manchmal Menschen, denen es dauernd gutzugehen scheint. Zum Beispiel Y., er fährt mit seinem Fahrrad auf der Insel herum, liebt sein Kiting und seine Freundin, kocht für Freunde. Ein einfacher Mensch, nicht mit den verschrobenen Hirnwindungen wie ich, der aber gleichwohl von einer ansteckenden Offenheit ist.

Ich schaute gestern *BBC-News* und dann war noch eine Sendung angekündigt, bei der es um neue digitale Produkte u.Ä. ging. Und da hiess es dann nach jedem zweiten Satz «... for a better new world» oder «... that you feel better» usw. Das war nicht etwa Werbung, das war, eben, die schöne neue Welt, denn merke: Wenn es eine Neuigkeit in Sachen digitale Welt gibt oder ein neues IT-Produkt und so fort auf den Markt kommt, dann wird automatisch auch unsere Welt besser, auf dass wir uns möglichst schnell in Computer verwandeln oder sogar mit ihnen verschmelzen und wir nicht mehr wissen, wer oder was wir denn eigentlich sind, was ein sogenannt freier Wille ist etc.

Bäcker-Markus musste das Land verlassen. Er hatte weder Pass noch Geld noch sonst etwas, seine Frau hatte ihn rausgeschmissen. Einer seiner Söhne half ihm mit den Papieren und der Schweizer Botschaft.

Ich liess, beflügelt von meiner Somerset-Maugham-Lektüre, einige Menschen durch meinen Kopf wandern, wollte für mich wissen, wer die denn eigentlich sind. Maugham macht das meisterhaft! Ganz ohne zu werten, beschreibt er einfach Menschentypen. Äusseres und was dabei so alles durchscheint vom Inneren. Widersprüchliches, wie es zu jedem Menschen gehört oder einfach Tatsache ist.

Ich lese wieder einmal Luis Buñuels *Mein letzter Seufzer*. Vielleicht kein literarisches Werk, aber ein starkes Buch, ein starker Mensch, ganz ohne Firlefranz und ohne Allüren, purer Mensch! Auch wenn sein Leben so ganz anders war als meines, fühle ich mich in verschiedener Hinsicht ihm sehr verwandt. Natürlichkeit eben. So schreibt er: «... Die Wissenschaft interessiert mich nicht. Sie kommt mir anmassend vor, analytisch, oberflächlich. Sie ignoriert den Traum, das Lachen, das Gefühl und den Widerspruch, all die Dinge, die mir teuer sind ... Mit der Manie, alles verstehen zu wollen und damit herabzuwürdigen, mittelmässig zu machen – mein Leben lang hat man mich mit blöden Fragen belästigt: Warum dies? Warum das? –, sind wir von der Natur geschlagen. Wären wir in der Lage, unser Geschick dem Zufall anzuvertrauen und das Geheimnis des Lebens mutig anzunehmen, wären wir einem bestimmten Glück nahe, das der Unschuld ähnelt.» (Da denke ich an die Filipinos und viele weitere «einfache» Menschen, denen das viel eher gelingt!) Dann zitiert er auch André Breton – und dem stimme ich gerne ganz und gar zu: «Ein Philosoph, den ich nicht verstehe, ist ein Schuft.»

Lesen: *Vathek* von William Beckford, eine total fantastische (im Wortsinn) Geschichte, ein orientalisches Schauermärchen, gleichzeitig immer wieder paradiesisch schön, eine unglaubliche Fantasie hat der Mensch, geschrieben vom Sohn des reichsten Mannes in England des 17./18. Jahrhunderts. Alte Detektivgeschichten sodann, etwa der geniale (!) G.K. Chesterton, dann wieder Sloterdijk, zum x-ten Mal *Der Levantiner* von Eric Ambler. Herrlich! Krimis natürlich auch viele (Michael Theurillat, ein Basler, gefällt mir besonders, natürlich Camillieri, Fulvio Ervias, weitere Italiener.) – Ich wiederhole mich gerne: Zum Glück gibt es Bücher!

Ich bin bald am Ende vom *Notizbuch eines Schriftstellers* von Somerset Maugham. Da schreibt er über seinen 70. Geburtstag und das Alter. Ein Satz gefiel mir besonders gut: «... ich empfinde es als besonders günstigen Umstand, dass keine Gesellschaft mich so anhaltend befriedigte wie meine eigene.»

Kommt mir wieder Bacolod in den Sinn, eine Stadt auf der Insel *Negros*. Da las ich in einer Bar neben der «Gallery Orange»: *vomit fee* = 250 Pesos. Man muss sich das vorstellen. Wenn einer auf den Boden kotzt, muss er (nur) 250 Pesos bezahlen. Das war eine Neuheit in Sachen Warnung/Verbot. Aber nicht verwunderlich, wenn man Drinks bestellt wie ein Zombie Cocktail (weisser, brauner, goldener Rum, Cherry und Apricot Brandy usw.). Ricardo ist nun dort, ein Grund mehr für eine kleine Reise. Nur: So kurz ist sie nicht. Sechs Stunden Bus, dann zum Hafen, warten und dann anderthalb Stunden mit dem Schiff von Iloilo nach Bacolod.

Somerset Maugham in *Die halbe Wahrheit*: «Für touristische Programme habe ich noch nie viel übrig gehabt. Über die Sehenswürdigkeiten der Welt ist so viel Enthusiastisches verbreitet worden, dass ich wenig dafür aufbringen kann, wenn ich ihnen gegenüberstehe. Mir sind die einfachen Dinge lieber, ein Holzhaus auf Pfählen, das sich unter Obstbäume duckt, eine sanft geschwungene, von Kokospalmen gesäumte Bucht oder eine Bambusgruppe am Wegrand. Ich interessiere mich für Menschen und ihr Leben ...» Ja! Beifügen kann ich höchstens, dass es natürlich grossartige Museen gibt, in denen vielleicht ein Bild hängt, das anzusehen ein Ereignis ist. Ich erinnere mich an die Uffizien in Florenz, in einer Zeit, in der man in solchen Museen noch fast alleine war. Ich stand vor dem Gemälde *La Primavera* von Botticelli und plötzlich brach es aus mir heraus und ich weinte hemmungslos – hingerissen von der unbeschreiblichen Schönheit des Bildes.

Als geborenes Faultier macht es mir grosses Vergnügen, mich einen ganzen Tag nicht aus dem Haus zu bewegen. Die grösste Anstrengung tätige ich, indem ich mich vom Schreibtisch im Zimmer zum Tisch auf der Veranda bewege, mich dort auf den Stuhl setze, die Beine auf den Tisch lege, eine Zigarette rauche und lese. Momentan gerade wieder Camilleri, zum zweiten Mal – nach 15 Jahren immerhin – *Der Dieb der süssen Dinge*. Ich kann momentan nichts Anstrengendes lesen, wobei anstrengend übertrieben ist. Einfach ablenken, Camilleri *geniessen*. Gestern Edgar Wallace, wie einst im Frühling meines Lebens ...

James. Ein Sonderfall. Seit einem Jahr nun mein Nachbar. Intelligent, aus einfachen Verhältnissen stammend, einst kriminell, mit Geld. Und Gedanken, von hochsensibel bis wirr. Wie ich ein Steppenwolf. Er ist einer der ganz wenigen hier, mit dem ich auch über Irrwitziges reden kann. Ich mag ihn. Gestern hier, zum Gutenachtbier. Das dauerte bis Mitternacht. Gespräche über uns, Vorlieben, Fussball, allerlei. Er sprach von einem Netz, das ihn umgibt. Ich verstand ihn zuerst nicht, dann besser. Netz: Dinge, die ihm wichtig sind, Alltägliches vielleicht, aber ihm eben wichtig. Inklusive Vorfreude. Zum Beispiel wenn *St. Louis* spielt (Baseball). Und wenn die dann noch gewinnen, ist er im siebten Himmel. Ich weiss jetzt vielleicht etwas besser, was er meinte. Ich erinnere mich an meinen Abreisskalender, und wie ich mich jeden Tag aufs Neue kurz auf das Abreissen freute. James: hin und her gerissen zwischen Minderwertigkeitskomplex und Grössenwahn.

Extreme ausufernde Träume letzte Nacht, die ich teilweise noch heute genau weiss. Wir waren in einem grossen Haus, einem grossen Raum, so eine Art Vorhalle, in der Häppchen gereicht werden sollten. Ich weiss nicht, ob es Claudia B. war, die die Leitung der Vorbereitungen hatte. Dann kam auch schon Angela Merkel, zuerst nur sie, sehr locker, wie wenn sie keine Bundeskanzlerin wäre. Wir redeten alle zusammen, probierten auch die ersten Canapés aus, luftige Gebäcke, fast nur Luft, eigenartig waren sie, aber gut. Irgendwann fragte ich Claudia, ob sie die Telefonnummer von Merkel habe, ich würde ihr gerne eine Nachricht senden, aber Claudia wollte nicht. Es ging um ein Buch, das ich gerade gelesen hatte und von dem ich meinte, Merkel interessiere das vielleicht auch. Später kamen die andern, es war ein halboffizieller Anlass: Helmut Schmidt, Friedrich

Genscher und noch ein paar andere. Sie zogen sich zurück. Unter den Gästen auch mein Freund R. Ich fand ihn wieder in einem riesigen Saal, er spazierte herum und war am Nachdenken, so glaubte ich. Ich wollte ihn etwas fragen, aber was? Später gab es eine Art Gulasch-Tafelspitz-Gemisch-Suppe, ich wusste nicht genau, was es war, und getraute mich nicht zu fragen. Ich glaube, Genscher hatte gekocht. Ich wollte auch wissen, ob er die Brühe selber gemacht habe. Es schmeckte gut.

Wer schreibt heute noch von Hand? Ausser Unterschriften, Formulare ausfüllen und solche Sachen? Die Kinder sind immer mehr verbunden mit den Tasten, und sonst nichts. ... Ich realisierte gestern auch plötzlich, wieso mir Kriminalgeschichten so gefallen, *auch* gefallen vielleicht eher: Weil die Ermittler (Detektive, Kommissare etc.) Menschenkenner sind. Sie sehen sehr viel, nur schon beim Anschauen, die Gesichter, Physiognomie, feinste Bewegungen/Regungen, alles im Gesicht, in den Gesten. Das habe ich letzthin in der *Balabar* auch gemacht: einfach Gesichter angeschaut und gesehen, wer dahinter steckt, denn niemand kann sich verstecken. Röntgenblick. Vielleicht schauen Leute mich deshalb manchmal so verwundert an: Weil sie spüren, dass ich sie durchschaue. Auf den ersten Blick. Vielleicht denken sie aber auch: Was ist denn das für ein komischer Kauz?

«Jedes Wort, das gesagt wird, schwingt auf eine eigene, besondere Weise; die Worte, welche die Wahrheit sagen, haben andere Schwingungen als alle anderen üblichen.» (Camilleri, in *Das Paradies der kleinen Sünder*)

Heute Morgen ist Roger de Paris endlich gestorben. Wohl gut für ihn. Er war der älteste Weisse, den ich hier kenne. Seit 1980 war er auf der Insel. Wie alt war er? Vielleicht 75. Mit James oft Gespräche um den Tod. Auch sein Freund A. starb letzthin. Selbstmord, vom Hals her in den Kopf geschossen. James denkt, dass das für ihn auch eine Möglichkeit ist. Für mich nicht auf diese Art.

«Das war es. Sich dem ganz und gar Selbstverständlichen hingeben. Dem, was wirklich echt war.» (Andrea Camilleri, in *Das Spiel des Patriarchen*)

Danke, es geht. Ich kann mich nicht beklagen. Ich lebe. Lese. Koche, esse, trinke. Ich schaue in die Welt und werde – ja was eigentlich? Es ist rundum so grauenhaft. Aber es gibt ja wohl schon auch noch das andere, vielleicht das persönliche Momentum, die Unendlichkeit, die alles Weltliche etwas ins Nebensächliche rückt. Vielleicht. Nun ja. Ich lebe, wie gesagt, freue mich, ein neues Brot entdeckt zu haben. Ein Italiener macht wirklich ausgezeichnete Ciabattas. Ich geniesse meinen frischgepressten Orangensaft. Bin entzückt vom *tiamis,* dem kleinen Kolibri-ähnlichen Vogel, einem schwarzen, den ich hier zum ersten Mal sehe. Der Riesenkäfer allerdings gefällt mir nicht. Er verfolgt mich, glaube ich. Heute Morgen war er wieder in meinem Zimmer, wie ist er nur reingekommen? Und eine Minikröte war auf der Toilette, sehr merkwürdig. Sie ist jetzt wieder in der freien Natur. Sonst: Das Discoleben ist endgültig vorbei. Warum? Weil ich es durchlebt habe, interessiert mich nicht mehr. Gut auch für die Ohren.

Revolution 4.0. Dann folgt wohl 5.0. Und wenn es dann reicht, folgt wohl plötzlich die Revolution unter Null. Archaisch bis anarchisch und ganz und gar nicht mehr digital. Wir werden sehen.

Gestern kam Jenny, brachte Landeier. Und sagte, sie beginne erst so im Dezember mit dem Bau ihres Hauses. Wieso? *lola* (Grossmutter) habe gesagt, es sei jetzt schlecht zu bauen, das sage der *Almanach,* eine Art magischer Bauernkalender, auf dem Land hält man sich daran. Frühestens so ab Mitte Dezember sei es dann wieder gut. Ja, dann halt.

Am Samstag wieder einmal mit Y. und James. James kam um vier zu mir, fragte, ob ich ein Bier möchte, was ich bejahte. Er holte an der Bar ein paar Flaschen und wir begannen. Später kam Y., auf dem Weg zur *Balabar,* hinzu. Es wurde ein weiterer feuchter Abend. James. Wenn er nüchtern ist, ist es angenehm, doch wenn er anfängt zu saufen, wird es schwierig. Er gibt Gas, redet, hört nicht mehr zu, es existiert nur noch er. James, Jahrgang 58, Schwabe, jung von zu Hause weg, schmatzend beim Essen wie ein Filipino, mit flinken, manchmal flackernden Augen, teilweise ein nervöses Blinzeln, dick geworden nach seiner Zeit ohne Rauchen (ca. ein Jahr lang hielt er

es aus und zupfte dauernd an seinem griechischen «Rosenkranz»).
Intelligent, unbelesen, Lesen ist nichts für ihn, er will nur noch das
direkte Erleben, sagte er mir einmal. Was immer das heisst. Total-
Fan von American Rugby, Football, Baseball, Basketball, das ist für
ihn wohl die grösste Freude, nach dem Vögeln, wobei – Vögeln?
Oder einfach jemanden haben, um sich anzulehnen? Eine männliche
Sphinx auch. Mittelgross, mit einem Zucken um den Mund, ironisch
oder sarkastisch ausgeprägte Mundwinkel. Wir sprachen irgend-
wann auch über die Seele. Und ich weiss eigentlich nicht, was das ist.
Definition? Der undefinierbare Stoff, je nach Kultur etwas anderes.

Die Angestellten hausen in Räumen, oft zu viert oder mehr, Prit-
schen, nackte Wände, eine kahle kalte Glühbirne an der Decke. 3500
Pesos im Monat, also etwa die Hälfte eines Monatslohnes. Elektrisch exklusive. Die Landpreise sind so hoch wie das Profitdenken.
Der Platz auf der Insel wird eng. Tausende arbeiten irgendwo, viele
müssen täglich nach der Arbeit aufs Festland.

*«Wach sein, ohne sich daran zu erinnern, dass man wach ist – das
ist die Logik des Digitalen.»* (Jonathan Franzen in *Spiegel*)

Mein Telefon klingelt. Na ja, ein Klingeln ist es nicht, eher ein rhythmisches Gebläse. Hallo, frage ich, da kein Name zu sehen ist. – Hallo! Hier ist Ricardo! – Ja sag mal, knurre ich fast schon. Wie kommt
es, dass du mich anrufst? Alle unsere Entscheide vergessen? – Nein
nein! Doch es ist eben so, dass ich nun in Bacolod lebe und du bald
weg bist von Boracay. Und über deinen Freund Charlie in Bacolod
erhielt ich deine Nummer. Eigentlich wollte ich dich nochmals besuchen, doch ehrlich gesagt war ich zu faul, ja! Es sind halt doch von
mir zu dir daheim mindestens zehn Stunden. Ja, halt, und so habe
ich unsere Vereinbarung einfach für nichtig erklärt. (Wir hatten vor
vielleicht fünfzehn Jahren beschlossen, einander nie anzurufen oder
zu mailen, ein Furz, wir dachten einfach, wir wollten uns nur direkt
sehen, in die Augen blicken können.) Ich freue mich. Wir werden uns
sowieso nie aus den Augen verlieren, auch wenn wir uns manchmal
lange Zeit nicht sehen, das wissen wir beide. Lebenslange Freunde,
Zwillinge der besonderen Art.

Schmetterlinge, wie oft ich sie schon bewundert habe. Glücksmomente. Heute lese ich in *Die Flügel der Sphinx* von Camilleri, dass es Schmetterlinge gibt, die einen Ozean überqueren können! Das sind die sogenannten «Wanderfallen», wie mir Wikipedia sagt. Manche Schmetterlinge werden nur einen Tag alt, die Zitronenfalter hingegen können bis zehn Monate alt werden. So viel zum systemischen Bereich meiner Lieblingstiere.

Am Donnerstag der Test mit den Potenzpillen. *Robust.* Mit verheerenden Folgen. Zuerst einmal wirken sie kaum, ein bisschen wie ein zu schwacher Trip. Erregung kurz, dann wie bei einem Luftballon geht alle Luft raus. Ein *Schlappi* bleibt übrig. Nachts dann extremes Sodbrennen, wie ich das seit Jahren wenn nicht Jahrzehnten nie mehr hatte. Und bis heute einen rauhen Hals, ein kaum beschreibbares Unwohlsein, im Innern wie ein Rest von Etwas, das im Wege steht. Unangenehm. Gehen kann ich auch ganz schlecht, dazu auf der Seite ein neuer Schmerz, beim Bücken usw. Schlecht.

Ich liebe das Schöne und das Einfache. So einfach ist das.

Die Therapie ist fertig, Jungs interessieren mich auch kaum mehr. Ich schau ihnen gerne zu, der *Jugend,* das reicht mir. Schön? Vielleicht, vor allem ist es einfach so. Punkt. Und Sandro? Wir sind bei einer entspannteren Beziehung angelangt. In der Art eines Vater-Sohn-Verhältnisses. Wir werden sehen. Was ich sicher weiss: Er bleibt in meinem Herzen!

Fazit aus dem Paradies: «Inwiefern braucht eine Existenz eine Berechtigung? Sämtliche Tiere und der überwältigende Grossteil der Menschen existieren, ohne jemals das geringste Bedürfnis nach einer Berechtigung zu verspüren. Sie leben, weil sie leben, basta, das ist ihre Denkweise, und sie sterben, weil sie sterben, nehme ich weiter an, womit die Analyse in ihren Augen abgeschlossen ist.» (Houllebecq, in *Unterwerfung*)

Deshalb: «Moralisten, ab in die Sakristei», wie Régis Debray munter feststellte.

Und nun verlasse ich die Insel.